魅丽文化

Dear Professor Of Physics

钟花无艳

著

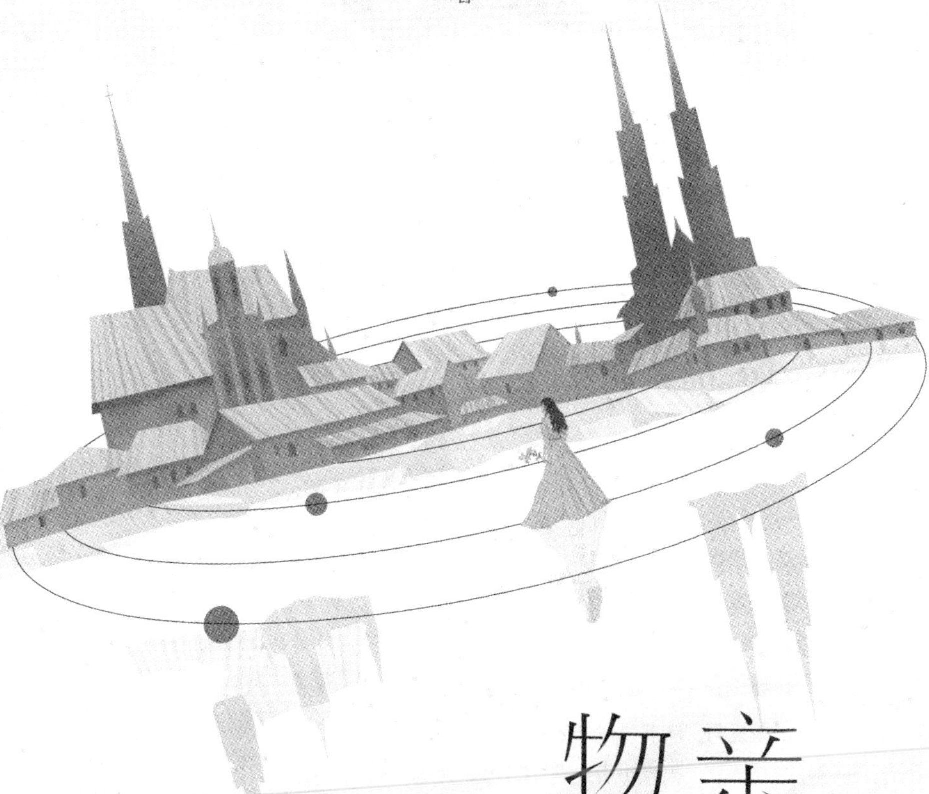

亲爱的物理教授

江苏凤凰文艺出版社
JIANGSU PHOENIX LITERATURE AND ART PUBLISHING, LTD

图书在版编目（CIP）数据

亲爱的物理教授 / 钟花无艳著 . -- 南京 : 江苏凤
凰文艺出版社，2019.11
ISBN 978-7-5594-4103-4

Ⅰ . ①亲… Ⅱ . ①钟… Ⅲ . ①长篇小说 - 中国 - 当代
Ⅳ . ① I247.5

中国版本图书馆 CIP 数据核字 (2019) 第 231503 号

亲爱的物理教授

钟花无艳 著

出 版 人 张在健
责任编辑 张 倩 王 青
选题策划 喻 戎 梅颖杰
特约编辑 黑 豆
装帧设计 费 且 拾 寂
出版发行 江苏凤凰文艺出版社
南京市中央路 165 号，邮编：210009
网 址 http://www.jswenyi.com
印 刷 湖南新华精品印务有限公司
开 本 880mm × 1230mm 1/32
印 张 11
字 数 326 千字
版 次 2019 年 11 月第 1 版，2019 年 11 月第 1 次印刷
书 号 ISBN 978-7-5594-4103-4
定 价 39.80 元

目录

CONTENTS

目录

CONTENTS

Chapter1

物理学家 & 世界冠军

德国，柏林。

天有些阴，飘着细密的雨，空气中透着早春的寒意。

沈如磐乘坐的出租车在雨中耽搁了一段时间，抵达德意志综合医院时，脊柱外科中心已是人满为患。

高清显示屏正在播放新一代椎间盘假体的临床实验。实验将选取若干腰椎病患者实施假体置换手术，以验证临床效果。

德国骨科排名世界前列，新假体无论是力学性能还是刚度指标都更接近人正常的椎间盘。消息一出，病友们从各地赶到这里，都希望能接受手术除去病痛——然而名额有限，注定大多数人的希望会落空。

沈如磐从护士手中拿到《志愿者登记表》后，并未马上填写个人信息，而是点开手机里的翻译软件，将登记表底下大段大段的德语转换为中文——那是风险告知书。

神经损伤。

大血管损伤。

脊柱不稳……大大小小，或轻或重的并发症列满了两张纸。她埋头研究这些病症是否会危及自己的职业生涯，身旁的病友却早早地填好登记表，排队的人换了一茬又一茬。

有位老太太瞧见她一副死磕风险告知书的样子，忍不住说："我得了十几年的腰椎病，痛苦得都不想活了。并发症算什么？我都不奢求百分百痊愈。"

沈如磐没有接话。

她握着笔凝神思考，反复权衡利弊，直到报名即将截止，才勉强填完表格交上去。

接下来，是志愿者与评审团的面谈。

评审团的核心人物是费恩医生，脊柱畸形领域首屈一指的医学专家，有着非常严格的筛选病例的标准。病友们被挨个叫进去面谈，出来后或喜或忧，互相交流。

沈如磐自始至终安静地坐在一旁，不怎么显露情绪，除了两只手紧紧地交握在一起。

她的脸被墨镜遮挡住，虽看不出五官容貌，但依稀是个干净利落的气质佳人。她的个子极高，身材瘦而不薄，一双长腿纤细笔直，俨然是个正常人。直到轮到她面谈，她起身迈步，走路的姿态才暴露出一种难以用语言来形容的畸态。

这种畸态在费恩医生看来，是病变加重的体现。

他查看沈如磐的病史，资料显示她的腰椎老化严重，第四、第五腰椎间盘磨损殆尽，压迫到了神经。

这是十分罕见的病情。费恩扫了一眼她的年龄，二十四岁，又见她的职业是运动员，开口问道："你从事哪类体育运动？"

沈如磐顿了顿，用生硬的德语回答："花样滑冰。"

"有没有接受过治疗？"

"有，大大小小手术十几次，但效果都不理想。"

费恩不说话了，低头重新看了一遍她的病史，眉头深锁。

沈如磐抿了抿唇："有什么问题吗？"

费恩也不回避，实话实说："我们要解决的是一般伤痛，而你是运动员，运动损伤的问题比较严重。如果将你选为实验对象，验证结果可能不具备普遍意义。"他随后又道，"当然，我们也会考虑各项因素再决定。"

沈如磐从这段话里听出了拒绝的意味，沉默了。

片刻后，她摘下墨镜，露出脸来。一张本该清秀耐看，却因为剧烈背痛而苍白得不见血色的脸。

她开口道："我是双人滑项目的运动员，也是一个久治不愈的病人。因为康复的机会渺茫，令我的职业生涯岌岌可危。请评审团做决定时多考虑一下我，假如新假体能够治愈我的运动伤害，这对实验也会是个积极正面的宣传。"

她的话挺长，但态度冷静，不卑不亢。费恩也不反感她给自己拉票，点头说好。

面谈结束，沈如磐起身离开。费恩想起一件事，又叫住她："沈女士，你是否需要申请霍夫曼医学物理基金会的经济补助？"

霍夫曼医学物理基金会是一个私人基金会，亦是实验的全资赞助方。志愿者可以提交经济困难证明，从而获得经济补助，支付实验期间产生的医疗开销。

沈如磐摇头："我的经济状况良好，不必了。"

马上就是午餐时间，首轮志愿者名单将在之后公布，沈如磐暂时离开医院。想到百里挑一的筛选比例，以及与费恩的谈话，她的脸上流露出复杂的神色。

她漫无目的地在街上行走。

柏林是一座很特别的城市，曾经被划分为东、西二德，城市风格是破旧与时髦并行，充满颓废的性感。可她心情压抑，无论风景是多么具有人间烟火气，在她眼里也不过是野旷天低。

她立在路口等红绿灯。风吹乱了她的长发，她抬手拨了拨衣领，不经意间露出纤细修长的脖颈。

两三个有着西方面孔的年轻男子从她的身旁经过，其中一个人对着她笑了笑。凑巧交通信号灯切换成绿灯，她往前迈步，男子的笑容顿时僵在脸上。

沈如磐低眉敛目，只当没看见。

街的尽头是一座巨大的场馆。四四方方的外观以及特殊的框架结构，不禁让人以为这是体育馆。

进去后才发现，这里是柏林大学新修建的中央图书馆。

庞大的空间延伸设计模糊了室内外的界限，大型集中阅览室衔接多个小型阅览室。在浅灰白的空间里，数万册的专业藏书依次陈列，墙上还挂着柏林大学在百年岁月中培养造就的知名学者的画像。

沈如磐仰头观望，止步于其中一位年轻科学家的画像前。

不似其他学者那么老气横秋，画中人格外年轻，并且是唯一一张东方脸。

他侧身站着，身姿高挺。室内柔和的光线照着他画中的脸庞，衬得他的五官俊朗，眉目清秀，整个人的气质宛若山涧里汩汩长流的一股清泉，不近尘嚣。

沈如磐瞥向画像下方的标示：Karl Hofmann Hsiao（萧与时），普朗克奖章得主。

普朗克奖章，德国最重要的物理学奖项之一，通常只颁发给理论物理学领域的杰出贡献者。

沈如磐并不懂这些，凑巧几位中国留学生经过，其中一个男同学抬头看见画像，自豪地说：“瞧瞧，我的导师。”

男同学聊起了 Karl Hofmann Hsiao 的履历。

他是德国华裔，家族四代都是著名的银行家，却他偏偏投身深奥冷门的理论天体物理，并且学术成就斐然——譬如他博士毕业那年，连发数篇重量级学术论文留校获聘，一下子完成了从学生到教授的跨越，同时获得柏林大学天体物理研究所副所长的头衔。

不久前，他因为在暗物质领域的研究工作而获得普朗克奖章。他是柏林大学校史上第十位获得此项殊荣的人，也是最年轻的一位。因此他的画像被搬进了图书馆，与前辈科学家们同享尊重。

男同学讲到这儿，压低声音卖了个关子：“你们猜，Karl Hofmann Hsiao 的中文名字为什么是萧与时？”

早料到无人知道，他自问自答：“终日乾乾，与时偕行。这是《周易》里的话，意思是人要像天体运行那样强劲不息，永无休止。”话落，他笑了笑，用不可思议的语气说道，“导师是视天体物理为真爱啊。”

萧与时……沈如磐在心中重复了一遍，听起来是个性情温润的男人。

仿佛是心有灵犀，另一个女学生由衷地说：“真羡慕你有这样一位颜值和才华都出挑的好导师。”

“你不知道，萧与时的治学态度十分苛刻。上回公共课考试，两百个学生参考，只有十一个学生通过，那些挂科的学生私下给他取了个外号——铁石心肠萧十一郎！”

沈如磐听到最后一句，勾起嘴角轻轻地笑了。

她的眼尾往上翘，弯出一个好看的弧度。她的五官虽然被墨镜遮挡，笑意却从嘴角的小梨涡泛开，整张脸都变得柔软动人。

女学生眼尾的余光瞅见她，莫名觉得她面熟，犹豫着是否要打个招呼。沈如磐却低下头，转身离去。

她好像仍能听见学生们的议论，不禁加快脚步离开了图书馆。

雨变大了，凉风刺骨，后背隐隐作痛，仿佛在提醒她今日的运动量已达极限。

她决定提前返回医院。

现在仍是午休时间，脊柱外科中心没有人，沈如磐走到椅子旁边坐下。

当她将背倚靠在座椅靠背上，试着放松身体的时候，感觉从颈椎到腰椎都刺痛得厉害。她倒吸一口凉气，眉头紧紧地皱在一起。

“Hsiao，你一向很忙，怎么今天有空来医院？”沉静的氛围里出现费恩的说话声。

沈如磐环顾四周，发现隔壁休息室的门是虚掩着的。

一位年轻男子的声音随后响起：“我想起很久没来探望您，择日不如撞日，便过来看一看。”

这是纯正地道的德语，语调不疾不徐，嗓音低低淡淡，句与句之间的停顿没有日耳曼人一贯的刻板，令人感到舒适。

费恩笑道：“我以为你是惦记实验进展，特意抽空过来把把关呢。你是基金会的持有者，于公于私确实应该关心一下。”

他将首轮志愿者名单递过去：“我按照性别、年龄、病变程度，筛选出了具备比对意义的二十例志愿者。”

年轻男人低头翻阅。当他见到其中一位志愿者的名字，停了下来，目光挪到职业那一栏：花样滑冰。

确认一两秒后，他抬起头，面上神色清明：“沈如磐？”

“对，沈如磐是花样滑冰运动员，也是二十例志愿者中病情最严重的患者。我经过慎重考虑，打算将她列为特殊参照标本，和普通病人进行对比。”

男子却不赞同：“新假体是双层仿生结构，高度只有七毫米。花样滑冰运动员是踩着冰刀的舞者，每发生一次冰上跳跃，七毫米的假体就将承受从刀刃传来的巨大冲击——这种冲击力存在极值。”

“极值是多少？”

“简单讲，三周半跳跃的冲击力就是极值。”

“那没问题。”费恩的语气十分轻松，“沈如磐自称是双人滑运动员，即便她是这个项目的世界冠军，跳跃周数通常也不会超过三周半。”

“万一她是可以完成四周跳的前世界冠军呢？”男子意味深长地反问。

在双人滑项目的比赛中，抛四周跳是顶级难度动作。然而再难的动作，总有人可以做到。

费恩愣住。

男子见他茫然不知，淡声提醒："您很少关注冰雪运动，不知中国的双人滑一度是优势项目。两年前，在花样滑冰世界锦标赛上，中国组合以捻转四周、抛四周跳两种高难度动作力压同场对手，拿下世界冠军。如果我没记错的话，那位女选手也姓沈。"

费恩错愕："那位女选手难道是沈如磐？

他急忙翻开她的登记表，推了推鼻梁上的眼镜，重新看了一遍。

既往病史记载了沈如磐曾经腰椎崩裂并滑脱，稍后又压缩性骨折，导致现在腰椎老化严重。随着椎间盘磨损殆尽压迫到神经，她背痛剧烈，行走困难，不得不中止高强度的冰上训练。

坎坷的遭遇、意气风发的夺冠经历，不是不可能发生在同一个人身上。

费恩犹豫了。假如沈如磐是世界冠军，哪怕是前世界冠军，处理稍有不慎，都会给实验带来负面影响。

他揉了揉眉心，重重地叹了口气："Hsiao，我现在很纠结，你能否给我一点建议？"

男子未答，抬起手腕看了看表。午休时间结束，他另有要事在身。

他推开门走了出去。

此时此刻，门外的沈如磐正等着听下文，丝毫没有避让，就这样无可避免地和他打了个照面。

那是一张似曾相识的脸，只不过真人的五官比图书馆里的画像更立体，鼻挺唇薄，俊朗大气。

他穿浅灰色西服，面料的光泽感一丝不苟，得体的剪裁将身姿衬托得挺拔，同时又呈现出棱角柔和的效果。他单是笔挺地站着，就足够吸引旁人的目光。

自然也吸引了沈如磐的目光。

但萧与时显然没有注意到沈如磐，转头对费恩言简意赅地道："她身份特殊，请删去她志愿者的资格。"

空气一下子安静下来。

费恩惊讶地问："沈女士，你怎么会在这里？"

沈如磐没有出声，视线定定地停留在萧与时身上。萧与时感受到背后的异样，转身看过来。

两个人目光相接，场面一时间有些微妙。

她的内心有波动，紧蹙着眉。而他高挺地站着，未曾挪动脚步，始终和她保持一米远的距离。并且他凝视她的目光冷静又悠远，就像清泉缓缓抚过青石，极轻极淡，毫无波澜。

这种对比，无形中给了她一种感觉：刚刚的讨论，大局已定。

沈如磐觉得应该由自己来打破沉默："我无意中听到了二位的谈话，你们提到的世界冠军是我。"

"但……"她提高音量，带上几分硬气，"我是不是世界冠军，和实验有什么关系？实验筛选志愿者的标准究竟是什么？是身份，还是病症？如果是身份，为什么一开始不设报名门槛？"

面对一连串的质疑，萧与时的面色平静如常，开口说话的语气也没有任何波澜："实验旨在消除普通人的病痛，让他们恢复正常活动，而不是支撑专业运动员高强度的体育竞技。"

"这恰恰说明了医疗技术亟待提高。"沈如磐起身与他争辩，"全世界有许多饱受伤痛折磨的运动员，他们和我一样，久治不愈，面临被迫退役的困境。二位要做的事是兼顾各方需要，提高医疗技术。从这个方面来讲，我的加入更能体现实验的医疗价值。"

她如此能言善辩，多少让人感到意外。萧与时深深地看她一眼："提高医疗技术不是一蹴而就的事。我建议你寻求长期治疗，不可寄希望通过一次性手术治愈。"

"长期治疗动辄三五年，我等不起。"

"时间重要还是身体重要？"

"我现在面对的问题，绝非你这个简单的二选一就可以概括总结。否则答案那么明显，我为什么还会出现在柏林？"

萧与时打住，无声地看着她。

沈如磐不觉得自己说错了，等待了一分钟，见他不吭声，以为他不近人情，便将渴求认同的目光投向费恩。

费恩清了清嗓子打圆场："Hsiao，你一向很忙，先走吧。"他又对沈如磐说："你的情况比较复杂，我考虑几日再通知你最后的决定。"

萧与时未再看她，转身走了。

沈如磐的心中即使有万般不愿意，也只能先回去。

她离开医院时，见到一辆高端商务车停在路口，车头贴着天体物理与空间科学研讨会议的通行证。

她的脸上露出犹豫，见车子发动起来，赶紧三步并成两步追上去，同时大喊："请等一等！"

车子刹住，车窗降下，露出萧与时的侧脸。

她走到车边，俯下身子："萧先生，我能不能再耽误你一点时间？"她刚才疾速奔走，脆弱的脊柱突然受到牵引，现在疼得不行，乃至说话气息不稳，声音也轻轻细细的。

司机却出声提醒："教授，时间不早了。"

"一分钟就好。"她强调道。

春寒料峭，她的鼻头冻得有点红。细细绵绵的雨水浸湿了她前额的头发，再加上疼痛的缘故，一双眼里水雾氤氲。她现在这般俯身恳请的姿态，为整个人添了几分柔弱感。

萧与时凝视她一两秒，解除了车门的电子锁。

沈如磐感激地笑了笑，并没有坐进去。

她的德语不太流利，组织了一会儿语言才开口："我刚刚的态度比较急躁，请见谅。"

"我并不是一帆风顺地获得世界冠军的。我先天髋关节发育不良，又有哮喘，受过大大小小的运动伤害无数次，竞技状态也时起时落，好不容易取得一点成绩，现在又得了重病。"

"因为生病，周围人都不再看好我，纷纷建议我退役。但我如何能退？从童年到少年再到成年，我的生命里只有花样滑冰，没有其他。花样滑冰已经是我的命，我岂能舍命？"她说到这里，语气中透出苦涩，眼里的雾气也更浓。

但她克制住情绪，停了停，既是斟酌言辞，也是千言万语不知从何说起，只好以情动人，再次放低姿态："实验是我最后的希望。为了和你们零障碍沟通，我拖着病体去上德语速成课。单凭这份心思，你应该能理解我是多么迫切地想治好腰伤。"

萧与时没有接话，却也没有打断。

"我在学习德语时读到一句格言——'世界上总有一条只能你走的路。'我现在要走的路，便是豁出去，东山再起之路。请你不要删去我的资格好吗？我愿意签署免责书，无论术后出现多么严重的并发症，哪怕会影响比赛，也概不追究医院的责任。"

她一气儿说完，安静无声地看着他，等待着答复。

他的五官生得俊朗，尤其是那双眼睛，深沉似墨，目光却温润清澈。便是在这样一种和平相处的氛围里，她觉得自己有了希望。

萧与时须臾开口，语气沉稳持重："沈如磐女士，很抱歉，我十分同情你的处境，但不会因此改变我的建议。"

沈如磐一愣，再想说话，司机提醒她时间已到。

车绝尘而去。

沈如磐蒙了。此时雨消停下来，风一吹，树叶上的雨珠纷纷坠落，全打在她的脸上，冰凉的寒意透过肌肤直达心底。

她举目望天，深呼吸一口气，压下满腔憋屈。

这个男人，软硬不吃。

另一边，费恩为了解决沈如磐是去是留的难题，翻出实验筹备阶段的资料。

资料数量惊人，查找起来十分费劲，看似在做无用功，但当费恩找到一份泛黄的手稿，所有的努力都有了回报。

他带着手稿去见萧与时。

萧与时住在城郊的庄园别墅，别墅隐藏在绿荫深处，外观轮廓横平竖直、整齐有序，符合一个做学问人纯粹淡泊的心境。此刻已是夜深，前廊留了一盏灯，灯光映出一地的素白色，增添了安宁静谧的氛围，也摈除了尘世的喧嚣浮华。

费恩起初顾虑是否会打扰到萧与时休息，进去经过管家引见，见到萧与时正在黏合一只破裂的薄胎甜白釉茶瓷。

茶瓷薄似蝉翼，轻若浮云，可一旦破裂，修复工作就无比麻烦。这对需要花大量时间完成学术研究的物理学家来讲，未免有点奢侈。

费恩道："你很久不修瓷器了。"

萧与时答："只是一时心血来潮。您找我？"

"嗯，和沈如磐有关。"

萧与时静了一秒，擦干净手，不疾不徐地开口，语气里不带任何情绪："我以为，我已经清晰地表达了自己的观点。"

"但沈如磐是很出色的花样滑冰运动员，我们应该为了她的职业生涯做一些大胆的尝试。"

萧与时闻言，抬头看费恩，说："沈如磐是很优秀，但从竞技特点来讲，她的柔韧性太好，力量稍不足，又总是追求高难度的四周跳，所以才经常发生运动损伤，日积月累便导致了现在的身体崩坏。”

他的话难得这么长，稍稍停了停，语气微微一沉：“沈如磐是人不是瓷器，碎了、坏了，修修补补又能焕然一新。”

“我明白你的顾虑，但有个办法可以解决她的难题。”费恩把手稿递过去，“还记得这个吗？椎间盘假体最初的设计图。”

萧与时接过，眼前的设计图他有点熟悉，翻至末页，有一个签名：Cohl（科尔）。

科尔，费恩已经去世的儿子，也是萧与时曾经的好友、同僚。

两年前，实验处在筹备阶段，费恩向科尔提起椎间盘假体的构思，希望新假体的力学性能和刚度指标都更符合人的需要。

科尔仔细研究了椎间盘的生物力学，再结合椎间盘承载负荷的功能，画了一张新假体的草图：双层仿生结构，高度是七毫米，内外皆用钛合金镀膜，实现高度稳定性。

那时费恩只看了一眼草图便摇头：“能实现高度稳定性固然好，但内外层都镀膜，会不会导致假体质量过重，不利于固定？”

临床上都是用钢钉强硬固定椎间盘假体。假体质量越重，越不好固定，也越容易对相邻脊柱造成压迫。

科尔被问住了。

当他和萧与时聊起这件事，萧与时只思考了一秒，便给出了答案：“你低头看看你的鞋。”

科尔垂下头，目光落在他的牛津皮鞋上：两排鞋带穿在鞋孔中，交叉有致地绑在一起，让鞋翼密合成一块鞋面。

孔、翼、面，依次对应钢钉、假体、脊柱。两者唯一的区别，是有无绳子（鞋带）。

科尔恍然大悟，在草图底下加了一段注释——

“手术者须知：植入假体后，请在相邻的椎骨上钻孔，插入钢钉，而后从骨孔中引入绳索，拉紧、固定假体——这样的方法恰似系鞋带，鞋带和鞋孔之间既有张力又有弹力，张力固定假体，弹力减轻压迫，完美地将假体和人的脊柱密合在一起，实现高度稳定性。”

这个设计曾被列为重点实验项目，但不幸的是科尔意外去世，费恩大受打击消沉了很久。尽管费恩后来在萧与时的支持下重新推进实验，但他却忘了科尔的主张，这份手稿也被封存在了资料库里。

费恩提起往事，感慨万分："我没有想到，科尔两年前的设计能够挽救沈如磐岌岌可危的职业生涯。"

萧与时沉默了好一会儿，却道："科尔的主张有问题。这套设计从未应用在人身上，风险未知。"

"不试一试，怎知风险？"

"沈如磐便是风险。脊椎病可大可小，轻则行走困难，重则瘫痪——她现在遭遇重挫，难免行事激进，您不能也跟着头脑发热。"

费恩叹了口气："我并不是头脑发热，我只是想尽一个医生最大的能力去救治病人。瓷器破损后，经过修复也可重获观赏价值。沈如磐这样一个风华正茂的世界冠军，难道就只能终身残疾？"

他压低语气再次恳求："Hsiao，请你想想科尔。如果他还活着，肯定会乐意帮助这位走投无路的世界冠军。竞技体育就是想方设法突破人体的各种生理极限，哪怕在寻求突破的同时会有伤痛相伴。"

他的一席话很在理，萧与时微微张了张嘴，欲言又止。

气氛沉寂下来，偌大的别墅里十分安静，墙上挂钟滴滴答答的走表声是唯一的声音。

时间流逝，当一长一短两根针并在一起指向午夜十二点，钟发出清亮的报时声——新的一天到来了。

萧与时开口，语气虽无波澜，但莫名松动了几分："这样吧，请您按照科尔的设计，重做一次体外标本测试，我们根据测试结果再决定是否给沈如磐实施手术。"

体外标本测试是一系列复杂的临床测试，包括力学测试、摩擦磨损测试、动物测试、尸体测试。虽然耗时长，但最能直接反映科尔的设计是否可靠有效。

费恩算了算测试时间和需要的人力和物力："没问题。整个实验团队加班加点，三个月能够完成测试。"

"太仓促了，至少半年。"

"半年？这需要庞大的资金……"

萧与时轻描淡写地接过话："基金会将提供必要的人力、物力支持。"

基金会，便是霍夫曼医学物理基金会。这是一个投资研究机构，将物理学、生物医学、计算机科学等众多学科交互融合，是应用物理的成功典范。

有基金会的支持，测试尚未开始，也算成功了一半。

费恩稍稍放心，想起什么又问：“但我们一句话，沈如磐就要多等六个月，她愿意等这么久吗？”

萧与时不经意地看他一眼：“坚定的意志，是运动员应当具备的基本品质。”

“好吧，我联系她。”

几日后，沈如磐接到费恩的电子邮件，读完后心情复杂。

测试时间至少需要半年。运气好，她之后便能接受手术；运气不好，她空欢喜一场，并且得不到任何治疗。

她难以抉择，但她没有更好的选择，只能回复邮件说同意。

合上电脑，她将脸埋在双臂间，无奈地叹了口气。

她下榻的酒店离医院不远，在这之后，她隔三岔五便去费恩那里打听进展。费恩起初还会告知测试进行到了哪个阶段，后来被缠着问得多了，便让她放松心情静待消息，测试不是一两天就能结束的。

也是，她天天等、天天问，时间才过了月余。

等待是如此漫长，为排遣内心的焦虑，她试着每天多散散步。

那一日，她又路过图书馆，犹豫了一会儿，还是走了进去。

因为即将闭馆的缘故，此时没什么人，静悄悄的，灯也只开了一半，墙上那些学者的画像似乎也变得暗淡了。

她仰着头，眼睛一眨不眨地看着画中的萧与时。

他才华出众，五官又是那样美好，竟让她产生一种不真实感，仿佛这位和她八竿子打不着的天体物理学家不应该出现在她的生活里，也未曾将她的手术搅得一波三折。

可是，他偏偏出现了，还一字千钧。

沈如磐离开阅览室的时候，管理员推着手推车走过来。她的目光落在推车里的一本书上——《少年维特之烦恼》。

这是德国作家歌德的自传式小说，以书信体的方式，将少年维特的暗恋情愫描述得细致入微。她不懂这些，只觉标题十分贴近她现在的心情，便翻开书阅读。

“五月二十二日。春。

“有时会恍惚感觉自己的人生是一场梦，相信每个人都有这种体会。

人类在这个世界上盲目地追求自己得不到的东西，哪怕违背自然规律也依然肆无忌惮。”

虽是小说，字里行间流露出的求而不得的情感，很容易引起读者的共鸣。沈如磐破天荒地借了这本书，将它带回酒店细细品读。

书里的主人公说：“我心绪不宁，这既非恐惧，亦非欲念，而是莫名的狂涛，似乎要撕裂我的胸腔，扼住我的咽喉。”

现实中的沈如磐，她心底埋藏的对腰伤和测试结果的担忧，便随着文字找到了宣泄的出口。

日子一天天逝去，有些东西好像没什么变化，有些东西却又似乎变化了。

季节轮转，春去秋来，测试终于宣告结束。

出结论的那天，沈如磐早早地来到医院。

费恩还在开晨会，她便坐在外面的长椅上等待，从随身的背包里翻出《少年维特之烦恼》，捧卷阅读。

翻页时，书签掉落下去。她弯腰去拾，一阵秋风将它吹了出去。她的目光追视，见书签在空中飘摇，缓慢无声地落在了一个男人的肩上。

那个人正是萧与时。

秋天的早晨，空气丝丝清凉，晨曦透过树木枝丫间的空隙投下来，金黄色的落叶铺满了来路。他静立在路的尽头，细碎的光华照在他俊朗的脸上，从眉梢到嘴角，都染上了几许少有的温和暖意。

沈如磐意外地看着他，一时间不知该说些什么。

萧与时也没有料到她会出现在这里。

就在刚才，她坐在木椅上，长发蓬松自然地散开，额前的几缕发丝被秋风一拂，轻柔地抚过白皙的脸部肌肤。她浑然不觉，颔首低眉认真阅读的模样，竟有几分恬淡的学生气质。

他的目光不着痕迹地扫向她手中的书。她察觉到他的打量，下意识地用手遮挡，但他还是看见了“烦恼”二字。

他拾起书签。

她坐着，他站着，当他倾身将书签递过来的那一刻，两个人挨得比较近，以至于她能够闻到他身上的气息——冷调花香味。

他从她的身旁经过，往脊柱外科的方向走去。

沈如磐愣了愣，突然意识到萧与时出现在这里的原因。她飞快地收好个人物品，来到费恩的诊室，却见大门紧闭，只好立在外面偷听里头的动静。

“你来得可真早，报告刚打印好。”费恩说着，将一份近两百页的测试报告交给萧与时。

报告旨在研究科尔的设计的可行性，因此使用了许多复杂的公式来计算相关力学指标。这样的报告读来十分烧脑，一时间诊室里异常安静，只有窸窣的翻页声。

许久后，萧与时从报告里抬起头，声音因为长时间未开腔而有一点低沉：“有几个数据超出了我的预期。”

他的语气不轻不重，带着做学问人特有的否定。门外的沈如磐虽然不明白这是什么意思，但心猛地一揪，呼吸滞住。

费恩也同样一惊，又听萧与时道：“但仍在允许的偏差范围内。”

费恩长长地松了一口气，抛出最关键的问题：“测试结果显示科尔的设计没有问题，沈如磐可以接受手术。你现在还持反对意见吗？”

萧与时静默了一会儿，合上报告：“我保留个人看法。”

这样的回答其实就是勉强同意了。

费恩那颗悬了半年的心终于落地，庆幸之余，忍不住说出肺腑之言：“你一句话说要再测试，不止沈如磐多等半年，我们的实验团队也焦头烂额地忙碌了整整六个月——Hsiao，想要说服你真是不容易。如果我的年纪再大一点，只怕要转去心胸外科治疗心肌梗死了。”

门外的沈如磐听到这里，内心也是百感交集。这时，从里面传出脚步声，她赶紧坐回到之前的长椅上。

为了掩饰，她翻开书阅读，假装从未离开过的样子。

萧与时离开诊室往回走，又和沈如磐相遇了。

其实她伪装得很好——如果不是她脚下踩着书签而不自知，他几乎就要认为她一直老老实实地待在这里。

他从她跟前走过。

想起费恩的牢骚，他停了一下，退后一步。

沈如磐虽然埋头于书本，但清楚地意识到萧与时去而复返。

又怎么了？好不容易松弛的神经再度绷紧。她满腹狐疑，一张沾有尘土的书签蓦地出现在她的视野里。她一愣，顺着书签往上瞥，就看见修长的一只手。

骨节清晰，指尖修剪得整整齐齐，食指指腹却有薄薄的茧子。这是常年伏案做学问的手。

萧与时将书签交到她的手中。

偷听的事情被人拆穿，沈如磐尴尬地张了张嘴。没想到他却在她之前毫无预兆地开口：“第七十八页，最后一行。”

他说的是中文，语调不疾不徐，吐字轻轻淡淡，带着清润醇和的质感。

她的心蓦然一动，抬起头看他。

偏偏就在两两对视的瞬间，他移开脸，再无言语，甚至再没有瞧她一眼便离开了。

她奇怪地看着他的背影，等他走远，将书翻至七十八页，看见了这样一句话——

“我该走了朋友。祝福你。”

她愣住，瞅了瞅手里的书签。

这个男人，还不算太冷？

沈如磐的资格终于确定了下来。

由于她的手术方式十分特殊，而且是首创，费恩打算挑选最优秀的一线医护人员为她实施手术，并对过程中可能发生的突发问题做周密的预案，以确保万无一失。

如此一来，医疗团队要把可能影响手术结果的因素都预先排查出来，而沈如磐世界冠军的身份也给团队带来挑战：所有人都希望手术成功而非失败。

这是一场对双方来讲都压力极大的考验。

手术前夕，费恩按照惯例最后一次给沈如磐做风险提示：“我们之前做的体外标本测试只是在动物和尸体上进行的模拟测试，你是第一例人体临床试验。”

“无论是切除椎间盘，还是移入假体、用钢钉绳索做加固，所有步骤都有可能伤害到你的血管和神经，继而损伤运动功能。”费恩在纸上画出示意图，确定她全都听懂后才说，“你是职业运动员，如果不能接受这种结果，现在改变心意还来得及。”

沈如磐好不容易坚持到现在，怎么可能放弃，忙摇头说不。

“那么，你是否需要亲友陪同做手术？”

“没这个必要。”

“我建议最好请一位亲友陪同。尽管我们已做过严格的测试，但手术风险仍然存在。万一出现意想不到的情况，那位亲友便是紧急联系人。”

费恩的提议客观理性，沈如磐出奇沉默，许久后道：“我查过德国的法律，知道如果患者处在生命垂危的状态并且失去判断能力，医院无须亲友签字便可自行救人。我觉得我不至于那么不幸，假如真有不幸……”

她顿了顿，平静地交代：“请您该怎么做就怎么做。”

也许是住院部的气氛沉闷压抑，再加上费恩的话稍稍搅乱了意志，沈如磐晚上失眠了。

眼下是凌晨一点，换成中国时间，刚刚八点。

她点开手机里的即时通信工具——她已经很久不登录，几乎快要忘了密码。

不一会儿，手机铃声响起，消息多得数不清，大部分来自联系人“母亲”。

她直接忽略。

还有很多消息来自联系人“陆楠”。她面露犹豫，最后还是点开来阅读——

“我找了你很多次，你不在家，电话也关机。”

“我知道你心中憋着委屈，但请不要一声不吭地离开。”

“你已经离开了吗？你究竟去了哪里？我们搭档十二年，感情深厚，为什么你在走之前就是不肯见我一面？”

虽是文字，沈如磐隔着屏幕也能感觉到对方满满的牵挂。她读完全部的消息，心里越发有种说不出的压抑。迟疑了一会儿，她终究还是把自己的近况写成文字，发送了出去。

没有收到回复。

她感到失望，轻轻浅浅地叹了一口气。就在这时，铃声又响起，手机屏幕上出现一个无比熟悉的名字：陆楠。

她按下接听键，久违的声音在耳畔响起，带着遥远的质感，重重地吐出她的名字：“如磐？”

沈如磐长期滞留在异国他乡，最大的感受莫过于孤单和烦闷。这声呼唤勾起了一丝心酸，可她表面上只是不着痕迹地“嗯”了一声。

“原来你在柏林。”电话里，陆楠说出这句话后便陷入沉默，仿佛千言万语汇聚在一起，他不知该说什么。

最终他问：“我仔细读了几遍你发来的消息。手术看上去很特殊，万一失败了怎么办？”

明明是关心的话，却踩到了沈如磬的痛点。

她生气了，脱口道：“这就是我不愿和国内保持联系的原因。所有人，包括你，要么觉得‘不可能’，要么觉得‘会失败’。陆楠，你以前和我搭档比赛时，面对再强劲的对手也从不认输，如今你却用最悲观的态度来预测我！”

“这不是悲观，而是心疼。正是因为我们以前从不轻易认输，所以我比任何人都清楚，你把自己折腾得很辛苦。”

陆楠的反驳完全出乎沈如磬的意料，她张了张嘴，语塞。

几年前，她和搭档陆楠是花样滑冰双人滑项目的世界冠军，风光无限，备受外界瞩目。然而她胸腰椎压缩性骨折，随后出现了一系列严重的生理病变。即使勉强比赛，竞技状态也大不如从前，到最后不得不全面退出比赛。

国内的专家告诉她康复无望，建议退役；教练也觉得她复出的机会渺茫，希望她体面地结束运动生涯。

正当她茫然无措之际，领导考虑到新赛季的压力，突然宣布将她和陆楠拆开，并为陆楠另配女伴：童欣。

童欣是双人滑女选手中的后起之秀，无论是单跳能力还是滑行技术都非常出色。

这个做法严重地打击了她的自尊心，她罕见地与领导争得面红耳赤。最后领导采取了折中的法子，给予她一年的病假，让她有充足的时间去治疗腰伤。如果她痊愈归来，可以恢复和陆楠一起比赛的资格，否则陆楠就将和童欣组队参赛。

这似乎是个不错的主张，然而在当时无人看好她的情况下，就意味着她被童欣取代是迟早的事。

可以说，那时唯一不放弃她的人，只剩下她自己。

她四处寻找可以收治自己的医疗机构，直至看见德国医院发布的椎间盘假体临床试验……于是她没有通知任何人，孤注一掷地上了飞往柏林的航班。

电话里，无言的氛围持续了好一阵子，陆楠轻声打破僵局：“你什么时候做手术？”

“下周。”

“什么时候回来？”

“还不清楚，尽快吧。”

“好，我请假过来陪你。”

“你陪我？那童欣怎么办？”

沈如磐说话的语气像讽刺更像生气。陆楠噎住，再开腔时声音有点低哑，弥漫着深深的无奈：“我知道你不相信，但在我的心中，你是无人能够替代的。我很后悔，领导提出拆队换人的意见时我应当激烈地持反对意见，哪怕被队里开除，至少也能和你共同进退。而不是像现在这样，你和我分道扬镳，一个人在德国接受风险未知的手术。”

沈如磐不是个不讲理的人，面对这样的自白，如果说没有一丁点信任是不可能的。再说她也知道，是领导单方面决定把童欣配给陆楠的，陆楠自始至终没有自主选择权。

她咬住嘴唇，不确定地问：“你不会觉得我是个拖累吗？”

“我们搭档十二年，共同经历过无数的病痛和挫折，早就谈不上谁拖累谁。这些年，你便是我，我也是你。”

是的。往昔历历在目，她不敢细想。但即使不去想，她和他共同面对过的艰难坎坷又岂会轻易被磨灭？

她的语气微微缓和些许：“你不要过来了，几个小时的手术而已，别担心。”再说教练也不会同意的。他是重要的一线运动员，对国家花样滑冰队来说举足轻重，不可能轻易离开。

“那么，你和我保持联系好不好？不要再突然消失了。”陆楠恳求道，嗓音哑哑的，带着伤感。

沈如磐听到这样的话语，心随之一酸，打开心门吐露实话：“我也不想。我那时刚来柏林，心里没底，医院又拒绝了我的申请……”

她事无巨细地描述了一遍经过，不知不觉时间已经很晚了。陆楠提醒道：“你还在病中，早点休息，我们改天再聊。”

沈如磐其实很想问问他的近况，尤其想知道他和童欣是否开始一同训练。然而人在落魄时，这些话便显得格外难以启齿。

最终，她只是轻声唤他的名字：“陆楠。”

“嗯？”

“我的手术一定会成功的，我有这个预感。”

电话那头的人安静下来，等待后文。

“我会如期归队，也会让所有人刮目相看。如果那时你还愿意，请继续和我搭档——我们还有很多未实现的目标，还有很多想赢却没有赢的比赛。”

她的语气果敢坚定，带着憧憬。那边的人静默了几秒，回答道：“好。”

通话结束，沈如磐回到病床上，闭上眼睛入睡。

黑暗中，她合着双眼，不知过了多久，依然全无睡意。和刚刚不一样，她的心有些急，亦有些乱，仿佛竭力想要证明什么。

那时年少，她练习单人滑，和母亲在训练方式以及比赛期望方面产生严重分歧，陷入低潮。

稍后她两条腿的韧带严重撕裂，以此为借口中止训练，母亲却将她转去对个人技术要求不那么高的双人滑，并从众多拔尖的男选手中挑出陆楠和她凑成一对。

相貌俊气的陆楠、说话得体特别讨女生喜欢的陆楠，居然从初次见面起就很关照她，甚至注意到她冬天畏寒手指冰凉，还常常在上冰前帮她焐手，给她暖一暖。

这一暖便持续了十二年，从初出茅庐到站上世界最高领奖台，每一次训练、每一次比赛，从未间断。

可现在……

沈如磐睁开双眼，在黑暗中静默了一会儿，摸到手机点开图库。那里储存了她和陆楠漫漫夺冠路的回忆。

其中一张合照，拍摄于她和他第一次参加国际大赛。十五岁的少年和十五岁的少女并肩站着，都是花样年华，看上去十分登对。尤其是他，天生一张俊脸，笑起来时眼睛微眯，光洁的下巴往内凹，形成一条浅浅的美人沟。

她的眼睛一眨不眨地凝视着照片，末了伸出手，指尖从陆楠的脸上抚过。

从青涩到成熟，从失败到成功，十二年一路走来最宝贵的东西不是排名，而是两个人荣辱与共、同进同退的默契。

这份默契，拆队换人根本比不了，童欣更加比不了。

这么想着，久违的感觉涌上心头，并随着心脏的搏动聚集起来，又通过血液的流动涌至全身。仔细品味，这应该就是百折不挠的意志。

沈如磐闭上眼，良久，呼吸均匀地睡了过去。

一夜无梦。

手术当天，医护人员早早集结。

费恩做事严谨，哪怕到了这一刻，也依然要对沈如磐的病情做最后一轮论证，排除掉可能影响手术结果的死角，才真正启动手术。

正是凭着这种认真细致的态度，他从切皮到摘除椎间盘，从置入假体到在椎骨上开孔、打钻、置钉穿线，每一步都完成得异常精准，完全避开了血管神经损伤。

全体医护人员都为手术的成功感到高兴，沈如磐亦如此。

她迫不及待地想下床走一走，看看自己是否恢复正常。费恩笑着阻止："伤口完全闭合需要几天，你再耐心等等。"

也是，她已经等待了那么长的时间，不怕再多等些时日。

她老实地待在病床上，保持绝对静养，唯恐一不小心就会毁掉手术成果。直到可以佩戴腰围下地，她才小心翼翼地起身，撑着床沿站起。

她往前走了一步。

纠缠她好几年的剧烈疼痛没有出现，从颈椎到腰椎也未出现任何不适。更重要的是，她的体态看上去正常。

沈如磐是二十一岁拿到世界冠军，二十二岁胸腰椎压缩性骨折，随后状态急剧下跌，跌无止跌。一直到二十四岁又八个月，她才在外表上看起来像个正常人。

这些年，青春蹉跎，时不我待。

她的心里霎时间涌上很多复杂的情绪。万般滋味交织在一起，促使她再走几步，确定自己真的恢复正常了，便毫不犹豫地离开病房，来到门诊大楼。

眼下是午休时间，费恩正背对着她在休息室调咖啡。她挪步过去，张口喊道："费恩医生！"

费恩吓了一跳，手一抖，杯子里的咖啡差点泼出来。

她绕到他面前，高兴地说："您看看我！"

她个高腿长，脚步轻松的样子，显出一个年轻女孩应有的活力。

费恩还以为出什么事了，见她这样，赶紧叫住她："够了够了，你现在还不能太劳累，快回病房好好休息。"

她不走，反问道："我什么时候可以出院？"

"志愿者要求保持三到六个月不等的追踪观察，你最快也要等到明年春天。”

明年春天？现在才刚刚入冬。

沈如磐归心似箭：“您能不能让我提前出院？我先回国，等到需要来医院复查，再从中国飞过来。”

“不行。”

“可行可行，您就答应我吧。”沈如磐豁出去了，厚着脸皮拽住费恩的衣袖，瓮声瓮气地恳请。然而她的德语有限，绞尽脑汁也只是说，“我反正是志愿者里最特殊的病例，您索性让我特殊到底。毕竟现在才入冬，离春天实在太遥远。”

费恩一张老脸上露出尴尬：“沈女士，你难道没有听过一句话……”

“冬天都来了，春天还会远吗？”轻淡的声音响起，分不出情绪，却一下子把所有对白都压下去。

沈如磐愣住，不可思议地转头，循声望去。

萧与时平静地坐在窗边的餐桌旁，桌上有一杯喝到一半的咖啡。

午后的阳光正烈，室内温度较高。不知谁将窗户推开了点，风吹入，窗帘扬起，将他半遮半掩在其中。

他一侧的肩膀被午后的暖阳笼罩，藏青色西装前襟在光线的沐浴下微微发亮，面料上显现出的竖条金线和他白净的肤色很相衬。

他一向穿正装，今日亦如此，笔挺的衣领上别着一枚宝石领针。那自然无瑕的蓝色调光泽，既与他持重沉稳的气质相得益彰，又让他多了一种温润含蓄的质感。

他似乎有种独特的魅力，只要一出现，所有人的眼里就只看得见他。

沈如磐哑口无言地看着他，有点忘了自己想说什么。

偏偏在这无端沉寂的氛围里，费恩硬插上一句：“沈女士，Hsiao就在这里，你有什么要求直接跟他提——他才是我们的老板。”

费恩见她吃瘪，乐了，目光含笑地投向萧与时：“你怎么说？同意吗？”

萧与时听到提问，嘴角轻轻勾起，不轻不重地回答：“我同意。”

他说的是中文，低沉缓和的嗓音让沈如磐的心弦一颤。

她不敢相信，甚至有点喜出望外，刚想表达感谢，却听见后面的话：“不过，在尚未完全康复的情况下乘坐飞机，不论是谁，哪怕是上帝，身体内的植入物都会在地心引力的作用下出现沉降。”

萧与时的目光定定地停留在她的脸上，与她对视：“你还打算出院吗？”

沈如磐噎住。

她反应过来后再开口说话，语气有点窘，也有点恼火：“萧教授，你不同意就不同意，拐弯抹角说这么多，是不是欺负我读书少？”

不想听回答，她转身便走了。

人一走，休息室里就只剩下两个男人。

费恩瞧瞧萧与时，表情挺纳闷：“你们用中文说什么？”

萧与时端起咖啡浅尝一口：“我说不可以。她说，谢谢提醒。”

“真的吗？我感觉你们说了很长一段话。”

萧与时没接话，脸上的神色也几乎没什么变化。

费恩没有追问，续上之前被沈如磐中断的谈话：“你今日抽空来医院，是不是不放心她的恢复情况，想亲眼看一看？”

萧与时却道：“我将去国外进行几个月的学术交流，今日是来向您辞行的。”

“啊！在电话里辞行就好，何必亲自来这么麻烦。”

“不麻烦，毕竟有很长一段时间会看不到您。”

两个男人谈话的时候，沈如磐垂着头，沮丧地离开门诊大楼，住院部走。

路两旁栽种了高高的树木，风一吹，枝上的残叶纷纷坠落，树干变得光秃秃的，提示冬季已然来临。

可是，离春天依然遥远啊！

她心里不痛快，却又无可奈何。这时，口袋里的手机振动了一下。她摸出来看，是陆楠发的消息：手术结果如何？现在能下床活动吗？

她回复文字，想了想又全部删掉，用手机自拍了一段走路的短视频，然后发给了陆楠。

陆楠随即回复了一连串的惊叹号。

他似乎很震惊，不敢相信这才短短一周，她便恢复得如此之好。

这样的反应超出了沈如磐的预料，也稍稍减轻了她被萧与时打击的失落感。她按住语音小方条，撇撇嘴说：“德国人严谨，我必须在柏林熬过冬季，要春天才能回去。”

“没关系。冬去春来，一元复始，正好是新的开始，加油。”

陆楠的文字无声，跨越千山万水的安慰却落地有声。沈如磐勉强释怀，将手机收回口袋里，接着迈步前行。

她很长时间不曾像现在这般脚步轻松，不一会儿，恢复健康的喜悦就完全压过心中小小的不痛快。她的心情好转，勾唇浅浅一笑。

此刻，萧与时就在窗边，眼风淡淡一扫，轻而易举就能看见沈如磬。

北风萧瑟，落木纷纷。她从中走过，也不知想到什么，莞尔一笑。

她展露笑颜的时候，眼睛弯成月牙儿，明媚的笑意先从嘴角的小梨涡绽开，直漫眼底，是那样美好，有种春花绚烂绽放的感觉，分外动人。

费恩顺着他的视线也看见了沈如磬，感慨道："你之前有种种顾虑，还质疑科尔的设计，现在是不是能放心了？假如科尔还活着，见到她现在的模样，肯定会十分欣慰。"

萧与时没有回答，凝视她的目光中有情绪在流转。

"对了，"费恩不经意地问，"你一眼便认出沈如磬是世界冠军，又了解她的竞技特性，是不是非常关注花样滑冰？"

这个稀松平常的问题让萧与时安静了一秒，转过头，目光清淡如水地投向对方。他吐出的话很简单，似乎却又过于简单，显得有些欲盖弥彰。

"没有。"他说。

Chapter2

新的交集

大抵是运动员底子好，沈如磐很快便摘除腰围，进入到临床实验最重要的环节：术后康复治疗。

整个术后康复分为两个阶段，第一是身体的恢复，第二是运动状态的恢复。她必须接受肌电刺激、力量训练等一系列非常规的治疗方法，以验证椎间盘假体能否支撑高强度的体育活动。如果不能，假体机械故障以及运动神经故障都会出现在这一阶段。

这真是无比煎熬却又至关重要的时期。

万幸连续三个月的观察结果显示，她的身体各项指标均正常，没有出现任何病变。

费恩对她的恢复情况感到满意，提醒她广泛进食肉类和蔬菜。一方面她的训练消耗大，另一方面食物中的蛋白质和维生素是修复肌肉和韧带必不可少的东西。

沈如磐努力进食，然而营养监控科提供的餐食非常西化，即使她勉强自己也吃不了多少。为了不影响恢复，她上网搜索周边的中餐馆，发现医院附近是柏林大学的美食街，街上有一间华人开的天府火锅。

火锅是运动员外出进食食谱里绝对禁止的食物，但今时不同往日，为了增加体重促进恢复，沈如磐来到火锅店，点了一份清汤锅搭配满满一桌子菜。

不一会儿，汤底翻滚沸腾，冬瓜片最先浮上来。她提箸去捞，滑溜溜的冬瓜总是从筷间溜走。

这个场景让她想起一桩遥远的往事。

那时她迎来发育关，一年内长高了五厘米。运动员和普通人不同，如果增高的同时再增重，体力便会直线下降，在赛场上肯定会滑不动。

母亲为此采取了苛刻到近乎变态的方式来控制她的体重，譬如训练一整天只准她吃四个素水饺。

她饿得不行，差点晕倒。陆楠心疼，偷偷带她去吃清汤火锅补一补。

锅里荤腥全无，她提不起食欲。陆楠兀自从沸腾的汤底里捞出煮好的冬瓜片放到她的碗里，好言好语地哄道："冬瓜全身都是宝，减肥美容有奇效。"

她被逗笑了。现在想想，这可是战斗岁月中革命情谊的体现。

白白的水蒸气迎面扑来，沈如磐觉得眼睛有些湿，拿纸巾擦拭了一下。

一个人吃火锅未免无趣，尤其和隔壁桌三五成群的留学生相比，更显得她形单影只。沈如磐吃吃停停，末了便放下筷子休息。

她偏头看向窗外。

寒流来袭，柏林迎来几场较大规模的降雪，视野所及一片银装素裹。

有些沿街商铺早早地设立了圣诞装饰，将店面布置得很有节日的气氛。不过现在未放假，中国游客没有来，来来往往的都是陌生的西方面孔。沈如磐很难感受到跨年的喜庆，更多的是一个人滞留在异国他乡的无聊。

她收回视线，扬手示意结账。

同一时刻，萧与时的飞机刚落地。

身为理论天体物理学家，除去伏案研究，他还有出席研讨会和参加学术会议等大量旅行工作。同时他又是柏林大学的教授，始终坚持研究、授课两不误。故飞机落地后他也没回去休息，而是乘专车前往柏林大学。

司机知道他忙过头时胃会不舒服，主动说："教授，现在还有点时间，我送您去学校附近的美食街吃点东西。"

即将抵达临近的路口，司机见前方是红灯，降低车速慢慢驶过去。萧与时不经意地瞥了一眼窗外，就看到了和他一街之隔的沈如磐。

她坐在轮椅上，腿上披着一条流苏盖毯，仰头目视前方。

两个人数月未见，萧与时起初觉得是自己认错人了。当绿灯亮起，她混在人流中，不太熟练地移动轮椅朝他而来，他才确定真的是她。

她尚在治疗中，向来以素颜示人，但五官却是耐看的。隆冬季节干燥，她的唇上多了一层滋润的唇膏，裸橘的色调与她光滑白皙的肤色相搭，显出年轻的好气色，也让她添了几分不多见的柔美。

寒风吹乱了她的长发，她抬手漫不经心地拂了一下，侧脸竟有一种细水长流的美。

萧与时安静地凝视她，一双眸子平静无澜，不显山露水，情绪难辨。

她渐行渐近，与他仅隔半米之遥时偏了一下头，目光投向他这边。

司机却突然踩了油门："教授，您想去哪家餐厅用餐？"

车子加速驶过路口，将沈如磐远远地抛在了后面。

萧与时没有答话。

司机见他久未出声，想着他刚下飞机还未倒时差，于是推荐道："转角那边有家新开的咖啡馆，您是否需要一杯咖啡提神？"

萧与时静默两秒，开口："也好。"

车子掉了个头，走回头路。

街上人来人往，熙熙攘攘，那身影早已消失不见。

车最后停在了咖啡馆外。萧与时下车，走了几步后停住，拨通费恩的电话："沈如磐恢复得不好？"

久未联系，费恩被他开口的第一句话弄得莫名其妙："没有啊。"

"但我看见她坐着轮椅。"

费恩十分惊讶，琢磨了一会儿才回答："是不是柏林下过雪，她担心外出会滑倒，才用轮椅代步？"他说完又问，"你回柏林了？难得提早回来，学术交流顺利吗？"

话题一下子扯远了。

简短的通话结束，萧与时来到咖啡馆门前。他抬手推门，门却被服务员打开，一个人坐着轮椅从里面移动出来。

她一只手推动轮椅，另一只手端着一杯热牛奶，垂眼看着脚下，一副小心翼翼的模样。

萧与时一愣。

沈如磐抬头见到他，也愣住了。

两个人本无矛盾，唯一的过节也早就烟消云散，沈如磐不是个小气的人，简单地说了一声"嗨"，算是和他打了招呼。

见他被堵在门口，她往旁边挪了一点。

她的操作不熟练，轮椅移动缓慢。萧与时见了，随即开口："轮椅没有固位措施，在雪天更容易打滑。你的椎间盘假体有减震抗压的设计，稳定性高，经得起跌倒。"

他第一次说这么长的话，她一时间分了神。

也不知是不是她错误地按到了哪里，轮椅的链条发出奇怪的声音，突然卡住。车轮猛地一倾，轮椅眼看就要侧翻。

萧与时倾身去扶，她却在惯性的作用下向前扑倒。如此一来，她的脸便不可避免地撞到他的肩上。

牛奶洒了一地。

她吃痛闷哼，本能地抬头。可才刚一动，她的头皮便传来拉扯的疼痛。几乎是同一瞬间，萧与时抬手按住她，吐字的声音略重："别动。"

她的长发，缠住了他衣领上的领针。

萧与时今日佩戴的领针，造型非常特殊。

外观酷似两个星体互相绕转，切割、打磨、镂空、镶嵌等一系列工艺毫不含糊，决定了领针整体空间架构复杂，让人无法轻易拉出打结的发丝。

如此，萧与时吐出那句话后便暂时没了后续。

他一只手搂着沈如磐的背，另一只手按在她的脑后，而她埋首在他的胸口。从侧面看，怎么都像是他和她拥抱在了一起。

咖啡馆离柏林大学不远，平时不乏学生光顾，萧与时又是知名度极高的教授，无论是谁见到这样的场面都免不了窃窃私语，就连服务生也拿捏不准是否该上前帮忙。

萧与时的视线被沈如磐遮挡，看不见具体情况，只能凭感觉推测发结在她的耳朵下面、颈部的侧面。

他腾出一只手去解，不料探了个空，微凉的手指从她的锁骨划过。她的身体蓦地一僵，却又老实地贴着他的衣襟，维持不动。

萧与时默了默，开口道："抱歉。"

沈如磐身为双人滑运动员，无论是训练还是比赛，和搭档都常有肢体接触，对这方面容忍度较高。她咬了咬嘴唇，用镇定的语气回答："没事。"

简单的对话结束，他一言不发地抚着她的脸颊转开一点，观察了一会儿，才继续摩挲探索。

两个人的身体挨得如此近，所有的感知都变得敏锐起来。

他的鼻端是她柔润的发香，她的颈侧是他均匀洒落的气息。发香与气息交缠在一起，久而久之，两个人的心跳都加速了。

时间的脚步好像变慢了，无论是谁，都没有在这个尴尬且暧昧的时刻说话。

终于，她听到极轻极细的“啪”的一声贴着她的耳朵传出，疑是金属断开的声音。

“好了。”萧与时说。

他的声音低沉且平稳，维持着平日的冷静泰然，却又有稍许不同，夹杂着克制。

沈如磐从他的胸口抬起头，下意识地瞄了一眼他的衣领。

领针被他强行掰断，断截面还钩缠着她的一缕断发。领子失去支撑完全敞开，属于他的气息散发出来，若有似无地带着她的味道。

她一窘，连忙拉开彼此的距离。

萧与时的面上毫无波澜，保持着淡然的本色，只将搂在她背上的手松开，转过头，眼风轻扫周围看八卦的学生。

学生们怵他，纷纷别开目光，该干吗干吗。

萧与时转回头，视线再次对上沈如磐的。他仿佛什么意外都未发生，直接切入提问：“你没在医院休息？”

“我出来吃饭。”

“医院没有提供餐食？”

“有……我想换换口味。”沈如磐记得他上回的言论，忙又道，“我不是出来玩的，我马上就回去。”

萧与时点点头：“上车，我送你。”

平平无奇的一席话，语气淡得犹如清风拂过山冈，学生们却再度萌发了八卦的念头，悄悄看过来。

沈如磐哪敢麻烦他，忙摆手：“不用，我自己可以回去。”

萧与时不是个话多的人，只将轮椅收好放置进后备厢，拉开车门向她做了个“请”的手势。

她见他有此好意，再拒绝就显得磨叽，便顺势上了车。

他没有跟着坐进来，而是返回了咖啡馆。

过了一小会儿，他回来了，递给她一杯暖香的牛奶，上面还有两层细腻柔滑的奶泡。

她愣了愣，轻声说了一句“谢谢”。

萧与时是个惜时的人，上车后便径自打开电脑处理学校事宜。他是教授兼导师，授课风格自成一派，既看重理论，也严格要求实验操作。虽然常有学生达不到要求被挂科抑或是被延迟毕业，但希望得他指导的学生总是很多——因为他懂得如何培养人才。

他工作的这段时间里，沈如磐也不多话，安静地看着窗外，尽量避免打扰到他。

车子穿过美食街，驶入林荫大道，道路两旁栽有常绿的菩提树。寒风拂过，枝丫上薄薄的绒雪扑簌簌直落。

菩提树下，便是著名的柏林大学。

柏林大学被列为德国的精英大学，不设围墙，没有校园的概念，各院系楼分布在不同的街区里。车从菩提大道穿过，落满积雪的古希腊廊柱式建筑以及学术先贤人物的雕像迎面而来，厚重的人文气息仿佛穿越了历史，从古延续至今。

广场上有一群肤色各异、行色匆匆的学生，朝气蓬勃的脸庞上流露出精英学子的书生意气。沈如磐见了，小声嗫嚅："考上柏林大学是不是挺难？"

刚说完，她想起萧与时就在身边，悄悄瞅他一眼，却见他不知何时放下了工作，和她一样，目光沉静地凝望着窗外。

她觉得他是没听到，又或许是听到了也不屑回答。没想到他收回视线看她，淡声吐出一句："也不难。至少没有拿世界冠军那么难。"

沈如磐十分意外。

虽说世界冠军已是往事，但被人恭维的感觉何其美好，尤其对方还是萧与时这种高知高冷的大教授。她有点不好意思，嘴角微微一勾，笑了。

她不知道，她现在恢复了健康，也养出了好气色。展颜一笑时，眼睛弯成月牙儿，五官由内至外散发出明媚和朝气，给人的感觉分外美好。萧与时的目光在她的脸上多停留了一会儿方才挪开。

便是在这时，萧与时的手机铃声响了起来。

他偏过头接电话，一口德语字正腔圆，流利至极，尤其是极难的小舌音。他喉咙轻轻一动就吐出教科书般清晰无误的发音，更别提复杂的语法以及词格的变化，都是她这种从速成班出来的人难以企及的。

沈如磐忽然想起，和萧与时仅有的几次碰面里，他基本上都和她说中文。

莫非是他觉得她的德语太烂，有心照顾她？

处在通话中的萧与时专注地聆听着电话里的陈述，间或回答几句。不知从何时开始，来自左侧的视线悄然停留在他身上，是好奇的、不加遮掩的打量。

他侧目回望。几乎是同时，身边的女人迅速将视线转移到别处。

他顿了顿，面色如常地继续通话。

当车子抵达医院，萧与时终于结束了漫长的通话。

和来时一样，他从后备厢中取出轮椅。

沈如磐连声道谢，想到什么，大大方方地问：“萧教授，你的领针被我弄断了，我想给你赔偿。请问原价是多少？”

萧与时急需返回学校，看了一眼腕表，淡淡地道：“小物件，不必了。”

话虽如此，沈如磐越想越觉得领针特殊，绝非普通物品。于是一回到病房，她就打开电脑浏览器，根据领针的细节输入关键字。

搜索结果太多，她花了很长时间辨认，也没有找到萧与时同款，只好改变关键字重新搜索。

在接下来的几天里，但凡一有空，她就会上网搜索。

那日费恩来查房，她正坐在电脑前苦找。电脑屏幕很大，即使费恩无意窥视，也还是看到了搜索栏里的德文——Karl Hofmann Hsiao。

“沈女士，你对 Hsiao 有兴趣？”费恩的声音中透出浓浓的疑惑。

沈如磐被打断，本能地关掉网页：“没有。”

“但我分明看见你在搜索他的名字。”

沈如磐知道费恩和萧与时来往密切，如果不解释，只怕会引起不必要的误会，只好简单地提了一下那天的意外，问：“您知道哪里可以买到同款领针吗？”

这个问题可算是问对人了。费恩虽然不讲究穿搭，但对这个小配饰记忆深刻：“那是波兰设计师为Hsiao特别定制的领针，仅此一枚，独一无二。”

“波兰设计师是哪位？我可以去拜访他。”

“她现在专注高端品牌设计，不再接受私人订制。”

费恩见沈如磐一脸无语，笑着提醒：“你可以拿着领针的图片去其他品牌店定制。虽然做工不如原件精致，但也是份心意。”

沈如磐明白了，想了想又问：“领针有什么特别之处吗？比方说刻字、材质什么的。”

“领针背面有行字：PB3877。”

费恩说完又解释：“这其实是一对恒星的编号。几年前，天体物理学家观测到一对互相绕行的恒星，以超高的速度挣脱银河系的引力束缚向外逃逸。它们的运行轨迹十分特殊，故被赋予正式编号，成为探测宇宙暗物质的绝佳对象。”

沈如磐茫然地重复："暗物质？"

"你可以把暗物质理解为不能直接观测到的物质。没有暗物质，宇宙就是一盘散沙。正是在它们的作用之下，宇宙从星体到星流，从星流到星系团，一步步演化成浩瀚无边的尺度。"

沈如磐顿感意外："费恩医生，您对天体物理如此了解，是受萧与时的影响吗？"

费恩听了，褐色的眼睛里不由自主地漾开一丝笑意："不，那是因为我的儿子科尔，他也是天体物理学家。"

科尔和萧与时都是柏林大学天体物理研究所的知名教授。两个人在暗物质领域的研究起点，就是从观测到 PB3877 逃离银河系开始的。

费恩提起唯一的儿子，语气中有种按捺不住的自豪："我的科尔也很聪明，年纪轻轻便获得了柏林大学终身教职职位。科尔的名字首字母是 C（Cohl），萧的是 K（Karl），两个人一度被合称为物理界的 C.K。"

CK，一个著名的时装品牌，风格大胆性感。沈如磐脑补了一下画面，反差太大，"扑哧"一声乐了。

话匣子一打开，费恩滔滔不绝地说起往事："C.K 虽然年轻，却是暗物质研究领域最受瞩目的青年物理学家。他们在短短几年时间里发表了五十多篇论文，引用量惊人，还曾在全球数百位知名教授和研究员共同参与的学术会议中，按照资历深浅做第二个开场发言。"

讲到这里，费恩的脸上流露出复杂的情绪，声音随之低沉下来："可能正是因为如此，他们总是很忙，比医生还忙，忙着做研究、忙着写报告、忙着飞来飞去参加交流会议，几乎没有个人生活。"

这种"忙"，沈如磐比谁都懂。她在相当漫长的时间里，不是比赛就是准备比赛，几乎没有一点点物质享受，也没有一点时间去过一个年轻女孩该过的生活。

卓绝的背后，都是孤独堆积的坚持。

她安慰道："也许您的儿子有个人生活，只是没有透露呢？年轻人，谁心里不藏着几个秘密。"

"秘密？不可能，科尔的感情经历是一张白纸……比 Hsiao 还要白纸。"

"萧与时有女朋友？"

"当然没有，我只是打个比方。"费恩顿住，上下打量沈如磐，反问，"你介意 Hsiao 有感情对象？"

“不是，我只是随口一说。”

“不是就好。Hsiao 对所有女人都不冷不热，除了他的母亲。”

沈如磐猝不及防噎住，见话题越扯越远，赶紧拉回来：“费恩医生，请您再给我讲讲领针，还有没有其他要注意的细节？”

“我想一想。”

费恩走后，沈如磐根据他的叙述以及自己的记忆，画了一张领针的复原图。

领针的主要材质是铂，那是恒星在生命的终点坍缩爆炸时的产物。领针上镶嵌的两颗黑玛瑙，朗润的色泽既是致敬 PB3877，亦是指向神秘的银河系外。至于那烦琐复杂的切割工艺，是为了贴合萧与时一丝不苟的学术气质。

可以说，领针不单单是配饰，更是一件艺术品、纪念品。

沈如磐凝神想到什么，重新点开电脑浏览器，把关键字从只差一点就输入完成的“萧与时领针”改成“萧与时暗物质”。

相关链接很多，第一条便是他的百科简介，图文并茂地附了一张他出席普朗克奖章授奖仪式的照片。

网络图片的版面缩小了许多，但一眼看去，他的气质卓然出众，从同辈科学家中脱颖而出。

可这样一句评价远远不足以形容他的美好。他头脑聪明，五官又生得好看，眉眼深邃，鼻梁笔直，双唇不厚不薄，微微闭合时嘴角自然上扬，比女人还要漂亮。只是他惜字如金，让人捉摸不透，所以相处不易。

沈如磐缓缓拖动鼠标，简介的最末贴了几张别的照片。

那是更年轻的萧与时。

被镜头定格的他，随着时间倒序，从成就斐然的理论天体物理学家倒退回学生时代。他或是跟随导师沉浸在实验室，或是和同伴出席欧洲各大学术会议，无论举止如何，他的气质始终清隽淡然，出尘脱俗。

她莫名地对年轻的他感到熟悉，却又觉得只是错觉。毕竟在过去的时间和地点，她根本不可能与他相遇。

沈如磐关掉页面。

那轮廓分明的侧脸，连同赞誉的文字，通通消失不见。

沈如磐稍后联系了一家低调但顶尖的奢侈品品牌。该品牌对服装细节乃至配饰有着独树一帜的追求，十分契合萧与时的格调。

领针的制作时间较长，她也不着急，全心全意地投入到复健治疗之中。

忘了从何时开始，医院营养监控科的餐食做出改善，为亚裔群体开了个新窗口。她不再外出就餐，也就再未见过萧与时。

时间一月一月地飞逝，她的运动状态得到了全面恢复。她的腰椎状态正常，骨骼肌肉也发生了很大的变化。

她上肢纤细，腰围紧窄，下半身腿臀线条紧致有力。尤其是后背正中的脊梁骨，与两侧肌肤形成一条深深的沟壑，构成核心力量支柱。既能让她在重回赛场时承担丰富的艺术表现力，又可以轻松完成各种高难度动作。

这才是一个顶尖运动员应当具备的基本体态。

费恩医生对她的状态相当满意，告诉她只需观察最后一个月，她便能如期出院。

此时已经是次年一月末，冬末春初。

沈如磐的心情是前所未有的轻松，赶巧品牌方打来电话，说领针制作完毕可以自提了。她和费恩打了一声招呼，只身前往柏林北郊的潘科区，也就是品牌门店所在地。

她离开时，天空飘着细小的雪花。

几个小时后，雪势未止，反而越来越大，柏林市政也下达了极端天气的紧急通知。

费恩接到通知后，第一时间给沈如磐发了一条消息，提醒她速归，她也很快回复说“好”。然而直到夜幕降临，大雪覆盖全城，她依旧没有回来。

费恩有点奇怪，拨打沈如磐的电话，发现居然打不通了。

沈如磐不是个不讲信用的人，说回来却没回来，难道是出事了？

费恩越想越担心，踱步来来回回地走，不时地拨打沈如磐的号码。

也不知等了多久，口袋里的手机忽然振动起来。他赶紧接听，不由分说地催促：“沈女士，你在哪儿？赶紧回来！”

电话那边安静了两三秒，萧与时的声音通过扩音器清晰地传过来。

“费恩医生，是我。”

这段时间，柏林大学进入寒假期，各专业陆续放假，物理系也不例外。

萧与时处理完学校的事，前往机场准备飞往奥地利和父母聚一聚。可因为受风雪天气的影响，暂时滞留在了那里。

他一得空，先读了读理论天体物理领域的核心期刊，接着像往常那样致电费恩。未及问候，却听见后者沉不住气地催促沈如磐回来。

萧与时信手拈书，轻轻地翻动一页，语气淡得似乎是不经意：“沈如磐怎么了？”

“她去了潘科区，说好回来的，但直到现在都不见人。”

潘科区离医院很远。萧与时侧头看了一眼窗外纷飞的大雪，目光又挪回书上：“她一个病人，不好好在医院休息，为什么去那么遥远的地方？”

他的声线是永恒不变的镇定，费恩差点将事情的原委和盘托出，转念一想，有些私事还是沈如磐亲口说出来比较好。

费恩含糊着带过去，只说：“也许是我多虑了。我再等一等，说不定待会儿便能联系上她。”

双方又互相问候了几句才结束通话。

机场广播不断地提示大雪天气，机场暂时关闭。萧与时抬起手腕看了看表，二十点，不早不晚。如果说沈如磐在赶回医院的路上，也不是不可能。

他合上书，起身来到贵宾厅的落地窗前，看向远方。

寒夜深沉，不见一丝星光，只能影影绰绰地看到外面纷飞不止的大雪，以及一架架停在机坪上被厚厚的白雪覆盖的飞机。虽然有玻璃的阻隔，不闻风声飒飒，但夜空黑魆，被狂风吹得摇摆不止的树木就像是浮动的魅影。

萧与时的视线长久地停留在外面，似乎是在等待什么，又似乎没有，眉目平淡。

半晌，他看了一下时间，二十点三十分。

他掏出手机，拨通费恩的电话：“沈如磐回来了吗？”

“没有。”费恩的语气比之前更加焦急。

萧与时沉默了。

外面天寒地冻，人迹罕至。万一沈如磐被大雪困住，滞留在户外……

贵宾厅的灯光是暖色系，柔和的光线恰到好处地照着萧与时的眉梢与鼻梁，那浸润在亮光下的面庞没有了平日孤高凉薄的学院派气质。加上心中有事，他眉目低敛，显得比平时更容易接近。

一位金发碧眼的女子已经默默观察了他很久，忍不住上前搭讪。他听到脚步声后转过身，目光却掠过对方落到显示屏上的航班信息上，淡扫一眼后开口：“费恩医生。”

“在。”

“航班无限延迟，我打算先从机场回来。”萧与时说着，从女子身旁借过，径直离开贵宾室。

“我的行车路线会经过潘科区。”他补充道，“我去那边转一转，看能不能接到沈如磐。”

费恩十分吃惊：“我记得你不会开车。”

“不是不会，是不喜欢。”

潘科区那么大，天气又如此糟糕，费恩实在是不放心：“要不，我申请公共救援？”

“不必浪费市政资源了。”

通话的工夫，萧与时已经来到地下车库。

一辆白色的越野车静静地停在那里。

这是为极端天气准备的备用车，很少使用。庞大的车身，以及双排气管彰显的强劲动力，允许驱车人翻越雪地无畏严寒。

他拉开车门，坐到驾驶坐上。

车子迅速发动起来，驶出地库，驶入漫天风雪中。

其实沈如磐抵达潘科区时，那里还没有下雪。收到费恩的提醒短信后，她回了一个“好”字。

店长服务周到，用放大镜展示领针镶嵌工艺的零瑕疵，还事无巨细地讲述保养方法，无形中拖延了时间。等到沈如磐出来时，雪已经下得很大，她根本就叫不到出租车。

她当机立断先寻找一个可以避雪的地方。

然而她半路经过一个集市，那里有许多装点着彩灯的木屋小店。店铺受风雪的影响纷纷关闭，只剩一个售卖二十世纪东德时期的旧物的摊位，一位满头白发的老太太正在费力地收拾货品。

衣物、明信片、徽章纪念币……东西实在是太多，老太太手滑，几个胡桃夹子木偶滚落到地上。

沈如磐上前拾起。

老太太慈眉善目，朝她感激地一笑。

雪势汹汹，天空又刮起凛冽的西北风，雪花细细密密地直往人的眼睛里钻。沈如磐见老人家动作不利索、东西又多，好心帮忙送一送。而这一送，她竟跟着老太太来到一片体量巨大的火柴盒式楼房前。

这便是潘科区著名的、已被废弃的汽车制造厂居民楼。

潘科区在历史上属于东德，曾经将国家一分为二的柏林墙也屹立于此。二德合并之后，低效率的工厂被淘汰，居民区也渐渐衰败，直至无人居住。

沈如磐并不了解这些，跟着老人行走在破旧得接近废墟的居民楼里。穿过一道水泥隔离墩，疑似无路之际，转弯又见一幢风格独特的红色三层砖木混合建筑。该建筑和火柴盒式的居民楼完全不同，呈左右中轴对称，首层前廊还有圆拱形装饰。即使外墙脱落了些许，整栋楼也充满了浓浓的年代感，文艺又雅致。

沈如磐注意到不远处竖着一块德语指示牌：高级专家楼。

她把沉甸甸的纪念品放在门口，刚想请求对方收留自己，老太太已先出声挽留："善良的小姐，进来喝杯热茶，避一避风雪吧。"

沈如磐便这样偶然地找到一个容身之所。

她进屋后坐在沙发椅上，抿着热茶，拿眼睛瞄房间的内饰。

屋子重新翻修过，无论是家具还是日用品，都带着东德的特色，无不流露出怀旧的情绪。

朝南的墙上比较特殊，挂着许多奖牌。其中一枚银光闪闪，牌面刻着传统的奥林匹克标志：高举月桂花冠的胜利女神。

这是奥运奖牌！

沈如磐十分惊讶："您年轻的时候是运动员？"

老太太微微一笑，端来茶果请她品尝："那是我亡夫的奖牌。我们相遇的时候，他是东德境内小有名气的田径运动员，我只是一个普通的西德女大学生。"

冷战时期，东德人不可以过境到西德，更何况是为国家争取荣誉的运动员。沈如磐疑惑地问："你们是如何结婚的呢？"

问题涉及隐私，老太太并不觉得受到冒犯，反而十分健谈："说来话长，他曾经打算偷偷翻越柏林墙和我私奔，可没想到在风雪天迷了路。后来他听说东德的运动员拿到奥运金牌便可申请护照自由出境，便在赛场上奋力拼搏。没想到再一次事与愿违，只收获了银牌。"

"我觉得他太不容易，索性从西德反向移民过来。不过那时他已经退役了，被安排在汽车制造厂干些力气活。"老太太说到这里，和蔼地笑了笑，"我主动申请来厂里工作，一步一步，从技术员做到车辆工程专家。可没想到……”

“怎么了？”

“常年的运动生涯让他落下一身疾病，他去世得很早。”

沈如磐也是运动员，同样年纪轻轻便一身伤。听到这样的结局，登时愣住。

她的脸上流露出同情，没想到老太太比她先释怀：“请不要为我悲伤。虽然我和我先生在一起的时光比较短暂，但我们相处的每一天都是快乐幸福的。”

沈如磐没有恋爱经验，对这种深爱一辈子的爱情故事无法感同身受，忍不住问：“恕我冒昧，您是怎样做到和一个运动员从恋爱到结婚的？运动员常常闭关训练一走就是大半年，聚少离多，音信全无，性格也和普通人不同，执拗、不轻易妥协。”

她描述得很有代入感，老太太打量她，反问道：“你和运动员谈过恋爱？”

“我没有，我……只是好奇。”沈如磐咽下嘴边的话，不自然地捧起茶杯抿了一口。

沈如磐的父母也是普通人和运动员结合的例子，但两个人婚后相处的日子一言难尽。沈如磐无意延续这方面的话题，拿眼睛瞅了瞅墙上的钟，注意到时间接近二十点。

她想到应该给费恩报个平安，这才发现手机一直处于没有信号的状态。哪怕关机重启，也依然不行。

老太太说：“天气糟糕的时候，这里就是信号盲区。”见外面大雪纷飞，她再次挽留，“雪太大，一时半会儿停不了，你再喝杯热茶吧。”

沈如磐想了想：“那我就继续叨扰您了。”

“没关系。我独居太久，也想和年轻人说说话。”

于是在这样一个雪虐风饕的时刻，沈如磐待在温暖如春的房子里，品着热乎乎的红茶，听着壁炉里木头燃烧时发出的噼啪作响的声音，和一位历经人世沧桑的老太太聊过去的故事。

也不知过了多久，直到茶壶都喝空，鹅毛大雪才终于转成小雪。

沈如磐再一次重启手机，这回勉强有了一格信号。很快，屏幕上就弹出数条信息——一部分来自陆楠，日常关怀她的近况。另一部分来自费恩，追问她在哪里，并提醒她速归。

最后一条，来自陌生的电话号码，内容只四个字：见字回电。

她困惑地回拨过去。

拨号音只响一声电话便被接通了。一个男人不轻不重地开口，带着回音，仿佛从遥远的地方传来，却准确地吐出她的名字：“沈如磬。”

她愣住，有些难以置信，说话的人竟然是萧与时。

“你在哪里？手机一直打不通。”他的声音压得很低，语气不明。

沈如磬回过神来：“我在外面，这边信号不好，你……”她差点脱口而出，你怎么会有我的电话？

可她不是一个缺心眼的人，目光落到窗台上的皑皑白雪上，再想到费恩的短信，就什么都明白了。

暴风雪天，她迟迟不归、音信全无，费恩肯定以为她出了意外。病人离院期间发生意外，医院要承担责任。费恩一时情急之下，便联系了萧与时。

就像她想象的那样，电话那头的男人开口，声音平静，没有多少情绪：“费恩医生联系我，提到你在潘科区。你说一下地址，我带你回医院。”

她哪敢劳驾这尊大神：“不用不用，我待会儿自己坐出租车回去。”

偏偏手机信号又变差了，也不知萧与时回答了一句什么，声音破碎，她压根儿就没听清。

沈如磬移动到窗前，“喂”了几声，通话仍旧不畅。她只好来回走动，也不知走到哪里信号突然好转，萧与时的声音一下子通过听筒清晰无误地传来：“天气不好，你根本叫不到车……”

话音未落，那边突然响起刺耳的急刹车声。

沈如磬吓了一跳：“怎么了？”

回应她的是踩油门重新打火的声音，过了片刻，才是萧与时的解释：“没什么。通话分心，我差点把车开进了湖里。”

他说话的时候，背景音还有雨刷来来回回刮擦车窗玻璃发出的吱吱声，声声入耳。

沈如磬蒙了，她突然意识到什么：“萧教授，你……一直开车在找我？”

肯定没猜错。费恩情急之下联系了萧与时，萧与时以为她困在路上了，就开车出来寻她。

沈如磬意识到给人添了麻烦，连忙解释自己滞留在外的原因，说：“我常在寒冷地区训练，知道在极端天气下该如何自救，所以临时找了个落脚的地方。萧教授，对不起，我没想到会连累你和费恩医生担心我……

抱歉，我不是故意的。”

面对她懊恼的道歉，一向无所不能的萧与时张了张嘴，欲言又止。

是的，他担心她。

他以为她不知道冰雪恶劣天气的严重性，却没想到她能随机应变、化险为夷。如此一来，反倒显得他多虑了。

“雪这么大，寻找你也是应该的。”萧与时淡淡地打断她，“你说一下地址，我过来接你。”

他言简意赅，仿佛是受费恩之托必须要带她回去。即使沈如磬不想麻烦他，似乎也只能麻烦他了。

她不好意思极了：“那就辛苦你走一趟了。”

Chapter3

爱的萌芽

沈如磐问过老太太后报上详细的地址，萧与时交代道：“我的手机快没电了，万一无法再和你联系，请耐心等待。”

“不要紧，你慢慢开车，千万注意安全。”

她满腔抱歉，口吻不再像之前那么生疏而客套，细声细气的，透露出对他的关心。

电话这端，萧与时也一改平日的寡言少语，轻轻“嗯”了一声。

结束通话后，沈如磐给费恩医生发消息报平安，又用手机搜索路况，得知大雪压倒了不少树木，全城地面交通受阻。在如此麻烦的情况下，萧与时“见字回电”四个字只怕是说得轻浅。

她在这里一待就是好几个小时，而他在漫天风雪里没有目标地驱车寻找她……

沈如磐想到这里，心中的歉意又加深了几分。

她望向窗外。

北风呼号，在废弃的工厂区变成一种阴恻恻的调子。夜色黑沉，楼外那盏孤零零的路灯便是漫漫长夜里唯一的光明。雪花迎着泛黄的光线密密斜斜地飘落，无声地陷落在廊门尖顶，融入厚厚的积雪中。不消片刻，雪又厚了一点。

她的心有点不平静，像被什么揪住了。

老太太安慰道：“风雪天车辆不易通行，你耐心等等。”

沈如磐点点头。

老太太想起什么，突然“哎”了一声：“我忘了提醒你的朋友，连接厂区的那条公路一前一后有两个分岔口。第一个口子绝对不能走，通向断头路，汽车会掉入长期弃用的地坑里。”

沈如磬一惊，再联系萧与时，却发现他的手机因为没电已经关了机。

她想到他刚才险些出了事故，不假思索地道："我去路口接他。"

"不可以，户外温度极低，你坚持不了多久就会被冻伤。再说你站在路边，天这么黑，汽车快速驶过路口，你的朋友也未必能看见你。"

沈如磬只好思考其他方法。

老太太也思索了一阵子，从那几袋沉甸甸的东德纪念品里找出两张交通标识牌：一红一绿两个小人。

这是东德最著名的红绿灯小人，红的伸开双臂停步不前，绿的戴着帽子阔步前进。虽然二德统一后，红绿灯小人便从人们的视线中消失了，但它们要传达的意思依旧清晰明确。

不过只有这两张标识牌也不行，从分岔口到专家楼还有很远一段距离。

沈如磬想到什么，顿时有了主意，指着剩下的旧物说："老夫人，请把它们全部卖给我。"

她"吭哧吭哧"地把东西搬下楼，戴好帽子和手套把自己护得严严实实。将要出门时，老太太见她高高瘦瘦的，关心地问："你需要在雪地里走很长一段路，吃得消吗？"

"没问题，我的体力好。"

"现在雪虽小了，但我估计还会持续一阵，请速去速回。"

沈如磬点点头，拉开门。

大雪过后，地上就像铺了一层厚厚的棉被。人一走出去，两条腿便没入松软的积雪里。每一次提步前行，会带出不少白雪，同时还要克服湿滑带来的阻力。时间一长，气息不稳，她难免会感到吃力。

她停了停，调整了一下呼吸。

身为冰雪项目的运动员，沈如磬当然知道在雪地里行走，最重要的是保持步伐稳定，不疾不徐地前行。盲目加速，往往会造成体力不支，这样就走不到目的地了。可她不知道萧与时现在的位置，万一他比她先到路口……

她沉沉地吸了一口气，加快脚步继续前行。

她一边走，一边掏出袋子里的东西，挨个挂在沿途可以悬挂的地方。很快，长凳、电箱、水泥墩……每个显眼的位置就都有了特殊的"标记"。

最后，她将红灯小人和一块长木板绑在一起，直直地插在公路的分岔口。

做完这些以后她累得不行，但一颗心总算是安定了下来。

凛冽的北风贴着羽绒服的帽子刮过，这是气流不稳定的表象，预示着还有雪要下。

她不敢耽搁，按原路返回，走几步又停下，看一眼身后。

寒夜深重，只希望雪能下得小点，不要弥漫了整个世界，让人分不清天和地。如此，萧与时便可以顺利地赶来这里。

就像预料的那样，后半夜，雪又下了起来。

雪花飞扬在天地间，那个插在路口的小红人蒙上一层薄薄的白色，静静地守候着过路的车。

萧与时就在来这里的路上。

越野车破雪前行，雨刷的速度跟不上降雪的势头，雪一团一团落下来，车窗上瞬间就白了一层。在视线受限的情况下，他放缓了车速，辨认着前路。

公路有两个分岔口，挨得很近。他瞧不出区别，于是打开远光灯。

光线射出，第一个分岔口的交通标识牌随即反射出明亮的光芒。那是一个双臂张开的红色小人，在用肢体语言提醒：此处禁止通行。

巧的是，第二个分岔口有一个绿色小人。它阔步前行的样子，示意车辆转道。

他一一照办。

车进入厂区，行驶在一条狭窄的、凹凸不平的小路上。恰恰是这条破旧得几乎被人遗忘的老路，角落里散放着数不清的小物品。

纪念章、明信片、糖果礼盒……无数原产于二十世纪东德的小物件随意地系在长凳、路灯、邮筒等各个显眼的地方，并且搭配上荧光棒。荧光的光线微弱，却积少成多，弯曲延绵，构成一片又一片的灯光带，将毫不起眼的破败之路照得流光溢彩，是古老又崭新的去路。

路的尽头，仿佛有个人在指引着他前行。

萧与时从离开机场到现在，在长达五个小时的时间里一路驱车向北寻找沈如磐，虽谈不上辛苦，但绝不轻松。目视着眼前预料以外的景象，他幽深的眸子里映着细碎的流光，里面的情绪起了波澜。

他掌控方向盘的手动了一下，蓦地提高车速。

车子快速前进，窗外的灯带明明灭灭，陈旧的历史与清奇的夜景交融在一起，给人的感觉微妙又浪漫。

有两个水泥隔离墩横阻在前方。

越野车车身庞大，有可能会发生擦碰。他谨慎地移动着车子，一抬头便见到泥墩上放置的麦芽咖啡。

那是东德的时髦饮品，铁罐表面除了一抹烈焰红唇，还印着当时的广告词：亲爱的，我在这里等你。

烈焰红唇诱惑至极，广告词煽动人心，两两结合像是提示车辆可以放心通过。

萧与时的脸上向来没有多余的表情，见到这个巧合，目光一软，嘴角轻轻勾起一个弧度。

他淡淡地笑了。

另一边，沈如磐等得太久，迷迷糊糊睡着了。半睡半醒间听见汽车的声音，她一下子惊醒，从沙发椅上“噌”地弹起。

她环顾周遭，发现除了壁炉里燃烧的火焰噼啪作响，再无丁点动静，仿佛刚才的声音只是错觉。

沈如磐转头看向身旁的老太太。

老太太手中握着一份东德时期的旧报纸，未读完便睡着了，身上的毛毯也滑落到地上。

沈如磐替她拾起盖好，悄悄走到窗台前。

雪还在不停地飘落，天与地是一片惨淡的黑与白。她茫然地看着远方，却不知从哪个方向可以盼到萧与时。

也不知过了多久，她的肩上忽然一沉，多了一条毛毯。

沈如磐转头：“我吵醒您了？”

“我一向睡得浅。”老太太笑了笑，眼里流露出慈祥的目光。

陪着沈如磐在窗边等待了一会儿，老人又问：“来接你的人是你的男朋友？”

“不是。”

“可他冒着风雪这么晚来接你，分明很重视你。”

沈如磐不是那种容易昏头的小姑娘，忙澄清道：“我是他的实验研究对象。他来接我，大抵是出于人道关怀吧。”

老太太意外地看了看沈如磐，见她的心思不在此处，便没再往下说。

沈如磐等了一阵，有点沉不住气了：“他还没到，是不是走错路了？我想再去路口看看。”

老太太年轻时也曾像沈如磐这样在天寒地冻的夜里翘首等待一个人，非常理解沈如磐的不安。她宽慰道：“你的朋友是做研究的，脑子聪明，必然可以准确地找到这里。”

话音刚落，不远处出现了一个小小的白色光团，紧接着汽车声响起，车灯远远地照过来，在墙上投下斑驳的光影。

是萧与时！

沈如磐那颗悬着的心终于落了地，情不自禁地朝他的方向挥了挥手。

越野车行驶到楼下后停住，萧与时从车里出来。

一般人在这个时候可能会先活动活动肩颈，以缓解长时间驾驶的疲劳。但萧与时不同，他身姿挺拔，走了几步立在廊前，侧仰起头，目光投向楼上的她。

彼此视线交汇，他开口，嗓音清润醇和：“久等了。”

只短短三个字，沈如磐的心莫名地跳快。几乎是同时，老太太惊叹地开口：“你的朋友长得可真帅。你真的不喜欢他吗？”

沈如磐敢肯定，这句八卦被萧与时听到了。

然而他面色平静，仿佛没有听见一个字，视线平稳持久地落在她的身上。

雪花落在他的脸庞上，让他的眉梢和嘴唇都添了一点润泽的水光。明明他一个字都没说，她却觉得他脸部的线条柔和了许多。

她下意识地想要收回目光，这时他的声音缓了缓，带着点少有的温和的质感：“下来，该走了。”

沈如磐“哎”了一声，赶紧下楼，想起没拿外套，又急忙往楼上走。

她匆匆穿好，三步并成两步跑到萧与时面前，拘谨地说：“你一路上辛苦了。”

“没事。”

“怎么可能没事？你开了这么久的车，就算一路畅通，也难免会感到疲惫……现在应该很累了吧？”沈如磐心有牵挂，乍一见到他，并没有意识到自己话太多。

所幸他也不反感，低头倾听她的言语，末了，轻描淡写地“嗯”了一声算是回应。

离开时，萧与时打开车门让沈如磐先坐进去，他则走向到老太太面前，向对方道谢。

沈如磐待在温暖的车内，远远地看着那俩人。也不知道老人家说了什么，萧与时回头不经意地和她对视一眼。

稍后他便回到车上，将车子发动起来。

沈如磐适时地降下车窗，向老太太挥手道别。

等到车子驶出去，她偏过头问他：“你们在聊什么？”

“感谢她收留你。”

他的语气沉稳且淡然，她没有丝毫怀疑。

越野车前行时经过水泥墩，汽车内置的护航防撞系统发出“嘀嘀”的提醒声。

沈如磐见到这一幕，意外地“啊”了一声：“早知你的车有防碰撞提醒，我就不放咖啡罐了，反而显得多此一举。”

萧与时却回答：“雪天行车困难，不能完全依赖于系统，也需要人的随机应变。你的指引对我非常有帮助。”

说罢他转过头凝视她，低声开口：“谢谢。”

沈如磐被他这么直接地一谢，心里挺受用，嘴上客气地说：“言重了，是我该谢谢你才对。”

她和他不熟，乍凑到一起，除了表达感激也说不上别的话，接下来就有点词穷了。

沉寂的氛围中，萧与时将车开出一段距离，不经意地开口：“你很聪明，指路的方式挺特别。”

沈如磐清了清嗓子，配合地多说了几句：“华语电影《宋家王朝》中，有一幕是车灯齐亮，在停电的机场里照出跑道，好让飞机平稳地降落。我临时想起这个情节，所以算是活学活用。”

“你喜欢看电影？”

“不是。有一年自由滑比赛的配乐刚好是《宋家王朝》的主题曲，为了领会曲子，我把这部电影反复看了十几遍。”

她算算时间，喃喃自语：“那是几年前的事了？好像是我刚升上成人组……大概六七年前？”

她顿了顿，轻声总结：“真遥远。”

稀松平常的三个字，萧与时侧过脸凝视她。他的目光沉静如海，却在这一瞬间有了波动。

可惜她没有看他，自然也就错过了这一幕。

“对了，我今天来潘科区……”沈如磐刚想解释一下给萧与时添麻烦的原因，轮胎突然发出一声闷响，车身猛地一抖，车子急急地刹住。

沈如磐怔了怔，骤感不祥：“该不会是……”她没有把话说完，因为她看见萧与时的眉头深深地蹙了起来。

雪天天气寒冷，轮胎在长时间的行驶过程中因冷热温差和高温高压的影响，爆了。

车被迫停在了公路上。

公路逶迤绵长，没有其他车辆通过，只有惨淡的路灯照亮寒冷的夜晚。

夜，安静极了。

萧与时拨通道路救援专线，简短地沟通几句后便挂断电话。

沈如磐问："客服怎么说？"

"大雪封路，救援车至少要天亮才能抵达这里。"

"我们只能在车里等一整夜了？"

萧与时看了一眼油表，沉沉地吐出三个字："要更糟。"

行车这么久，汽油消耗了不少。眼下虽然抛锚了，但车载空调将温度维持在一个温暖的度数，存量汽油最多再坚持两个小时。一旦汽油耗尽，车内温度下跌，那就和冰天雪地的户外没什么差别，人肯定无法久待。

沈如磐得知现状，点开手机地图，把屏幕凑过来："附近有家汽车旅馆，距离我们三公里。我们走过去住一晚？"

折腾了这么久，无论是谁都会感到疲惫，都想找个住处。但……萧与时心中有顾虑，难以表态。

沈如磐意识到什么，忙说："萧教授，你不用顾虑我。三公里而已，我有体力走过去的。"

萧与时抬起手腕看了看表，没有正面回答："我给加油站打个电话，请求远程送油，那样或许我们能在车里过夜。"

然而加油站的配送车也因为极端天气不能抵达，留在原地的方案是绝对不可能实现了。

相较之下，还是投宿旅馆的主张更实际。沈如磐再次劝道："我基本痊愈了，区区三公里真的没有问题。你如果不放心，可以给费恩医生打电话求证。"

见她的语气如此笃定，萧与时也无法再反对，叹了口气："走吧。"

沈如磐解开安全带。

雪虽停了，但一打开车门，渗透到骨头里的寒冷还是让她猝不及防地打了个寒战。

萧与时下了车绕到她这边，朝她伸出手。她感到纳闷，正犹豫着要不要也伸出手，却听到他说："我的手机没电了，借你的用一下，照路。"

原来是这个意思……沈如磐忙掏出手机递过去，随后跟着下了车。

萧与时腿长，步子迈得开，走在前面。沈如磐戴好围巾和手套，将自己护得严严实实，快步追上去。

两个人并肩前行，手机光线在地上拉出两道长长的影子。世间生物仿佛隐藏在阴冷的黑暗之中，万籁俱寂，只剩皑皑白雪和雾凇一路相随。

偶有枝丫被积雪压断发出声音，却让极静的雪夜更显空寂。

沈如磐悄悄看了一眼萧与时。

他不像她，有围巾、手套这类御寒物，只穿着高级羊绒面料的大衣，里面是同色西服，身姿修长，颇有风度。至于有没有温度，她就不得而知了。

沈如磐清了清嗓子，一改往日的拘谨："萧教授，你冷不冷？"

萧与时闻言，淡淡地瞥她一眼："你冷？"

他磁性的嗓音在静谧的雪夜里听起来像有几分别的意思。沈如磐忽然想起以前看过的段子：一个女生问男生冷不冷，是想让他多关心她。

她意识到说错话了，忙道："我还好，不冷。"

他充满探究的目光落在她的脸上，停留片刻后又挪到她的唇上。

他的一双眼睛生得十分好看，不说话的时候，明净澄澈，目光犹如波光粼粼的泉水。就在她被他盯得略不自在时，他说："你的唇色略白，也许是刚从车里出来，一暖一寒冻着了。"

他居然连这个小细节都发现了。沈如磐有些感动，面上继续发挥女汉子的作风："没关系，我们多走走，身体慢慢就会暖起来的。"

两个人保持步调前行，走完一半的路，都觉得暖和多了。沈如磐的手心也出汗了。

萧与时道："休息一会儿。"

沈如磐知道他是顾及自己的身体，收步缓了缓。

大抵是和他共处，如果不找点话聊，总觉得不自在。不过眼下找不到可以聊的话题，她索性抬头凝视夜空。

雪已经停了，在路两旁的树木的衬托下，夜空分外清明。星辰密密地分布其中，有几颗特别明亮，组成一个勺子的形状，那便是著名的"北斗七星"了。

她循着斗口方向辨认周边的星座，脸上若有所思："我有个朋友，他滑雪时失去方向，苦撑到深夜才被救援队找到。我告诉他，雪山夜空清晰，天上的北斗星可以指引南北让人走回营地——你猜我朋友怎么回答的？”

“朋友说，北斗七星太难辨认，有没有简单点的。”

她不疾不徐地说，也不管萧与时有没有听。

“我说，当然有啊。喏，就是这个横着的 M，由五颗亮星构成的 M 字仙后座。”她抬手一指，声音轻快地上扬，“仙后座是北天拱极星座，在北极点呈 M，在赤道呈 W，很好辨认。”

“我的话还没说完，朋友就抱怨道：‘够了，不要再和我聊星星了。我在雪地里挨冻了一整夜，现在还眼冒金星头疼呢！’”

沈如磐说完想起朋友的糗样，抿着嘴乐了。

萧与时看着她笑，接话道：“你比你的那个朋友懂得要多。”

“也不多，就稍微了解一点星座的东西。”沈如磐迈步往前走，有一搭没一搭地闲聊，“不知道为什么，我总觉得仙后座的几颗星星在夜空中看起来格外明亮。”

萧与时跟在她身旁，不经意地回答：“因为它的周围存在亮星云。”

“什么？”

“银河系中能够发光的云雾状天体，是为亮星云。反之，是暗星云。”

沈如磐好奇：“暗星云，是暗物质吗？”

萧与时瞥她。

沈如磐知道自己说漏嘴了，羞赧地一笑：“费恩医生偶然提起你在研究什么。”

萧与时没有问为什么费恩会和她聊这些，单单解她的疑惑：“暗物质不是暗星云，是宇宙中无法观测，却又假设存在的物质。”

“无法观测又如何证明它的存在呢？”

“靠引力计算公式。”

“公式不会出错吗？”

和普通人聊深奥的天体物理，很容易把答案说得复杂。萧与时换了个解释：“生命可以证明暗物质的存在。”

他谈到喜欢的研究，话比平常多了许多，语气也变得平和起来：“生命起源于宇宙大爆炸，但宇宙大爆炸并不能带来生命。如果没有暗物质产生的巨大引力，宇宙不会形成岩石质行星、不会有液态水，也将缺乏碳、氮、氧等地球生物的基本元素。”

沈如磐长长地“哦”了一声：“所以，你研究暗物质，是想在生命起源方面取得突破性的进展？”

“不，我只是好奇。”

她听见这句，停下脚步看他。

萧与时道：“如果把宇宙视为人，暗物质便是人的情感。虽然看不见也摸不着，无法直接观测，却是客观存在的，也值得探索。”

他说这番话的时候，抬头望了一眼星空，凝视那既比不了太阳的光芒，也不如月光清澈的点点星辉。而他的嗓音是那么平静、悦耳，夹杂着丝丝暖意：“我并不是渴望取得什么成就，做研究的目的也只是想弄清楚一些真相。毕竟没有人真正懂得整个天体物理。”

沈如磐油然而生一种感觉——他的内心，也许并不像他的外表那么淡然。

她附和道：“萧教授，你是我认识的物理学家里最有人文情怀的一位，我相信你肯定能找到答案的。”

她吐字轻快，语调上扬，显然是恭维。萧与时是什么人，淡声反问：“你总共认识多少物理学家？”

沈如磐噎住。万幸她能言善辩，立马挽回场面：“就算我认识得不多，只你一个也足够了。毕竟也不是所有物理学家都愿意冒着风雪驱车五个小时，只为寻找一个普通病人的下落。”

无论是不是恭维，这句话都挺让人受用。

萧与时看着她噙笑的眼睛，过了两秒后移开视线，嗓音是一贯的低淡平静：“不要嘴甜。”

不甜不行啊，科学家的心太硬了。

沈如磐早就习惯了他这副样子，也不感觉失望，从衣袋里掏出一个黑丝绒盒子并打开：“萧教授，这是赔礼。”

“我本想赔个一模一样的领针，上网查过资料后，总觉得原领针最珍贵的地方是独一无二。于是我让品牌商店仿制时改了点材质，变成了另一个‘独一无二’。”

她怕他不喜欢，又解释：“恒星坍塌爆炸时，会发出异常耀眼的亮红色光芒，在宇宙中惊艳震撼。我便把原先的黑玛瑙改成了红玛瑙，想通过赤红强调你卓越的才华，以及致敬你投身科学研究事业的热忱。”

她递过去：“请收下。”

萧与时早就忘了这件事，静默片刻后，从她手中接过丝绒盒。

领针上镶嵌的红玛瑙并不普通，整体通透度极高，颜色均匀剔透，显然是上等品。

他缓缓问了一句："你今天来潘科区，是为了取回领针？"

"嗯。"

难怪她会去那么遥远的地方，甚至遇到暴风雪错过了返程。假如她没有遇到老太太，那她……

萧与时的心中似乎有一种微妙的情绪漫延开来。他直视她良久，说："辛苦了。"

"不辛苦，这是我应该做的。"沈如磐解决了人情债，心中如释重负，冲着他抿嘴一笑。

现在是后半夜，气温降至最低，两个人没在原地停留，继续往前走。

有根粗大的断枝横在路中间，她大大咧咧就要跨过去，萧与时及时伸手拉住她。

他没戴手套，错手一拉，掌心紧紧扣住她的手腕，微凉的体温清晰地从他的指尖传递到她的手腕上。

她有点蒙，转头对上他，那画面就像是恋人间的牵手与对视。

他面色如常地拉着她，绕行避开断枝后才松开。他自始至终一言不发，仿佛只是顺势帮她一下。

她反倒不好说什么了。

两个人持续前行，最后一段路是下坡路，越往后走积雪越深。刺骨的寒冷透过沈如磐的皮靴，从小腿漫上来，直袭膝盖。

久而久之，她感到有些难受。但这种难受不是来自腰，而是源自两腿的膝盖后侧，也就是内韧带的位置。

她的韧带曾经严重地撕裂过，虽经治愈，一遇湿寒仍免不了会酸痛。所幸剩下没多远的路，她闷声忍耐，勉强顺利抵达了汽车旅馆。

萧与时去前台办理入住手续时，她拖着疼痛的双腿，疲惫地蹭坐在大堂一角的沙发上。

他拿到房卡，回头寻她，却见她垂着头，双手轻揉膝盖，神色难辨。

他问："怎么了？"

她打住，站起身："没什么。"

汽车旅馆和普通酒店不同，停车位与房间相连，一楼是车库，二楼是卧室，整体独门独户。萧与时订了两栋楼，先将沈如磐送到大门前，和她说了“再见”方才离开。

走了几步，不闻身后有动静，他转身回头，却见她依旧立在大门前。

她吃力地往前跨了一步，眉头深深地皱起，随即扶墙止步。

萧与时于是走回去：“沈如磐，你怎么了？”他伸手挨上她的肩，这才意识到她的身子在微微颤抖。

她嘴唇翕动，半晌说不出一个字来，看起来难受极了。

萧与时正色道：“我去前台借辆车，送你回医院。”

她一把拉住他的胳膊。

直到身体停止颤抖她才开口，声音发虚：“不用折腾，我没事。”

两个人之前有过肢体接触，那时她的皮肤还温温的，现在却手指冰凉，完全没有走路出汗后的湿热感，又怎么可能没事？

萧与时的口吻变得严肃起来：“你是不是腰疼？”

她摇摇头：“我只是走了很远的路，又在沙发上坐太久，腿部肌肉骤紧骤松，突然就痉挛了。”

“痉挛？”

“我以前练习花样滑冰，频繁的跳跃训练导致两腿韧带严重撕裂，留下了一点后遗症，有时是麻木，有时是痉挛……”她打住，立刻转移话题，“不好意思，我吓到你了吧。”

明明是她的身体难受反而向他道歉，萧与时看着她，眉心皱起。

他担心她吃不消长时间的步行，一路过来暗暗观察，见她步态正常便放了心，没想到还是有疏忽。他应该更仔细些的，比如她刚才坐在大厅轻揉膝盖，就肯定是因为不适……

萧与时张口欲言，沈如磐却先一步说话：“你不用担心，我现在好多了。”

为了证明自己已经恢复过来，她放开他的胳膊，连走几步，进入车库迈步楼梯。

其实她伪装得很好，如果不是楼梯台阶太多，她抬步时膝盖弯曲压迫到韧带，身体微不可见地晃动一下，他几乎又要被她给骗过去。

萧与时浅浅地叹气：“沈如磐，你……”

她知道他要说什么，朝他摆了摆手，语调轻松：“我了解自己的身体，抽筋而已，休息一会儿就能恢复正常。你折腾了一夜也很辛苦，快去睡觉吧。”

萧与时未动。

他盯着她，见她若无其事走上楼梯的模样，心里那种说不清又道不明的情绪凝聚起来，似乎应该放手不管，却似乎又做不到。

他安静了一阵，朝着她走过去。

她还未反应过来，下一秒已被他打横抱起。

“我送你。”他说。

不等她回答，他已迈开步子。

他的左手搂着她的肩，掌心贴着腋下，另一只手搂着她的腿弯，沉稳地抱着她。一楼到二楼共有二十四级台阶，每一次拾级而上，她在他的怀里轻微振动，他吐纳的温热气息拂过她的面颊和耳朵。这画面，无论是谁见了都会忍不住多想。

沈如磐的心中不是没有波澜，稍稍有些心猿意马，又觉得自己想太多了。

她腿疼难行，萧与时抱起她送她回房间，只是出于一番好意。就像之前他一言不发拉着她的手腕绕路避行，心思端正。再说比现在更暧昧的情况都已经发生过了，他表现得无比正常。

沈如磐无言地瞅了瞅萧与时。

楼梯道的灯是声控灯，一盏接一盏亮起来。光线是柔柔的月光黄，从他的头顶正上方投落下来。他的眉眼、侧脸、嘴角都染上一层阴影，看不清表情，但整个人的气质和平常并无异样，依然清淡疏离。

这样遥远的一个人，在寂静的寒意里给予她温暖，不是出于男女之间的感情，而是因为修养极佳。假如遇到麻烦的人不是她，他大概也会提供帮助吧？

所以，当萧与时进入房间把她放到椅子上，不但未离开，反而对她说“你走路出了很多汗，腿又疼，泡一泡热水澡有助于缓解疲劳”，沈如磐压根儿没把事情想复杂，而是淡定地点头说“好”。

可直到热水放好了，他也还是没有离开的打算。

他迎着她困惑的目光说：“我再借用一下你的手机。”之后他转身去了阳台，并从外面反锁上阳台门。

也不知他是拨通了谁的电话，只开头说了几句，剩下的时间都是安静地听。

沈如磐见通话一时半会儿很难结束，便挪步去了浴室。

虽然有很多案件都来自熟人作案，但萧与时怎么可能趁她不备突然闯进来呢？这样的画面只是想想，她就立刻被自己弄得无语。

她觉得把身子浸泡在热水里，一身的黏腻感随之消除，舒服多了，两膝的疼痛亦缓解了不少。

片刻后，她从浴池中起身。

满满一室的热气，地面及台面都变得湿漉漉的。她怕跌倒，伸手扶了一下大理石浴室壁，一不小心将浴池边的洗漱用品弄翻了，发出不小的声响。

萧与时的声音从外面传来："沈如磬，你还好吗？"

他还没走？沈如磬十分惊讶，下意识地扯过浴袍："挺好的，我马上就出来。"

"小心地滑。"他提醒道。

她应了声，迅速整理好自己，然后打开门。

刚洗过澡，她的肌肤在热气的晕染下白里透红，脸颊就像蜜桃，水嫩光滑。她信手盘起长发，几绺湿发恰好垂落在胸口的位置，贴着白皙紧致的锁骨。

萧与时将手机放在床头柜上，抬头便对上这一幕。

他稍稍垂下眼帘，再度看她时，视线维持在她的脖子以上："我刚刚和费恩医生通过电话了，他让我给你演示一套运动按摩手法，有助于缓解韧带的疼痛。"

原来如此。沈如磬是运动员，经常会接受运动按摩，于是大方地说"好"。

他示意她坐到床上。

房间里暖气开得足，她穿得不多，浴袍底下春光旖旎。她正犹豫着拿什么东西遮挡一下，萧与时已经用一条长毛巾盖住了她的腿。既防止走光，也避免他的手直接接触到她的皮肤。

他随后坐在床尾凳上，轻轻地按压她膝关节的周围，找到痛点，用拇指的指腹做顺时针点揉。

他是个寡言少语的人，演示多，叙述少。沈如磬认真地听，也不多话。

房间内的气氛很安静。

辅助按摩的步骤有点复杂，他的掌心扣着她的膝盖骨，细致缓慢地运动几下，再从小腿肚一直捏揉到脚踝。

他此刻才注意到她的脚很漂亮，还秀气，脚趾纤细，只可惜踝关节因为常年训练而微微有些变形。

萧与时打破沉默："你几岁开始练习花样滑冰的？"

“三岁。”

“这么小？”萧与时顿感意外，“三岁的孩子，骨骼和平衡能力尚在发育中。”

沈如磐颔首：“是挺小的。但我母亲说，很多著名的花样滑冰选手都是早早地接触花样滑冰，所以我也该这样。”

“那你的冰鞋有合适的尺寸吗？”

他的问题有点多，像是有意闲谈，沈如磐也就配合地多说几句：“刚开始确实找不到合适的鞋，母亲一方面请人定制，一方面让我穿上厚厚的棉袜，一双套一双，把脚‘撑’大，然后再对我进行启蒙训练。”

“这样做很伤脚的。”

“可我那时不觉得辛苦，反而很开心。”

“为什么？你从小就喜欢花样滑冰？”

面对萧与时的询问，沈如磐想了想，诚实地回答：“与其说是喜欢，倒不如说是觉得美。”

她说：“我的母亲是二十世纪八十年代的花样滑冰选手，虽然没有取得特别突出的成绩，但她一直都严格要求自己。哪怕退役转型了，她也依然没有放弃上冰练习。自从我有记忆开始，就总看母亲滑冰。”

“冬天的北方冷得不行，但阳光一照，户外冰场闪闪发亮，冰鞋的刀刃也闪闪发亮。母亲的体态轻盈妙曼，在冰上的每一个动作都优雅美丽，整个人仿佛散发着朦胧的光芒。”

沈如磐说着，脸上露出怀念的神色：“新奇又美丽的东西，对年幼的我极具诱惑力，也是让我同意滑冰的原始动力。”

“然而频繁的训练很快便耗光了我的耐性，我有段时间特别想放弃滑冰，尤其是双腿韧带严重撕裂，被迫从单人滑转到双人滑的那个阶段。我总是问自己，滑冰的意义是什么？难道是为了替母亲争夺冠军？”

那是一段特别灰暗的时期。她的双腿副韧带全部断裂，只能靠肌肉力量来控制动作。明明已经够苦了，母亲却仍觉得她不够卖力。

“后来呢？”萧与时问。

沈如磐看着他，稍稍停了一下，继而认真地说：“后来我遇见了不错的搭档，也找到了答案。”

“闪耀的体育馆、华丽的表演服、沁人心脾的音乐旋律、极具观赏性的冰上动作，无一不美。这些美丽的东西叠加起来，通过竞技的方式展现在观众面前，便汇聚成一件艺术精品、一场视觉和听觉的极致飨宴。

“我想成为精品中的精品，也想带给观众更多更美好的飨宴。待许多年后我老得滑不动了，年轻的后辈回忆过去，说不定还会记得我，记得我在职业生涯里对‘美’的追求，而不仅仅只是记得我是冠军，是曾经的第一名。”

永远都会有人成为大奖赛、世锦赛、冬奥会的新晋冠军，但永远不会有第二个人成为沈如磬。

这是沈如磬的心声，也是她念念不忘的追求。

可眼下她把话说破，萧与时长久地沉默，不予评论，她不禁怀疑是自己话太多了。

好端端地，她突然抛出长篇大论，他肯定会觉得奇怪，说不定还会认为这是一个落魄的运动员的偏执。

于是沈如磬连忙改口：“抱歉，我……”

“我一直以为你从巅峰跌落低谷，心有不甘，难免会行事激进。即使那时费恩医生坚持要为你实施手术，我也始终持反对意见。”萧与时接过话。

他忽然提到过去，沈如磬一愣。

但她没有打岔，静待下文。

“我听完你刚才的自述，意识到你不仅是花样滑冰项目的世界冠军，也是‘冰上艺术家’。剥夺一个艺术家对美丽事物的追求，就像强迫一个科学家停止对学问的探索，十分残忍。”

萧与时看着她，缓缓道：“你应当有自己的选择，我即便是不赞同，也不该对你的选择理解肤浅。”

沈如磬听愣了。

她从巅峰状态到急转直下，再到飞来德国求医的整个过程，从未有人关怀过她的内心，更谈不上理解她的抉择。现在听到这样的话，她心中最脆弱的地方被打动了。

她苦笑道：“我没有你说的那么好。我确实心有不甘，孤注一掷来到德国，将手术视为最后的机会。同时我也明白，一个运动员的职业生涯极其有限，无论愿不愿意，终将谢幕……”

她的胸口泛起苦涩的滋味，咬了咬嘴唇，隔了两秒后闷闷地补充了一句：“我是个平凡的人，我希望自己谢幕的那天能来得稍微晚一点。”

谈话至此，气氛稍稍变得沉重。

萧与时垂下眼睑，继续为她按摩。

他循序地按揉她膝关节内外的韧带，手指隔着毛巾与她的皮肤产生摩擦。这样做有助于增加血流速度，改善因为抽筋而出现的麻木和僵硬。

他的动作如此温柔细致，再开口时，声音低沉含蓄："人的韧带就像弹簧，过度拉伸便会撕裂，勉强经过修复，弹性系数也会发生变化，留下后遗症。"

"从物理学来讲，减少不必要的机械磨损可以维持机械动力。你要好好地爱惜自己，避免不必要的运动损伤，职业生涯方可延长。"他不疾不徐地交代着，同时轻轻按揉她的痛点。先由轻至重二十次，再由重至轻二十次，最后抬头凝视她。

他的目光就像温山软水，流露出少有的柔和。虽是淡淡一瞥，也给人一种被认真看待的感觉。

沈如磐的心中骤暖。她从来没有想过，自己会从萧与时这里得到安慰。

她浅浅一笑，嘴角现出两个小梨涡："承你吉言。假如我有生之年还能再拿一次冠军，我首先要感谢的人便是你。"

虽是说笑，但言语间透露出的自信将萧与时感染了。他勾了勾唇，掀起一个细微的弧度："不必感谢，赠我一张比赛入场券即可。"

沈如磐忽然觉得，这位高冷的物理学家其实并不是那么难相处。

他既然说到了比赛，又曾经一眼认出她的身份，肯定多多少少关注过花样滑冰赛事。她顺势问道："萧教授，你有没有欣赏的花样滑冰选手？我经常比赛，和各国选手碰面的机会很多，可以帮忙带签名。"

萧与时一下愣住。

沈如磐见状，以为他已有了答案："是谁？现役的、退役的，都可以。"

萧与时第一次留意到花样滑冰的赛事，是在六七年前。

那时，他和科尔在暗物质研究领域取得了一点不错的成果，受邀去欧洲五国出席学术研讨会议。

那天的情形和今夜相似，他们在伦敦转机，遇到极端天气，暂时滞留在候机室。

萧与时向来惜时，抓紧时间写报告。当他从复杂烧脑的物理公式中抬起头，却见科尔饶有兴趣地看着墙上的电视，而电视屏幕上正在重播冬奥会花样滑冰双人滑项目的比赛。

冬奥会的气氛紧张窒息，金牌的竞争又异常激烈，他默不吭声地观看了一小会儿，见到好几对组合表现亮眼。尤其是参加过两届冬奥会的俄罗斯队，以精湛的发挥拿下最高分。

这给随后上场的选手造成了很大的压力，日本、德国、法国等一线强队皆出现了严重的失误。

最后登场的，是非常年轻的中国组合。

男选手高大帅气，女选手高挑纤细，两个人无论是容貌还是气质都和谐且般配。尤其是女选手，她的头发精致地盘起，簪了一朵花，服装是粉末蓝烫钻连身短裙。细节自不必说，单单配色就优雅到了心里。

她立在闪闪发亮的冰面上，仅是摆出开场动作的站姿就已沉稳柔美得像一幅画。

萧与时看了一眼电视屏幕左上角的名字：ShenRupan / LuNan（沈如磐 / 陆楠）。

科尔注意到他也在看比赛："你不写报告了？"

"写完了。"

"哦，我也差不多。"科尔对着电视努努下巴，"这两个人是横扫世青赛的世界冠军。他们刚升上成人组，是首次参加冬奥会。"

科尔爱好广泛，喜欢花样滑冰这项体育运动，十分了解各国选手的背景。萧与时对此并不奇怪。

音乐声响起。那是著名华语电影《宋家王朝》的主题曲，曲风大气而磅礴。

在一段鸟语钟鸣空旷感的前奏声中，沈如磐和陆楠一个利落完美的点冰三周跳，拉开了表演的序幕。随着音乐旋律越来越充满紧张感，揭示动荡不安的社会焦虑以及迫切变革的诉求，两个人采用了很多高难度的冰上动作来展现这一主题，频频得到观众的掌声。

科尔赞叹地说："Hsiao，你注意到他们在冰面上的线痕吗？无论是托举、滑行、旋转，他们的线痕尖端完美得仿佛是通过曲线方程演算出来的。"

对花样滑冰选手来讲，姿态和线痕是图形得分的两大方面，只有精准的姿态才能在精准的线痕上转出完美的尖端。

物理学家天生讲究力学之美，萧与时早就注意到了。他微微颔首，又看了一眼电视屏幕左上角：中国队的技术分快速拉升，直逼之前的俄罗斯队。

音乐接近高潮时，陆楠托住沈如磐的腰，将她高高地抛出去。那是向金牌发起冲击而使出的顶级高难度动作"抛四周跳"。

可沈如磐只转完三周半，科尔就摇头：“男伴失误了，抛出去的角度存在偏差，女选手没有充足的时间完成最后的转体，肯定会摔倒。”

果不其然，沈如磐单膝着地狠狠地摔在冰面上。虽然她快速站起，但由于惯性力作用，无可避免地往后滑，腰撞到挡板上，又再次摔倒。

她的表情很痛苦，几乎直不起身，仿佛从膝盖到腰都受到了很严重的撞击。

她那么痛，即使是隔着电视屏幕观看重播的萧与时，也能够想象她跌倒的那一瞬间，肌肉急剧收缩牵扯出的巨大痛楚。

比赛被迫中断。

正当所有人都认为中国组合将因伤退赛，在规定的倒计时结束前，沈如磐回到了赛场上，并在重新响起的音乐声中顺利地完成了接下来的竞技动作。尤其是最后的联合跳跃，她起跳的高度惊人，滞空时间又长，转体利落，落冰很稳，丝毫不拖泥带水，完全看不出之前受了很严重的挫伤。

观众纷纷起身鼓掌，赛场下起了“鲜花雨”。

沈如磐和陆楠的得分很高，可惜由于之前的重大失误，他们以零点零一分之差排名第四，无缘奖牌。

他们还太年轻，忘了电视镜头的存在，两两相望，内心的懵懂一览无余。

旁边的教练拍了拍沈如磐的肩，她反应过来，意识到失败，难过地咬了咬唇。

她微低着头，所以视线是下垂的，那密密长长的睫毛在眼下投下一排阴影，半掩的眸子中有一抹深刻的低落。

科尔见到这一幕，惋惜地说：“中国队有夺金的实力，如果没有选择最高难度的四周跳，说不定可以收获一枚保底的铜牌。”

萧与时却不这么认为：“失误就是失误，不存在如果一说。”

科尔不像他那么严格，性格更温和，笑了笑，未争辩。

科尔低头写报告，不一会儿想到什么，自言自语道：“刚刚的跌倒对沈如磐选手的膝盖造成很严重的冲击。冲击力通过骨骼传导，她的脊椎也必然会受到影响。问题来了，假如她经常受到这种运动冲击，她的脊椎和膝盖哪个会先承受不住？”

这是一个很奇怪的问题。

花样滑冰选手在屈、伸、旋转、跳跃的过程中，膝盖是铰链结构，脊椎是杠杆结构，结构不同，很难比较。

但这个奇怪的问题难不倒聪明的科尔。他提笔计算，化繁为简，粗略地得出结论：按照沈如磐的身高和体重，假如她经常受到很严重的运动冲击，她的脊椎会比膝盖先一步承受不住。

萧与时扫了一眼复杂的计算公式：“你对人体力学很精通。”

科尔收起草稿纸，抿唇一笑：“父亲的医院计划研发一个全新的椎间盘假体，我帮忙做些人体力学分析，所以略知一二。”

萧与时点点头，没有延续这方面的讨论，单问：“我去买杯咖啡，你想喝点什么？”

“和你一样。如果你能顺便带块三明治回来，那就再好不过了。”

由于大量旅客滞留在机场，咖啡馆的生意很好，收银台前排起了长长的队伍。排在萧与时前面的顾客，是一位年轻的女子。

她戴着墨镜，五官被遮掉大半，看不清具体容貌，但镜框侧边垂下两条独特又新潮的挂链，衬得她青春气息十足。

轮到她点单了，她的英语不太好，费力地和服务生沟通。

萧与时听了一会儿，替她解围，对服务生说：“热牛奶二十九杯，其中十杯加香草糖浆、十杯加焦糖糖浆、八杯不要糖浆改放黄糖，最后一杯零添加，打双层奶泡就好。”

她忙不迭地道谢，掏出现金结账，无暇看他。

此时，因为她低着头的缘故，他的目光不经意地从她的脸上扫过，忽然觉得她的面部轮廓有些熟悉，像极了电视重播里的中国选手——沈如磐。

萧与时一怔，她却未察觉，付完账转身朝店内的座位走去。

她的右腿僵直，脚步蹒跚地走到椅子旁，随势坐下时用手扶了一下腰，表情显出几分痛苦。

萧与时的视线不由得在她身上多停留了一会儿，越发肯定她就是沈如磐。

她本人比电视上看起来更纤细修长，皮肤白净无瑕又透亮，安安静静地坐在角落里，和比赛时温柔沉稳的模样很相似，低调兼有内涵，让人无法忽视。

几分钟之前她出现在电视上，几分钟后她却从屏幕中走下来，鲜明生动地出现在他面前。

也许是感受到注视，她侧头转向他这边。

萧与时收回目光，淡定地对服务生说：“两杯黑咖啡、一份火腿芝士可颂，带走。”

“没有可颂，先生。”

“换成普通三明治。”

“也没有，店内所有固体食物都被您前面的女士打包订走了。”

萧与时默然，轻轻“嗯”了一声。

由于订单太多，服务生打包慢，他要带走的东西也就相应滞后了。

于是他坐在这桌，她待在那桌，各自等候。

不一会儿，几位学生打扮的中国游客进入咖啡馆，瞅见角落里的沈如磐，压低声音讨论了几句。随后某个人大胆地蹭过来：“请问，你是不是沈如磐？”

不必确认了，越看越像，学生们兴奋地说：“我们是大学生花样滑冰协会的成员，很喜欢你和陆楠，关注你们很久了。”

“你为什么一个人在机场？陆楠呢？他在哪儿？”

“你们是不是结束了冬奥会的比赛，从英国飞回中国？”

沈如磐乍面对热情的冰迷，有点不好意思，摘下墨镜浅浅一笑：“陆楠和队友们在候机厅睡着了，我给他们带点吃的回去。”

“你和陆楠在这次冬奥会上发挥得很好，假如没有那个小小的失误，你们肯定能拿到奖牌，说不定还是金牌。”

学生们七嘴八舌议论，把她捧得很高。

沈如磐却客观地回答：“我和陆楠离金牌还有很遥远的距离。虽然我们能在平时的训练中完成抛四周跳，但训练和比赛是两回事，冬奥会的失败也恰好证明了我们的不足，无法将平时的训练结果发挥出来。”

“那你们往后还会坚持抛四周跳吗？”

“当然。追求更好的表现，是运动员最基本的坚持。”

萧与时听到这里看了过来，却见沈如磐神色认真，有和自己较劲的执着。

学生们接下来向沈如磐提出合影的要求，凑巧外带的食物也打包好了。萧与时拿着东西准备离开，刚迈开一步，身后便有道声音清晰地唤住他：“先生……”

他不明所以回头，却见沈如磐无比困难地起身离座，走到取餐台从她那堆打包好的食品袋里挑出一份火腿芝士可颂，接着一步一步迟缓地来到他的面前交给他。

“送给你。”她嘴角上扬，莞尔一笑。

萧与时的嘴微微一张，她仿佛知道他要说什么，笑着补充："不用客气，礼尚往来而已。"

他尚未说"谢谢"，她已转过身，拖着不方便的右腿走回学生之中，和他们拍照留念。

萧与时回到候机厅时，科尔还在写报告。

萧与时静默了一阵后开口："你方才的计算结果再给我看一下。"

他仔细阅读草稿。按照科尔的假设，假如沈如磐每日练习抛四周跳平均摔倒二十次，不出四年，腰椎会先崩坏。

摔二十次，对已经能在平时的训练中完成抛四周跳的沈如磐来说，似乎不太可能发生。

科尔抬头，见到萧与时若有所思："你怎么了？"

萧与时放下草稿："没什么。"

科尔一边写报告，一边闲聊："竞技体育就是想方设法突破人体的各种生理极限，追求更高、更强，哪怕是在寻求突破的同时往往会有伤痛相伴。从另一个角度来说，竞技体育也倒逼科技的发展——譬如医学的发展。否则，科学岂不是离实际生活太遥远，无法应用到实处？"

科尔的理想，是将晦涩高深的物理学科和实际生活相结合，将教育果实反馈普罗大众。萧与时深深地了解这一点，接过话道："你可以转行去做人体力学的工作，低头研究宇宙理论似乎有点不合适。"

"相反，非常合适。"科尔笑了，随口问，"Karl，假如失去我这个志同道合的伙伴，你一个人摸索黑暗无比的宇宙理论，肯定会感到很孤独吧。"

"孤独是什么？"

"哎，你就不能说几句实话让人开心开心？"

"我感觉你话多不饿，可颂归我了。"

"别……我早就饿得语无伦次了。"

后面的对话，因为相隔多年，萧与时已记不清了。

他唯一记得的，是和科尔准时出席会议。他们在会上的报告做得很成功，得到了在场众多老科学家的赞同。

他和科尔孜孜不倦地继续研究，在随后几年的时间里发表了数篇论文，引用量惊人，成为暗物质研究领域崛起最快的青年物理学家。

恰恰是因为如此，他们太忙了，忙着思考，也忙着写报告，几乎没有个人生活。

但他们也不是完全没有放松的时刻。科尔在闲暇之余还是会看看体育频道，关注一下喜欢的花样滑冰。如此一来，他也就免不了注意到沈如磐。

她和搭档年复一年地比赛，从《宋家王朝》到《末代皇帝》，从《胡桃夹子》到《歌剧魅影》，她的表演风格也发生了很大的变化。无论是东方风韵还是西方古典，无论是清新明丽还是娇艳妖娆，她驾轻就熟，在冰面上展现出万丈光芒。

科尔很欣赏她，评价她不忘初心，坚持对最高难度的抛四周跳发起冲击。

可惜她的特点是柔韧性太好、肌肉爆发力存在不足，加上长期比赛带来的运动伤害，抛四周跳的完成质量并不稳定，时而成功，时而失败，成绩也总徘徊在二三四名，未能夺冠。

直到后来，在柏林举行的世界锦标赛上，她和搭档高质量地完成了抛四周跳，并且同时完成顶级难度动作捻转四周。这一次，世界冠军实至名归。

精湛的技术动作，完美无可挑剔的艺术表现力，她和搭档以一骑绝尘之势力压同场对手，在接下来的各项国际大赛屡屡刷新职业生涯的最高分。可以说，只差一枚冬奥会金牌，两个人便能实现大满贯了。

那时，记者采访沈如磐：“很快便是冬奥会，你对冬奥会有什么期待呢？”

高高瘦瘦的沈如磐没有立刻回答，瞅瞅身边的搭档，对着镜头认真地说：“我希望自己再瘦几公斤，而且千万不要再长高了，这样陆楠抛举我时就不用那么费劲了。”

电视机里，记者听完回答忍俊不禁；电视机前，萧与时终于明白为何沈如磐那么艰难才能赢得冠军了。

原来她的身体二度发育，一发育，脂肪就增加，肌肉力量随之变弱，必然会影响比赛。

只是萧与时并不知道她在下一届冬奥会的表现如何，因为在同一年，科尔去世了。

他失去了一位志趣相投的同伴。

他为了实现同伴未能完成的理想，以个人名义创立了霍夫曼医学物理基金会。虽叫基金会，却也是研究机构，将物理学和生物医学乃至计算机科学等众多学科互相交融，致力于拓展高端学科和实际生活的应用。

如此一来，他就更忙了。

偏偏在他忙得焦头烂额之际，沈如磐出现了。

他从未想过会再遇见她，也未想过见到她本人时，她已从万众瞩目的状态跌入职业生涯的谷底，恼火地对他说：“我现在面对的困境，绝非你一个简单的二选一就可以概况总结的。”

明明他有许多驳回她的恰当的理由，那一刻却收声沉默了。

就像现在，她无拘无束地和他交谈，问他有没有欣赏的选手，他同样沉默。

明明是一个极其普通的问题，却像一颗小石子，突如其来投入他平静的心湖，激起波纹。

萧与时抬头凝视沈如磐。

他清隽的目光里有情绪在流转，磁性的嗓音缓缓吐出一个字：“有。”

“谁？”

“你。”

沈如磐有些错愕。

作为一个在体坛活跃数年的前世界冠军，她在巅峰时期的粉丝数量不容小觑，再加上常常受邀出席国内外的重要活动，可以说，粉丝质量杠杠的。

但粉丝中突然多出来一个萧与时，她简直不敢相信自己的耳朵。

和她吃惊的样子截然不同，萧与时伸手轻轻拍了拍她的肩，欠身站起。“我有个朋友很喜欢你。晚安。”

萧与时随后回到自己的房间。

洗过澡，他躺到床上合上眼睛休息。

由于每日要花大量时间伏案工作，他的作息非常规律，睡眠质量也很好。但他今夜的生物钟被打乱，即使勉强入睡，也还是失眠了。

往事自发地在脑海里浮现，有科尔的音容笑貌，也有沈如磐岁岁年年的比赛画面。对往昔的追忆一点点凝聚起来，占据心房，他的思绪也逐渐变得繁杂。

不知从什么时候开始，思绪里只剩下沈如磐。

静立在冰上柔美得像一幅画的沈如磐；被粉丝认出身份摘下墨镜浅浅一笑的沈如磐；横扫赛季万众瞩目的沈如磐；到最后，是在风雪中为他指路，言笑晏晏地赠予他“另一个独一无二”的沈如磐。

想得越多就越难眠，萧与时试着摒弃杂念，却做不到。这是从未有过的体验，他的胸口温温热热的，仿佛随时会有什么情绪流动出来，似乎是担心沈如磐，怕她半夜身体不适，身旁无人照应。

天将破晓之际，他才勉强睡着。

稍后他便起床洗漱，只身回到越野车抛锚的地方，配合道路救援换完胎后又加满油，再驱车返回等在沈如磐的楼下。

沈如磐早就醒了。常年的体育生涯让她保持四季不变的五点醒来，她不疾不徐地收拾好自己再下楼，一眼便瞧见了越野车。

雪后初霁，车身在晨曦和皑皑白雪的映衬下反光发亮。车窗半降，露出萧与时的侧脸。

经过昨晚，她对他的感觉不再那么陌生。她快走几步，拉开副驾驶座车门坐进去：“早上好。”

他点点头：“腿还疼吗？”

“不疼，完全好了。”

她经过一整夜的休息，气色看起来不错，方才走路的步态也正常。萧与时放下心来，将车子发动。

车子加速驶出旅馆大门，沈如磐提醒他：“我们还没有结账。”

“结过了。”

现在才六点三十分，沈如磐觉得自己已经起得够早了，却没想到萧与时起得更早，还将事情都办妥了。那他昨天晚上究竟睡了几个小时呢？

车内的空调开得足，暖气容易让人昏昏欲睡，萧与时一早脱掉西服外套，解开袖扣将衣袖翻至手肘处。

他里面穿的是双排扣马甲，款式修身，显得胸腹紧实有力。他掌控方向盘时，手腕微微屈起，手臂肌肉线条清晰分明，积蓄着沉稳的力量。

沈如磐一直觉得萧与时是个冷淡的男人，除了学问什么都不在意，没想到他的身材维持得如此好，俨然是一个在意形象的完美主义者。而这样一个完美主义者，眼睛充血，显然是昨夜没有睡好。

她想关怀几句，可话到嘴边又说不出口。

越野车快速前行，一路上都有养护人员在铲雪除冰。车子顺利地驶出潘科区，驶上了高速公路。

萧与时想起什么，不经意地说：“你饿不饿？我加油时经过早餐店，买了些吃的放在后排座椅上。”

早餐用保温袋裹着，余温尚存。沈如磐打开看，是两杯热饮和一份中式煎饺。

月牙形状的煎饺，两面金黄，散发着诱人的焦香。葱绿的素馅透过薄而透明的面皮显现出来，样子鲜嫩可口。这比医院提供的不是面包就是面包夹火腿的德式早餐更能勾起人的食欲。

但只有一份……沈如磐面露迟疑，萧与时又说：“我简单地吃过了，这是给你的。”

他休息不好嗓子有些嘶哑，车内的空气又干燥，说完便不舒服地咳了一声。

沈如磐连忙揭开其中一杯热饮的杯盖，递到他面前：“喝口水润润嗓子。”

她为了照顾他，身体完全转向他这边，一只手托着杯底防止行车颠簸饮料洒出来，另一只手维持倾斜纸杯送到他嘴边的姿势，整个人看起来细心又细致。萧与时承好意偏头尝了一口，香醇细滑的热牛奶缓缓流入唇齿之间，滋润喉咙，暖了肺腑。

他缓了缓，低声道：“谢谢。”

她莞尔，将饮料放在主副驾驶位之间的杯架上，然后坐了回去。

她开始进食早餐，整个过程没有发出一点声音，小口慢咽，吃相极好。直到最后，她拿起剩下的那杯饮料喝了一口。万万没想到，浓缩咖啡极苦涩的滋味猝不及防地在唇齿间漫开，她被呛到了。

萧与时连忙将车靠边停住，给她递了纸巾，又拍拍她的后背，抱歉地道：“刚才弄混了，牛奶是你的，咖啡才是我的。”

买早餐时他特地给沈如磐选的牛奶，给自己点的黑咖啡。方才沈如磐拿错了，他分心也未注意到，才导致了现在的乌龙。

沈如磐擦擦嘴角，压下喉咙里那股浓郁的苦味，瞅他：“你昨晚没休息好，还喝这么浓的咖啡？”

萧与时不明所以，又听她说：“失眠再喝咖啡，对心血管不好。你应该补充优质蛋白，以缓解疲劳。”

沈如磐讲究健康饮食，掂了掂两杯外观一模一样的热饮：“算了，咖啡归我，牛奶给你。”

“你不要勉强，待会儿经过咖啡馆，我重新买杯牛奶给你。”

“不勉强。”沈如磐把萧与时喝过的牛奶倾倒了一点到咖啡里，“纯牛奶的丝滑可以减轻黑咖啡的酸涩。虽然甜味没有增加，但苦中带香，也能让人喝下去。”

她如此随机应变，萧与时也就由着她了。

他重新将车子发动起来，开出去几米远，不太确定地问：“运动员可以喝咖啡？我记得咖啡因是明令禁止使用的兴奋剂。”

“只有当尿液咖啡因浓度大到一定的程度，才会被认定为非法。”

这个说法比较模糊，沈如磐解释：“按我的身高和体重，我差不多要喝一公升的咖啡，药检才能呈阳性。实际上没有哪个运动员会笨到因为喝咖啡而被爆出服用兴奋剂的丑闻，几乎都是刻意服用了含过量咖啡因的违规药物。”

“不过，”她语气稍一转折，“咖啡对提高运动员的耐力和能力有一定的效果。有些专业运动员会在赛前刻意喝杯咖啡，希望借此来提高肌肉的爆发力。但我觉得区区一杯咖啡效果不大，更多的是心理作用，就像求好运拜锦鲤。”

等等，萧与时是华裔，他可能不知道什么是锦鲤。

沈如磐打住，转头瞧他，语气讪讪：“我是不是话太多了？”

萧与时道了一声“不会”，顺着话题往下聊：“我对运动员不了解，你们除了比赛，一天的时间通常都是怎样度过的？”

“非比赛时期，我们早早地起来做晨操，接着是上午和下午的训练。如果遇到特殊情况，晚上还得加量练习。”

“你们没有休息时间吗？”

“有啊，晚上不需要加量练习的时候，队友们常常会相约出去玩。”

“玩什么？”

“逛街、唱歌、看电影，都有。不过我很少出去，晚上看看白天训练的录像，找找不足，想想明天该如何加强，接着就精疲力竭地倒在床上睡了。”

萧与时十分意外：“我以为像你这么优秀的女生，应该深受男性队友的欣赏，邀约不断。”

沈如磐当他是在恭维自己，不好意思地笑了笑：“我比较无趣，没有队友约过我。”

“或许曾经有，只是你没有意识到？”

曾经……是有个人“约”过她，但她根本感觉不到暧昧，还因为“约会”的事被母亲知道，导致两个人的关系一度非常尴尬。

这个人，便是陆楠。

那时十五六岁，陆楠一张阳光帅气的脸特别招小姑娘的喜欢，常常收到吃饭、看电影一类的邀请。

陆楠考虑到这些人都是队友，抬头不见低头见的，不好拒绝得太生硬，勉强答应过几回。但他又不乐意被误会，往往呼朋引伴，把全队人都叫上——美其名曰“Team Building（团队建设）”。

她也因此常和他“团队建设”。

其中有一回，他失误弄错了场次，把全队人的电影票订成了恐怖片的午夜包场。她吓得要死，高潮部分是被他遮住眼睛、轻拍肩膀，才艰难地熬了过去。

某些队友看见了，开玩笑说他在和她谈恋爱。

她的母亲是从八十年代走过来的运动员，严厉反对队员内部谈恋爱，听说了这个玩笑，竟然给陆楠打电话，疾声厉色地骂了他一通，激动时甚至说要将他清除出队伍。

她气极，和母亲发生争执：“我和陆楠看电影怎么了？我们又没有耽误训练，为什么不能放松一下？”

母亲说：“你那么挑剔的人，愿意和陆楠看电影，潜意识里肯定是对他有好感。今天是看电影，明天就有可能拉拉小手、谈情说爱。你不要觉得谈恋爱和成绩可以兼顾，我见过很多天赋高的女选手，稍不注意，注意力转移，成绩说退就退——更何况你现在还没取得成绩！”

她张口欲辩，没料到母亲接下来的话更直接。

“虽然双人滑的组合里出现过情侣，但更多的组合只是搭档关系！你被陆楠带坏了，如果继续执迷不悟，我只能动用关系给你换个男伴了。”

她无法和母亲沟通，转身跑了。

她清楚地记得那是一个秋天，暮色来得格外早，沁凉的晚风吹动她的长发和衣角。她一路奔跑，跑到训练局办公室想找教练说情，却惊讶地看见墙上贴着一份《检讨书》。

那是少年陆楠的检讨。

他交代了自己贪图玩乐、不思进取、败坏队伍风气的行径，希望领导和教练不要责怪其他队友，同时恳请不要将他清除出队伍，他由衷地热爱花样滑冰。

少年的自尊心有多么脆弱，检讨书里的措辞就有多么低微。

万幸的是，陆楠没有遭受重罚，也继续和她保持搭档关系，但整个花样滑冰队都知道了她有一个“千万不能招惹”的妈。

没有哪个男生敢约她出去玩，乃至陆楠和她完成每日的训练后，私下零交流，想必是被她的母亲折腾怕了，拉开距离以保平安。

她也曾猜测过陆楠是不是对自己有好感，是否想和自己发展进一步的关系，但她还未来得及仔细体会这份心意，所有的可能就被扼杀在摇篮里，烟消云散。

就像母亲说的那样，虽然双人滑的组合里出现过情侣，但更多的组合，例如陆楠和她，只是搭档关系。

沈如磐收回思绪，对萧与时说：“没有就是没有，你不用安慰我。”

“不是安慰。你这样的女生，挺招人喜欢的。”

萧与时的嗓音平静淡定，又因为开车的缘故，语速不快，反而比平时更显稳重：“中国有位古老的哲学家说过，美而不自知，是为最美。”

“你是一个目标明确并且极其执着的人，无论是比赛还是训练都格外专注，往往散发出独特的魅力，吸引身边人的注目而不自知。或许队友自知逊色于你，不敢轻易靠近。”

沈如磐听到如此高的评价，脸上若有所思：“萧教授，我应该早点认识你。”

萧与时没听明白。

“早点认识你，好早点学习说话之道。”

萧与时被她打趣，侧目淡定地看她一眼：“现在认识也不晚啊。柏林大学允许旁听，你可以来上我的公共课。即使听不懂专业内容，也可以精进德语。”

高智商的物理学家真是厉害，分分钟反将一军。

然而她也不是头一次被他噎着，回答道：“我除了德语不好，英语也差劲，数理化知识更是一团糟。萧教授，您如果有空，能不能给我补补？就当帮忙挽救一下公众对运动员头脑简单、四肢发达的印象？”

她一口一句“教授”和“您”，语罢轻咬嘴唇，表情是说不出的窘迫。萧与时愣了一下：“我不是那个意思。”

他不擅长哄女生开心，努力把话圆回来：“你好学，我当然愿意帮忙。

但你我私下交流时不必那么拘谨，请免去‘教授’二字。”

“那我该怎么称呼你呢？”

“随意。”

“不太好吧，萧与时？ Hsiao？听起来都太普通了。”沈如磐边说边打量他，“你的身份如此特殊，我还是毕恭毕敬地叫你一声‘老板’吧。”

萧与时不懂“老板”一词从何而来，转念想起她刚做完手术迫不及待想回国，费恩医生为了制止她，拿他当挡箭牌时说的话。

他明白了，她是故意的。

故意揶揄他这个总是想要删去她的手术资格，并且屡屡“欺负她读书少，觉得她脑子不好使”的学究。

萧与时安静片刻，侧了侧头，笑了。

他脸上很少有多余的表情，现在勾唇一笑，五官轮廓由内到外透出令人赏心悦目的美好，就像杏花春雨、润物无声，完全没有初次打照面时遥远疏离的样子。

他开口，温声低语：“承蒙抬举，女王。”

女王，花滑女王，是外界对女子花样滑冰选手的最高称谓。在这里，两个字的缩略语被他用醇醇的声线吐出，竟有种微妙的意趣，像是说笑，又像是其他。

沈如磐显然没想到他会这么回答，顿时词穷。

她瞅他，半晌转头看向窗外，那浓密的眼睫簌簌颤动，就像蝴蝶轻轻张开翅膀。

眼前的男人聪明绝顶，把反话说得如此动听，让人讨厌不起来。

经过两个小时的车程，萧与时和沈如磐抵达了医院。

费恩见到沈如磐，提了一夜的心终于放下，交代她去运动损伤科对膝侧韧带做个全面检查。

等她离开，他又感激地对萧与时说：“谢谢你送她回来。”

萧与时只道是举手之劳，又说：“机场可能已经恢复正常，我该走了。”

“你什么时候回来？沈如磐月底就将结束追踪观察，她的出院总结报告需要给你看一下。”

萧与时方才记起还有这件事。

现在是寒假，也是他一年里难得的清闲时光。他早就计划好了飞往奥地利，和父母短暂团聚，新学期开学前才会回来。但那时沈如磐已经回国了。

费恩见他久不说话，懂了："你事情多，不看也没关系，我会仔细把关沈如磐出院的事的。"

他拍拍年轻后辈的肩膀，和蔼地笑了笑："快走吧，好好享受假期。"

萧与时驱车往回走的时候是九点，正值早高峰，道路养护人员铲雪除冰的速度有限，庞大的车流全挤在唯一清理出来的车道上。

这条道，他和沈如磐刚刚走过。也许是两个人说说笑笑分散了注意力，他当时并不觉得行车艰难。现在他独自驾车，即便耐着性子走走停停，也难免会感到前路漫长。

他昨夜没睡好，头有点疼，嗓子也不舒服，想喝点水提提神。他扫了一眼杯架，凭直觉从两杯外观一模一样的饮料里选了一杯，喝了一口。

液体顺着盖孔流入嘴里，苦味突出，却又带着浓郁的奶香味。两种滋味碰撞在一起，形成了醇和顺滑的口感。

那是沈如磐的咖啡牛奶。

萧与时静默了一会儿，把视线投向窗外，远远地看了一眼医院的方向。

这里是老城区，曾经将柏林划分为东西二德的隔离墙就经过这里。时移世易，隔离墙早已拆除，城区高楼林立，错落有致地遮挡了他想看的目标物。

他才刚要收回目光，却瞥见一栋大楼的外立面上画满了涂鸦。

柏林是涂鸦之城，建筑立面、地铁站、廊桥随处可见。眼前的涂鸦恰巧是一辆东德汽车特拉比（Trabi），威风凛凛地冲破隔离墙驶入西德。这是历史上两德统一的经典画面，巧的是，特拉比便是由潘科区废弃工厂制造生产的。

萧与时情不自禁地想起昨夜的情景，细细密密的飞雪、明明灭灭的灯光带，以及临别前老太太对他的交代——

"年轻人，她很担心你，从路口回来的时候，羽绒服被雪浸透了。"

他当时听了，转身回眸，远远地和沈如磐对视上。见到她一双清澈的眸子牢牢地盯着自己，心中莫名一软。

这么想着，一种难以言表的情绪从胸口泛开，似要突破什么，却又勉强克制住。

他不该忘记她的归期，至少在医院门口分开时，他还能与她道别。而不是像现在这样，两个人连打照面的机会都没有了……

萧与时抬手轻揉太阳穴，陷入沉思。

另一边，沈如磐老老实实地在运动损伤科求诊。

医生让她卷起长裤露出膝关节和后侧韧带，轻轻按压了几下，初步确定没有大碍，便开了张单子让她去放射科拍片。等到片子结果显示一切正常，一上午的时间就过去了。

她这才有空看手机，却见到有多条未读消息，皆来自陆楠，大意是：如磐，你为什么不回我的消息？怎么了？不开心吗？术后恢复出现问题了？

沈如磐后知后觉地想起昨夜手机里一下子跳出很多信息，其中就有陆楠的。她赶紧打字：抱歉，是我忘了回复你，我一切都好。

大概是被她的失联吓到了，陆楠回了个“流泪”的表情。

恰是这个表情，让沈如磐想到不久前与萧与时的聊天。

当年她的母亲做了很过分的事，陆楠从未迁怒于她。如今她生了病，不能肩负搭档应有的责任，陆楠也从不抱怨，仍隔着千山万水关心她。

她诚恳地补了一句：陆楠，对不起。

嗯？

就是感到惭愧，想和你说对不起。

这个时候革命同志的战斗情谊就体现出来了，陆楠用语音回复，声音暖暖的，含着明朗的笑意：“不怪你，我知道你不是故意的。”

她心中顿暖，也关心起他来：“你还好吗？”

“当然。你好我就好。”

和陆楠聊完近况，沈如磐又想起那位聪明绝顶的物理学家，遂在短信箱里找到昨夜萧与时发给她的消息，回复过去——

萧教授，麻烦你给我一个银行账号，我把油费还有住宿费转过去。请不要拒绝，我昨夜叨扰你，如果连开销都不承担，实在是过意不去。

不一会儿，她收到萧与时的答复：小事而已，不必。

既然文字无法说服他，沈如磐索性拨打电话。电话刚接通，只听到他“喂”了一声，那边随即传来振动耳膜的登机提醒，她愣住了。

原来萧与时收到她的消息的时候正在办理值机手续，只能简单地回复。现在接到她的电话，他才刚开口，广播突兀地响起，带着巨大的回音，完全盖过了他的嗓音。

广播循环好几遍，候机大厅里的人流自觉地向登机口靠拢，只有他止步不前，修身长立侧着头讲电话，与熙熙攘攘、聚散匆匆的离别气氛一点都不搭。

播报结束，两个人才有机会对话。

“沈如磐，不要计较钱的事。”

“不行，如果你坚持不收，我只能向费恩医生要一个基金会的账号，把钱转过去了。”

她的语气认真又固执，萧与时顿了顿：“这样好吗，以后有机会你请我吃饭，也算是大家有来有往。”

吃饭？沈如磐当然不会同意：“你这么忙，经常飞来飞去，哪有时间和我吃饭？不如还是……”

“工作再忙，饭总是要吃的。”

沈如磐感到一丝讶异。莫非萧与时没跟她客气？

不回答显得她不大方，沈如磐只好不失礼貌地接过话：“好啊，你什么时候有空，什么时候联系我。”不过要尽快，她月底就回国了，过期不候。

仿佛听到了她的腹诽，萧与时回道：“那就麻烦你稍等几日，我忙完私事会第一时间给你电话的。”

她只想迅速还钱，怎么一来二去却演变成和他共进晚餐了？这样看起来不像礼尚往来，更像是在约会。

广播再度响起，提醒未登机的旅客抓紧时间登机。沈如磐暂且撇开凌乱的思绪，打算匆匆收线。

萧与时却叫住她：“稍等——”

“什么？”

“下次见，沈如磐。”

她顿了一秒，有样学样地回答：“下次见，萧与时。”

广播嘈杂，但她吐字清晰，“萧”字后面明明要接“教授”的，却随之一转，轻快明确地叫出他的名字。

她的语气是那么自然，消除了生疏感，萧与时的心毫无防备地被触碰到了。

其实前往机场的一路上，他的脑海里闪过很多画面：多年前科尔对她的欣赏、他和她短暂的照面，以及她乐观展望冬奥会的模样……所有的画面都已成为过去，却又不是过去。

毕竟他和她再度相遇，产生交集。

当车一路疾驰，离医院越远也是离她越来越遥远的时候，他才终于明白胸口挥之不去的、悄无声息泛滥的情绪是什么。

是萌芽。

Chapter4

不争朝夕

接下来的日子，沈如磐继续接受康复治疗。

治疗渐近尾声，医院安排她完成一套特殊的技巧训练。诸如接抛球和滑板练习，以帮助她增强大脑的反应能力，提高身体在横向位移时的稳定性。当她完成这些训练，也就进入到实验的最后一个环节：重现花样滑冰。

实验最初的目的是解决极值问题，那么也该验证在真实情况下，连续的跳跃是否会对椎间盘假体造成冲击。

沈如磐因为身体的原因很久没滑冰，当她穿上训练服，蹬着薄薄的冰刃在冰面上滑行时，有种重回竞技场的错觉。

她就像是龙游浅滩，起初不适应，可一旦恢复状态，便能轻而易举地完成各种指定动作，乃至被喊停时还意犹未尽地反问：“这就够了？我还可以继续。”

费恩示意了一下场外的高速摄像机，笑道：“我们已经采集了必要的影像数据，计算机会做进一步分析的。”

沈如磐了然：“实验结束了吗？”

“差不多，除了你还需要走流程做最后一次全面检查。检查报告两周后能出来，不出意外的话，到那时你就可以出院了。”

等待是漫长的，哪怕只是略等几天。沈如磐有些无所事事，想到闲着也是闲着，索性提早打包行李。

那天她正在收拾东西，手机接二连三地响起消息提示音。她点开看，是队友们在聊天群里晒特产。

现在是春天，很快就会迎来赛季，花样滑冰队也按照惯例开始了赛前集合训练。队友们来自五湖四海，凑到一起免不了互相分享家乡的特产。本来安静无声的群，随着各种零食晒图而变得热闹起来。

有人问："沈如磐在吗？我带了你最喜欢的茉莉针王。"

未得到回应，对方又 @ 陆楠："小磐现在是什么情况？她离队之前说很快回来的，但一去就是一整年，一点消息都没有。"

不知道陆楠在干什么，迟迟没有回复。

另一条消息忽然弹了出来。

童欣："沈姐在国外接受了手术，正处在术后观察期，一时半会儿回不来。"

"咦，你怎么知道的？手术成功吗？"

"陆楠说的。具体情况等他训练完你直接问他吧。"

童欣不再吭声，好像跟陆楠一同训练去了。

队友们还有疑问，便顺势聊了起来。其中一个人说："海外就医陷阱多，德国医生靠谱吗？隔壁田径队的运动员满怀希望地跑去美国治病，最后还是失望了……"

沈如磐知道这些话并没有恶意，但心里仍然不是滋味，在消息输入框里写下几句话，本来要发送的，又全删了。

就在这时，陆楠的消息出现在提示栏："你们不用担心，如磐恢复得很好，她马上就会回来了。"作为补充，陆楠还在群里发了个短视频。

这个视频正是沈如磐日前的滑冰录像，是费恩替她拍的。她当时反复看了好几遍，非常喜欢，后来和陆楠联系，一时没忍住就转发给了他。

高效的术后复健让她恢复了一个一线运动员应该具备的体型和体能。视频中的她平稳地滑行了一段距离后，先完成一个勾手三周跳，再接一个后外点冰三周跳。这样的组合，难度系数相当高。

但沈如磐的跳跃节奏和动作都完成得极好，没有瑕疵。这种高水准的单跳能力远胜大多数双人滑选手，也压了单人滑女选手一筹。

简直是一石激起千层浪，队友们惊诧了，纷纷在群里留言，向陆楠询问沈如磐的治疗细节。就连曾经主张将沈如磐和陆楠拆开的领导，也在群里罕见地 @ 沈如磐，说："小沈，你看起来恢复得很不错。"

沈如磐没有想到事情的反转来得如此之快，犹豫着要不要回应几句。陆楠私下发来消息："在潜水？出来和大家聊聊啊。"

她回复他："你干吗把视频发出去？显得我太高调了。"

"还高调？你低调了一整年，都快失去存在感了。反正你都已经恢复了健康，就大大方方地展现给他们看啊。"

沈如磐隔着屏幕都能感觉到陆楠轻松愉快的心情，但她不同，仍理性地问："我恢复了健康，那你的搭档怎么办？"

"什么？"

"童欣啊，你的新搭档。"

"千万别这么说。你走之后，我一直都是单人训练。"

沈如磐愣住："我走之前，领导明明安排童欣和你一同磨合训练的。"

"但你和领导也有一年的约定啊。我作为你的男伴，应该遵照约定等你一年，三百六十五天，一天都不能少。"

沈如磐惊呆了。她从未想过会有这种情况，还以为……

陆楠默契地发来一句："你是不是以为我早就放弃你了？"

被他说中心事，沈如磐无言以对。

单人训练，意味着陆楠在漫长的时间里要一个人想象搭档的反应，枯燥而单调地练习双人动作。万一她的病治不好，那他职业生涯里宝贵的一年时间也就浪费掉了。

她心里不好受，拨通陆楠的电话，闷闷地开口："你怎么不早点告诉我实情？"

"我不希望你分心，能有充足的时间好好恢复。再说我也可以不慌不忙地想想怎样调整自己的不足，从哪个方面进步，如何在你回来之后更好地配合你。"

陆楠的语气是那么通情达理，沈如磐听罢更加惭愧："你不要光说好听的话来安慰我。"

"这不是安慰，这一年时间对我也很有益处。以前我们天天泡在体育馆里，我只能看见眼前的事，不是比赛就是成绩。现在失去了你，我一个人沉下心练习，听着熟悉的音乐，想象着你的反应，心情……"

陆楠顿住，"呵呵"一笑："总之我的进步不小。"

"骗人。"

"没骗你，比珍珠还真。"他换了个轻松的话题，"你月底就要回来了吧？柏林那么大，你有没有去哪里玩呢？"

"我来柏林又不是旅行，哪有心情玩。"

"啊？我还等着你带些特产回来呢。"

沈如磐听罢琢磨了一下。德国有什么出名的特产？巧克力、啤酒、熏肠。然而这些食物热量都太高，不适合运动员。

于是她说："德国比较好的东西是刀具和厨具，要不我给你带个炒锅回来？"

"锅就算了，那还不如带个包呢，'包治百病'啊。"

他说完沉沉地笑了，笑过之后，低醇的声音中透出罕见的温柔："这样，你就长长久久、健健康康地留在我的身边，当我唯一的女伴，哪里也不准去。"

沈如磐张了张嘴，半晌无声。

内心脆弱的地方被打动，她长长的睫毛颤动了几下，眼里有了泪意。她抬手揉散，声音软软地唤他的名字："陆楠。"

"嗯？"

"谢谢你。"

"客气。等你回来的时候，我去机场接你。"

"不用麻烦了，机场离体育馆那么远。"

"如果不远，又怎么能显出我的诚意呢？"

通话在轻松说笑的氛围中持续了很久，结束时，沈如磐还有点不舍。

她看了看床头柜上的台历。

那还是初入院时摆放的，上面密密麻麻的圈叉，都是她艰难熬过去的日子。时光如梭，转眼只剩下最后十天。

终于该和柏林说再见了。

沈如磐开始预订机票，甚至为了陆楠逛遍了商场，科隆香水、Tutima 手表，只要是好东西，她不看价格通通买下。

那一日，沈如磐拎着大包小包乘坐出租车返回医院，经过菩提树下的柏林大学校区时，忽然想起了萧与时。

这个让她稍等几日的男人似乎贵人多忘事，压根儿就没和她联系。如今她回国在即，他给她打电话的概率也好像为零。

要不要主动联系他呢？沈如磐思忖。

罢了，如果到了最后一日他还不出现，她就主动去找他。

转眼到了出院拿检查报告的日子。那一天，沈如磐早早地来到费恩的诊室。

诊室的门是敞开的，老专家坐在位子上，全神贯注地盯视电脑屏幕。也许是太专注了，他的眉头不自觉地蹙着，面色显得有些凝重。

沈如磐敲门示意，得到准许后坐在了他的对面。

沈如磐从动手术到现在，经历了大大小小数次检查，检查结果一直都很好，所以她的心态比较放松，先开口：“结果正常吗？”

费恩没有回答，单问：“你最近感觉怎么样？”

“挺好的。”

“有没有腰疼的症状？”

沈如磐感到莫名，费恩向她招手，把她叫到电脑前。

屏幕上显示的是她的腰椎 X 光片，费恩指着其中一个位置说：“这是你几天前做的放射检查，我们注意到椎间盘假体的下缘有大量的骨赘。骨赘增长的速度惊人，显然是异位骨化。”

“什么意思？”

“简单来讲，异位骨化就是在不能长骨头的地方长出了骨细胞（骨头）。”

费恩怕她听不懂，旋即又换了一种解释：“我们好不容易才用钢钉和绳索的方式减轻对假体的压迫，现在假体边缘突然长出骨细胞，压迫剧增，必然会影响你的身体健康。”

沈如磐愣了愣：“那……我该怎么办？”

“异位骨化是比较棘手的并发症，医学界公认的发病机理不清楚，所以有效的治疗手段不多。我和团队讨论过，先对你进行药物干预，试着让骨赘消退。如果不能，就想办法切除它们。不过切除骨赘不是一件容易的事，我们需要将假体取出来再埋进去，也就是要重做一次假体移植手术。”

沈如磐大吃一惊：“这么麻烦？！”

“是很麻烦。”

她花了一些时间勉强消化这个糟糕的消息：“好吧，那等我回国后，一边训练一边配合药物治疗。”

费恩严肃地摆摆手：“沈女士，我不想隐瞒你。如果你能放慢生活节奏，像个普通人一样好好保养，骨赘或许会很好控制。但如果你坚持在此时恢复训练，高强度的体育活动会加快骨赘的增长速度。它们将严重挤压假体，引发剧烈的腰痛。万一假体被挤到错位，你的运动神经也会受到不可逆的损伤。”

“你的意思是，我暂时不能回到赛场上？”

“不是暂时，是至少一两年内都不可以。”

沈如磐震惊了。

她已经二十五岁，本就属于高龄运动员，两年时间不能接触滑冰，那和提前退役又有什么区别？

她着急地说：“不行，拖得太久了！能缩短治疗周期吗？”

“这已经是最短周期了，万一异位骨化反复发作，治疗时间只怕会更长。”

沈如磐错愕地张了张嘴，喉咙像被无法形容的力量狠狠地扼住，什么话都说不出来。

她不是没有想过糟糕的结局，然而从手术到现在一直平平安安的，眼看着就要出院了，却突然被告知不能回到赛场上，这让她如何能接受？

她的脸色变得煞白：“费恩医生，你会不会弄错了？我明明恢复得很好，怎么可能得了很麻烦的病，并且这病还会阻碍我的职业生涯？”

费恩见她失了方寸，只好安慰道：“我明白你的心情，我现在就给你开药，说不定会有不错的疗效。”

他最后一句话的语气是那么勉强，连老专家都面露尴尬。

身为医生，他应该实话实说异位骨化很难治愈。但出于多方考虑，他委婉地建议沈如磐：“不管接下来的治疗情况如何，你最好提前告知亲友，要继续留在德国治疗。”

沈如磐不知道自己是怎样离开诊室的。从离开门诊大楼，到走在通往住院部的林荫道上，她的脑子一直木木的。

她的思绪混乱，走几步就停下，恍惚觉得应该要和国内的领导说一下自己的现状。可她才刚拨出电话，断了弦的脑子一下子反应过来，又立刻挂断电话。

所有人都知道她恢复得很好，马上就要回去了。可现在她改口说要继续治疗，陆楠怎么办？难道他要继续违背领导的安排，一个人单人训练，再等她几年？

不行！

沈如磐的脑子更乱了。她强迫自己冷静下来，但根本做不到。她被难以形容的恐惧深深地攫住，曾经支撑她来德国求医、不成功便成仁的勇气荡然无存。

她浑身的力气好像被抽空，虚软地扶着树蹲下，整个人无法控制地颤抖着。

她该怎么办？

她又能怎么办？

她绞尽脑汁、拼命地想，却想不出解决之道，好像已经无路可走了。

眼泪无声地夺眶而出。

这里是医院，来来往往很多病人，见到她无声痛哭的模样，虽然同情，却也无可奈何。

她的眼泪“吧嗒吧嗒”地往下掉，根本收不住。也不知过了多久，掉在地上的手机猛地振动起来。

她一惊，紧张地看了一眼来电显示。

不是领导。

而是多日不见的萧与时打来的电话。

这些天萧与时不是不想联系沈如磐，但太频繁会显得太刻意，遂等到回来以后才给她打电话。

第一通电话响了很久，没有人接。半小时后他再次致电，这回终于通了。

多日不见，她的声音听起来全无生疏感，直接唤他的名字：“萧与时？”

“是我。好久不见，你还好吗？”

“嗯。”

“你现在在医院？”

她安静了一秒，不答反问：“你找我？”

“我正在过来的路上。”萧与时解释，“你很快就要出院了，根据流程我需要看一看你最终的检查报告。”

他稍稍停顿，语气不由自主地变得温柔起来：“待会儿看完报告，我想和你见一面。可以吗？”

电话那端出奇沉默，给人一种心事重重的感觉，却又很快答复：“当然可以了。我记得还欠你一个人情，要不我请你吃午餐？马上就要到十二点了。”

她又道：“不过我正在外面给朋友买礼物，一时半会儿赶不回医院。我瞧见附近有许多文艺复兴风格的别墅私房餐厅，如果你不介意，能不能直接过来找我，我们就在这边吃午餐？”

萧与时略感意外，但还是回答说“好”。

她报了个大概位置，又交代道：“假如你先到，麻烦再等等我。我帮朋友挑手表，选择太多，看得眼花缭乱的。”

萧与时不是一个啰唆的人，既然约定好了，他便随即让司机掉头，往回走十几公里，来到他们的相约之地——一座非常遥远的购物中心。

二十分钟过去……

四十分钟过去……

沈如磬没有出现。

萧与时想给她打电话，转念想到她的交代，感觉贸然催促似乎不够包容，便继续耐心地等待。

又等了快三十分钟，眼看着午餐即将变成下午茶，司机忍不住提醒："教授，这个购物中心有好几个出口，沈小姐会不会和我们错过了？"

萧与时这才拨打沈如磬的电话，却发现她已经关机了。

今天天气很好，不可能出现上回风雪天意外失联的情况，唯一的解释只可能是她的手机电量过低自动关了机。萧与时思量片刻，决定去商场里找她。

那么多名牌手表店找下来，他连她的影子都没见着。

他是个聪明人，这时便意识到了不对劲。碰巧此时费恩也打来电话，火急火燎地说："Hsiao，沈如磬失踪了！"

费恩把早上对沈如磬说过的话，以及护士去住院部送药，发现沈如磬的行李都在，人却不在的情况一五一十地讲出来："Hsiao，沈如磬会不会想不开做傻事？"

萧与时听完沉默了。

他不是没有察觉到沈如磬的异样。毕竟在刚才那通电话里，她只说了一个遥远的地名以及让他耐心等待，至于让他等多久，以及两个人吃什么，她一概没谈。

这不是真心诚意招待朋友的表现。

但他只当她是沉浸在购物的快乐中失了礼仪，并没有细想。

萧与时安抚费恩："您放心，她不会做傻事的，可能是偷偷去了机场。"

她何止是偷偷去机场，她怕露馅，故意把他支到了遥远的购物中心，打了个时间差，以求能顺利脱身。

机场那么大，进出的航班又那么多，她会不会已经远走高飞了？

萧与时抬手按了按发胀的太阳穴，嘴唇轻抿："我去追她。"

沈如磬的确去了机场。

她离开医院时只拿了必要的证件和现金，到达机场后便直奔售票柜台："我要一张从柏林飞往北京的机票。"

"请问您是直飞还是转机？"

"都可以，起飞时间越早越好。"

绝大多数机票提前售罄，只有一架航班有余票，但起飞时间较晚，在五个小时后。

机场喧闹，大厅里全是来往的旅客。沈如磐办完值机手续，就找了个位子坐下。

她的脑子里很乱，不由自主地想了许多。有费恩语重心长的叮嘱，也有陆楠说要接她回国的期许，甚至还有萧与时。

距离她和萧与时最后的通话，已经过去了两个多小时，他肯定已经知道被她要了吧。

她并不想在最后关头留下一个捉弄人的坏印象，可他早不联系晚不联系，偏偏在她来机场的路上给她打电话。如果不把他引开，她肯定走不成。

对不起，她在心中默默道歉。她现在已经心力交瘁，实在是顾得了头顾不上尾了。

时间又过去了一个多小时，候机大厅里忽然响起德语广播："从德国飞往中国的沈如磐女士，请速至一层问讯台，你的朋友萧与时在此等候。"

广播循环播报了三遍，大厅的电子屏幕也配合地打出文字版的"寻人启事"。沈如磐一眨不眨地看了一会儿，然后移开视线。

她并不惊讶萧与时会找来机场，但如果他能再晚一点来，等到她搭上飞机根本听不到播报内容，她也就不会像现在这么受煎熬了。

沈如磐开始频繁地看时间，然而无论她怎么样望眼欲穿，离登机仍有半小时。

此时广播再度响起，竟传来萧与时的声音——

"各位旅客，请帮忙寻找我的朋友。她是中国人，姓名沈如磐，计划从德国飞往中国。她身材高挑，衣着是米驼色上装搭配长裙，外貌清秀，笑起来嘴角有两个浅浅的梨涡。各位若留意到她，请与问讯台联系。"

他用中文、英文、德语，乃至俄语和法语各重复了一遍，整个过程吐字清晰，态度冷静，比火急火燎的播报更加引人注意。

很多旅客从报刊中抬起头，侧耳倾听。

萧与时不是简单地寻人，而是通过广播跟她说话："沈如磐，我不知道你还在不在，但直觉告诉我，你应该还在这里。"

"我知道你在柏林的这一年过得很不容易，没有朋友，脱离父母长辈，凡事只能靠自己。我欣赏你的执着和韧劲，却很少予以关怀，以至于你今天才会承受不住打击偷偷逃跑。

“你能听见我的声音吗？请联系我，我就在这里，我会陪你一起面对那些糟糕的事情。”

他的嗓音极其沉稳，透着少有的关怀和柔情，不少旅客低声议论起来——

“这个男人是在寻找女朋友？”

“应该是。大概是他做错事，把人家给气跑了。”

沈如磐一动不动地坐着，双手攥紧随身小肩包的系带，手指骨节泛白。

她察觉到有人在打量她，默不吭声地瞥过去，正对上一个陌生人的目光。

那个人看看她，又瞅瞅电子屏幕“寻人启事”里的照片，视线几度来回，最终落在了她的米驼色针织上装，以及同色长款半身裙上。

她走得匆忙，忘记换衣服了。

沈如磐负荷不住这种打量，起身走到一个比较远的地方坐下。她回头瞥了一眼那个人，只见那个人从兜里掏出手机，戴上耳塞，看起来似乎只是在听音乐。

沈如磐千等万等，终于可以登机了。

因为她购票十分匆忙，只买到了经济舱，又是机尾最末的位子，按照顺序属于最后一批登机的旅客。

她跟在长长的队伍后面往前挪，眼角的余光却瞄见不远处走来一个人。

正是找了她大半天的萧与时！

沈如磐惊讶极了，但她无处可逃，只能祈祷他看不见自己。

萧与时在不久前赶到机场，当机立断先通过广播寻找沈如磐，再逐一排查各个登机口。他快步前行，边走边扫视，紧接着一眼就看见了队伍末尾低着头躲躲藏藏的沈如磐。

他顿时松了一口气，疾步走过去。

而她似感应到了什么，惴惴不安地抬头往这边瞅。

两个人的视线相交。

她的脸色变了变，后退一步转身就要跑。他用身体挡住她的去路，探手过来紧紧扣住她的手腕。

“跟我回去。”萧与时长话短说。

“我不，你放开我。”沈如磐奋力挣扎。

萧与时知道她倔，也不想在公共场合强人所难，稍稍松开一点：“如果你的理由合理，我就让你走。”

沈如磐咬了咬嘴唇：“我……我只有一年的病假，现在时间到了，我必须归队。”

“但你的身体情况不过关，即使回去了也不能参加比赛。”

“你不说我不说，就没人知道我不行。”

萧与时听到她这样的打算，眉头深深地蹙起：“沈如磐，你知道自己在说什么吗？”

她从未听他用这么严厉的语气说过话，哪怕初次见面她冲撞了他，甚至还在不久前欺骗了他，他都没有生气。然而现在他连名带姓地反问，分明是对她很反感。

沈如磐被震惊了，亦被噎住了。

半晌，她低声回答：“我没有别的选择。因为我的病，我的搭档陆楠在很长一段时间内无法参赛，也没有取得什么成绩。可他毫无怨言，还为了让我安心治病，违背领导的安排又悄悄等了我一年。”

“我的身体明明快好了，现在却突然发生变化。如果我不回去，陆楠怎么办？他为我牺牲了太多，我总要做出些回报。比如在接下来的赛季里和他携手再战，能拼几场是几场，至少不会辜负他的付出。”沈如磐一口气说完，胸口又袭上苦涩的滋味，一时间没忍住，眼眶慢慢红了。

萧与时没有想到她偷偷回国的原因竟是为了搭档。

看着她那双噙着泪水的眼睛，萧与时沉默了一分钟，语气微微缓和下来：“你回国只会让病情恶化，万一陆楠知道你为了比赛而放弃了应有的治疗，他是不会高兴的。”

“我不会让他知道的。”

“可你曾告诉我，花样滑冰是你的命，你无法舍命。那你现在又在做什么呢？放弃你的另一条命吗？”

沈如磐再次噎住。

她摇头苦笑，眼中的泪水渐渐积蓄起来：“我知道，如果没有你，没有费恩医生帮我续命，我不可能恢复成今天的样子。谢谢你，能遇到你们是我的荣幸，但请你不要插手我的事。我有无法逃避的责任和义务，我没有别的选择。”

萧与时看着她伤心的模样，本就不多的怒意消散了大半，心中也泛起怜悯。

他伸手拭去她眼角的泪水，低声安慰：“有得选，你可以继续治疗，直到真正恢复健康。再说你一早就签过协议书，你的身体不仅属于你个人，也属于实验。如果你一声不响地逃走，实验功亏一篑，那整个医疗团队的努力就全都白费了。这对你自己或者陆楠都没有好处，你仍坚持要走吗？”

他循循陈述，每一句都讲得极其在理，令她无法反驳。

走，是抱薪救火；不走，是心在天山，身老沧洲，有志难申。

真是让人左右为难。

沈如磐觉得自己快要承受不住走或不走的拉扯。她就像身陷泥淖，虽努力向上，但接二连三的困境总能轻而易举地攫住她，把她往下拽。

萧与时将她的神色变化全看在眼里。在这个最脆弱也是最难抉择的当口，他没有任由她纠结无助，而是说：“如果你不知道是走是留，不妨抛开烦恼先跟我回去，我们再从长计议。”

“如何从长计议？”沈如磐再难按捺悲伤，泪水夺眶而出，“我受够了无穷无尽的治疗，恢复，再治疗，再恢复。我是人，不是机器，我背部的皮肤被手术刀反复切开，仿佛里面埋藏的不是肌肉、骨骼，而是钢筋、水泥。我也会痛苦，也会疲惫，但我一次又一次告诉自己，不要放弃。然而我究竟要坚持到何时才能如愿以偿呢？是我太贪心了吗？还是说我的身体就像朽木，已经不堪修复？”

她的情绪陷入崩溃的边缘，哪里还有昔日坚强自信的样子。

萧与时默然片刻，低声叹气，将孤立无援的她拉过来，轻轻搂入怀中。

“我明白你的痛苦。”他的下巴挨着她的面颊，轻声慢语吐出的每一个字，皆清晰客观地传入她的耳朵里，“不过既然你选择来到柏林，也就应该知道，你往后要走的路注定坎坷难行。”

怀中人安静一秒。

下一刻，她呜咽出声，失控的眼泪扑簌簌直落，全都洒在他的怀里。

是的，世界上总有一条只能她走的路。

无论最后能不能东山再起，都是无法回头的断头路。

回去的路上，气氛沉默而凝重。唯一的小插曲发生在沈如磐重开手机，阻塞多时的消息全部弹出，其中就包括花滑队领导回复给她的短信——

“小沈，你给我打电话了吗？最近恢复得怎么样？差不多了就早点回来吧，大家都很想你。”

她的情绪不像之前那般大起大落，读完短信后把手机轻轻放在一旁，头抵着车窗，木然地看着车窗外掠过的街景。

她有一张清秀耐看的脸，年轻的脸庞上却透露出和年龄不相符的倦态，眉目间满是沧桑。

正当车内无言的气氛还将持续下去时，她喃喃地开口："我的病假截止于下周周末。"

萧与时侧过头来看她。

"费恩医生说，好好吃药也许能控制骨赘增长的速度。你相信这个奇迹吗？"

他听出她的弦外之音，回答："我们可以相信，但万一失望了，也要有重整旗鼓的力量。"

沈如磐没有接话。

她浓密的睫毛颤了颤，轻轻闭上，遮住眼里的一切情绪。

萧与时把沈如磐送回住院部，然后来到费恩的诊室。

他看完她的检查报告，沉思了好一阵子，方才说出心中的想法："她突然出现并发症，会不会和我有关？"

沈如磐曾经在天寒地冻的夜里走了很长一段路。萧与时想到她因为韧带痉挛而痛到颤抖的模样，很难不怀疑到自己头上。

费恩摇摇头："异位骨化是椎间盘术后常见的并发症，和你没有关系。"

可是无缘无故怎么会出现今天的意外呢？

萧与时一时间千头万绪。

他的记忆力不错，很快就想到一些蛛丝马迹："我记得最早做体外标本测试时，有几个数据超出了预期，偏差较大。"

那些数据曾经清楚地写在测试报告中，是用来反映假体植入脊椎后，人的疼痛程度和关节活动水平的预估值。

萧与时不是医生，对这些非力学数据的要求没那么严格。现在回想起来，难免觉得它们是个警示。

萧与时道："请您把测试报告再发给我审阅一遍。会不会是当初测试进度太赶，导致有某些潜在的问题也不能及时发现？"

费恩一听，面上露出吃惊的表情。

他瞪大眼睛看着萧与时，眉头不自觉地皱起："你的意思是，我的工作没有做到位？"

老专家的情绪激动起来："在过去一年的时间里，我为沈如磐付出了多少心血，你应该都看得见。你现在怎么能反过来质疑我，认为是我的疏忽导致了她身体抱恙呢？”

“我没有质疑您，我……”

“虽然你年纪轻轻就是一流的物理学家，但在医学领域，你最好尊重我的能力。”费恩生硬地打断，“今天的讨论到此为止，你回去吧。我也该去看一看沈如磐，交代一下她药物治疗的事。”

萧与时沉默了。

从开始到现在，手术对沈如磐和整个实验团队来说，都是一场压力极大的挑战。今天的意外既打击了沈如磐，也让团队领导人费恩产生了挫败感。

萧与时出于对对方的尊重，缓了缓语气：“我无意冒犯您。”

萧与时毕竟是学者，处事严谨，换了一种方式道：“实验的最终目的是向腰椎病患者推广假体。我们有必要重启测试，确保万无一失，还请您理解。”

说来说去仍然是非做不可。费恩心里很不舒服，却又无法反对萧与时的意见，只能冷冷地反问：“你好像格外关心沈如磐？我记得你以前只热衷于物理研究，很少关注其他事的，怎么现在会对她的事如此在意？”

“她是特殊的实验对象，身体的好坏直接关系到实验成功与否，我关心她也是应该的。”

萧与时说这番话的时候，面上波澜不惊，说完将检查报告递回去，再起身离座：“最近情况特殊，我每天都会抽空来医院跟进沈如磐的治疗情况，劳您费心了。”

一连几日，沈如磐的情况并不乐观。

特效药用在她的身上几乎没有效果，还让她出现了严重的过敏反应。雪上加霜的是，骨赘迅速增生，一些软组织也在椎间盘假体的周边生长起来。

再这么发展下去，异位骨迟早会形成。

萧与时就此请教费恩：“异位骨形成后的治疗方法是什么？”

“优先考虑手术切除，不过必须等到骨赘停止生长，也就是十八个月之后。”

十八个月，说长不长，说短不短。再加上异位骨可能出现在身体不同的部位，靠手术切除一劳永逸的方案变数较大。

萧与时问："还有其他方法吗？"

"近距离地放射治疗也是可行的备选方案。"

费恩翻查了很多资料，也和实验团队讨论过，确认放射治疗不失为一种快速消除骨赘的方法。效果好的话，只需一到两个月，大大地缩短了治疗周期；万一效果不好，也聊胜于无，比坐等十八个月要强。

费恩把正反两面性都告诉了萧与时，最后总结："医学存在局限性，无论是哪种治疗方案，我们都要做最保守的打算。"

萧与时了然。

他见费恩的眼睛里有很多血丝，面露疲惫，想必这段时间殚精竭虑，于是道谢了几句。费恩听罢摆了摆手："这是我应该做的，否则我也不好向你交差。"

萧与时知道这位长辈耿耿于怀上次的争执，也不计较他的言语，淡淡地问："沈如磐的情绪还好吗？"

"不好。她常常在湖边一坐就是一整天，说想静静。你的口才不错，可以帮忙劝一劝，让她不要那么悲伤。"

在这个节骨眼上，任谁的口才再好，都难以解开沈如磐的心结。

萧与时虽是教授，授业解惑无所不能，此刻也叹了口气："我去看看她。"

医院林荫道的尽头是人工湖，面积不大，深度极浅。沈如磐就坐在湖边的石凳上。

眼下是春天，春意盎然，树木枝繁叶茂。风吹过树梢发出沙沙声，柔和的阳光从密密的树叶间透射下来，照出一地的粼粼光斑，显得生机勃勃。

她置身如此美好的景色里，眉目间的愣怔却更显深刻。

平静的湖面被微风吹皱，漾开一圈圈波纹。虽然细小，却久久延绵。她失神地盯着看，等到波纹完全消失，又从地上拾起石子丢了过去。

小小的石子在湖面打着水漂，犹如蜻蜓点水，连续弹跳数下方才坠入湖中。

萧与时远远地看了她一会儿，考虑着是否上前。她蓦地回首，瞥他："你来了？"

"嗯。"

"我听费恩医生说你最近天天来。"

见他不说话，她收回目光重新望向湖面：“既然来了，就过来坐坐吧。”

他朝着她走过去。

阳光洒在湖面上，湖水泛起温暖又灿烂的金光，映衬着两个人肩并肩坐着的身影。这样的画面颇有点结伴郊游的意思，可惜他没有主动找话，她亦无心交谈，只慢吞吞地再拾石子，一颗又一颗地丢出去。

无论丢掷多少次，石子最多在湖面上弹跳三下，接着便沉入水底。

她倦了，收手说：“我小时候听大人讲，石头在水面跳跃的次数越多、时间越长，就可以许下并实现一个愿望。”

这是流体力学的原理，只要手法正确，石块就能以最多次数掠过水面。

萧与时说：“我教你。”

“不必了。我的心愿太多，只怕一个小小的人工湖都难以承载。”

她说完长长地吐出一口郁气，转过头看他：“我已经给花滑队领导打过电话了，说我的身体又出现了毛病，回不去了。我还请他按照之前的约定，将我和陆楠拆开，并为陆楠另配女伴。”

“领导无言许久，说会找个合适的机会把真相告诉陆楠，在此期间让我守口如瓶。”

其实领导还有一层意思，沈如磐没有挑明。她已经消失了很久，国内媒体早就报道过她疑似因伤退役。现在拆队换人既成事实，万一有记者联系她，她最好也能保持沉默。

萧与时并不认为短短几日沈如磐就能想通，于是反问道：“你接受这个安排？”

“当然。时间对运动员来说弥足珍贵，我不能无止境地拖累陆楠。”

她的声音很平静，说完抬手拢了拢耳边的发丝，仿佛看淡了，也看开了。可她的另一只手撑着石凳，纤细的胳膊微微颤抖，分明难以释怀。

“那你呢？领导对你又有什么样的安排？”

“按照规定，我没有资格留在国家队了。至于我会被分配去哪个地方队，以及地方队是否愿意接收我，一切都未知。”

诉说就此打住，接下来的很长一段时间她都没有说话，只维持着眼帘低垂的坐姿。

风乍起，再度吹皱平静的湖面。萧与时打破沉默，嗓音低沉，带着几分凝重：“你自己有什么打算？”

她不语，拾起一个沉甸甸的石块，用力地把它丢出去。石块在空中划了一条长长的抛物线，“扑通”一声沉入水底。

她开口：“我不知道，我很迷惘。”

时间又过去两天，到了沈如磐计划回国的日子，她接到了陆楠打来的国际长途。

那是一通无比纠结的电话。

“你为什么不第一时间告诉我真相，反而让教练通知我？如磐，我不接受现在的安排，我要去柏林。”

“即使你来了也不能改变现状。再说我已经享受特殊待遇让你足足等待了一年，无论如何都不能再浪费你的时间了。你还是听教练的安排，和童欣搭档吧。”

变化来得猝不及防，陆楠的满腔质疑无从说起，只能用非常心疼的语气问：“你呢？一个人继续留在德国治疗？”

沈如磐的心中五味杂陈，堪堪“嗯”了一声。

“新一轮的治疗周期是多久？”

沈如磐听费恩医生提过放射治疗代替手术切除的方案。她不想隐瞒，硬着头皮说：“我不知道，得视恢复情况而定。一个月、两个月，一年、两年，又或许更遥遥无期。”

气氛瞬间凝固。

陆楠难以置信地说：“如磐，你回来吧。你难道不觉得疲惫吗？四处求医坚持了这么久，到最后还是功亏一篑。这么折腾，反反复复什么时候才是个头？我很想你，我们有多久没见面了？你感觉不到我对你的挂念吗？”

这是第一次，陆楠直白地说出他对治疗的看法。

万水千山彼此看不见，反而更能敞开心扉。陆楠继续说：“我为你感到辛苦。做人有很多种选择，哪怕退役当个普通人，也有普通人的乐趣，你又何必执着于滑冰呢？就算是我，我的职业生涯最多再延续几年，稍后也一样要考虑退役。”

他的声音中流露出怜悯、同情，还有不愿见她继续飘零在外的痛苦：“回来吧，好不好？我会陪着你规划以后的生活。”

沈如磐的嗓子就像被什么东西堵着，一个字也说不出来。

过去并肩拼搏的十二年，陆楠是朋友，亦是亲人，在她心中的分量无人能及，所以他说的每一句话她都会认真考虑。然而在这个时候，她怎么可能实话实说自己心中仍有一丝难以斩断的执念呢？

如果连这最后的执念都斩断，那她苦苦坚持的意义又是什么？只是作茧自缚吗？

沈如磐难过地低下头："我现在脑子里很乱，你让我再想一想。"

随着时间的推移，沈如磐体内的骨赘也在快速增长。当增长到一定程度，病症逐步显现：先是尖锐性腰痛，疼痛升级，接着假体受到严重挤压，连正常走路都难以支撑。

在这样的情况下，无论十八个月后做不做手术，放射治疗似乎都是一种值得尝试的方法。

只是沈如磐依然犹豫不决。

她心事重重，眉目间显现无形的灰色。费恩见状，不得不开导她："你千万要打起精神来，虽然久病不愈难免会消磨人的意志，但坚强乐观的心态有助于控制病情。假如你对放疗的效果心存怀疑，我们明天一起去找核医学科的大夫，听听对方的意见？"

沈如磐同意了。

放射治疗楼，因其具备污染性而被设置在一个偏远独立的地方。

经过核医学科，穿过一条长长的走道，尽头便是放射治疗组。那里的气氛冰冷幽静，收治了许多不分性别和年龄的重危症患者。

沈如磐来得早，先去了一趟洗手间。

她之前服用的特效药让她出现了严重的过敏反应，浑身长了不少红斑。她觉得干痒难受，想用冷水冲洗一下。

才刚拧开水龙头，两个护工就走了进来。

一个是上厕所，一个是冲洗拖把，彼此在闲聊——

"我以前照顾的××癌病人，他做了好长时间的放疗，明明都出院了，居然又查出复发了。也许是治病治得抑郁了，他昨天半夜想不开跳楼了。"

"唉，走了也是一种解脱。我记得那个人接受放疗的时候整个口腔都烂掉了，吃饭、喝水都困难。"

护工聊完就离开了，洗手间里只剩下沈如磐。

她沉默地拧开水龙头，用冷水浇淋手臂上的红斑。

其实沈如磐接受过许多次手术，对放射治疗非常了解。放射线一方面拯救病人，另一方面也会对患者的身体产生副作用。程度轻的，厌食、恶心、呕吐；程度重的，被放射线照过的皮肤出现瘙痒、溃疡、糜烂……最糟糕的，则是做完全套治疗又复发的病人：什么苦都受了，可什么奇迹都没出现。

她害怕自己会是后者。

沈如磐回过神，关掉水龙头后抬起头，看到了池盆上方镜中的自己。

药物对她的影响真的是太大了。别的不提，单论外表，她乌黑亮泽的长发迅速枯下去，发尾黄黄的，分叉严重。她原先白皙嫩滑的脸部肌肤也变得干燥异常，出现了丝丝缕缕的红纹，犹如“碎瓷”。

这样的自己，哪里还有花样滑冰运动员的优雅和精致？假如她同意放射治疗，万一之后的副作用比刚刚那位患者的情况更严重，她岂不是……

沈如磐狠狠地皱了一下眉，心里是说不出的烦躁。

这种烦躁的情绪一直延续到她参加三方会诊。会诊谈了些什么她一个字也没听进去，根本就坐不住，结束后便匆匆离开了。

她不知道自己能去哪儿，唯一能确定的就是不要待在医院里。医院已经成了她二十几岁生命里逃不开的囚笼，她只想呼吸一下新鲜的空气，感受一下久违的外面的世界。

春风和煦，外面的世界多姿多彩，触目所及都是繁花似锦。年轻的姑娘们个个烈艳红唇，时髦迷人；褐发碧眼的欧洲男人们无论是玉面长腿的儒雅绅士，还是方脸厚唇的北欧硬汉，都是行走的荷尔蒙。

沈如磐觉得自己本该和他们一样，意气风发，拥有健康。

然而她却没有，甚至连本来不错的容颜都要失去。她有点想哭，可她不敢哭，勉强按捺住自怨自艾的情绪，一转头就看到了对面广场的高清屏里正在播放花样滑冰黄金联赛的宣传片。

每年的花样滑冰赛事启动之前，都会有相应的宣传片。

通过巧妙的剪辑，各国顶尖选手一起同框。无论是超高难度的技术动作，还是选手们渴望胜利的表情，都让这场即将在圣彼得堡举行的黄金联赛充满看点。

意外的是，视频里中国双人花样滑冰队的代表是陆楠和童欣。

沈如磐仰着头，目不转睛地遥望这两个人。

陆楠自不必说，还是那么英俊帅气。至于童欣，她才二十岁，风华正茂的年纪，得体的妆容和表演服遮盖了她面庞的青涩，让她呈现出一种夺目的东方韵美。

沈如磐目不转睛地凝视童欣，浓密的眼睫颤动了几下。下一秒，两行泪水悄无声息地夺眶而出。

她已经尽量坚强，也努力理解陆楠不可能止步不前，总有一天会和新女伴投入大赛。

但她没有想到的是，所谓的大赛会来得这么快。

时移世易，她这个过气的、无足轻重的前世界冠军，只能看着优秀的后辈取代她的位置奔着荣耀而去，而她不能追，也无法追。

沈如磐垂下头，泪水如决堤一般。

置身于繁华热闹的街口，交通灯由红转绿，人流往前，她被挤到一旁。但她沉浸在悲伤的情绪里，把自己变成了一个泪人。

犹记三年前，她和陆楠历尽千辛万苦终于拿下世界冠军，按照惯例要进行一场表演赛。

忘了是谁提议，双人滑除了常规表演，不妨让金、银、铜选手们交换搭档再来一轮表演，给观众增加新鲜感。

于是陆楠和她临时拆开，各配搭档。

公开练习持续了一会儿，陆楠随即提出抗议：虽然“临时女伴”比沈如磐还要轻几斤，但他就是不能举起对方，无法完成编排的动作。

“不换了，不换了，女伴不能轻易换，赶紧把我的沈如磐换回来。”陆楠当时的说法逗得在场的很多人都笑了。

她当时也乐了，并且感受到一丝温暖。

现在想来，这些美好的东西如梦似幻，全是泡沫。

恰是内心深处的痛苦无所遁形的时刻，突然响起一声呼唤。

“沈如磐！”

这一声呼喊极其明亮，在车流来往的路口，于熙熙攘攘的大马路上，听起来遥远又清晰。沈如磐泪眼婆娑，不太确定地看过去，唤她的人居然是萧与时。

新学期已经开学，萧与时恢复了日常的工作，科研和授课两头都要兼顾。他同时也要挤时间出席大大小小的学术会议，每日来医院的时间不再固定。今日便比平常要迟一会儿，却意外地在路上看见了她。

隔着一条马路，她在这头，而他在那头。她眼中盈满泪水的模样让他的呼吸停滞一瞬，然后他毫不犹豫地下车，越过行车道。

他人高腿长，很快便走到她跟前：“沈如磐，你又哭什么？”

她听到他的声音愣了一下，神情恍惚地看着他。

春意盎然的好季节，他的衣着应景，格纹面料的西服内搭衬衫，配上花色相容的针织领带，延续了一贯的正式感，也让翩翩尔雅、不受拘束的学院派气质立刻显现——和初次见面一样，他还是那么英俊迷人，而她照旧病体沉疴。

原来所有的努力和挣扎都是痴心妄想。

沈如磐说不出话来，也不想回答。

萧与时不得其解，刚巧广场的高清屏又在重播黄金联赛的宣传片，令她难过的画面直白地展现在他面前。

一时间，他什么都懂了。

看着她呼吸颤抖、难过得不能自已的样子，他无言一分钟，低声叹了口气，握着她的手腕将她牵过马路带上了车。

“跟我回庄园。”他说。萧与时的庄园位于城郊，是富人居住区。

车子驶过入口花园，进入自家车道，笔直的道路两旁栽种着古老的树木，四季常青，点缀着两三把藤椅。外观横平竖直、极具理性主义的庄园别墅就隐藏在绿荫深处，依傍湖畔。

车子停泊在庭院里，萧与时对沈如磐说：“我一直独居，庄园里除了管家便再无外人。我会交代管家给你准备午餐以及安排房间，你吃完东西后休息一下，不开心的事我们稍后再谈。”

沈如磐此时已经收住眼泪，情绪依旧消沉：“我没有什么要谈的，你还是把我送回医院吧，我想一个人静静。”

她一副失魂落魄的样子，哪里能独处？这时管家出来迎接，萧与时降下车窗叮嘱了对方几句，便打算替沈如磐推开车门：“学校还有事，我要先离开一会儿。你好好休息，听话。”

他的语气压得重，忽然吐出“听话”两个字，就像安慰一个哭哭啼啼、寻死觅活的小女生。沈如磐本就心情糟糕，霎时敏感起来：“萧与时，你能不能假装没看见我，不要管我的事？我再重复一遍，我只想一个人待着。”

她的心情不好，语气也不佳，一席话生生拉开了两个人的距离，车里的气氛骤然冷下来。

萧与时过了一会儿才开口，口吻平静如常：“你的事我是不该管，但见你一个女生在街头伤心落泪，即便我没有资格管，也不能不管。”

车窗开着，外面的阳光正好，微风婆娑送来绿荫花红的暗香。偶有虫鸣鸟叫，哨音悠远清晰，衬托着他的温言暖语，也让她那颗烦躁的心逐渐平静下来。

她低下头，哑然。

司机提醒道："教授，您要迟到了。"

萧与时没搭腔，只是看着沈如磐。她又坚持了一小会儿，然后推开车门下了车。

车子随即重新发动，驶出庭院。

沈如磐目送着车子远去，脸上稍稍流露出愣怔。

庄园占地面积广，一楼是起居会客之地，二楼是主、次卧和其他功能房。管家将沈如磐安排在二楼风景最好的客房，从那里可以饱览花园湖景。

稍后管家又端来丰盛的午餐，客气地说了声"请自便"，便退出去带关上房门。

沈如磐并不饿，只是大哭过一场，嗓子有些干涩不舒服。她先揭开例汤的盖子，发现里面盛的不是德式浓汤，而是云吞。

晶莹剔透的云吞散落在汤中，配上嫩黄的蛋丝和青绿的葱花，做法非常地道。沈如磐用汤匙轻尝一口，皮薄馅鲜，汁水鲜美，从舌尖到心肺都是一种纾解——她在异国漂泊太久，都快忘了故乡的味道，云吞反而成为最意想不到的安慰。

她紧绷的情绪逐渐放松下来，感觉到疲惫，几乎不需要适应新环境带来的陌生感，躺到床上闭上眼睛便睡着了。

也不知睡了多久，她开始做梦，都是些支离破碎的片段，一个又一个，就像是她遥不可及的过去。从初出茅庐到屡获佳绩，最终是她不负众望地站上世界的最高领奖台。

梦境是那么美好，她醒来后茫然了几秒钟，方才想起自己身在何处。

她转过头看了一眼窗外。夜色悄然降临，月亮升上树梢，露台上映着柔和的奶白色。

她赶紧掀开被子下床。她来到一楼，环视偌大的庄园，不知该往哪儿走。末了还是管家从花园回来见到她说："沈小姐，教授已在书房等候多时了。"

书房在最南边，是由上下两层及多个房间合并打通的庞大的复式空间，无论是书的深度还是书籍排布的密度，皆达到惊人的体量，俨然另一座中央图书馆。

壁灯、射筒灯、落地灯，浅暖色调的光线从各个角落照出，如清泉泻满书架和梯子。时间在这里放缓了流逝的速度，停滞在浩瀚无极的书海墨香里。

沈如磐并不知道萧与时究竟在书房的何处，只是凭着感觉往里走。

琳琅满目的书籍映入眼帘，从科学到文学，从羊皮纸手稿到绝版印刷，包罗万象。她有点绕晕了，转过一排高高的书架，迎面差点撞上一个人。

她往后一退，背却撞到了书架。一本厚厚的、古老的德文原版书《少年维特之烦恼》眼看就要掉下来。

一双手及时护住了她。确切地说，那双手护在了她的脸颊两侧，温暖的掌心紧贴着她的耳朵，那本书有惊无险地从她的耳朵旁边坠落。

沈如磐抬头，正对上萧与时的脸。

他站在她对面，逆着壁灯的光线，五官轮廓有种朦胧的质感。故脸上的神情难辨，只觉得他一双眸子隐藏在眉弓阴影中，目光沉静如海，让人难以移开视线。

沈如磐顿了顿，轻声开口：“谢谢。”

萧与时收回手：“我听见了你的脚步声，便过来寻你。”

他一说话，沈如磐便发现他的声音比中午的时候要暗哑，不禁问：“你的嗓子怎么了？”

“说话太多了，讲了一下午的课。”

“要不要喝水？”

“不用了。”他叫住她，把话题拉回原处，“你的脸色很难看，没有睡好？”

“我……做了许多梦。”

“梦见什么？”

他不疾不徐地同她说话，谈吐正常，完全不计较不久前被她顶了一句“不要管她的事”。现在她恢复了理智，心中生出一丝歉疚。

他是一个如此优秀的男人，即使她满腔烦恼也不该出言伤害他。

沈如磐嗫嚅着，放低姿态：“对不起，我中午不应该呛你。”

她说：“我知道你是想安慰我，然而安慰对我不起作用。今天看见陆楠和童欣一起滑冰的画面，我知道无论自己多么想要回到过去，也终究回不去了。那一刻，我心中掩藏的负面情绪通通爆发了出来。我怎么会变成这样？被滔天的绝望和嫉妒淹没，面目丑陋。”

沈如磐毫无保留地诉说，说到最后，复杂的滋味沉甸甸地压在心头。

她苦笑道："这么丑陋的我，不想被任何人看见，包括你。"

接下来的很长一段时间她不再说话，一副眉目低垂的模样，仿佛整个人的气质都变弱了。

这里是书房，四面高高的书架上摆放着数不清的著作。可惜作品可以解释生老病死，却不能解开沈如磐心里的结。

萧与时过了半晌道："你跟我来，我给你看样东西。"

她有些茫然，但还是顺从地跟着他来到书房的最深处。那里有扇侧门，推门进去便是截然不同的空间——修补室。

一百平方米的修补室里收藏了不少瓷器，形态迥异，破损程度不一。因为年代久远，许多瓷器表面的彩釉都脱落了，灰扑扑的，暗淡无光。

但也有例外，譬如那只薄胎甜白釉茶瓷。它薄如蝉翼，轻若浮云，有着温润如玉的秀美，只可惜曾经四分五裂，被人修补到一半又摆在角落里蒙尘。

"随意坐。"萧与时说。

他将修补室的灯依次打开，再走到盥洗台清洁双手，接着戴上手套调制黏合剂，把黏合剂涂在茶瓷的残片上，一小片一小片地对接、调整、定型。

这是个费时又费力的精细活，他却不慌不忙，从容娴熟。

沈如磐不明白萧与时为什么要让她看这些，而他全神贯注，心无旁骛，根本没有留意她的神色。

茶瓷很快组合完整，随着黏合剂被氧化成深色，晶莹剔透的白釉茶瓷表面布满了长长短短、逶迤曲折的暗纹，丑陋极了。

直到这时，萧与时才打破沉默："去年今日，费恩说服我保留你的手术资格时，我正在修补这只茶瓷。因为被他打断了，所以茶瓷一直没有修完。"

他把茶瓷移入干燥箱，荫干后取出来，接着说："我和费恩争论不休，费恩被我拒绝得毫无办法，只好说了一番话——'即使是瓷器，破损后经过修复也可重获使用价值，何况她还是风华正茂的世界冠军'。"

突然提及往事，沈如磐有点意外："你被这句话说服了，所以才同意我做手术？"

"差不多。"

沈如磐张了张口，不知该说些什么。

站在现在看过去，破镜难圆，人亦如此，受损后再怎么修修补补也无法回到最初。

她长久地哑然，萧与时岔开沉重的话题："你曾经许诺过的签名，不妨待会儿兑现吧。"

"什么？"

"瓷器和我们有缘。我修复，你签名，也算是留个纪念。"

沈如磬差点脱口而出"不要"。

她已经够落魄了，居然还要把自己的名字签在一只破旧难看的茶瓷上，实在是讽刺。

萧与时知道她的心思，也不多话，此后更是沉默地用瓦灰给茶瓷缺肉的地方做增补，并用描线笔和朱漆一点一点盖过深色暗纹，待朱漆干透，再将金粉绘入，做到不厚不薄、整体均匀。

在他那双做学问的手的修复下，所有的暗纹转变成一道道细长的金丝线条，顺着裂纹浮现于玉润剔透的茶瓷表面，就像暗夜里划过的闪电。茶瓷也从丑态毕露的破旧物，化腐朽为神奇，变得充满灵气，远超原物的绝美。

当所有工序完成，萧与时脱下手套，白净修长的手指仔细地抚过茶瓷，感受到它的细腻与精致后，才将它推到沈如磬的面前。

"你现在还觉得它难看吗？"他的嗓音醇厚，带有磁性，低淡且柔和。

无须她回答，他娓娓地往下："从无瑕到破碎再到涅槃重生，这便是宿命无常之美，也是我从你含泪苦苦哀求的模样里看见的美。你打动了我，我后来所做的一切，都是希望你如愿以偿。"

突如其来的一番话，沈如磬听了，心一紧。

"我告诉你这些不是出于安慰，而是希望你不要因为一时的失意而看轻自己。哪怕近来发生的事情让你觉得尊严扫地，但成败未定，你无须妄自菲薄。"

萧与时极少说这么长的话开导人，沈如磬哑声一阵，然后实话实说："不，我已经失败了。"

"我每天心心念念想的便是回国，然而国内无人再需要我，陆楠、教练、花样滑冰队通通离我远去。我钟爱并且奋斗了前半生的体育事业一下子变成泡沫，我用无数个日夜琢磨出来的冰上技巧全无用武之地。

"我该怎么办？摆在我眼前的路好像只剩下退役。可如果不退，苦苦纠缠的姿态太难看，会让年轻的后辈笑话，世界又不是少了我就不会运转。"

这是最不堪的真心话，沈如磐全说了出来。

属于她的时代已经过去，她已是穷途末路，没了归属。

萧与时听完却道：“不想退就不要退。沈如磐，你从来都不是一个因为旁人的想法而改变意志的弱者。如果是，我们也不会在柏林相遇。”

简简单单的总结犹如醍醐灌顶，沈如磐一下子愣住。

她怎能忘记，漫长的竞技生涯给予她的不只是冠军头衔，还有绝不放弃的意志。恰好是凭着这种意志，即使被国内的专家铁齿直断“只能退役”，她也依然怀着满腔孤勇，从中国来到这里。

失败了就再争取。

输了就重新来过。

只要不自弃，一切皆有可能，包括重归赛场，包括逆袭回去，再次和陆楠搭档比赛。

这才是真正的“东山再起”，也是守住一个过气的前世界冠军尊严的方式。

刹那间，遗落的初心被拾回，胸口将要熄灭的火也被重新点燃。沈如磐看着萧与时，眼眶一热，神色动容：“萧与时，你怎么好像比我还了解我自己？”

听见她的慨叹，他静静地和她对视一会儿，抬起手伸过去，抚上她的眼睛。

去年今日，她放低姿态恳求他，漂亮的眼里盈满泪水，蕴藏宿命无常的悲凉。今时今日，她依然用这双眼睛看着他，目光中流露出彷徨，让人不忍直视。

“当局者迷，旁观者清。”他缓缓诉说，声线克制，给人一种理性的安慰。同时他的手指在她微凉的脸颊上缓慢移动，拂过眼角眉梢，而后拍了拍她的脑袋，无形又显得感性，“你只是太累了才会思绪混沌，忘了‘成大事者，不争朝夕’的道理。”

内心最柔软的地方被触动，百般滋味如藤蔓一般不受控制地扩散开来。她不需要任何人的怜悯，但受挫至此，能得到一份支持和鼓励是多么不易。

沈如磐差点又要落泪，勉强克制住脆弱的情绪说：“我记住了。”

记住萧与时一直以来的帮助，也记住他今天的提醒。日后就算不为她自己，她也不能辜负他的期望，一定要拼尽全力变得更好。

见她消失的斗志终于回来了，萧与时低低地舒了一口气。

他转身回了工作台整理器具，沈如磐旁观了一会儿，注意到他手背上有一道长长的血痕。

她大吃一惊，上前拉过他的手在灯下观察：“是刚才被书划伤的吗？痛不痛？怎么也不说一声？”

如此有才华的一双手，假如因为她而留下疤痕那就糟了。

她用指腹小心翼翼地按揉伤口周围，又鼓起腮帮子呵气。那清凉的风就像是一根羽毛，从萧与时的手背轻轻拂过，带来难以言说的触动。

萧与时没有理会自己的伤，目光深深地凝视沈如磐。

她的睫毛在颤动，表情露怯，好像很自责。他的手指动了动，似乎想反握住她的手，却又似乎没有。

他是个高冷的人，眉目间经常是与生俱来的清淡疏离。现在手指和手心由她掌控，安静地任由她处置，那五官轮廓泛开的温情有种让人心跳加速的感觉。

可惜她只注意看伤口，没有看他。

沈如磐确定伤势没有大碍，这才放开他的手。

见时间不早了，她又说：“我叨扰了你太久，也该回去了。”

“不急，你可以留在这里吃晚餐，稍后我再派司机送你回医院。”

“不用了。打扰你这么长时间，我哪好意思再吃饭。”

最后，沈如磐也没有让司机送，而是打电话叫了一辆出租车过来。

萧与时将她送到入口花园，她挥手同他告别，接着便快步朝着车子走过去。就在车子发动之际，萧与时又叫住了她。

沈如磐降下车窗。

月色朦胧，他伫立在花园那边，和她隔着较远的距离，脸上的神色看不清，半晌没有说话。

“怎么了？”她问。

他开口，声音低淡而平静：“往后即使你再有难过的时候，也不要轻易掉眼泪。如果陆楠知道你常常为他落泪，他也会不安的。”

他突然提到陆楠，沈如磐愣了一下，但还是懂事地承诺：“放心，我以后再也不会像今天这么情绪化了。”

“还有，下午的时候，费恩医生电话联系我说找不到你，不知道你对放射治疗有什么想法。”

“不用担心，我会配合治疗的。”

萧与时点点头，又道："还有……"

话蓦地开了头又刹住车。沈如磐等了半晌也没听到后续，纳闷地问："还有什么？"

新学期已经开学，萧与时越来越忙，往后再想挤时间去医院探望她，总归不那么充足了。

这样的话不便直述，萧与时仅仅叮嘱她："放疗不易，千万保重身体。"

两个人再次告别，车子很快消失在前方。

萧与时回到庄园，一进门，管家就说："亲爱的 Karl，你怎么不挽留那位女士？我已经准备好了双人晚餐，都是清淡可口的中式菜肴。"

管家照料萧与时多年，知道萧与时是个寡言少语的人，以为他不会回答，没想到他不轻不重地回了一句："想留，但是没留住。"

管家面露诧异。

萧与时再无言语，转身去了书房。

对萧与时来讲，研究、授课、学术交流，一系列常规而密集的行程在等着他，年年都是这样，年年都毫无变化。此刻，他又像往常那样在灯下工作，只是目视着深奥枯涩的理论天体物理，他眉目平淡，说不上好坏。

另一边，沈如磐坐在出租车上，看着窗外的夜色，思绪无端地蔓延开来。

她还有机会回到赛场上继续和陆楠携手比赛吗？这个愿望绝对不是嘴上说说就能实现的，只怕还有更长、更难的路要走。

想得太多有点头疼，她抬手揉了揉太阳穴，蓦然发现指尖沾了点金粉。

估计是萧与时摘下手套检查瓷器时沾上的，稍后他替她拭去眼泪，又巧合地留在了她的眼尾。

不知怎么回事，她的脑子里自发地浮现出他为自己拭泪的样子。

心随意动，她抬手模仿萧与时修长的手，仔细地抚过自己的眼角、眉梢、面颊。再然后，她想起了萧与时的眼睛。

目光润泽，犹如波光粼粼的湖水，从不轻易显露情绪，却在面对她的时候起了微澜，仿佛告诉她即使所有人都离她而去，他也会留下来陪伴她。

那一刻，她的内心亦有起伏。

在最艰难的时刻，有个绝顶优秀的男人陪伴在身旁，鼓励她、支持她，她难免心生感动，也因此重获力量。

就好像，她遇见了他，要走的路才刚刚开始一样。

Chapter5

约会

决定进行放射治疗后，沈如磐给陆楠发了一条消息。那是一段很长的文字，表达了她不想回国，还想再在德国试一试的意志。也许这种意志看起来太孤勇，陆楠无法再劝，隔了很久才回复她一句：也好。

简单的两个字，她隔着屏幕都能够感受到陆楠的内心有千言万语，表面却只能继续支持的无奈。她同样无法再说什么，于是默默退出了聊天界面。

放射治疗开始了。

其实放疗并不是立即杀死骨赘细胞，通常在治疗的几天甚至是几周后，细胞才会开始凋亡。换句话说，副作用存在滞后性，要么不来，要么来势汹汹。

头晕目眩、恶心之类的自然不必多讲，沈如磐的腰椎也日复一日地水肿得厉害。

先是酸麻胀痛，随后越来越严重，就像万蚁噬骨，只能静卧，但静卧久了反而会加重疼痛的程度。有时她好不容易适应了疼痛闭上眼睛睡一会儿，无意识地翻个身，腰椎就像被一把铁钉遽然贯穿，那种滋味让人分分钟怀疑人生。

沈如磐只能凭着普通人难以想象的意志撑下去。有时陆楠也会发消息或是打来电话关怀慰问，但言语哪会奏效，她常常痛苦得聊不了几句就被迫中止谈话。稍后陆楠因为要备战黄金联赛而进入闭关集训，训练不分昼夜，久而久之，两个人的联系也就被迫断了。

沈如磐又回到一个人面对一切的日子。

勉强挺过最难熬的几周，终于迎来漫长的静养期：观察骨赘是否复发。

日子变得枯燥起来，尤其是被调离花样滑冰队已成事实，她和外界的联系便彻底断了。她整日闷在病房里，看着电视体育频道异彩纷呈的赛事，脑袋上无聊得都快要长草了。

那天她收到了一个同城快递，拆开一看，竟是一大束娇艳欲滴的花枝：矢车菊、鸢尾、铃兰等等。此外还有许多她说不出名字的种类，都是春天怒放的鲜花。花束里附了一张卡片，字迹朴实清峻——

致沈如磬：

不能时常探望，愿你健康、平安、快乐。

Karl Hofmann Hsiao，LG[1]

沈如磬听费恩提起过，眼下是萧与时最忙碌的时期。他不是在飞往欧洲各地参加学术例会的路上，就是结束学术例会从这一站转往下一站，行程十分紧凑。

她放下卡片，寻了一把剪刀修剪花枝，将娇妍的花朵插入花瓶中。

矢车菊优雅耐看，德国鸢尾明艳靓丽，大花铃兰娇俏可爱，搭配羽状的蕾丝草，将苍白冰凉的病房衬托得生机盎然。空气中的药水味也淡多了，充盈着馥郁的花香。

她拍了张照片发给萧与时，道了声感谢，还不忘评价一句：大花铃兰看起来格外漂亮。

消息发送出去后，护士进来测量体温，稍后沈如磬又遵照嘱咐吃药以及下床活动。等到她想起看手机，已是晚上入睡前了。

手机里有一条未读信息，点开看，三个字映入眼帘：风铃草。

没头没尾的，沈如磬琢磨了好一阵方才明白萧与时的意思：不是大花铃兰，而是风铃草。

再瞅瞅消息发过来的时间，二十分钟前。莫非萧与时一直忙到现在？

她不想打扰他，把手机放到一旁，熄了床头灯睡觉。月末的时候，沈如磬去窗口缴纳住院治疗费用，却被工作人员告知：“沈女士，今后你所有的医疗开销都将由霍夫曼医学物理基金会承担。”

“是不是搞错了？我从未申请过经济补助。”

“没有弄错，是费恩医生为您申请的。”

沈如磬随即去找费恩。费恩解释道：“这其实是 Hsiao 的意思。你

1 [LG: Liebe Grü e 的缩写，类似 Thanks & Best Regards 的问候语]

在德国没有收入，如果继续支付全额医疗费用，经济压力不小。”

“萧与时多虑了。我有积蓄，不至于入不敷出。”

见她不领情，费恩遂道：“如果你坚持拒绝，不妨找 Hsiao 谈一谈，否则他会认为是我没有完成托付。”

“但萧与时目前不在柏林。”

“他昨天回来了，还问起你的近况。”

沈如磐十分惊讶，刚想问问萧与时的近况，却见费恩不可抑制地咳嗽起来。老专家的嗓子又干又哑，像是咽炎犯了。

她关心地问：“您还好吗？”

“年纪大了，体力不及年轻人，稍稍熬几次夜身体便吃不消啊。”费恩将手边的浓缩咖啡喝完，对她挥了挥手，“你如果没有别的事就先回病房休息吧，我得抓紧时间按照 Hsiao 的要求重拟一份体外标本测试流程。流程复杂，要考虑的因素太多，只怕今晚依然完不成。”

沈如磐不明白为何又要重做测试，但见费恩疲惫心烦，好心地提醒了一句：“您喉咙不好就不要喝咖啡了，多喝温水。”

离开诊室回到病房，沈如磐瞅瞅手机里萧与时的电话号码，想联系他却又心生迟疑。

他太忙了，连回条消息都极慢。她为了医疗报销的小事骤然联系他，会不会妨碍他工作？思来想去，她有了个主意。

在资讯发达的时代，没有什么是在网上搜不到的，更何况萧与时是颇受学生欢迎的教授。果不其然，萧与时在柏林大学的日程表被学生贴到了网上，他何时上课、何时去实验室做研究一清二楚。

巧的是，今天下午便有一节他面向本科生的公共课。

算算时间，沈如磐决定亲自去找他。

柏林大学离医院不远，也就是出租车的起步距离。

由于大学不设围墙，各院系分布广阔，沈如磐按照手机地图的提示，先在菩提树下大街下了车，然后前往“第一自然科学院”。

她还处在静养期，出门时选择以轮椅代步，又考虑到放射治疗让她的皮肤干燥起皮，所以戴上一顶宽檐帽。她把帽檐拉得很低，配上一副超大的黑框墨镜，瘦瘦尖尖的小脸被遮去大半，只余秀挺的鼻和唇。

病中憔悴，她又特意涂了点透亮的粉色唇彩，让自己看起来精神抖擞。春风拂过，帽子上的丝带轻盈地飘起，她身上那条微微露肩的一字领长裙柔软的面料徐徐飞动，越发显得她身材纤细，气质秀丽。

漂亮的女生坐着轮椅问路，很容易引起旁人的注目。沈如磐很快便问到了第一自然科学院的教室大概在哪儿。

而萧与时此时正在给学生上“粒子天体物理概论”。

每逢他授课，教室里就座无虚席。今日恰好讲到“粒子俘获”这一块的内容，当他写完板书转身面对台下乌泱泱的学生时，教室最后一排的男同学偏着脑袋瞅向窗外，不知在看什么。

萧与时走过去，波澜不惊地开口：“不同折射率的高能粒子在被地球磁场俘获的过程中，其俘获力、散射力、吸收力的计算公式表示为什么？”

男生蒙了，磕磕巴巴说不出话来。

萧与时给了他一个认真上课的眼神，不疾不徐地补充答案。讲到一半，他的余光落到窗外的喷泉广场，口头的讲解也随之顿住。

是沈如磐。

确切地说，就像凭空突然多了个沈如磐。他不知道她为什么会出现在这里，也不知道她究竟待了多久，反正她就像个到此一游的观光客，在广场上学生自发组织的旧书摊边挑挑选选。

不过她不是蹲着，而是坐在轮椅上。

她认真地翻书，几只小鸟扑扇着翅膀飞来，在她的宽檐帽上短暂地停留一下又飞走。她摘下墨镜凝望飞鸟，嘴角愉悦地勾起来。

萧与时过了一会儿方才收回目光，对着板书做更详细的补充。整个过程他都专注地授课，没有丝毫分心，除了偶尔几次抬起手腕看表。

终于，下课铃响了。

学生们急忙拿着笔记上前提问，有男有女，有的没听懂，有的则是有别的想法。萧与时让他们稍等，自己走出教室，不轻不重地唤了一声：“如磐——”

公共场合，他顾及她的身份，刻意省略了姓氏，却不经意地带出一种亲近的感觉。而她听到这声呼唤，转头看了过来。

广场和自然科学院两幢建筑说近不近，说远也不远，他身姿高挺地立在阳光下，视线穿过来来往往的人群稳稳地落到她的身上，是那么平静。她无端有一种错觉，仿佛他摒弃所有事物只凝望着自己。

沈如磐觉得自己的这个想法太奇葩了，连忙冲他礼貌地一笑：“嗨。”

他淡定地点头：“你怎么来了？”

“我有事找你。”

“怎么不提前说一声？”

他上课伤嗓子，此刻吐字简短，口吻低淡，会让旁人觉得他有些不高兴。沈如磐赶紧解释：“也不是什么要紧事。你就当我是出来透透气，顺便找你。”

萧与时仍是点头：“你再等等，学生还有几个问题。”

“不着急。你若是太忙，我改天再找你吧。”

萧与时已经转身往教室的方向走，听她这么说，回答了一句：“我不忙，也不会太慢。”

他从来没有用过如此细致的语气对异性说话，学生们听见了，八卦心骤起。

去年有人瞧见萧与时和一位女性在咖啡馆约会。那位女性高高瘦瘦的，坐着轮椅却又不像是残疾人，气质极好。很多人都觉得萧与时是有女朋友了，可那位女性却再未出现，传言便不了了之……可现在看来，莫非是真的？

所有视线都悄悄地朝着沈如磐聚集过去，因为隔了一段距离，沈如磐感受不到。

萧与时回到教室里继续答疑。学生们都是十八九岁的年纪，青春胆大，问完题目后也不走，好奇地问：“教授，外面那位是你的女朋友吗？”

“什么女朋友，该叫师母。”另一个学生起哄。

萧与时不说话，眼风轻扫他们——个个都老实了。

学生们散去，萧与时收拾了讲义离开教室去找沈如磐。

见到她，他说：“我们去办公室谈？”

“好啊。”

沈如磐伸手搭上轮椅，准备推动自己。萧与时径直绕到她身后，握住推手推着她走。

这里是学校，来来往往全是学生，肤色也各异，见到萧与时纷纷主动打招呼。

平常也不过如此，但今日多了个沈如磐，学生们心存好奇，表面上礼貌地对沈如磐点头致意，一旦走远，立刻交头接耳、窃窃私语。

这场面，沈如磐不是没有多想。然而她坐着轮椅，身体有缺陷，怎么看都不可能和萧与时牵扯出什么暧昧的关系。

于是尽管被大众围观，沈如磐也只淡定地推了推鼻梁上的墨镜，稳坐如山。

萧与时拥有独立的办公室，不过办公室的空间有限，不能和庄园里开阔的书房相比。故他的办公桌紧挨着窗台，桌面上严格按照实验项目堆放着厚度不一的材料，剩余空间全腾给了书架。书架上更不必说，全是天体物理的专业书。

沈如磐注意到书架上贴了张表格，那是办公室咨询时间表。

在柏林大学，优秀的教授通常都很忙碌，能上课就很不错了，很难再有时间和学生接触。可萧与时不同，他尽量挤出些许“咨询时间”。假如学生遇到问题需要指导，还可以预约见他。

萧与时把讲义放在桌上，刚想倒杯水，沈如磐便递上随身携带的保温杯：“喝这个，润润嗓子。”

她知道他劳累过度时嗓子会不舒服，于是出发前特意泡了一壶柠檬蜂蜜枸杞茶。茶有润肺明目、缓解疲劳的效果，就是不知道合不合他的口味。

萧与时揭开杯盖，缕缕清香随即扑入鼻端。他试着饮一口，茶水青涩微苦，却能勾起回甘，那清淡清润的滋味从唇舌一路沁入心底。

萧与时抬头隔着薄薄的水雾看她，嗓音虽比平时低哑，却带着柔和的质感：“我听费恩医生说，你这段时间腰疼得厉害。”

“之前是，现在好多了。”

“食欲如何？”

“凑合。一日三餐能吃多少是多少。”

两个人面对面坐着一问一答，不疾不徐地谈话。办公室门外是长长的走廊，不时有人出入，或是鞋跟敲击地砖发出清脆的声音，或是谈笑声渐行渐近。在这稍显凌乱的氛围里，他眉目温和地凝视她，听她闲谈，好像不再是大教授，而是久别重逢的老朋友。

沈如磐想起此行的目的，清了清嗓子：“我今天找你，是为了住院费的事。”

她把之前对费恩讲过的话重复了一遍，正要表达拒绝之意，却被萧与时拦住：“每个志愿者都享受基金会的费用减免，你不是特例。”

“可是……”

“我们是朋友，就算有一些额外的关照也算正常来往，你无须介怀。”

话说到这个份上，沈如磐词穷了。

萧与时上了很久的课，现在不用面对学生，他抬手扯松领带，轻轻地吐息。

他缓了缓，重新看沈如磐："你还把自己遮得严严实实的？"

沈如磐后知后觉地想起自己的打扮，赶紧把帽子和鼻梁上的墨镜给摘下来。

没有了墨镜和帽子的遮挡，她的素颜直接暴露在他的面前。她总觉得不好意思，用手揉了揉脸，试图让自己看起来面色红润，而不是苍白得吓人。

"刘海乱了。"他提醒道。

她凭感觉拨了拨，好像仍旧是歪的。就在她不知该如何是好时，他的手伸了过来，微凉的指尖抚上她的额头。她一愣，他的薄唇张开，再自然不过地吐出两个字："我来。"

他上了许久的课，嗓音低沉沙哑，但不是费恩的那种嘶哑，而是富有磁性，好似重力的吸引，让人感觉稳重。

沈如磐听话地维持不动，视线却情不自禁地往上移，间接对上他的脸。

他没有看她，认真地为她整理头发。

神情专注的男人本就容易流露出一种难以言说的魅力，更何况他的五官轮廓英俊逼人，以至于他不经意地关照她，哪怕只是一个小小的举动，也会显得格外体贴。

沈如磐迟疑了一瞬，视线稍稍往下挪移。

他的衣领完全敞开，露出好看的喉咙。据说喉结在西方世界又叫"亚当的苹果"，是欲望和禁制的象征，也是成熟男人最不经意显露魅力的地方。

印象中他始终是个沉稳持重的人，不曾在人前松懈，恰是现在随意无拘束的样子，显得他在她的面前格外放松。

好奇怪……记不得究竟是从何时开始，他面对她时脸上没有了清淡疏离的神色，哪怕言语不多，也不会让人感觉不自在。

沈如磐正想得出神，办公室的门突然被人推开，一句硬朗的德语传来："Karl，有个好消息告诉你！"

那个人的声音消失于目睹萧与时的手搭在她的额头上。

萧与时的神色向来没什么波动，他从容地将手从沈如磐的刘海上移开，正视来者："穆勒教授。"

穆勒教授是天体物理研究所所长，和萧与时颇为熟悉。他打量沈如磐，目光不由自主地扫过她的腿和身下的轮椅："这位是？"

"我朋友。"萧与时不疾不徐地反问，"您找我有事？"

穆勒从沈如磐的身上收回视线："欧洲物理学会在征集今年的金质

奖章候选人，我把你的名字报了上去。评委们对你很满意，希望你在接下来的奖项评议过程中更深入地讲一讲暗物质粒子的光衰减行为。”

两个人具体聊了一会儿，沈如磐安静地听。等到穆勒教授离开，她用无比钦佩的语气对萧与时说：“恭喜！金质奖章听起来非你莫属，我是不是该为你庆祝一下？”

萧与时对能否得奖并不在意，再说结果揭晓前他比较倾向于低调处理。可听到沈如磐的后半句，他停顿了一下，顺着她的话反问：“怎么庆祝？”

“请你吃大餐？”

沈如磐一是真心祝贺，二是感谢萧与时免除了她的住院费。再说她也曾许诺过请他吃饭的，怎么着也该兑现了。

“用餐必须外出，你的身体吃得消？”

“吃得消，都静养一个多月了。”

他默不作声，并没有给出一个确切的说法。沈如磐随即说：“要不暂定周末？我找家不错的餐厅，到时候请你务必赏脸。”

“不必大费周章，今天就可以。”

“啊？”

萧与时轻描淡写道：“现在时间尚早，我们一起吃晚餐，顺便还可以聊聊你往后的康复计划。”语罢他又反问，“你不方便？”

请客的话都说出去了，怎么着都要配合对方。沈如磐连忙点头：“方便，方便。你想去哪里吃？”

“随意。”

他的语气极淡，就像一时心血来潮。可他说做就做的行事风格却让人油然而生一种错觉，他好像很在意今日的饭局。

正在沈如磐茫然困惑之际，他先起身，再自然不过地拿起帽子递给她。

“走吧，沈小姐。”

虽说随意，但沈如磐还是想将就一下萧与时的口味和爱好。萧与时也不过分推辞，让司机载着他们去了一家风评不错的西餐厅。

餐厅的主厨曾是米其林三星的大厨，而餐厅位于原东西柏林的交接区，属于柏林墙的一部分，几经装修仍然保留了怀旧主义情结。整个用餐区没用灯光照明，点的全是蜡烛。烛火摇曳，光影闪动，气氛娴静又浪漫，来这里用餐的情侣不在少数。

沈如磐翻阅菜单，那复杂又陌生的德文词组都是不常使用的东德地区的用语，委实让人困惑。

萧与时接过菜单放在自己和沈如磬之间，从前菜开始逐一解释：“W ü rzfleisch 是鸡胸肉搭配蘑菇黄油，炖成金黄的浓汁，口感温和细腻；Zitrusfr ü chte gelee 的表层是柑橘冻，内里却是上等的鹅肝……”

他的嗓音低沉悦耳，将陌生又拗口的名词描述得生动又鲜明。沈如磬仅仅是倾听，就足以想象舌尖上的饕餮美食。

点菜后上菜还需要一定的时间，为了避免无话可聊，她先找了个话题：“你怎么会知道这个地方的？”

“穆勒教授曾在这里组织聚餐，邀请过不少学者与教授。”

原来他也愿意参加团体活动，这让沈如磬十分惊讶：“你给我的感觉可能更倾向于把时间用在有意义的地方，例如学术研究以及自我独处，而不是交际应酬。”

萧与时道：“我确实因为时间有限拒绝了很多人情往来，但有些重要人士的邀约，即使再忙我也会尽量兼顾。”

沈如磬长长地“哦”了一声，俏皮地一笑：“比方说我的邀约。”

这句小小的玩笑活跃了气氛，萧与时勾了勾嘴角：“嗯。”

“那你们聚在一起都聊些什么，不会还是讨论学问吧？”

还真是围绕着学问，诸如博士的资质、科研项目的进展。萧与时思索了一下：“也会聊些别的话题，如柏林大学的教授聘任制度。”

“能具体讲讲吗？”

确切地说，德国高校的教授增补制度十分严苛。每所大学、每个系的教授总席位是固定的，老教授或退休或离岗，必须空出一个职位，后来的青年科学家才能得到晋升。这也直接导致了德国教授首次任职的平均年龄要高于美国和其他欧洲国家。

沈如磬听完解释，想起柏林大学图书馆里悬挂的教授群像，唯独萧与时一人格外年轻俊朗，对他的敬佩之情不禁又增添了几分。

她说：“在我的印象里，搞科学的人才要念很多书、做很多研究工作，并且不问世事、甘于寂寞，才能在有生之年做出一点成就。”

她不由得为萧与时感到辛苦：“你和你的同事为此也牺牲了不少个人乐趣吧？”

“还好，我们闲暇之余也会谈一谈有趣的人或事。”

“例如？”

萧与时侧了侧头，吐出一个字：“你。”

沈如磐一愣。

他凝眸直视她，神色泰然：“你不记得了？我有位朋友很欣赏你，而他刚好是我在天体物理研究所的同伴。”

沈如磐恍然想起她和萧与时留宿在汽车旅馆的那一夜，就曾听他提到过这件事。她当时挺讶异的，只可惜没机会细问。

既然往事重提，她便问：“你的这位朋友是不是叫科尔？”

萧与时十分意外。

沈如磐冲他一笑：“听费恩医生偶然说起过，他的儿子和你共事多年，友情深厚，所以你刚才一解释我便猜到是谁了。”

她按捺不住好奇，又问：“你当时一眼就认出了我的真实身份，是不是感觉很微妙？朋友喜欢的选手突然出现在自己面前，落魄不说，还脾气差，是不是和电视画面里呈现出的样子反差太大？”

回忆一下子被勾起，萧与时抬起头打量她，从眼睛到鼻子再到嘴唇，就像初次遇到她那样，清明的目光中蕴含着一些若有所思，片刻后才正经地回答：“是。”

沈如磐没料到他如此打击人，脸上有点挂不住。

他却不疾不徐地往下说：“不过科尔常常提起你，我对你亦有几分熟悉和欣赏。以致后来见面时我有种感觉，仿佛我们素未谋面却相识已久。”

骤然反转的一席话令沈如磐感到惊讶。

“这种感觉不局限于第一次，再后来也是如此。就像现在，我隔了些时日才见到你，可只要看见你，就总觉得你是能谈心的知己。”

他的嗓音低醇，带着温润含蓄的笑意。恰巧烛火摇曳，光影微动，他那张赏心悦目的脸上晕染了影影绰绰的朦胧感，就像水中花镜中月，连同他的倾诉都有了一种美好得近乎不真实的感觉。

沈如磐忍不住多瞅了他几眼，又觉得自己盯着他看的样子比较失礼，微微垂下眼帘，腼腆地笑了笑。

不知为什么，胸口涌上一些情绪，似乎是好奇，想要更详细地问问他为什么，然而又因为出于礼貌和克制，而选择了淡化处理。

萧与时自然不知道她的内心活动，聊了个别的话题：“迄今为止你拿过多少金牌？”

沈如磐参加了太多比赛，国内国外、青年赛成人赛，林林总总加起来，给出一个比较模糊的答案："大概二十八枚。"

"这么多？"

"不多，不多，有很多是毫无悬念的小比赛。"她谦虚地恭维他，"还是你们专业人士的奖章含金量更高。我长这么大都不知道物理学家的金质奖章长什么样。"

"这个问题简单啊，我将奖章转赠给你，你就知道答案了。"

她吃惊："那怎么行？"

"可行。日后你复出比赛，如果再登最高领奖台，不妨将金牌回赠给我，也让我看看金牌长什么样。"

他语中带笑，一席话像约定又像祝愿，让听者如沐春风。她大方地点头："好啊。往后谁得奖，谁就把奖牌拿出来给对方瞅瞅。"

"嗯。"

"不过我有个疑问，究竟是运动员的金牌含金量成分高，还是科学家的奖章含金量成分高？"

"这得看什么和什么比了。如果是奥运金牌……"

在两个人无拘无束的闲谈中，侍应生开始上菜。然而此情此景，晚餐倒是其次，两个人谈笑的意义显得更为珍贵。

晚餐即将结束的时候，沈如磬扬手示意侍应生结账，萧与时却制止了她，变成由他埋单。

明明说好了她请客的，结果又欠了一次人情。沈如磬有点不知道该怎么办，他只淡淡一笑："走吧。"

餐桌之间间隔有限，她坐着轮椅转动不方便，犹豫着要不要站起来挪一把。他看出她的意图，抬手将她按了回去。

仲春季节，她穿得单薄，他的掌心贴上她一字领外裸露的肌肤。那小小的接触面对于她这种世界级的花样滑冰选手来讲算不上什么，甚至和不久前他替她整理头发相比亦无足轻重。然而肌肤直接相贴时微微升高的温度是那样敏锐和清晰，她心中一动，侧目凝向他。

他浑然不觉异常，修长有力的手指顺着她的肩线往下，直到扶上轮椅把手。而后他请后面餐桌的人让一让，将她稳妥地移出去，并脱下西服披在她的身上。整个过程他都显得温和从容，自然有礼。

"虽是春天，晚风仍然偏凉。"他解释说。

这一瞬间如果说不动容是不可能的。沈如磬抬手拢了拢西服，对着他浅浅一笑。

“现在时间还早，我带你去附近景区逛一逛？”

她没有反对，于是他推着她来到餐厅的旋转门前。刚巧有顾客迎面入内，他礼貌地避让。

那个人抬头看见萧与时，忙收住脚步：“哟，这不是尊敬的 Karl 教授吗？”

此人是德国著名周刊《明镜》的记者，但此前曾供职于不知名的小报，专门曝光上层人士的隐私，以博取观众的眼球。萧与时破格获得柏林大学天体物理研究所副所长头衔时，便被此人爆过家族背景——那一篇模棱两可的评论文章，似乎刻意往贿赂丑闻方向引导。

虽是陈年往事，萧与时却依然记得此人的面貌。他敏锐地听出对方话里的戏谑，没有回应。

“Karl 教授是不记得我了？”记者冷笑，“托你家族的福，我差点被吊销记者执照。万幸的是我比较走运，重新得到了工作，希望日后还有机会好好采访你。”

说完，那个人便从萧与时身上收回目光看向沈如磐。见她坐在轮椅上，身上又披着萧与时的西服，俨然关系亲密，他又是勾嘴一哂。

“我一直以为 Karl 教授很在意自己上流阶层的身份，没想到越完美的男人就越有可能产生不完美的情结——比如说，除了修修补补破瓷器，还慕残。”

饶是萧与时再怎么修养好，从不肯轻易流露情绪，此刻也是薄唇抿直，一双眼里目光幽深，出现波动。

他自然不是慕残，愚昧无知的话伤不到他。但沈如磐不同，她是个体面的女生，正处在放疗恢复期，身体好坏未知，单单一个“残”字就足够刺激她敏感焦虑的心。

萧与时不假思索欲回应，沈如磐突如其来地抢先一步开口说话：“你是哪家报社的记者？”

“身为记者最基本的素质是客观公正，但你张口污蔑萧教授及我，混淆视听，毫无职业操守，我要投诉你！”

她情绪外放，说话稳准狠，盛怒之下气势慑人，对方猝不及防被她镇住。

“道歉！立刻道歉！”她紧绷的嗓音里透出警告，“否则我不排除通过法律手段谋求清白。这里有很多人听到了你的厥词，我不相信在重视诚信和名誉的德国，普通民众的尊严会被掌握话语权的新闻行业者恣意践踏。”

记者没料到会碰上个硬钉子，又见餐厅里的食客窃窃私语，场面对自己不利，于是诡辩道："Karl 教授什么时候心虚得要靠一个女人站出来……"

"萧教授不理会你，是因为他觉得没必要和一个思维低俗又秉性刻薄的人对话。我站出来，是因为无论萧教授和我是什么关系都与你无关，轮不到你来说三道四！"沈如磐直接切断记者的废话，脸上的怒意更盛，"限你一秒钟之内做出选择——你究竟道不道歉？"

记者噎住，见形势不利，含糊着咕哝了一句后扭头离去。

沈如磐紧盯着对方的背影，脸色难看极了。

好好的气氛全被破坏了，萧与时沉默片刻后对沈如磐说："抱歉，因为我的缘故让你跟着难堪了。"

她转过头看他。

和刚刚激烈措辞的样子不同，沈如磐哑然两秒，略生硬地回答："不是的，我不是为自己生气。"

"我想不通，我们明明是正常来往，怎么就变成'慕残'了？哪里慕残了？难道就因为我坐着轮椅又恰好单独和你在一起？"

她愤恨不平，声音里透出委屈："我讨厌那个人侮辱你，尤其是用那么下流的语言。虽然我知道有更好的反驳方法，比如像你一样沉住气，面对卑劣的讽刺淡定如山、不为所动，可是我做不到。"

说到这里，她又有点拿捏不准："我刚刚的反应是不是过于愤怒？万一记者觉得我恼羞成怒，把今日的污蔑再次宣扬出去也不是没有可能。要不我们找餐厅侍应生求个证明？"

她絮絮叨叨地为他考虑，压根儿没顾及自己。

这是萧与时没有料到的情形，她的愤怒、还击、难过，都是在为他打抱不平。

萧与时的胸口油然而生一种温暖的感觉。

虽然她的自尊心极强，偶尔也会敏感脆弱，但关键时刻她不需要被保护，反而挺身维护他。

萧与时的语气一软："不会的，那个人绝对不敢再公开胡说了。"

"真的吗？"沈如磐不相信，"我的德语不好，刚才质问对方的字句已是极限。如果能说中文，我一定追出去骂他个无地自容——让他以为读书人好欺负。"

萧与时听到她的维护，嘴角随即勾起一个弧度，笑意四散，直达眼底。

沈如磐却理解错误，脸上显出窘迫："你别笑啊，我是说真的。"

萧与时"嗯"了一声。他无意再在餐厅停留，推着沈如磐穿过旋转门。等到出了餐厅，他才正式地说："如果你稍稍迟一秒开口，便是由我来回应记者。"

沈如磐偏头，好奇地等待下文。

"我会说，沈小姐秀外慧中，值得人倾慕。"

吐字轻描淡写，一句胜过无数。沈如磐没料到他会如此回答，脸上露出错愕的表情。

萧与时垂眸看向她，轻淡的目光中像是有什么情绪化开："刚才没有及时保护你，让外人伤害到你，是我的错。"

有种难以言表的情绪从沈如磐的心脏蔓延，像温山暖水，沉稳磅礴地将她围绕。她尽量不去联想，连忙回答："言重了。我不是脆弱的小女生，谈不上伤害。"

他又"嗯"了一声："忘掉不愉快的事，我带你逛一逛附近景区，散散心。"

"好啊。"她配合地说。

柏林是一座特别的城市，曾经被一堵围墙隔为两个完全不同的国家。东边萧索冷峻，西边自由叛逆，整体面貌奇异又不可思议。

沈如磐来了德国许久，还未有机会细看过这座城市。眼下坐着轮椅被萧与时一路推着前行，她感受着城市的历史文化底蕴，注意力不时地被从原东西柏林交接带穿过的、向远方延伸的柏林墙遗迹吸引住。

墙体断断续续分成好几段，上面满是色彩斑斓、风格诡异的涂鸦，充满时代的矛盾感。其中有一处最著名，称为"兄弟之吻"，是苏联领导人访问东德时，两位男性政治领袖彼此拥抱、嘴对嘴接吻的历史性一幕。

当时有评论文章认为柏林墙还将屹立一百年不倒，然而十年后柏林墙轰然倒塌，东西二德统一。如今游客们站在"兄弟之吻"跟前拍照，不分男女，纷纷模仿这个经典的接吻姿势，俨然传达新时代的"和平与爱"。

沈如磐瞅瞅墙，又瞅瞅游客，脸上的表情若有所思。萧与时以为她是觉得新奇："你想不想拍张纪念照？"

沈如磐回过神，下意识地想说些什么又顿住，改口道："我忽然想起，俄罗斯人总是格外热情。以前比赛，欧洲选手和我打招呼的方式通常是握手或拥抱。唯独俄罗斯的姑娘们，握手、拥抱仍嫌不够，还常常主动亲我的脸。”

俄罗斯人热衷于贴面吻，萧与时并不陌生。

“俄罗斯的帅哥也一样。譬如男单冠军伊万诺夫，每每见我，总要左右亲吻我的脸颊三次。我刚开始会吓一跳，后来也习惯了，有时还会入乡随俗地回吻一下对方，就当传达中国朋友的友好了。”

萧与时本来不以为意，听到这里就有些意外了。

沈如磐全无察觉，俏皮地吐了一下舌头。那柔软殷红的唇立刻沾了点水润的光泽。

他的视线在她的脸颊和唇瓣上流连了一会儿，似是不经意地开口：“三次太多了。伊万诺夫是不是喜欢你？”

“不可能。他比我大好几岁，又是俄罗斯的国宝。”

“国宝也有正常的喜好。”

沈如磐听完莫名其妙地看了看萧与时。奇怪，方才德国记者误会他和她，现在他又觉得她和伊万诺夫腻歪——德国男人还真是出了名的刻板正经？

她越想越肯定，索性调侃：“萧教授，那你这位德国国宝愿不愿意和我一起拍张照呢？”

见他没有反对，她和游客简单地交流后，便把手机交给了后者。

萧与时身姿挺拔，她坐着轮椅，一个镜头装不下。游客左调右调，好不容易才让两个人同框。将要按下快门的一刹那，她出人意料亦是礼貌性地虚揽住他的手臂。

这是入镜的较佳姿势，会让彼此显得不那么陌生。萧与时一愣，恰好晚风吹来，她乌黑秀丽的长发顺势翻飞，如浪花般拂过他的手背，触感丝滑柔软。

也就是在这个时候，游客按下了快门。

黄昏薄暮，整个天空就像是一块暖色调的柔光布，他和她在巨幅亲吻涂鸦的映衬下，即使不是沉浸在爱情世界里的情侣，也会让人有种深情厚谊的错觉。

沈如磐瞅了照片好一会儿方才抬头直视萧与时。她仔细端详他，从眉宇到五官轮廓再到他的唇线。而后她勾了勾嘴角，眼睛里盛着笑意：“第一次看见你的照片是在图书馆。认识这么久，能有机会和你合影，我与有荣焉。”

她的声音轻快甘甜，恰到好处的恭维使得整个气氛都变得柔软起来。

这样的氛围也感染了萧与时，他凝视她，薄唇微微上扬，眼睛里闪过一抹淡笑。

他不常笑，只要展颜，五官泛开的温情必打动人。

沈如磐看着他，也笑了。

再往前是一个广场，有很多商贩出售东西二德的纪念品。明信片、纪念币必不可少，甚至还有“红绿灯小人同款气球”。

红红绿绿的小人本就可爱，一比一比例仿制的气球人偶更是软萌吸睛，一只只飘在空中，融入夕阳的余晖之中，画面清奇浪漫。

沈如磐被吸引了，买了一大把牵着玩。恰好迎面遇到从中国来的旅游团，一对年轻夫妻带着刚满周岁的女儿。小朋友将将学会说话，见到缤纷的气球，圆溜溜的眼睛里透出惊奇，“咿呀”着说：“球球，球球。”

沈如磐抽出一只相赠。等到小朋友被年轻的父母抱远，她不禁感慨：“这么小就出来看世界了。”

萧与时接过话：“现在很盛行家庭旅行。”

“可我从小到大都没有和父母一起旅行过……”

她小声嘀咕，萧与时却听得一清二楚。他只听她提过母亲，从未耳闻她的父亲，不禁问：“伯父很忙吗？”

沈如磐“嗯”了一声，没有细说。

夕阳斜斜地沉下去，光线逐渐失去温度。薄暮下的柏林，历史气氛逐渐沉淀下来，连柏林墙上的涂鸦也好像变成了累累伤痕和沉重的历史包袱，凸显出压抑。

柏林墙的尽头是著名地标——奥康伯姆桥，一座双层拱桥。

桥是由红色砖墙砌成，高大冷峻的建筑外貌曾是冷战时期东西二德的分界线，也是连接东欧和西欧唯一的铁路通路。如今铁路早就弃用了，现代轻轨仍然从桥的最上层通过。

沈如磐之所以会了解这些，是因为她的父亲是国内著名的桥梁设计师。准确地说，她出生在一个书香门第世家，祖父、祖母、叔伯都是桥梁工程方面的高知专家。

沈如磐远眺着双层拱桥，神色中流露出愣怔。萧与时感觉她有心事，想问问她怎么了，但她适时地提议：“我们去桥上走走吧。”

进入桥的内部，能看见桥顶上悬挂了很多旧的鞋子，一只一只连绵不绝地通向彼岸，仿佛是纪念冷战时期普通民众想跨越障碍却又无法实现的遗憾。

沈如磐推动着轮椅来到桥中央的位置，继而起身走到桥边。

桥下是著名的施普雷河。她望着波光粼粼的河水，隔了好久，才用追忆往事的口吻若有所思地说：“说起来，我算是出生在德国。”

萧与时转头看她，意外极了。

“我的父亲是桥梁设计专家，八十年代来西德进修。我的母亲则是花样滑冰国家队队员，来东德接受最先进的竞技训练。两个人的第一次相遇，就是在这座桥上。

“是不是觉得很奇妙？两个毫无关联的中国人，居然在这里互生好感。异国情缘让他们的相遇增添了几分浪漫，也让他们很快陷入热恋之中。”

父母的事情是沈如磐一直守口如瓶的秘密，然而面对萧与时，她有种倾诉的欲望：“虽然有柏林墙这道障碍，我的父母仍然每天不惧麻烦地通过检查关口相见，一起结伴去亚历山大广场看电影，也一起在柏林墙西边的涂鸦涂上双方的名字，甚至很快就有了我。”

听起来她父母的感情很好。萧与时问：“然后呢？”

沈如磐摇摇头：“我的到来终结了他们的爱情。”

她说：“回国奉子成婚后，父亲几乎没有任何改变，依旧频繁地出国学习和交流。母亲一方面缺少父亲的陪伴，一方面因为提前退役以及忙于照顾年幼的我，产生了巨大的心理落差。她把很多不如意的事情怪到父亲的头上，渐渐地，两个人聚少离多，好不容易相见却总是吵架。”

她讲到这里哑然了一会儿，不慌不忙地总结：“我三岁时，他们的感情彻底破裂。我从此跟着母亲生活。”

萧与时记得，三岁也是沈如磐开始接触花样滑冰的年纪。

她继续说：“我的父亲谈吐幽默，家境良好。我的母亲年轻漂亮，和父亲站在一起是郎才女貌。两个人明明可以过上幸福的生活，却偏偏活成了怨侣。甚至连父亲过世，母亲也没有出席他的葬礼。我那时很生气，在电话里和母亲大吵了一架，然后……”

诉说戛然而止，接下来较长的一段时间里，沈如磐陷入沉默。

明月当空，月光静静地洒在施普雷河上，河水缓缓流淌过两岸的古老建筑。视野所及的风景是那么迷人，充盈着惬意和浪漫。

沈如磐轻声开口：“我整理父亲的遗物时，无意中发现了他写给母亲的情书，其中有段话是这么写的：那夜的月光很美，你微笑，对我默默无言。可我觉得，我为此情此景等待了很久很久。”

“那时父亲太年轻，不知道他们后来为了争夺我的抚养权撕拉争扯，也耗费了很长时间。”

沈如磐说这番话的时候语气低淡平静，如同闲谈别人的故事，仿佛多年的单亲氛围已将她的感情磨平，仅仅是不带情绪色彩地叙述而已。

“我一直不喜欢德国，哪怕曾在柏林比赛，拿到了最宝贵的世界冠军，也依然不喜欢这座阴郁的城市。然而无论我多么不喜欢，也不得不承认柏林桥上的风景是如此美丽。难怪会柔软了父亲和母亲的意志，让他们情不自禁地想要谈情说爱。”

萧与时一直默然倾听，是想给她倾诉的空间。听到这里，他不苟同地说：“不要悲观。无论感情的结果如何，伯父伯母至少真心相爱过。”

“我没有悲观，我只是觉得相爱总是简单。但相爱之后，想要维持天长地久的关系，又实在太难。”

空气似乎安静了一瞬，萧与时心平气和地回答：“没错。我如果爱上一个人，也会想和她天长地久，不舍分开。”

这是沈如磐和萧与时第一次讨论感情。她闻言转头看他，他亦回眸看过来，和她对视。

他的面容隐藏在朦胧的月色里，神色难辨。沈如磐不清楚他究竟是在宽慰她，还是单单在交流他自己的爱情观。

她顿了顿，顺着话题问：“你现在有喜欢的人吗？”

意识到问题问得有些突然，她连忙补充：“我的意思是，你们专业人士总是很忙，难免和另一半分开甚至是不常见面，你会怎么办呢？”

“忙归忙，喜欢一个人就总能抽出时间陪她。”

“漂亮话谁都会讲，当心说得到做不到。”

被她揶揄，萧与时张嘴，欲言又止。

晚风伴随着施普雷河的湿润拂过面颊，格外凉，也能让沈如磐感慨的心慢慢平静下来。便是在这时，萧与时开了口：“你抬头，往南边的星空看。”

沈如磐不解。

“在双子座以南、大犬座以北，有一片庞大的星系云团。那是无数恒星的诞生地。又因恒星诞生时发出炽热的红色辉光宛如一朵盛放的玫瑰，被称为‘宇宙的情花’。

“我以为，恋人间的分别总是难免。当我思念心中所爱，抑或心中所爱牵挂我，我们仰头看一看星空，或许能够从中得到安慰——毕竟人心浩瀚如宇宙，无论彼此分开的距离是公里还是光年，爱慕一个人的情感总是可以跨越距离，得到共鸣和延续。”

他的回应是理性的，偏偏这种理性且冷静的回应有种乌托邦似的浪漫主义情怀，不像出自她认识的萧与时之口。

夜色朦胧，沈如磐只能借助桥上的灯光仔细打量目视前方的男人。他的五官是那么平静美好，会让她由衷地产生一种和他并不遥远的感觉。

一如他和她尚未熟悉之际，他冒着风雪驱车数小时寻找她的下落。

也如他明明可以不管她，但还是把濒临崩溃的她从机场拉回，带到庄园，温言暖语地悉心安慰。

再如很多很多别的细节……

他会抱她上楼，留下来替她按摩疼痛的伤腿；他还会听她发发父母辈的牢骚，和她讲遥远的宇宙，安抚她从未说出口但已然暴露的迷惘和困惑。

每件事发生的时机都极其正常，她并未觉得有任何不妥。可是终有一天，这些温柔体贴的事情会发生在他和他的恋人身上。

不知怎么的，一想到这些，她的内心忽然变得不平静。

她尽量把这些“不平静”归结于友情范围内的感喟，努力忽略胸口升起的丝丝缕缕的情绪，友好地说：“你很优秀，无论谁被你爱上，将来肯定会十分幸福。”

“你也很优秀，我同样祝福你。”

这一段对话巧了。当年父亲向母亲表白，先恭维母亲杰出优秀，母亲也理所当然地夸赞父亲，哪料之后父亲就含笑道：“既然如此，不如我们两个优秀的人好好交往？”

相同的场景发生在她和萧与时身上，她心有触动，却不知还能再说些什么。

正当相顾无言的氛围持续下去时，远处教堂的钟声蓦地响起。一声一声，清晰洪亮，涤荡人心，远处的夜莺亦纷纷飞到夜空中。

这大概就是父母定情时响彻天际的钟声吧。

多年前的那个夜晚，母亲纠结犹豫，最终硬着头皮约父亲在桥上相见。在教堂的钟声响起前，母亲郑重地对父亲说，她有孩子了，如果她选择留下孩子便再没有回头路可走。

父亲听懂了话里的深意，坚定地向母亲求婚。无论后来的结局如何，至少在那一刻，父母是发自内心地憧憬未来的日子的。

响亮的钟声催得人百感交集，沈如磐的思绪尚未来得及从往事中抽离，就在此刻，风声变疾。

眼下不是冷战时期，连接东西二德的火车也已停运，但现代文明的产物轻轨，正从桥的那一方疾驰而来。

沈如磐的宽檐帽被空气急流吹得刮了出去，她下意识地去抓，脚下没站稳，身体一晃。

萧与时不假思索地伸手搂住她。

轻轨持续掠过，疾风吹得她的裙裾飞扬。他担心她受不住，问："你冷吗？"

沈如磐依稀知道萧与时说了什么，但具体内容压根儿听不清，困惑地反问："你说什么？"

他又重复了一遍，她仍然没有听清。

轰隆声声声入耳，盖过了一切声音。他不说话了，单手抚到她的脑后，把她往怀中一压。她猝不及防地低头，柔软的嘴唇从他的下巴一路擦过，停在他的衣领处，贴着他脖颈间薄薄的皮肤。

她蒙了，也根本没有机会说话。因为他将双手环在她的身后，将她稳稳地搂在胸前，护住了她。

月光如水，钟声长鸣，疾风激荡。

她的耳朵什么声音都听不到，唯独能听见他胸膛里沉稳的心跳声；她的眼睛什么都看不见，唯独能看见自己和他相贴交融的影子。

就仿佛她和他是一对相拥的恋人。

她回神，本能地想要挣脱。他低下头拉近和她的距离，在她耳旁低语："再等等，轻轨很快就会过去。"

他的声音低醇，清透润泽，能轻易拨动她的心弦，让人心悸。恰是这一刻，沈如磐突然明白了内心深处不平静的情绪究竟是什么。

是庆幸。

庆幸他没有女朋友，否则哪个女生都无法目睹他对她的举动而不吃醋，哪怕他的举动仅仅体现了西方人的绅士风度。

她的眼睫颤了颤，眸子里有复杂的情绪在流转，末了，无言地缩在他的怀里，任由清冽的花香气息入鼻。

轻轨疾驰，桥身震动，轮椅也随之颠簸，那系着的人偶气球全被大风给吹走了。

红红绿绿，缤纷妍丽，就像潘科区的雪夜。

无声，淡暖。

Chapter6

花样滑冰挑战赛

等到轻轨从桥上驶过，沈如磐退出了萧与时的怀抱。

她的长发被风吹乱，脸颊泛红，显得有几分不安。她低垂着视线不去看他，整理了一下自己，再轻声道："桥上风大，我们回去吧。"

和来时一样，她坐着轮椅，萧与时走在后头推着她。他走了几步说："附近有一座著名的断顶教堂，也就是晚祷钟声响起的地方，你想去看看吗？"

她却回答："我有点累了。"

她的言下之意是要回医院。于是下了桥行至路口，萧与时说："我给司机打电话，让他把车开过来。"

"不用了。我们不同方向，我可以自己坐出租车回去。"

"还是我送你吧。"

"真的不用了。"

她的态度颇礼貌，和刚才敞开心扉谈天说地的样子略有不同。恰好有出租车驶来，她推动轮椅迎上前去，萧与时站在她的侧面，伸手一扣便阻止了她。

不知道为什么，她面色平静忽然说要回去的样子，让人油然而生一种疏离感。城市之大，只要说声再见就可转身不见，而再见之日又是何时？

"如磐，"萧与时唤她的名字，"听话，让我送你。"

沈如磐刚要回答，萧与时就当她默许了，不着痕迹地转移话题："口渴吗？我去给你买点喝的。"

马路对面是咖啡馆，他让她在外面等，只身走了进去。

他身姿高挺，五官容貌出众，在人堆里格外显眼。咖啡馆里好几个小姑娘的眼神都悄悄飘到他身上。

而他浑然不觉所有人的打量，点了杯热牛奶后转头看过来。姑娘们按捺不住好奇，也朝这个方向瞅，目光捕捉到坐在轮椅上的沈如磐，那毫无掩饰的眼神里瞬间多了一层……失望和惋惜。

沈如磐的内心登时五味杂陈。

她也曾面对过类似的情景。

那时十五六岁，就因为同看一场电影而被母亲认定自己和陆楠偷偷摸摸谈恋爱，沈如磐在相当长的一段时间里都被失望和惋惜的眼神包围。

虽然她竭力澄清，陆楠依然被领导批评教育，不得不写下检讨书张贴示众，少年的自尊心碎了一地。她心中有愧，不知如何弥补，万幸后来的世青赛赛出了成绩，洗清了她和陆楠白担的虚名，两个人的搭档关系也得以延续。

避嫌、避嫌、避嫌，越是关系亲密的异性朋友，就越要保持适当的距离。

否则，面对方方面面无可挑剔的萧与时，她如果不注意自己的言行举止，万一引起误会，岂不是在同一个坑摔倒两次？

此时牛奶打包好了，萧与时接过便往回走。沈如磐止住杂念，推动轮椅迎向他。

路边突然蹿出一辆轻型摩托车。

骑车的是一位少女，油门轰得大，摩托车一下就刮到了沈如磐的轮椅。

沈如磐只觉得眼前一花，连人带轮椅翻倒在地上。少女也没料到会这样，怯怯地说了句“对不起”，继而加速穿过马路拐入右边的深巷里。

萧与时连忙扶起沈如磐，这才看清她的手肘和膝盖都磕出了血。他深吸一口气要打电话报警，沈如磐拉住他的胳膊，头昏脑涨地说：“算了，人都跑了。”

她的裙子染了鲜血，胳膊上也有凝固的血迹，萧与时只能作罢。他先让司机把车开到路口，然后抱她上车，再去便利店买来棉签和酒精，替她把伤口的表面清理干净。

他的动作极轻也极细致，做完这一切后问：“还痛吗？”

伤口被硬擦掉了一层皮，沈如磐怎么会不痛。但她听出萧与时声音里的自责，摇头说不疼。

车子将要发动之际，沈如磐发现一个问题：“我的随身小包呢？”

她出门前带了个单肩链条包，里面放了不少现金，还有护照。

她摔倒时包也掉到了地上，混乱中有人帮忙拾起，她原以为是萧与时。可现在想想，捡包的人难道是撞倒她的女生？

在国外丢了钱包一般都很难找回来，而护照又极为重要，沈如磐不假思索地道：“撞我的女生看起来经常在附近出入。我想去巷子里找一找，兴许能够打听到她是谁。”

萧与时答："你在车里等，我去找。"

"还是一起吧。万一又遇到什么突发情况，我们也好有个照应。"

轮椅碍事，沈如磬下车后便与萧与时行至巷子里。

巷子里没有路灯，黑黢黢的，显得治安很不好。有醉汉踉踉跄跄地走来，萧与时下意识地想把沈如磬拉到身旁护住。她却往后一退，等醉汉从跟前走过，方才快步跟上。

巷子的尽头连着另一条街，街道两旁是高低不一的门店，都拉着厚重的窗帘，却又半掩半透出里面迷离的玫红色霓虹灯。灯光映照着墙上的巨幅壁画，都是不可描述的场景，充满了情欲的意味。

这里居然是红灯区！

红灯区在国外是合法的经营场所，只不过沈如磬从未来过这种地方，心里有些犹豫。

眼看要无功而返，她注意到公共露天停车区域有一辆熟悉的轻型摩托车停放在那里。她再仔细打量周边的夜店，其中一家店的门头闪动着炫目的霓虹字：激情艳舞，五十欧。

肇事者显然就在里面。

沈如磬说："我进去看看。"

萧与时微一张口，沈如磬又说："你别进去了，怕被误会。"

她的潜台词是什么，萧与时自然清楚。他沉默了两秒："你看见目标就出来，我来报警。"

"好。"

夜店内的音乐震耳欲聋，舞台周围的射灯来回扫射全场，刺得人目眩。不同年龄、不同国籍，但都浓妆艳抹的舞娘们扭动身躯，毫无顾忌地做着诱惑的动作，挑逗场下的男人们。这环境，沈如磬只待了几分钟就受不了。

幸好一曲结束，舞娘们下场休息，音乐再响起时是中场的助兴节目：轮滑火舞。

而火舞表演者，恰巧就是撞到沈如磬的少女。

少女穿着特制的轮滑鞋，在舞台上升起的火柱间花式绕桩、腾空跃起。在韵律感十足的大鼓乐伴奏下，她足下的舞蹈热情奔放，极富感染力。

沈如磬十分惊讶。少女在火柱间快速移动的步法是变刃弧线步。那是花样滑冰才会使用的，唯一一种用单脚完成的非转体步，也叫蛇形步。

蛇形步步法较难，却在一个情色场所出现，并且是借用轮滑鞋实现，实在让人惊讶。

音乐接近尾声，少女环场绕行，用一个翻身跳跃作为结束动作。她起跳时的速度非常大，腾空距离极高——如此惊人的高度，令很多花样滑冰男选手也望尘莫及。

假如她成功落地，观感将十分震撼。只可惜她落地不稳，狠狠地扑倒在地上。场下嘘声一片。

少女吃力地站起，滑向场边。

沈如磐见她下台，赶紧穿过拥挤的人群跟上去，恰好目睹少女挨了夜店老板一巴掌。夜店老板气呼呼地说："娜塔莎，你下次再砸场子，直接给我滚！"

娜塔莎的脸肿了。她没有搭腔，捂着脸沉默地回到后台化妆间。

化妆间没人，她这才显露真实的情绪，红了眼眶。

过了一会儿，她用手揉散眼泪，抬头看见镜子里的沈如磐时，一下愣住了。

沈如磐开口，语气不佳："把钱包还给我。"

娜塔莎愣了一下，几秒后反应过来："我没有偷你的东西。"

"我的朋友就在店外，如果你不交，我马上让他报警。"

"不是我，真不是我。"娜塔莎情急之下说不清楚，拉开衣柜自证清白，"你可以搜，我真的没有拿你的东西。"

衣柜里空空的，除去一双花样滑冰的冰鞋。鞋子表面老旧，鞋底的冰刀也不光亮，分明需要换新的了。

沈如磐登时无话。

娜塔莎的容貌是亚裔混血儿，乌黑的短发、褐色的眸子、高挺的鼻梁，一张脸青春气息十足又带着纯真，似乎不像偷东西的贼。

沈如磐觉得自己可能弄错了，转身离开。走了几步后想到什么，她又停下来补充了两句："你不要把花样滑冰的技巧用在轮滑上，这样很伤脚的。还有，起跳过高失误率也高，那是因为身体很容易过分地向圆内倾斜。"

娜塔莎惊呆了。

方才相撞时，她以为沈如磐身有残疾。然而现在沈如磐走路带风，还能指导花样滑冰，根本不是普通人。

娜塔莎稍稍迟疑，追上去拉住沈如磐："你是花样滑冰教练吗？"

沈如磐没吭声，娜塔莎就当她默认了，迫不及待地问："你收费贵不贵？

能不能指导我？我报名参加了花样滑冰超级挑战赛，马上就要比赛了。”

花样滑冰的体制，国内和国外情况不同。国外的选手在出名前都是靠家庭培养的。由于花样滑冰是公认的非常烧钱的体育项目，冰鞋、服装、训练指导开销，各方面支出都极大。故娜塔莎再怎么热爱花样滑冰，也受限于经济条件，无法成长为一名出色的运动员，以致长期在比赛中垫底。

垫底即意味着没有体育商的关注和赞助。娜塔莎得不到外援，经济状况入不敷出，故难以延续运动生涯。

所幸挑战赛是德国今年新设的一项比赛，外界的关注度极高。假如她能拿下一块奖牌，就极有希望改变现在的困境。

娜塔莎说：“我曾经联系过金牌教练，但教练更倾向于悉心指导那些已经成名的选手，并不愿意在我身上花太多时间。我也不奢望能在挑战赛中一战成名，只要能拿下铜牌。不，闯入前五就好，那样我就有希望被赞助商看中了。”

沈如磐张口，欲言又止。

她的想法太天真了，赞助商对选手的要求极高，一般非冠军不取。

娜塔莎见沈如磐不怎么说话，以为她仍在生气，忙不迭地解释：“对不起，我刚刚不是故意撞到你，骑车快也是担心会迟到挨骂。”

“我很喜欢花样滑冰，恨不得二十四小时都待在训练场上，让自己快速成长为一名优秀的选手。然而人不能只做自己喜欢的事，不去管一日三餐肚子的温饱。我必须做多份兼职，才能勉强承担高昂的训练开销。请你原谅我好吗？”

她一席话说得真诚，凡是对花样滑冰有追求的职业选手都难免会心软。

沈如磐打破沉默，缓缓问了一句：“你每天都在这里做兼职？”

“嗯。”

“我考虑几天，假若有了决定，再来找你。”

护照自然是找不回来了。沈如磐从夜店出来，跟萧与时提了一下娜塔莎的事，萧与时顿感突然。

此地是红灯区，人来人往不便交流。萧与时说：“我们先回到车里，然后再谈？”

等到两个人回到车里，车子平稳地驶向医院。沈如磐的面上流露一丝松动：“你觉得我应该拒绝娜塔莎吗？”

她会这么问，肯定是有些动摇。萧与时耐心地听她把话说完。

“我挺理解娜塔莎的，想指导她。再说我指导娜塔莎，也相当于自己间接回到了赛场上，也能重拾竞技状态。不过要在短时间内指导对方夺得冠军并且获得赞助商的青睐，难度较大。再加上我有病在身，必须遵医嘱静养，万一过度劳累导致骨赘复发，便得不偿失了。”

沈如磐心有犹豫，做了个总结：“我很为难。”

萧与时了然，问了她一个问题：“你以前在国内是如何训练的？我是指短时间内突破瓶颈，快速进步。”

“国家队有很多辅助训练设备，比如 Maya。”

Maya（玛雅）是“三维影像分析系统”的缩写，常用来分析运动员的技术动作，是现代竞技体育不可或缺的高级训练设备。

以前每逢重大赛事，沈如磐和陆楠做强化训练，场外十数台高速录像机从不同角度细致地录下两个人的每一个动作，传入 Maya 做自动化分析。她和陆楠有哪些不足，又该如何提高，一目了然。

沈如磐说到 Maya 又摇了摇头：“娜塔莎没有我训练时的条件，不提也罢。”

思来想去，她低声叹了口气：“我还是拒绝娜塔莎吧。我现在算半个废人，自救尚且勉强，哪有精力顾及他人？”

她说话的语气中夹杂着丝丝缕缕的低落情绪，萧与时抬腕看了一下表，掏出手机打电话。

沈如磐见他有事要忙，识时务地闭上嘴。不过她的思绪百转千回，想到可以致电陆楠，请他帮忙联系花样滑冰队的领导，说不定就能借到 Maya？

可这个想法随即被她否定。

黄金联赛在即，陆楠按照规定必须全心全意投入闭关训练，她哪能叨扰他呢？

沈如磐没辙了。她是个直肠子，脸上显出惆怅。恰好萧与时结束通话见到她这副样子，嘴角微微上扬说：“你提到的 Maya，我或许可以帮忙借到。”

说来也巧，Maya 诞生于二十世纪的东德。那时东德拥有社会主义国家最先进的体育训练技术和手段，两德统一后，这些技术和训练手段都转入德国运动科学实验室。

萧与时名下的基金会曾经注资该实验室，扶持了一个叫“Maya++”的项目。该项目试图在 Maya 的基础上实现更强大的功能，从而帮助运动员快速补齐短板。就在不久前，也就是临床实验的后期，沈如磐在“重现花样滑冰”阶段时的腰椎稳定性分析，就曾间接使用了 Maya++。只不过没人说明，沈如磐也就无从知晓了。

方才萧与时从她口中听到 Maya，觉得有些耳熟，于是致电运动科学实验室，这才得到了确认。

萧与时说：“实验室和基金会素有来往，愿意借我们一台 Maya++。当然不止这台设备，娜塔莎训练所需的滑冰场地，以及三维影像的采集和数据录入工作，实验室都可以帮忙安排好。”

上一秒还棘手的难题，下一秒轻易便解决了。沈如磐的注意力跑偏，她惊讶地问：“你的基金会是慈善机构吗？一会儿是临床医学椎间盘假体，一会儿是竞技体育 Maya++，什么都涉及。”

萧与时略被问住。

该告诉她吗？基金会成立的目的是继承科尔的理想。无论是临床医学，还是竞技体育，都是将枯燥的人体力学和实际生活相结合的案例。

但三言两语很难解释这个问题，所以萧与时单单道：“基金会不是慈善机构，所投资过的每一个项目都将从实验室走向大众。”

“那就是盈利机构了？是不是像风险投资那样，先看好一个项目，投资它，然后伺机获得巨大的收益？”沈如磐似乎恍然大悟，看萧与时的目光大不相同，“我第一次见到科学家还能跨界商业的。难怪费恩医生称你为 BOSS——果然名副其实！”

萧与时默了默，将扯远的话题拉了回来：“如磐，你想指导娜塔莎吗？”

虽是问句，但他吐字低沉稳重，清晰地传递着认同感。

他说：“我理解你的想法，脱离花样滑冰越久，就越难找回竞技的状态。既然你怀念赛场，那就回到赛场上去，哪怕是用一种迂回的方式——我会为你安排一个专业的教练团队，协同你指导娜塔莎。你无须事事亲力亲为，仍以静养为主。”

沈如磐愣住。

且不说借一套 Maya 有多么麻烦，再成立一个教练团队，投入资金之庞大、涉及事务之繁杂，绝非普通朋友施以援手这么简单。

她错愕地开口：“萧与时，我谢谢你的好意，可你没有义务为我做这么多事，我……”

“你的事便是我的事，我心甘情愿。”

沈如磐再次愣住。

她觉得自己听错了，难以置信地看着他。而他平静地和她对视，目光清明。

忽然间，沈如磐想多了。

是不是今夜施普雷河的月色太美，桥上两个人相拥的影子太暧昧，导致她第一次对他产生了自作多情的心理？是她想太多了吗？他对她的慷慨付出，再加上那些模糊难辨的话，似乎已经超过了朋友的范畴，很难用“友谊”二字来界定。

沈如磐有些措手不及，甚至无法直视萧与时，面露难色地咬了一下嘴唇——这个小动作恰好暴露出她内心的纠结和抗拒。

车里的气氛变得微妙起来。

这样的气氛仅仅维持了一瞬间，萧与时再次开口，声音是一贯的沉稳，称得上淡定：“我的意思是，我和你既是朋友也是合作关系，只要有利于你回归赛场，事无大小我都愿意促成。再说你日后痊愈也会面临快速复出的难题，组建教练团队也算是为你的复出提前做准备吧。”

沈如磐愣了一下，好像听懂了弦外之音。

是的，如果她能顺利复出，临床实验也能宣告成功，她的案例将极大地拓展实验的商业应用。从这个角度来讲，萧与时和她是同一个阵营。

沈如磐的内心泛起说不出的滋味，她看着萧与时，忽然想起他出生在银行世家。

优渥的家庭环境导致他的眼光和思想境界比普通人更高阶，他待人接物有自己的格局，不会掺杂个人感情。反倒是她，心思重，想太多。

沈如磐赶紧撇掉那些乱七八糟的想法，认真权衡一番后回答：“你说得有道理，我再推辞反而显得不够成熟。那就麻烦你安排一切，我会尽我所能地指导娜塔莎。”

萧与时道了声客气，又提醒道：“你毕竟是中国的运动员，搭档又活跃在第一线，如果不想对娜塔莎暴露身份，不妨取个德文名字假装自己是华裔。”

德文名字……沈如磐一时半会儿想不到适合的，萧与时建议：“维特如何？”

沈如磐立刻想到《少年维特之烦恼》里患得患失、吞枪自尽的维特，刚要拒绝，萧与时又补充：“致敬卡特琳娜·维特。”

卡特琳娜·维特，德国有史以来最杰出的花样滑冰选手，获得过两届奥运会冠军、四届世锦赛冠军、六届欧洲冠军、八届民主德国（东德）冠军，是当之无愧的花滑女王。

沈如磐十分惊讶，又听萧与时娓娓往下说：“那时你在树荫下捧卷阅读，我匆匆一瞥见到封面上‘维特’二字，就觉得这个名字特别适合东山再起的你。”

美好的名字，美好的寓意，如果是在今夜之前听到，沈如磐肯定会被打动。然而现在的她注意力又跑偏了，只觉得这段话恰好印证了萧与时刚才的说辞——从一开始，他便只是因为她的身份特殊而对她略有不同，和感情无关。

难言的情绪在心中翻涌，她本应觉得如释重负。可不知为何，她依旧不那么自在舒服。

她只能把这种情绪归结于自作多情后的无语，努力忽略掉内心深处复杂的、百转千回的小心思，对着萧与时点头：“好，就叫这个名字。”

只因这个名字能够提醒她不沉迷于镜花水月，不忘初心。

车子抵达医院后，沈如磐下车同萧与时告别。

萧与时目送她离开，直到她走进医院再也看不见，他才交代司机将车驶离。

车子在静默的气氛中往回走，一直默不吭声的司机打破沉闷：“教授，您对沈小姐真好，又陪她吃饭又帮她解决麻烦，是不是对她有好感？”

萧与时抬头看过来，司机自知操心太多，讪讪地笑了笑。

就在刚才，沈如磐说他“没有义务做这么多事”，他不是没有透露真实的原因。只是真心话才将将开头，他便敏锐地察觉到她对自己的抗拒，于是说了些场面话补救。

此刻沈如磐不在身旁，面对旁观者直白的询问，他无法否认，只能保持沉默。

她是不是对他没有感情？

就像这段时间他太忙了，好不容易收到她的消息，先回了她一句“大花铃兰”，等到他忙完再看手机，她再无答复，显得冷冷淡淡的。

又如她和他在桥上谈天说地，无拘无束。可一旦下了桥，她又骤然拉开距离，对他毫无留恋。

更不必说她刚才纠结抗拒的小动作了……

萧与时抬手揉了揉太阳穴，手机忽地振动了一下，是沈如磐发来的消息。

“刚刚忘记向你道谢了。虽然我们是合作关系，但你给予的支持和帮助让我十分感动。我会和娜塔莎一起加油进步的。”

内容太正经，语气也过度拘谨和客气，萧与时能够想象她发这段话时字斟句酌的样子。

他的手指动了动，打算回复她“言重了”，下一秒她的消息又来了。

“你什么时候有空？我还想请你吃饭。今天的不算，说好我请的，最后又变成了你埋单。对了，今天拍的照片你要吗？我发给你。”

不等他回答，照片便弹了出来。

薄暮下的柏林，暖橘的余晖与柏林墙斑斓的涂鸦相互映衬，意境温暖得恰好到处。照片中的他和她对着镜头同时微笑，不经意间消弭了彼此的距离感，分明情谊相投。

他想起今夜其他的细节。

她听到记者贬损他时勃然大怒的维护，以及她拍照时下意识地抓住他手臂的小动作，还有她轻声细语陈述对爱情天长地久的困惑。

她是个外表大大方方，内心纤纤细细的女生。这似乎可以解释什么。

萧与时凝视着照片，心中最柔软的地方有什么慢慢凝聚起来。良久他抬头，视线和司机悄悄透过后视镜观察他的目光撞在了一起。

再不回答，只怕将难以打消旁观者的困惑。

萧与时顿了顿，薄唇一张，镇定地吐出一句——

“我对沈小姐是不只有好感，也在追求她。”在萧与时的安排下，教练团队及三维影像分析设备很快便准备到位，就连滑冰场地也是标准的三十米乘六十米的大型冰场，不对外开放，仅供娜塔莎一个人使用。

现在只差一个让娜塔莎接受，同时又不好奇沈如磐身份的理由了。

沈如磐能想到的理由，则是告诉娜塔莎，霍夫曼基金会是一个致力于慈善和体育事业的高端机构，扶持了许多默默无闻的运动员，只要娜塔莎愿意，也能成为扶持对象。

娜塔莎听完半信半疑：“真的吗？没有任何条件？”

“没有。霍夫曼先生一向低调，反而希望扶持之事不要对外公开。”沈如磐知道这话说得像是天上掉馅饼，又补了一个相对真实的说法，“你接受吧。如果没有霍夫曼先生的支持，凭我的一己之力，无法指导你赢得比赛。”

娜塔莎相信了。赛前备战随即启动，首先要做的事，便是用

Maya++ 分析娜塔莎的运动特性。

分析结果显示，娜塔莎的强项是步法，复杂又美观；其次是跳跃，她的跳跃腾空距离够高也够震撼，只可惜在跳跃或者连续跳跃时很容易出现用刃错误和周数不足，从而使优点变为缺点。

此外，娜塔莎因为缺乏长期有效的指导，肌肉的持久力不行，体能下降很快，很难在整场比赛中保持较高的水准。这也就解释了为什么娜塔莎参加了很多次比赛，却屡战屡败，常年垫底。

这个分析结果和沈如磐凭经验猜测的差不多。

于是按照计划，不只是花样滑冰的技术动作，还有肌肉耐力，都是娜塔莎要苦练的重点。

辅助教练团便是在此时派上了用场。沈如磐可以不必亲临体育馆，在医院一边静养一边通过视讯观看娜塔莎的训练。不过沈如磐闲不住，只要身体受得住，她都会去现场指导。

那天刚好是训练用刃——不同的跳跃，冰刀用刃的规则不同，一不小心就会弄错。沈如磐纠正了娜塔莎很多遍都未见改善，难免有些生气："说了多少遍不要错刃，你怎么总是出错？脑子不记事吗？"

娜塔莎张口："我……"

"如果你只是想解释出错的理由，倒不如收声反思自己，想想怎样能避免犯错。"

娜塔莎的脸"唰"地涨红了。中场休息时，她离开了体育馆，等到休息时间结束再回来练习，她的眼睛红红的，明显是哭过。

训练场上，脸皮薄的运动员被训哭是比较常见的事。沈如磐是第一次训人，见娜塔莎这副样子，心里也挺不是滋味，犹豫着是否要安慰她几句。娜塔莎来到她面前，怯怯地开口："我也不知道为什么，越在意就越容易犯错。你能不能别对我失望？我会努力战胜紧张的。"

这种态度就对了。在赛场上谁都会犯错，但谁能稳住、不接二连三地出错，谁就有机会赢。

沈如磐拍了拍娜塔莎的脑袋："来，接着练。"

娜塔莎深吸一口气，蹬冰滑了起来。

她的步法本就是强项，脚步轻盈，不会搓起多余的冰花。一个漂亮的蛇形接续步之后，接一组后外点冰两周跳、后内三周跳。无论是左足外刃的第一次起跳，还是右足内刃压着冰面再起跳，她完成得都精确而标准。

落地后她再跳接燕式旋转，先是上仰燕式，而后蹲踞旋转，整套动作一气呵成，有行云流水之感。

沈如磐高兴极了，双手拢到嘴边对着娜塔莎喊道：“非常棒！”

少女受到鼓舞，精神振奋，冰上的身姿也越发轻盈灵活。

沈如磐目不转睛地看着娜塔莎，想起第一次见到娜塔莎，便是被她的跳跃所吸引。她起跳速度之快、腾空距离之高，以及空转转体过程中力量感的迸发，都足以和男子媲美。

巧的是，沈如磐在巅峰时期不仅能和陆楠完成顶级难度抛四周跳，就连她自己的单独跳跃，效果也是这般惊人，甚至更为震撼。花滑队教练当时开玩笑说，沈如磐不去练单人滑真是可惜了。

往事已矣，所有的荣耀都已成为过去，身体却依然怀念蹬冰腾跃的感觉。

铭心刻骨也莫过如此了。

日子飞逝，离挑战赛只剩下最后两周的冲刺时间。

由于娜塔莎白天和晚上都要争分夺秒地强化训练，而强化训练对运动员的饮食健康要求严格，沈如磐遂给自己加了个任务，变成娜塔莎的“伙夫”。

她每天清早去超市选购优质食材，乌鸡、甲鱼、鱼翅，花样不断，然后把食材拿到附近的餐厅请厨子煮。从早上开始，小火慢熬到中午，一小盅乳白香浓的精气汤全都照顾给了娜塔莎。

沈如磐对自己都没如此上心过。

那天她带着煲好的汤急急忙忙赶去训练馆，刚下出租车，手机就振动起来，是萧与时发来的消息：“你不在医院？”

因为娜塔莎，沈如磐和萧与时联系频繁。即使两个人不常见面，隔几天也会发一发信息，互问彼此。

沈如磐腾出手回复：“对，我刚到训练馆。”

“费恩医生向我抗议，说你一有空就往外跑，不注意休息，是不是不打算痊愈了？”

沈如磐吓了一跳：“哪有！我最近吃得下也睡得着，身体倍棒。”

消息发出去，很快便收到回复。内容却是“你抬头，往九点钟方向看。”

沈如磐感到莫名，但还是往指定的方向看去——一辆熟悉的商务车就停在马路对面，车窗降下，露出萧与时的脸。

他目光含笑，凝视着她。

春夏之交，天气越来越暖，她换上便于散汗的短款运动服，露出纤白的胳膊和腿，又将长长的头发束成马尾，戴一顶鸭舌帽，走路带风，活力绽放。

他的唇轻轻勾起一个弧度，眸子里的笑意又加深些许：“好久不见，沈指导。”

沈如磬惊讶亦高兴，快步走到他的车前：“你怎么来了？”

眼下刚过十点，他应该在授课的，却偏偏出现在她面前，穿一身亮色西服搭配胸巾，清爽又正式，在人海中吸睛又抢眼。

萧与时知道沈如磬必定全身心扑在指导上，所以近日都没有打扰她。今日想着训练接近尾声，她应该不会再往外跑了，他便挤出时间去医院探望。没想到他扑空了，又遇上费恩，听了老专家一通微词。

他回答：“想看看你的近况，所以就来了。”

沈如磬点点头：“娜塔莎正在里面训练，你想看看吗？”

挑战赛在即，娜塔莎正在辅助教练团的指导下做着分解动作冲刺练习。萧与时简单地看了一会儿，便随沈如磬去了休息室。

休息室挺大的，桌台上摆放着大大小小的锅具，皆是沈如磬当初盼着回国给陆楠准备的“惊喜”，德国制造厨房锅具六件套。

现在她回不去了，便索性把锅具拿来煮夜宵。既节省娜塔莎的点餐、用餐时间，又能为她增补营养。

沈如磬放下带来的饭盒，逐层摆开。最上层是颜色缤纷的水果切片，中间一层是芦笋、西蓝花等水煮菜，既富含植物性蛋白，又能增强身体的柔韧性并控制盐分，最适合娜塔莎在赛前维持体重了。

最后一层不必说，是刚煲好的甲鱼汤。

萧与时感到意外：“你打算转行开餐馆吗？”

沈如磬不好意思地笑了笑，忙解释原因。萧与时听罢道：“你天天去超市采购，又要去餐厅找人煲汤、做饭，太辛苦了。我把庄园的厨师借给你，他擅长做中餐，做一些轻淡、少油、多营养的餐食不在话下。”

受他的恩惠也不是一次两次了，沈如磬权衡了一下轻重缓急后说：“那就谢谢你了。”

“还有，你天天外出，独自往返于训练馆和医院，费恩医生很不放心。我把车和司机借给你，至少能保障你在路上不出意外。”

他话说成这样，令沈如磬无法拒绝。

萧与时又问："你还需要什么？都可以告诉我。"

沈如磐欲说"不用"，话到嘴边想起什么，瞄了他一眼："你能不能把你借给我？"

"什么？"

她说话吞吞吐吐："挑战赛马上就要开始了，虽然级别远比不上国际大赛，但……你有没有兴趣来见证我的训练成果？"

原来她是这个意思，萧与时轻轻"嗯"了一声。

沈如磐松了口气："那好，让我们一起等待冠军的诞生时刻。"

萧与时心细，听到"冠军"二字，自然明白她为什么会对娜塔莎的比赛格外上心，补充了一句："你不要给自己压力，拿不到冠军也没有关系。"

"不行，娜塔莎有她的追求，我也有我的目标。"沈如磐一脸认真，"且不说我有丰富的比赛经验，只凭你为我们组建了专业的教练团队，又投入了专业的设备，我肯定要拿下冠军，否则我自己也无法认可自己。"

她一向有好胜心，萧与时遂不多言。

沈如磐瞅瞅他："你不信？"

"没有，我信。"

"不对，你沉默不语，分明是不看好我。"

女人压力大起了疑心，无论男人怎么解释都有破绽。萧与时顿了顿："那叫默契，沈指导。"

一声"默契"连着一声"沈指导"，仿佛他是在让着她，让沈如磐顿时词穷了。

好久不见他，又是中午，沈如磐想着要不要约他一起吃饭，可他却说："学校还有事，我该走了。"

沈如磐只好改口："我送你。"

"不用。"

"走几步而已，还是让我送吧。"

沈如磐坚持送他出训练馆，又目送他上车。当车子发动起来，她赶紧说："我忘了告诉你比赛的时间和地址，是……"

"下下周五，晚上七点三十分，御林体育馆。"萧与时对赛事了然于心，还不忘反过来提醒她一句，"记得提前半小时来学校接我。"

沈如磐愣住："我接你？"

"我把车和司机都借给你了，难道你不愿意接我？"

沈如磐后知后觉地反应过来，不好意思地笑了："好的，我会准时接你的。"

她后退一步，对着车里的男人莞尔一笑，挥手告别。她返回训练馆时，娜塔莎已经结束了训练，站在场边冲她招手："维特教练，刚刚那个男人是不是霍夫曼先生？"

"嗯。"

"好年轻啊！我还以为他是个七八十岁的老头子。"

沈如磐笑笑，没有接话。

娜塔莎却按捺不住好奇心，细细地打量沈如磐。

不久前沈如磐来找她，乍提到霍夫曼基金会，她还以为沈如磐是基金会的内部工作人员。然而这段时间接触下来，她发现沈如磐在花样滑冰方面极其专业，个人素质绝非等闲之辈，并且掌控整个教练团队，俨然是领导者。

现在见到沈如磐和霍夫曼先生关系熟稔，娜塔莎迂回地问："你和霍夫曼先生是合作伙伴吗？"

"算是吧。"

"可是你们在车前说说笑笑话别的样子，怎么看都像甜甜蜜蜜的情侣。"

她的话仿佛戳中了什么，空气骤然安静。

下一秒，沈如磐抬手敲了一下娜塔莎的额头："少说奉承话，快去练习。"

德国花样滑冰超级挑战赛分为东部、西部两个赛区，每个赛区的第一天是短节目，第二天是自由滑，把两天的成绩合并计总分，各取前十名进入总决赛。

娜塔莎属于东部赛区。她强化训练了那么久，状态极佳，第一天的短节目比赛发挥出色，力压同场选手暂列第一。

万年陪跑突然崛起，柏林体育周刊写了篇报道，标题就叫《红灯区少女的逆袭》。

娜塔莎高兴自己终于有了关注度，沈如磐却不让她细看内容，给出的理由是"集中精力再接再厉"。

第二天的自由滑是重头戏，娜塔莎和教练团队早早地前往御林体育馆。沈如磐在医院等着司机来接，然后出发去柏林大学和萧与时会合。

她到得太早，萧与时还在暗物质粒子实验室做例行指导，她便在外面等，同时拿手机和娜塔莎那边取得联系。

十分钟后，萧与时出来了。

他的衣着打扮一向有品位，今日为了迎合比赛场合，穿的是双排扣竖纹西装外套，不打领带，里面的白衬衫也随意解开第一颗扣子，整个人看起来低调又随和——而他身旁帮忙抱送礼盒的博士生，明明长相和气质皆不错，一对比竟然显得普通又青嫩。

沈如磐下车迎接萧与时，不解地看了一眼偌大的礼盒："这是什么？"

"为你准备的，你打开看看。"

一句话就像是出人意料地送她一份礼物，沈如磐赶紧推辞："无缘无故，没必要……"

"是玩偶和鲜花。等娜塔莎结束了表演，你可以献给她。"

在花样滑冰的比赛过程中，每当选手结束赛事动作，粉丝都会向场内投掷玩偶和鲜花，以此来表达对选手的喜爱之情。娜塔莎常年陪跑，自然不会有粉丝送礼。萧与时心思细致，提前想到了。

沈如磐默默腹诽了一下自己："时间不早了，我们走吧。"

两个人随后抵达体育馆，选手们正在场上热身。

虽是新增设的比赛，但还是吸引了不少观众。两个人的座位在视野最佳区域，离裁判最近，能够直接看到选手上场。

沈如磐远远地朝娜塔莎挥手示意，坐下后便从随身背包里拿出便携摄像机，以及一个方方正正的记事本。

记事本内页用德语写了许多人名，极个别名字旁边还用五角星符号做了标注，并附上简要的总结，诸如"节奏感好""艺术渲染力强"。

萧与时扫视一眼："这是其他参赛者？"

"对。我关注了所有报名的选手，把她们的综合实力按照从高到低的顺序写在了记事本里。标五角星的，都是值得我关注的劲敌。"

沈如磐把本子递到他面前："喏，这个南茜德莱恩的实力最强。她的年龄和娜塔莎差不多，竟然擅长在连跳中接入了不起的后外节环跳。"

萧与时不知道南茜是谁，却对德莱恩这个姓氏记忆深刻。

他出生在银行世家，银行和银行之间常有合作，德莱恩便是德国古老的邮政银行继承者。

不过姓氏或有重复，萧与时也不能完全肯定。他默不吭声地环视体育馆内悬挂的赞助商条幅，注意到"德国邮政银行"字样，微感讶异。

沈如磐又道："不过呢，南茜因为苦练后外节环三周跳，左腿骨折，至今状态不稳，昨天的短节目比分也落后于娜塔莎。如果娜塔莎能在今晚的比赛中拿出训练时的实力，还是很有希望赢得东部赛区第一名的。”

萧与时接过她的记事本翻了翻，见到日复一日写满密密麻麻的训练预期、小结、反思及提高，称赞道：“你做事很有条理，比我的学生还要细心。”

沈如磐被他一夸，嘴角带笑：“你有没有觉得，如果我不练花样滑冰，而是好好读书的话，说不定也能继承父亲的事业，当一位优秀的桥梁设计师？”

“桥梁设计必须精通物理，理论力学、材料力学、流体力学、结构力学等等……你不怕麻烦？”

“呃，麻烦归麻烦，但我上次去柏林大学找你，见到有女学生在上你的课。既然其他女生能够通过筛选进入你的课堂，那我应该没那么笨，也能够读懂课本。”

虽是假设，但她描述得很有画面感，言谈间又有一颗赤诚之心。萧与时回忆起她在树荫下认真读书的样子，情不自禁地抬手抚摸她的脑袋：“你很聪明，又勤奋自勉，即使没有继承伯父的事业，伯父在世时也必然以你为荣。”

不知怎么的，沈如磐觉得每每和他在一起无拘无束地闲谈时，内心总是突如其来被打动，感觉和他格外契合。

她心神一恍惚，依稀听到观众席发出惊呼声。回头望去，她错愕地看见娜塔莎和南茜撞在了一起！

娜塔莎的嘴唇破了，血洒赛场。南茜躺在地上迟迟不能起身，好像受到很严重的撞击，最后被工作人员抬了下去。

比赛因此暂停。

国际大赛也会发生选手相撞的情况，但不知为什么，沈如磐的心里有种不祥的预感。见比赛迟迟不开始，她有些坐不住了，对萧与时说：“我想去裁判区看看情况。”

萧与时道：“我和你一起去。”

裁判区围满了人，南茜的教练怒气冲冲：“南茜是最有希望夺得冠军的选手，娜塔莎故意朝她骨折后的小腿上撞，应当被取消比赛资格！”

娜塔莎的教练当即反驳：“我们根本不知道南茜受过伤，请不要血口喷人。”

双方争执不下，裁判团也未表态，低头调看录像。

录像显示南茜先做了一个漂亮的后外结环三周跳，紧接着又要连跳。与此同时，娜塔莎快速蹬冰滑过来，从侧后方撞上她，直接撞到了她骨折过的伤腿上。

南茜是花滑界新秀，背后又有大财团的支持，如今受到撞击能不能参加比赛都很难说。几位裁判窃窃私语讨论良久，最后由代表宣布：“娜塔莎有能力预见到相撞，不但没有避开，反而直奔南茜而去。这种行为十分恶劣，应当予以禁赛。”

沈如磐震惊了，抢话道：“凭什么禁赛？！热身碰撞难以避免，再说国际大赛上也从未有因为相撞而被禁赛的先例。”

裁判代表瞥她一眼：“你是谁？有什么资格在这儿说话？下去！”

沈如磐被噎住。

很多时候，比赛的背后是裁判的天下，尤其今天的比赛还是一场新增设的、影响力可大可小的地区级赛事。裁判给出如此严厉的判罚，让沈如磐很难不去怀疑背后是否存在猫腻。

眼看娜塔莎将失去参赛权，沈如磐急了：“你们不能这样，我的母亲是国际……”

话未说完，她的肩膀被一股熟悉的力道按住，镇定低淡的嗓音随即在身后响起：“娜塔莎和南茜的碰撞路线及碰撞冲量可以通过力学方程准确地计算出来。”

所有人都愣住了，回头看向萧与时。

沈如磐最先反应过来，提高音量道：“这位是著名的理论物理学家Karl Hofmann Hsiao，也是普朗克奖章、欧洲金质奖章的得主。他和德国运动科学实验室合作数年，有丰富的运动力学研究经验。何不让他用科学说话，做出一个精准的分析？”

万万没想到现场有一位大有来头的学者，裁判哑声半晌，勉强同意了。

在物理学的观念里，南茜的下肢骨骼可被定义为“腿弹簧”。南茜与娜塔莎相撞时，腿弹簧于一瞬间发生的弹性形变，以及骨与骨、骨与韧带、肌腱、双膝发生的力矩变化，都可以通过相关力学方程计算出来。

根据计算结果，萧与时得出一个结论：娜塔莎无法预见自己的运动轨迹会与南茜重合。就算有预见，她也不可能在故意撞伤南茜的情况下确保自己毫发无伤。

裁判们听罢沉默了。

最终，裁判代表不太情愿地改口：“娜塔莎可以继续比赛。”

沈如磐随之松了一口气，如果不是怕人怀疑萧与时包庇自己，她几乎要张开双臂紧紧抱一下萧与时。

然而一波刚平一波又起，娜塔莎的参赛资格虽然恢复了，但她的状态被严重影响了。

她的自由滑音乐是《大河之舞》，本来打算用惊涛狂澜一般的音乐衬托她极有视觉震撼感的跳跃和步法的，现在反而成了短板。她跟不上节奏，频频出错，如果不是后半程勉强稳定情绪，并且在几个关键的地方拿回技术分，她几乎就是一败到底。

两天的分数合在一起，娜塔莎暂列第八位。后面还有好几位选手要出场，随时可能把她挤出前十，让她失去参加决赛的资格。

结果和预期反差太大，娜塔莎下场后失声痛哭。饶是观众席上的沈如磐身经百战，掌控情绪的能力极佳，此刻也按捺不住焦虑，无言地咬着嘴唇，十指僵硬地交握在一起。

便是在此刻，萧与时的手覆了上来，将她绞在一起的两只手分开，将她的右手拢入掌心握住。

赛事趋于白热化，场馆里的气氛也变得十分紧张。他沉稳地握着她的手，温暖的热度从指尖一路传到她的心里，仿佛意图纾解她的压力。

长久以来，沈如磐一直告诫自己，和卓然出众的异性朋友接触时，务必小心避嫌。然而这一回她目视前方的赛事，手指动了动，却没有抽开，保持着和萧与时的手握在一起。

选手相继出场，娜塔莎的成绩果不其然一路下跌到了第十名。最后一个登场竞技的人，便是之前负了伤的南茜。

南茜的自由滑音乐是《F 大调勃兰登堡协奏曲》，管乐与弦乐的交替回旋重奏，曲风明快活泼，十分讨巧。南茜的节奏感本就好，艺术表现力强，如今聪明地把整套表演动作的难度降下来，故完成度很好，获得的分数也高，自由滑成绩居然冲到了第一！

两天的成绩一合并，娜塔莎的排名被挤了下去——不，是差点被挤下去，因为南茜与前面的选手是并列第一！

但不管怎样，娜塔莎总算勉强杀入了决赛！

整场比赛结束，观众纷纷起身，礼貌地为所有参赛选手鼓掌。沈如磐没有起身，更没有鼓掌，神色阴郁地盯着赛场。

她很愤怒，乃至忍无可忍，蓦地从萧与时的掌心里抽出手，起身退场。

萧与时的心一沉，立即追了出去。

Chapter7

他的告白

沈如磐步伐匆匆，很快就走出体育馆，到了马路中间。萧与时见她伸手招出租车，果断地拉住她：“你要去哪儿？”

“我要去柏林花样滑冰协会投诉今晚的执法裁判！”沈如磐的声音紧绷，透出愤怒，“娜塔莎差点被剥夺比赛资格不说，就算南茜的表现不错，但裁判有好几个地方给分过高，有失公平！”

“你的身份是观众，观众没有资格投诉裁判。再说娜塔莎的心理素质不够强大，如果她知道你正面去抗议裁判，决赛时的状态也会被干扰。”

一席劝说唤回沈如磐的理智，她直直地看着萧与时，什么话都说不出来了。

脑子里纵有百般思绪，一切结果也都指向屈服现实。沈如磐的脸上流露出难过的表情，低垂下头，用委屈的口吻说：“不公平，太不公平了。”

萧与时看着她，异常冷静地问了一句：“你想不想退赛？”

退赛？沈如磐压根儿没往这方面想，一时间被问住了。

运动员为了比赛付出了常人难以想象的努力，无论输赢都不该遭受到不公正的对待。可如果就此退赛，豪气是有了，是否又太冲动呢？

沈如磐倔强地吐出两个字：“不退。”

“为什么？”

“奖牌是次要的。受挫后意志不改、迎难而上，是一个职业运动员应当具备的基本品质。所以哪怕明明知道比赛不公平，娜塔莎也可以用精湛的表演打动观众，让观众记住她。她不是冠军，却远胜冠军。”

萧与时十分意外。

不过也不算意外，会说出这种话的沈如磐才是他熟知的沈如磐。

他点点头：“我支持你的决定。你可以转告娜塔莎，只要她全心全意比赛，无论结果怎样，她想要的赞助商名额，我保证一定会有。”

他很少给出这样的承诺，沈如磐听了，心里难免有些不是滋味。

是自己轻敌了。她以为有良好的训练设施和教练团队，娜塔莎肯定能轻松晋级，偏偏没想到比赛会有人为操控的因素。万幸今天有萧与时在，否则即便她一时激愤抬出母亲的身份来压制裁判，结局也不会扭转。

沈如磐叹了口气：“我想回医院重看一遍今晚的比赛录像。查漏补缺也好，知己知彼也罢，我得想法子让娜塔莎的实力再上一个台阶，彻底赢过南茜。”

两个人好不容易才见面，萧与时顿了顿，回答：“我和你一起。”

“你？”

“我略知花样滑冰，可以从运动力学的角度帮忙分析一下南茜在冰上的运动特性。”

沈如磐惊讶地看着身边人。

也对，知识就是力量，她显然低估了科学家的力量——Maya++ 只分析了娜塔莎的优缺点，无从分析南茜的强弱项。萧与时博学多识，完全可以替代 Maya++，帮忙评估竞争对手南茜的综合素质。

沈如磐说：“也行。不过医院不准外人出入病房，你……”

“去庄园。庄园有高清电视，可以外接你那台便携摄像机。”

现在是晚上，他独居，她去他家……

恰恰是在沈如磐心有犹豫之际，萧与时扣着她的手腕，面色淡定如常地把人拉往停车场的方向：“走吧，司机还在等着我们。”

就这样，沈如磐又来了庄园。

书房中央是萧与时的工作区域，除了书桌，还有超大的高清电视，用来演示电子文稿。电视的对面是一组高档皮艺沙发，搭配黑白几何花纹地毯，与沉静的空间氛围保持一致。

萧与时去找摄像机连接线，沈如磐环视四周，目光落到墙柜上的照片上。

那是一张全家福，居中坐着的两位长辈不必说，自然是萧与时的父母。后面三个年轻男子站成一排，五官轮廓有些相像，各有各的气质，但立于左侧位的萧与时明显更清冷一些。

沈如磐曾经上网搜索过萧与时，了解到他的家世，知道他有两个弟弟。

二弟萧沂 (Hogen) 是维也纳爱乐乐团的钢琴家、剧作家，三弟萧淮 (Hermann) 则是德意志投资银行的高层，也是家族第四代唯一一个和银行事业打交道的人。

Hofmann、Hogen、Hermann，三个男人不仅长得像，就连德文名字也很接近。沈如磐凑近了细看照片，情不自禁地脑补假如同时遇到这三兄弟，她能不能一眼辨认出萧与时的情形。

再然后，她无声地笑了。

萧与时很快就回来了。

摄像机的连接线有好几根，在沈如磐眼里，那些或粗或细、搞不清什么是什么的线路，萧与时却连说明书都不用看，有条不紊地全部连接好——这个时候，男人聪明睿智的魅力就体现出来了。

沈如磐看着他，心念一动，好奇地开口："我能问你一个私人问题吗？"

"请说。"

"你和你的弟弟不仅长得像，德语名字也很接近，可为什么他们的中文名是沂、淮等单字，你的却是双字'与时'呢？"

"我最初的名字也是单字'江'，三兄弟合在一起是'江淮沂'，意在纪念太祖父出生于江南地区。稍后我学习中文，相较'江'字更喜欢'与时'，遂自行更名为萧与时，意在提醒自己'岁不我与，与时偕行'。"

沈如磐恍然明白过来："这么说来，我们算是同乡了，我的祖辈也是江南人。"

"苏州？"

"你怎么知道？"

萧与时淡淡地勾唇："你说话带点吴音，像我弟妹，确切地说是二弟妹说话的口音。"

沈如磐惊讶极了："你的两个弟弟都已婚？"

"是都有了未婚妻。"

两个弟弟都订了婚，当哥哥的却单身，莫非萧与时挑女朋友的眼光太苛刻？

算了，这种问题她又怎么好意思问呢。

不一会儿，萧与时便将信号源调好，重头播放起比赛录像来。

首先要分析的选手便是南茜。

由于南茜降低了整套动作的技术难度，她出错不多，单单在比赛后半程做连续的三周跳时，第二跳应该是左后外刃起跳，可她的脚踝力量压不住外刃，在起跳的瞬间歪回内刃——也就是错刃。

错刃现象娜塔莎也有，沈如磐没有在意，萧与时却适时地开口："你好像提到过，南茜的左腿有骨折？"

"嗯。"

"那你有没有注意到，南茜起跳前后的水平速度有明显不同。"

沈如磐随之反应过来："你的意思，是南茜的腿伤干扰了她蹬冰起跳时的发力？"发力不够，水平速度便会丢失。

萧与时颔首。

然而就算丢失了水平速度，只要落冰时不跌倒，也算不上什么大错。沈如磐问："除此之外，还有没有别的潜在问题呢？"

萧与时一向严谨，没有立刻回答，只反复回放录像，估算南茜蹬冰时的膝盖弯曲度、落冰触地时的角度，以及空中水平位移距离、空停时间，接着再用纸笔做进一步演算。

演算过程烦琐，书房里一时间异常安静，唯有笔从纸上划过的沙沙声。

沈如磐等了一会儿，好奇地凑过脑袋去瞅。

大部分演算内容被萧与时侧脸轮廓的阴影遮住，她看不见。在她努力探头想要瞧一瞧究竟之际，萧与时右手执笔继续往下算，那只空闲的左手从草稿纸上撤开，搁到她的肩上，稍稍施力便将她拉过来，环入怀中。

她觉得自己是不是和他靠得太近，刚想动一动，他便开口说话，声音低淡醇和，有着物理学家做科普时深入浅出的质感，同时又带着浑然天成的专业味道。

"人的下肢骨骼、肌肉、韧带是耦合在一起的弹簧系统。花样滑冰选手的每一个动作，本质是弹簧系统在力学运动方程下的应用。一个动作能不能成功，要看运动方程的计算结果是否超出正常范畴——如磐，你知道吗？这也是 Maya++ 做自动化分析的物理理论基础。"

他不疾不徐地讲解，沈如磐专心地听和看。

或许这些内容实在是太深奥，时间一长，她的视线渐渐从那复杂晦涩的公式上挪开，缓缓往上，从他的衣襟移到他的喉咙，又移到他说话时一开一合的嘴上。

他的五官生得出挑，嘴唇更是好看，唇形饱满，上嘴唇正中有一个淡淡的珠状凸起。每当他轻声倾诉时，唇珠微动，这个画面她凝视久了，平静的心湖就像被什么给敲开，无声地荡漾开涟漪。

沈如磐意识到自己在走神，连忙集中注意力听讲，恰好萧与时也在做总结："南茜的脚踝压刃力量不足，越到比赛后半程，就越难有体力做复杂的连跳或者组合跳。"

"所以呢？"

"在四分钟的自由滑时间里，南茜极有可能把跳跃集中在前三分钟。按照她的水平速度丢失率，她的跳跃总次数不会超过七个。"

沈如磐闻言，音量提高了几分："你确定？"

萧与时点点头："你若不放心，可以将它视为一种预测。"

这个预测太重要了，甚至可以据此来制定决赛战术。沈如磐本来被裁判的不公打击到了自信，现在仿佛又看到了夺冠的希望："如果预测成功，我一定给柏林大学天体物理研究所写封感谢信，标题就叫'知识改变命运'。"

话落，她自己"扑哧"乐了，笑声轻浅，愉悦飞扬。萧与时亦有些好笑："你不要大意，我们接着分析其他人。我记得除了南茜，你的记事本里还有好几个名字打上了重点标记。"

果然是授业解惑的教授，做事一丝不苟。沈如磐不敢马虎，从善如流地播放下一个选手的比赛动作。

余下的分析原理大同小异，萧与时能提醒的就提醒一下。

时间飞逝，转眼接近十二点。沈如磐的脸上难掩倦色，和萧与时交流时也明显有些乏力。

萧与时道："我们明天再讨论剩下的？"

"没多少了，还是打起精神弄完吧。"

萧与时没有反对，走出书房交代管家准备提神的茶水和点心，等到他再回来，却见到沈如磐已经睡着了。

她还处在静养期，体力不济，今夜的情绪骤紧骤松十分消耗精力，早就累到极致。虽然电视机里还在播放比赛录像，她却单手支撑着额头，闭上眼睛就这么靠着沙发睡着了。

萧与时安静地看着她。

电视屏幕的光线强弱变化，她的脸庞隐藏在交替的光影里，皮肤是那么白，五官也染上令人怜惜的柔弱感。然而她的膝上摊着记事本，手攥着笔，眉心似蹙非蹙，仿佛即使身处睡梦中，她也还是那个坚韧倔强的沈如磐。

他移步上前，收走记事本和笔，试着将她抱起送去卧室。

但他才刚刚动了她一下，她就醒了，吃力地掀开眼帘，睁开一道细缝。

他只好哄她：“安心睡吧，过一会儿我再叫醒你。”

她太累了，听话地闭上眼睛，很快就又沉沉地睡着了。

这回他不想再打扰她的睡眠，拿了条毛毯盖在她的身上，方便她酣然入梦。

再然后他把电视机的音量调到静音，坐在她的身旁观看录像，详实地分析选手们的不足，并逐一写入记事本。

他是如此专心致志，其间沈如磐的脑袋歪了一下，不偏不倚地靠向他。

人在酣然入睡时，身体完全放松，那实实在在的力量也就毫无保留地落到萧与时的肩膀上。

他没有避开，让她安稳地倚靠着自己。眼看毛毯从她瘦削的肩膀滑下去，他伸手去拉，接着连毛毯带人通通一手揽住，将她护好，另一只手方才继续书写分析总结。

夜已深，书房里什么声音都没有，安静极了。

恰是在安然静谧的氛围里，他专心致志地写东西，并不曾知道沈如磐睡到一半时迷迷糊糊睁开了眼。

她的视野迷蒙，只知道他好像坐在自己身旁，任由自己靠着。

她想起身，但这个念头仅仅持续了一瞬，他察觉到她的动弹，动作极轻地帮她掖了一下毛毯，又拍了拍她的背，安抚她入睡。

他的掌心很温暖，力道也恰到好处，让她有种被悉心照料的感觉。

沈如磐很早就被选入国家队训练，晚上从未有亲人帮忙掖过被角。之后她病中沉疴，辗转来到德国求医，更不可能在夜深人静时得到这种微小体贴的照顾。

胸口就像是有潺潺的暖流淌过。她的眼睫颤了颤，想睁开眼看看他，却又困顿无力，只能闻到他身上的花香味。

一直以为印象中高冷的男人的气息也会是冷的，但现在不是了，暖香浮动，轻轻袅袅地萦绕在鼻端，绵延持久。

能够遇见他，大概是她受挫后所有噩运换来的一丁点走运吧。

她闭了闭眼，沉沉地睡过去。

沈如磐早上醒来的时候，听见了轻快的鸟鸣。

书房的落地窗正对着湖畔花园，她睁开眼便看见几只俊俏的红靛立在林梢。那漂亮的羽色、动听的鸣叫，和满园花木相得益彰，能让人感受到久违的清新和愉悦。

刚恢复清醒的脑子比较迟慢，她缓了一会儿方才掀开身上的毛毯坐起来。偌大的书房里静悄悄的，不见萧与时。不过记事本摆在茶几上，下面压着一张他留给她的字条。

“学校有事，我离开片刻。早餐已经准备好，慢慢吃，等我回来。”

沈如磐放下字条翻开记事本，见到昨晚未完成的地方多了三四页新添加的内容。那是萧与时替她完成的分析结果。

和她行云流水般的书写方式不同，他的笔迹清俊瘦劲，字斟句酌，不确定之处用下划线进行标注，方便她回顾定夺。

她读得仔细，完了合上记事本，浅浅一笑。

偌大的书房里一应俱全，她先去配套的洗手间洗漱、收拾好自己，再去到餐厅时，管家正在煮茶。

她觉得有必要解释一下自己为何会在此过夜，可未及开口，管家便笑着请她入座：“我听教授说，沈小姐昨晚工作至深夜，辛苦了。”

德国人向来重视早餐，黄油、火腿、奶酪，种种传统配餐不必多说，食材和形态各异的德式面包，佐以牛肉浓汤、蛤蜊菌菇汤、鸡骨蔬菜汤等十数种例汤，单单挑选搭配就要花一点时间，更别提还有可额外选择的中式餐食，诸如米粥、馄饨、面汤……

沈如磐吃惊地问：“教授平常都吃得这么丰盛吗？”

“今日有您在，教授让厨房多准备了一点，希望合您的口味。”

“谢谢。其实我吃得很简单的，不必如此烦琐。”

她的语气中带着几分拘谨，管家微笑道：“熬夜伤神，您先喝杯花茶提提神？”

沈如磐说好，管家便取出一个玻璃杯，倒入刚煮好的紫罗兰花茶。

“教授近来偏爱茶饮，说比黑咖啡解乏。我本来打算煮柠檬蜂蜜枸杞茶的，提神又润喉，但厨房缺了枸杞，我只好从花园里摘来紫罗兰，配上甜叶菊，与新鲜柠檬一同煮成花茶。”管家说着将杯子移到她的面前，“希望您喜欢。”

管家提到的柠檬蜂蜜枸杞茶，凑巧就是沈如磐曾经给萧与时冲泡过的，滋润喉咙、消除疲劳的茶。

举手之劳居然得到萧与时的偏爱，沈如磐感到十分意外。

她看了看杯子，紫罗兰和甜叶菊的花瓣在热水的浸泡下柔润地舒展开来，柠檬皮天然的植物油使得花茶越发清香扑鼻。她捧杯品尝了一口，茶水缓缓流入嘴里，伴随喉咙的吞咽，唇舌和心同时陷入一股馨香之中。

她回味了一会儿，冲管家勾了勾嘴角："好喝。"

"那么再来一杯？"

管家懂得待客之道，一边给沈如磐煮茶，一边主动谈起萧与时过往读书的经历，都是消磨时光且又有趣的话题。

于是沈如磐了解到萧与时从学生时代开始就格外珍惜时间，哪怕是去咖啡馆，咖啡的温度从滚烫降至温热的微末时光里，他也要读几页随身携带的专业书。

沈如磐好奇地问："万一哪天萧与时没带书，那他岂不是喝不了咖啡？"

"有一天他确实忘了带书，但某个数学系的女生说可以和他分享《广义函数与数学物理方程》，并请他喝咖啡。"

故事情节突然变成了女追男，沈如磐的八卦心骤起："然后呢？"

"没有然后。"

"为什么？数学系的女生头脑聪明，值得交往。"

管家笑了，用萧与时追忆当年的口吻回答："数学系和物理系一向喜欢争个高低。万一和数学系女生交流时发生分歧，我让或不让都会心累吧。"

怎么会有这样拒绝人的思路？难怪他一直没有女朋友。沈如磐的脸上露出笑容，忍俊不禁。

外面忽然传来汽车的声音，接着入口的大门徐徐开启，萧与时回来了。

沈如磐侧头看去，不一会儿萧与时便走了进来。金色的晨曦落在他挺拔的身上，外面的亮度和暖度都被他带入，整个餐厅也随之璀璨起来。

沈如磐短暂地愣怔了一瞬，随即回过神，主动开口："嗨。"

萧与时点点头："吃过早餐了？"

"没有，我想等你一起，但好像没等多久你就回来了。"沈如磐关心他，多问了一句，"学校的事情都处理好了吗？"

萧与时一大早接到穆勒教授的电话，得知要提前前往挪威。既是出席欧洲金质奖章的颁奖仪式，也是受邀花好几周的时间去欧洲著名的暗物质实验室进行交流访问。于是萧与时又去柏林大学做了一些教务安排才赶回来。

现在面对沈如磐的询问，他轻轻地"嗯"了一声，然后在她的对面坐下。

吃早餐的时候管家退了下去。两个人吃得差不多之际，沈如磐欲言又止地看了看萧与时——她在庄园停留得太久，应该要回去了。

而他不知道在想什么，偏头看了一眼窗外，忽然开口："外面阳光不错，我们去花园走走？"

"你不忙吗？"

"难得周末，休息片刻也无妨。"

大忙人都发话了，沈如磐便配合着点点头："也好，就当消食。"

湖畔花园占地面积广，树木繁茂，枝丫交错，遮蔽成荫。微风拂过，吹在身上清凉又舒适。

两个人并肩前行，走到假山附近，听见了轻微的猫叫。沈如磐循声望去，原来是假山山顶上有一只体态圆润的纯白的波斯猫。

猫见到萧与时，纵身跃下，小短腿迈得飞快，娇憨可爱地朝他奔来。

"你养的猫？"沈如磐十分惊讶。

萧与时没有否认，蹲下身抚摸了一会儿猫咪的脑袋，缓缓说："我是偶然收养的这只猫。原以为放在庄园里养着太拘束，它或许会更喜欢大自然，没想到它偏偏和我亲近，不愿意离开。"

沈如磐小时候家里也养过猫，见这只猫可爱得紧，忍不住问："它讨厌陌生人的触碰吗？"

"不会。你也可以摸摸它的头。"

沈如磐小心地伸手抚摸它，从头到背轻轻地顺毛。猫眯起乌黑圆溜的眼睛，舒服地"喵喵"叫唤。

"它好可爱！"沈如磐低呼。

记忆被拉回到童年，她说："我家也养过猫，但猫年龄大，性格也不太好，曾经挠过我一次，然后就再也没有看见过，不知道是不是生气逃走了。"

"不一定。猫年龄大，可能是知道自己即将命终，所以宁愿躲起来独自迎接死亡，也不愿意让主人见到最后一面。"

沈如磐显然不知道猫有这种特殊的本领，蒙了两秒，低头瞅瞅脚边的小东西说："那也太可怜了吧？好歹也是一条生命，孤零零来、孤零零去，比人还惨。"

萧与时不是一个轻易感性的人，然而目视她心有触动亦是温柔小心地摩挲波斯猫的样子，他安静了一会儿，然后开口："你如果有空，可以常来庄园陪陪它。我不是个尽责的主人，它又比别的猫更怕寂寞。"

"方便吗？我上门叨扰……"

"方便。"

这时，猫又“喵喵”地叫出声，似乎在抗议主人和客人没完没了地交谈不陪它玩，索性蹿到了喷泉池边。

池子里漾着细小的涟漪，是鱼呼出的气泡所致。猫垂着脑袋瞧了一会儿，毫无预兆地伸出爪子拍击水面。水花溅起，鱼惊得四下逃逸。

沈如磬“哎”了一声：“不可以。”

猫咪好像听懂了，停了一下，爪子又是一击，水花直接溅到了沈如磬身上，像是在和她宣战。沈如磬“哎哟”道：“小调皮，看我不逮住你。”

猫“呼啦”蹿上两三米高的假山，犹如君临天下，高高地抬起头俯视沈如磬。沈如磬哪里会认输？然而几分钟后，猫还是山巅之上的猫，人却累得不行。

萧与时勾唇愉快地笑了起来。

“不要笑了，快来帮忙。”沈如磬糗死了。

他嘴角的笑意漾得更开，她脸一红：“萧与时！”

恰是此刻，猫俯身跳下，前爪往她的脸上生扑过去。她痛呼着倒退一步，抬手捂住脸。

萧与时的脸色微变，跨了一大步来到她身边：“让我看看。”他握着她的手缓缓放开，露出她的脸。

万幸她并没有受太重的伤，仅白皙的脸颊被猫爪挠破了皮，泛出薄薄的粉色。不过她的眼睛也被猫爪带到，并且带得有点狠，红通通的不说，还含了一层薄薄的泪光。

他心疼了，手稍稍抬高她的下巴，低头仔细观察她的眼睛。

她背靠假山，身前是他，加上她比他矮，只能配合地仰起头，故两个人的身体距离非常近，近到她能够清楚地看见他那双藏在眉弓阴影中的眸子，目光微澜，带着歉意和懊悔。而他的呼吸吐纳也没有平常那么稳，先是屏息，又沉沉地吐气，她一下子心有不忍。

于是她冲他眨眨眼睛：“没事，我的视力好着呢。”

他闻言，稍稍放了心，目光却依然在她受伤的眼睛和脸颊上流连：“要是万一……”

“万一什么？你又不是不会对我负责。”

她打趣，意在缓和气氛，说完嘴角一勾，绽出两个浅浅的梨涡，顿时给人一种俏皮可爱的感觉。

她极少向人展露这一面。萧与时凝视着她，目光微动，那停留在她下巴上的手指情不自禁地摩挲了一下她的脸部肌肤。掌心的触感是那么光滑细腻，令他整颗心毫无防备地柔软下来。

此时天空阴沉下来，传来轰隆隆的雷声。沈如磬轻轻“哎”了一声：“快下雨了，我该回去了。”说着努努下巴示意他放开自己，可是等待了许久，他玉山不动。

她困惑地瞥他，他终于慢腾腾地挪开，却又很快扣住她的手腕。

“不着急，避避雨再走。”他镇定地说。

语罢，他稳稳地带着她走到凉亭那边。

雷声阵阵，雨水淅淅沥沥地落下来，不多时亭檐便挂上一串串水珠。风吹过，水珠向亭内飘散，他几乎不假思索地将她拉过来，肩并着肩，手臂挨着手臂，一同分享那片不大不小但干燥的空间。

她很听话，自始至终安静地躲雨，未出声。

静默无言的气氛维持了一阵子，萧与时打破沉默：“你的名字是不是取自一首诗？”

沈如磬转头看他。

“灵台无计逃神矢，风雨如磐暗故园。”

“你怎么知道这句诗？学中文时读过？”

萧与时点了点头。灵台在中文里代表心，神矢却是罗马神话里的爱神之箭。短短两句诗情感强烈，他由此记忆深刻。

沈如磬答：“我也不确定是不是来自这首诗。可是……”她压了压声音，小声说，“我有段时间很不喜欢自己的名字。”

“为什么？”

“你不觉得沈如磬听起来像‘身如盘’吗？”女生总是讨厌被人说胖，沈如磬提到往事轻轻叹了口气，“那时我面临发育关，体重飙涨，怎么控制怎么失败。搭档说我应该改名叫沈如磬——听起来‘身如轻，声如琴’。”

这个毒舌搭档不用问，肯定是陆楠了。

萧与时有些意外：“陆楠经常欺负你吗？”

“也谈不上欺负，就是有时会惹我不开心。可我假若真的不开心，陆楠又会想法子让我忘掉不愉快的事。”

“举个例子？”

“太多了，还是在发育那会儿，母亲用各种方法逼迫我控制体重。

我压力太大，常常掉眼泪。陆楠可怜我，偷偷带我去吃火锅，说什么多吃点才有力气减肥。我大概是饿昏了头，又大概是被他感动了，居然相信他的鬼话，一顿火锅吃下去又胖了一斤。”

沈如磐说完抿嘴一乐。

笑过以后，她忽然想到童欣，童欣高高瘦瘦的，身体素质维持得极好，想必和陆楠磨合得不错？

思及此，沈如磐眼中的笑容敛去，神色也微微黯淡了。

萧与时目视她神色的变化，想起她曾经在街头痛哭的样子，沉默了几秒，转过头看向蒙蒙烟雨，不轻不重地总结：“陆楠对你不错。”

“是啊。”她轻声感慨。

从少年到成年，十二年的相伴，是损友，也是队友。如果没有陆楠的配合与付出，她和他也不可能顺利拿下那么多冠军。

可是，俱往矣。

大雨滂沱，气氛也随着她的情绪变化而变得沉闷起来。

萧与时依旧看着雨，口吻淡淡的：“你喜欢陆楠吗？”

沈如磐沉浸在往事里，听到这句乍然回过神，赶紧澄清：“你不要误会，我和陆楠认识很久了，交情难免比普通伙伴会更加深厚。但再怎么深厚也只是朋友。”

“也不一定。你们并肩作战的时间太漫长，不是不可能发展出更深刻的感情。”

他的声音清淡平缓，不带情绪起伏，好像只是纯粹的讨论。然而他说完转过头凝视她，神色平静隽永，隐隐夹杂着一丝波动，好像又不只是讨论。

沈如磐从来没有想过这个问题，一时间被问住，答不上话来。

天空传来轰隆隆的雷声，滂沱的雨水连绵不绝地浇下来，雪白的波斯猫也不知何时乖乖地缩到他们的脚边。

直到雷声消歇，沈如磐才终于找到要说的话：“我承认我和陆楠在花样滑冰的赛场上有许多亲密的瞬间。无论是拥抱还是牵手凝视彼此的眼神，发生得都非常自然……如果说这一切只是为了金牌，那未免太功利了，所以从这个角度来说，我和陆楠是投入了一定的感情进去的。”

“但……”她迟疑道，“如果说这样就产生感情那也不合理。我和陆楠从未在生活中打扰彼此，从这个角度来讲，我和陆楠之间只是友情，并且还很纯粹。”

一席话很长，萧与时安静地倾听，也没提问。

沈如磐觉得自己讲了半天好像也没讲到重点上，赶紧总结："我的意思是，运动员因为比赛的特殊需要，对友谊的定义不像普通人那么严格。就像上次你有异议的俄罗斯选手伊万诺夫，在我看来，我和伊万诺夫不过是表达对对方的欣赏罢了。"

她不提，萧与时几乎已经忘了这个喜欢搞贴面吻的俄国国宝。

真是不问不知情况多……萧与时长久地沉默了。

他一直不说话，仿佛已经认同了她的回答。沈如磐却隐约觉得不是，茫然地看着他，想要看出些答案来。可惜他一向沉稳，脸上不显山露水，她根本不知道他的心思。

她纠结要不要厚着脸皮问问他"干吗对陆楠感兴趣"，恰在此时，萧与时打破沉默，语气不轻不重，较之前略有不同："如磐，我遇见了一个朋友。"

遥远的雷声从天空传来，沈如磐没听清："什么？"

他微微垂下眼睑，眼中有情绪在流动，片刻后又平静地直视前方，重复道："我遇见了一个让我心动的女性朋友。"

这句话来得太突然，沈如磐觉得自己是不是听错了。

她愣愣地看着他，脑子里涌上太多信息来不及处理，只能不可思议地问："谁啊？"

"一个年纪比我小很多，漂亮又有才华的女生。"萧与时不疾不徐地回答，"我没有交往过女朋友，也很少有和女性朋友打交道的经验。刚开始我以为自己只是欣赏她，但随着相处的机会增多，我对她的感觉越来越深刻，已经不能只视她为普通朋友。"

沈如磐蒙了。

认识萧与时这么久，她从未听他聊过个人感情。现在面对他的陈述，她脑子里的第一反应居然是——怎么可能？！

他那么忙，喜欢谁、和谁见过面，她应该有所察觉啊。

不对。她又不是他的随行司机，怎么可能有所察觉？他喜欢谁、想见谁，她根本管不着。

意识到这个真相，沈如磐差点无言以对，表面上还得硬挤出一句："你干吗和我说这个？"

"因为我除了你，没有别的能谈心的女性朋友。"萧与时侧过脸直视她，深沉的目光在她的脸上流连，仿佛想要透过表象看到她的内心，“我想听听你的意见。你觉得我是现在就追求对方，还是再等等？等到相处的时间更久一点，再向对方表白？”

“这……你想追求就去追求啊。”沈如磐心里怪不是滋味的。问她做什么？她又不是恋爱专家。

不一会儿雨停了，她生生别过脸去不再看萧与时：“我该回去了。”

“我送你。”

“不用了，我叫出租车。”

“还是一起吧。我有些事要交代你。”

因为今日是周末，他罕见地没有叫司机，而是亲自开车送她回去。一路上车内的气氛极其沉默，快到医院时他才开口，提了一下穆勒教授通知他去挪威领奖，以及去欧洲实验室进行交流访问的事。

沈如磐顿感突然：“你什么时候走？”

“今天晚上就走。可能停留几周，也可能更久，暂不确定。”

沈如磐来不及反应，偏偏萧与时又补充了一句：“实验室之间常有交流，我去年也是如此。”

是啊，去年她刚做完手术见过他一面，等到再见他，已是很久很久以后。

沈如磐的胸口像有什么东西沉甸甸地堵着。她想点说什么，一时间又不知道说什么，半晌也憋不出一个字来。

她的反应都被萧与时看在眼里。萧与时说：“我本想陪你度过娜塔莎的决赛，但计划赶不上变化，只能留你一个人面对。假如决赛时又出现什么不可控的事，你务必冷静，千万不要冲动。”

他的声音温润低醇，给人一种莫大的安慰。很容易让她觉得，只要有他在，什么困难就都会迎刃而解。

然而这份依赖绝对不适合在此刻表现出来。沈如磐抿了抿发干的唇，轻轻地“嗯”了一声。

无言的气氛在车里蔓延，万幸没过多久就抵达了医院。萧与时开口：“你进去吧。”

她拉开车门下了车，走了几步后没有听见汽车发动的声音，于是回头，却见到车子还停在原处，萧与时正目光沉静地凝视着她。

她张口：“怎么了？”

“你没有和我说再见。”萧与时的声音轻轻的，带着点温润的含蓄，“如磐，我要走了，你都不和我多说两句话吗？”

可能是她的错觉，她居然从这句话里听到了不舍的味道。然而怎么可能呢？她未免也太自作多情了。

千言万语汇聚在心里，又觉得没有多说的必要。沈如磐堪堪挤出一句：“你保重。”

两个人四目相对，相顾无言一阵后，萧与时推开车门下了车，朝着她走过来。

她不知道他要做什么，下意识地往后退，偏偏她的身后是通向医院的正门，退了等于没退，她只能眼睁睁看着他靠近。

他在她的面前停了下来。

他比她高，微微低下头，清澈的目光从她的脸上扫过。

“你从刚才开始就一直不愿搭理我。怎么了，你不开心吗？”

“我没有。”

“你有。你到现在都不愿看我。”

她被他噎住，勉为其难地抬头对上他的视线：“我真的没有……”

后面的话她说不出来了。当他那双眸子清晰真切地出现在她的视野，她知道自己的心就像一泓被春风吹皱的湖水，波澜乍现，再也不能恢复平静。

是的，她怎么能看着他的眼睛，自欺欺人地告诉他，她没有不开心，她只是有一点点说不出的失落呢？

但她不应该失落。她哪来的立场和资格失落呢？

难言的情绪层层累积堵在胸口，她觉得实在是太难受了。

然而萧与时就在眼前，还在等着她回话。她只能仰头凝视眼前的人，声音低下去，努力显得自己很平静：“我没有不开心，我只是有点想不通……想不通你这么优秀的一个人，面对喜欢的女生时居然还会瞻前顾后，反过头来问我要不要表白。我现在想通了……你喜欢的女生肯定更加优秀吧。”

这样的回答，萧与时万万没有料到。

“恭喜你，你终于有喜欢的人了。”沈如磐展开笑容，像一个真正的好朋友那样拍了拍他的肩，“我不明白你为什么会对自己没信心，但在我的眼里，你没有缺点。无论是谁和你相处久了，都会觉得你温柔体贴，是个合格的男朋友。”

萧与时几不可见地蹙了蹙眉："你真这么觉得？"

"当然。"她心里百感交集又似有千头万绪，"而且我相信，只要你表白，对方肯定不会拒绝你。"

她伪装得很好，如果不是因为她说到最后声音里透出紧张，眼睛里也有一闪而逝的不舍，萧与时几乎就要相信她对自己毫无牵挂，是在认真地鼓励自己追求旁人。

她……应该对他是有点感情的。可究竟有多少呢？

看着她粉饰太平的样子，萧与时沉默了一秒，决定抛开佯装许久的冷静，上前一步，离她更近些。

沈如磐不知道他要做什么，本能地想闪躲。而他低下头，俊逸的眉目贴近，薄唇轻轻浅浅地在她耳边低语。

"谢谢你的祝福。我喜欢的那个女生，其实你也很了解。

"等我回来，我介绍你们认识。"

Chapter8

从未离去

萧与时走后，总决赛也进入了倒计时阶段。

考虑到来自裁判的不可控因素，沈如磐重新制定了备战计划。即在有限的时间内，全方面提高娜塔莎的反应速度、移动速度和动作速度。

沈如磐对此解释道：“这三种速度合称为速度素质，是国际大赛一线选手个人能力的体现，也是你在决赛时超越南茜的关键。”

娜塔莎却问：“短时间内提高这么多速度，是不是太难了？”

“是很难，但我们有德国运动科学实验室给出的改进报告，不算蛮干。”

原来娜塔莎第一次做三维影像分析时，实验室就曾对她的滑行、步法、旋转、跳跃等各项技术动作的速度素质给出了改进建议。

那时沈如磐觉得这种建议对地区级选手太难，但现在看来，竟也是克敌制胜的法宝。

沈如磐又说：“只提高速度素质还不够。你的比赛音乐、动作编排，甚至是比赛时的服装和妆容都不够惊艳，全都要进行调整——改成最适合你，也最能帮助你夺冠的东西。”

娜塔莎蒙了：“来得及吗？”

“来不及也得来得及——你是不是觉得压力大？”

娜塔莎迟疑地点头，却又飞快地摇头：“我的心理素质不好，压力大一点，反而能让我多挺住一点。”

“这种精神就对了。豁出去了比，哪怕最后没有取得胜利，挺住也意味着一切。”

高强度的冲刺训练开始争分夺秒地进行。整个团队的人清晨即起，准时陪练，晚上也不松懈，抓紧时间再练，目标只为挑战极限、取得突破。

就这样，直至决赛之期。

按照赛制，第一天依然是短节目，第二天是自由滑。

短节目的前一晚，体育周刊写了一篇报道，提到最大的赞助方德国邮政银行的总裁将会出席颁奖礼。

娜塔莎早上训练时没有提及此事，等到下午早早地结束训练准备回去养精蓄锐，她才鼓起勇气问沈如磐：“霍夫曼先生会来看比赛吗？”

“他没空来。”

“是不是我地区赛时表现得太糟糕，霍夫曼先生不再看好我？您和他熟悉些，能否替我再邀请一下？”

如果是以前，沈如磐可能会解释萧与时不能来的原因，但听到娜塔莎最后的那句话，她脸上并无动容，反而说：“他来或不来都不重要，你还是集中精力比赛吧。”

她说完又嘱咐娜塔莎不要紧张，好好休息，之后才道了别。

从备战决赛到现在，连轴陪练的日子里，沈如磐总是不到天黑不回医院。今天她回来得早，打扫病房的保洁员还在，张口便问：“沈小姐，窗边的花蔫了，需要帮你处理掉吗？”

沈如磐微愣，循着对方所指的方向看过去，就见到了窗台角落的花瓶。瓶中的铃兰、德国鸢尾因为缺乏悉心照顾，已显出颓势。

说起来这些花还是萧与时送的，然而沈如磐这些日子把所有心思都放在了比赛上，浇水养根之类的活她哪里顾得上。

沈如磐沉默了两秒：“留着它吧。”

等保洁员离开后，她修掉萎蔫不行的花叶，把余下能够救活的花枝移到加了阿司匹林的水中，希望药物水解后的水杨梅能延缓花的代谢速度，让花重焕光彩。

做完这些，她才不受打扰地、一个人静下心来好好想萧与时。

在萧与时离开的这段日子里，她白天冷静沉着地指导娜塔莎，晚上加班加点再接再厉，直至身体被掏空，回到医院后连洗澡的力气都没有了。她的状态看似符合赛前高压，但她知道，自己的内心和以前不一样了。

只要一回想起那天的对话，她整个人就有种说不出的不平静，像有什么东西堵在胸口发酵，乱七八糟的情绪交织着，想找到一个出口。

她只能用理智来压制全部。

其实萧与时离开的第一天，她就在脑子里把和他有关联的女性都深挖了一遍。住院部的护士、校园里和他打过招呼的女助教，甚至连咖啡馆对他有好感的女生，她都仔仔细细回顾了一遍。

数量太多也太牵强，但有一位与众不同，那便是费恩口中的“波兰设计师”——为萧与时设计 PB3877 领针的女人。

沈如磐当时觉得自己太迟钝，她早该意识到萧与时把这枚唯一与众不同的领针别在衣襟上的意义。后来她按捺不住又上网搜索了一下设计师的照片，虽然查无所获，却也了解到波兰女人在欧洲历史上是拥有美貌盛誉的。换句话讲，对方必然端庄美丽，配得上萧与时。

原来那么高冷且不好接近的萧与时，从一开始就是别人的萧与时。他的温柔、体贴和细致，早就属于一个和他各方面相匹配的女性。

至于她，她应该要予以祝福，毕竟在茫茫人海中遇见中意的另一半是多么不易。

可为什么越是这样理智地告诉自己，心里反而越难受呢？

沈如磐静默无言地看着花，目光微动，眼中流转着晦涩的情绪。最后她苦笑了一下，起身把花瓶移到阳光下。

下午的阳光正好，花枝经过滋养散发出袅袅余香，这些美丽又脆弱的东西仿佛又能活得再久一点。

决赛集合了东西部两个赛区的选手，赛事气氛更加激烈。

有了前车之鉴，沈如磐这次以随行工作人员的身份去后台给娜塔莎加油打气。娜塔莎到底是少女，上场前紧紧抱了抱沈如磐，方才沉下呼吸去竞技。

根据战术，娜塔莎的短节目音乐依然是《大河之舞》，但整套动作编排全都改了。

她的强项步法得到了巩固，无论是灵活的蛇形步，还是要把身体弯曲到几乎是水平姿态才能做出来的 Hydroblading（单足滑行步），都完成得毫无瑕疵。而她的次强项，跳跃及连续跳跃速度素质之彪悍，跳跃节奏也掌握得非常好，再加上身体的重心始终保持平稳，技术得分接近满分。

可以说，这是一场保持了良好心态，并且拿出真实实力的发挥。

两分多钟的短节目呈现完毕，娜塔莎下了场。

她出了大量的汗，脸上的妆被冲掉了一些，脸颊看起来潮红，呼吸也十分急促。沈如磐和辅助教练在场下迎接她，拥抱的拥抱、递外套的递外套，所有人都高兴极了。

虽然娜塔莎最后的得分被压了一点点，但排名仍靠前，也算是在预期之中。退场时大家有说有笑地为明天的自由滑加油打气，娜塔莎也很高兴。可是她还没说几句话，突然喉咙发急，像是一口气提不上来，整张脸涨得变了色。

所有人都愣住了，还是沈如磐反应快，用德语大喊："快叫队医！"

队医赶紧用喷雾剂让娜塔莎的呼吸稳定下来，随后又把人转移到医院。经检查，娜塔莎得的居然是肺炎。

沈如磐震惊了，第一反应便是问医生："是不是弄错了？她怎么会得肺炎？"

医生哪会诊错，给娜塔莎采取了必要的输液治疗。麻烦的是就算能够暂时控制住病情，娜塔莎明天的比赛状态也必然受到影响。

沈如磐只能先向医生询问娜塔莎明日最多能够恢复几成体力，而后再找辅助教练打听情况，方才得知娜塔莎这段时间太紧张比赛了，经常天不亮就去体育馆训练。冰上本就寒冷，她又过劳，身体和意志都濒临极限，什么时候生了病转化成肺炎都不清楚。

但也不能因此责怪娜塔莎，肺炎早期没有征兆，甚至都不会咳嗽，一旦出现波浪式恶化，就会立刻出现外呼吸功能障碍。

变化来得太突然，沈如磐这时简直一个头两个大。

在医院折腾了许久，时间也不早了，沈如磐就让辅助教练回去休息，她自己守在娜塔莎的床边。

因为药物的关系，娜塔莎陷入昏睡状态。她面色潮红，呼吸间带着低烧的热度，偶尔嘴唇翕动含混不清地说些什么，仿佛心里仍然牵挂着明天的比赛。

沈如磐心疼起来，轻轻握住娜塔莎的手。不知是不是这种无言的力量和药物一起起到了效果，娜塔莎重新陷入昏睡之中，连呼吸也慢慢恢复了平稳。

沈如磐小心地松开娜塔莎的手，关上病房门走到走廊上。

夜色深沉，她的脑子里却是千头万绪，如万马奔腾。

就在这时，口袋里的手机蓦地振动了一下。她掏出来看，屏幕上显示有一条新消息——

"比赛结果如何？"

沈如磐垂着头读完短信，目光挪到发信人一栏：萧与时。

这位意气风发去挪威领奖的物理学家，不过是像过去很多次那样从她的生活中消失了一段时日，眼下再通过别的方式出现在她的面前。可她的感觉却像隔了很久很久。

这大抵是因为现代人通信工具太发达，一日不联络，两日不联络……经常如此，只能说明彼此交情浅薄。

沈如磐又看了一遍短信，心中泛起犹豫。山高水长，实话实说只怕徒让对方费神，还不如报喜不报忧。可他毕竟是团队幕后的boss，她隐瞒他也不对。

沈如磐最终选择了据实相告。

原委复杂，她写了一大段文字发送出去，原以为随后就会收到回复。可约莫过了二十分钟后手机屏幕上才弹出新消息，只两个字——

“稍等。”

沈如磐愣了一下，忽然觉得自己的第一直觉是对的，不该打扰这位大忙人。

但消息发出去了也无法撤回，既然他说等，那她就等着吧。于是她在走廊的椅子上坐下，陷入沉思之中。

也不知过了多久，手机再次振动，这回终于不是文字消息，而是来电。

沈如磐按下接听键，萧与时的声音从电话那端传来，低淡且沉稳，同时又有种空旷的距离感，仿佛处在一个很开阔的地方：“如磐，让你久等了。”

莫名的，积攒了好多天的复杂难喻的情绪差点脱离控制，从心底最薄弱之处流露出来。沈如磐哑然了两秒，才勉强平静地回答“没关系”。

“你打算怎么安排？退赛吗？”他问。

“我……还在犹豫。”

从常识上讲，肺炎不是一个晚上就能根治的，娜塔莎应该退赛保重身体。可是从其他方面考虑，娜塔莎专注于训练甚至不知道自己生了病，肯定不愿功亏一篑，即使倒也愿意倒在赛场上。然而如果娜塔莎硬着头皮参加明天的比赛，肯定会体力不济，也是毫无悬念的功亏一篑。

沈如磐诉说这些顾虑的时候，一抬头就看见窗外黑黢黢亦望不到尽头的浓郁的夜色。她目光微动，神色也跟着复杂起来：“职业运动员最难抉择的时刻莫过于此，因为哪个抉择都不容易。”

电话那端沉默了几秒，萧与时的声音透过听筒传到她的耳畔：“你是不是想到了自己？”

沈如磐轻轻地“嗯”了一声，又转移了话题：“这些事说给你听也是让你劳神，我自己再想想。对了，你在挪威还好吗？”

“挺好的，明天是颁奖礼。”

此时听筒里突然岔出别的声音，是口音浓郁的挪威语，似乎在和萧与时热情地寒暄。沈如磐愣了一下，等到听不见那些声音才疑惑地问：“萧与时，你在哪儿？”

“在市政厅，出席特别邀请的学术晚宴。”

沈如磐十分错愕。原来他说稍等，是因为要临时离开晚宴，找个安静的地方给她回电话？

“那你赶紧回去吧。”她急急忙忙欲挂电话，他却语带笑意地唤住她：“不急，反正都出来了。”

他待人处事向来成熟稳重，现在却为了她的事改变作风，她不太好意思，但还是顺从地“嗯”了一声。

“我一直想联系你，却总是不得空。”他不疾不徐地说行程，从欧洲暗物质实验室的参观交流，再到今天学术晚宴上和老前辈科学家们的分歧探讨，皆用简单易懂的语言和她讲了一遍。

最后他说：“老前辈们对前沿理论研究成果颇感兴趣，一个问题接着一个问题要我回答，我有种被教授团围着答辩的感觉，实在是头疼。”

“你也会有头疼的时候？”

“当然了，我也是个普通人。”

本是自谦的话，从聪慧绝伦的他嘴里说出会有一种反差感。换了以前，沈如磐自然莞尔一笑。可是现在，她愣怔了一瞬，忽然觉得他说的是真心话。

无论他给旁人的第一印象有多么冷静疏离，他终究是个有血有肉的正常人，需要衣食住行，也需要朋友和爱人，获得情感方面的慰藉。

或许在不远的将来，他会和他喜欢的女人在一起。娶妻生子，夫妻情笃，琴瑟和鸣。

思绪不受控制地想到这里，沈如磐觉得自己的心好像猝不及防泡在了酸水里，苦涩的滋味直往上涌，堵得她难受。

是啊，他是个普通人，她又何尝不是呢？她也有血有肉，也需要朋友的安慰，可偏偏有些事情发展得难以预料。为什么她会在最不自知的时候恰恰对他动了心呢？

不应该。

她不应该违背朋友间来往的原则，对他产生多余的好感。可笑的是，明明知道自己做错了，她却还舍不得扔掉他送的花，这大概说明她是真的喜欢上他了吧？

太难堪了。

难堪得沈如磐都不知该如何淡化处理对他的感情。他有口无心的一句话就能让她的情绪起伏波动，而她还不可以表现出来，还必须言笑晏晏地假装正常。

心里乱糟糟之际，她忽然听到他在电话那头问："如磐，你怎么不说话？是不是分心惦记着明天的比赛？"

她回过神，喉咙发干，勉强"嗯"了一声。

"我不了解运动员，也不知道运动员的极限在哪里，但如果娜塔莎的体能实在难以为继……"

他没有说下去，她也懂。

话题沉重，两个人一时间都未再说话。

她这边是医院，气氛凝固，就连呼吸也几不可闻。而他那边虽然也算安静，但仍能远远地听见市政厅那边的动静，夹杂着谈笑声。

正当静默无言的气氛还将持续下去时，他的声音响起，温和又含蓄："你不要沮丧。无论比赛结果如何，我之前承诺过的……"

"萧与时……"她突然打断他。

这声呼唤截然不同，她的语气生硬地扬起，无形中显出几分低落的难过，仿佛接下来要坦言什么又强行收住。

"怎么了？"他问。

真心话如何能说？告诉他不要体贴备至，因为她就是这样不知不觉陷入其中的？

任何一个女人都不会这么回答。沈如磐也不会，她只能苦笑，换一种职业运动员的说辞骗过电话那头聪明绝顶的男人："谢谢你的好意，但如果事事都找你解决，我这个挂名教练也太无能了，一点应变能力都没有。"

没等他说话，她又说："好了，你回到晚宴上去吧。我集中精力想想比赛对策，有空再聊。"

语罢，她毫不拖泥带水地结束了通话。

终于恢复成一个人的状态，沈如磐疲惫地用手揉了揉眉心。再看一眼时间，二十二点，离自由滑总决赛只有十六个小时了。

她无暇分心了。

沈如磐的比赛经验丰富，知道有种方法，就是临时改变节目编排，减少一些消耗体力的高难度动作，最后一搏。

她赶紧跑进病房找到记事本，又调出便携摄像机里娜塔莎日常训练的视频。她来回反复观看，一边绞尽脑汁地想调整策略，一边化成文字记下来。

时间分秒逝去，她所做的一切都是在和时间赛跑。

而另一边的萧与时，本来也该回到学术晚宴上去，不过他依旧停留在刚才的电话交谈中，难以抽离。

他知道沈如磐好胜心强，遇到人力不可抗拒的特殊情况时，难免会受到打击情绪低迷。

然而她又不只是低迷，像是在强撑。

她在强撑什么？他不确定。单单想到她突然打断他说话时的声音，他莫名有种直觉，她似乎有种说不出缘由的难过。

是比赛重压之下的脆弱吗？或许是的，“刚者易折”用来形容她再适合不过了。

萧与时不自觉地拧了拧眉心。恰巧手机铃声响起，他接听，穆勒教授的声音传过来：“Karl 你人呢？刚刚最高物理学奖得主和我交谈，表示对你极其欣赏。你应该知道最高物理学奖的评选机制吧？一向只能靠历史得奖者进行内部推荐，所以你快点回来，这是内部交流继而得到推荐的大好机会。”

萧与时张了张嘴，欲言又止。

思绪百转千回之后，他浅浅地叹了口气：“抱歉，我现在恐怕要回柏林一趟。”

“什么？！”电话那头传来穆勒教授震惊的声音，“请不要开玩笑！明天还要颁奖，你还得进行颁奖发言。”

“抱歉，事出突然，我不得不回去。稍后我会亲自向颁奖主办方表达歉意的。”

穆勒还想劝阻，萧与时收线结束了通话。

他看了一眼时间，末班飞机已经赶不到了，他只能坐欧洲铁路夜间火车回去。

火车……萧与时一想到这里，再度轻轻叹了口气。挪威和德国交界，距离并不遥远，可火车时速太慢，他只怕赶不及回到她身边。

凌晨四点的时候，沈如磐总算写完了节目编排的调整策略。

看看墙上的钟，离决赛仅剩十个小时。她连忙收拾好东西搭电梯下楼，出了医院就直接冲到马路上。

外面下起了小雨。

所幸春末夏初的夜晚也不算太冷，她缩在出租车停靠点标识牌下，不太方便地通过电话叫车。也不知是不是人倒霉，运气也跟着变差了，专线电话总是无人接听。

雨淅淅沥沥地打在标识牌上发出清脆的响声，她寻思着是否回医院拿伞，偏巧浓郁的夜色里传来汽车的声音。

车灯投来，明亮的光线刺得她双眼不适。她不得不抬手挡了一下，而后便瞧见一辆出租车由远及近驶来。

她挥手示意，出租车司机却像没看见她似的，从她面前飞驰而过。

眼看着要失望了，出租车又奇迹般地刹停，掉转车头朝她开了回来。

这一瞬间，雨夜街景好像变成了慢放的画面。她看见车窗缓缓降下，露出一张年轻的脸，鼻挺唇薄，眉目清俊，而那双与她对视的黑眸里目光平静，没有多余的波澜。

那是沈如磬最熟悉的萧与时的样子。

记得和他分开的时候是细雨绵绵，现在和他再相见又是细雨绵绵。如果不是因为不久前聊过一通短暂的电话，她几乎都要产生错觉，就仿佛他从未离开柏林。

沈如磬震惊了，急急忙忙跑到车边，低头问车里的人："你怎么会在这里？你是刚回来吗？你怎么回来的？颁奖礼呢？晚宴呢？都不用参加了吗？"

她跑得太快，一连串的问题脱口而出，气息不稳，声音颤抖。加上细雨浸润了她的额发，她的一双眼睛里水雾氤氲，眼睛下淡淡的乌青也让她看起来多了几分疲惫和柔弱。

没见到她的时候，萧与时想过是否找个欲盖弥彰的理由。现在见到她，一种难以言表的情绪从胸口化开，他回答："你说你无能，我不放心，所以回来看看。"

沈如磬已经记不清在电话里具体说过什么，呆愣了数秒，反应过来后自责极了："我只是随口一说，不是埋怨你，也不是埋怨我自己。你不要多想。我……我……"她懊恼万分，想弥补些什么，可偏偏词穷。

"深更半夜你要去哪儿？"萧与时见她行色匆匆，打岔问了一句。

沈如磬顿住，这才想起正经事："我重新调整了自由滑比赛的动作编排，想找个音乐工作室重新剪辑配乐。”

“现在是凌晨四点，音乐工作室通常要早上才开门。”

“我知道，我只能循着手机地图找一找看有没有通宵营业的工作室。如果等到早上才剪辑音乐，只怕就来不及了。”

萧与时思忖一番，侧了侧头：“上车，我带你去个地方。”

萧与时所指的地方，是著名的古典交响乐团，柏林爱乐乐团的驻地。

萧与时的二弟萧沂是柏林爱乐乐团首屈一指的钢琴家、剧作家，有了这层关系在，柏林爱乐乐团内部全时段开放的音乐剪辑室自然能借萧与时一用。

萧与时和负责人打好招呼，转头对沈如磐说：“进去吧，我在这里等你。”

音乐室设备高端，乐库资源丰富，整个剪辑过程比沈如磐预想的要顺利。一个小时后她出来找萧与时，见到他正在通话。

临时回来打乱了所有计划，电话迟迟结束不了。她悄悄收住脚步，避免打扰到他。

萧与时的余光瞥到她，对电话那边的人说了声“再见”，转头问她：“音乐剪好了？”

“嗯。”

“现在回医院吗？”

“不，得去训练馆。”

清晨五点的训练馆里空荡荡的，冰上寒气逼人，难怪娜塔莎会生病。

沈如磐从小就怕冷，现在也如此。她搓了搓双手把手机交给萧与时，又交代他待会儿帮忙播放音乐和录制视频，接着就哆哆嗦嗦地围着场地跑步热身。

萧与时仔细调节手机摄像头的焦距，确定能把运动状态中的人拍得更清晰，方才抬头寻她。此时她已经热完身跑到衣架那边，一边抓过训练服，一边脱掉自己的衣物。

她本就穿得单薄，脱掉外衣后仅剩内衣。白皙的胸口，紧窄有力的腰线，以及那一大片光滑细腻的肌肤上的薄汗，通通一览无余。

萧与时一下走神了。

他反应过来想要移开目光，凑巧她正转过身，背部正中的脊梁骨和两侧肌肤形成的背沟随即映入他的眼帘。

她是属于身材修长有型的女生，背影窈窕，偏偏如此好看的背上留下了多次手术后的伤痕。

萧与时情不自禁地凝视她，许久才收回视线。

沈如磐穿好训练服，一边坐着绑鞋带，一边对萧与时说："我之前为了确保娜塔莎赢过南茜，特地把自由滑动作的难度级别定得很高。现在因为情况特殊，我只能把难度稍稍降回去，又再进行了一系列的调整，希望能扬长避短，不枉娜塔莎一搏。"

她穿好冰鞋站起来跳了跳，确定松紧合适，然后说："配乐和动作全都改过了，我打算示范一遍给娜塔莎看。四分钟的自由滑对现在的我来讲，运动强度说大不大、说小不小，但不管发生什么，你都不要停止录像。"

交代完这些，她便对萧与时比了个"开始"的手势，然后上冰滑到冰场的中央位置。

她已经不是十六七岁的少女了，气质和娜塔莎截然不同，低眉敛目地做开场动作时，坚强隐忍的气质全在英气的眉眼间。

音乐随之响起，萧与时听到前奏，顿感惊讶。

这是歌剧《少年维特之烦恼》中最具代表性的咏叹调，名为《春风何必唤醒我》。因为使用了大量半音、和弦、调性转换，富有张力地体现了主人公维特求爱不得的短暂一生。

不久前，沈如磐说要大改音乐的时候，娜塔莎曾提出过小小的质疑："我没有恋爱经验，可能跳不了这么悲惨的曲子。"

沈如磐却道："无妨。你把对胜利求而不得的心情投入进去，效果也是一样的。"

眼下咏叹调在空荡的体育馆里响起，参赛的心境和乐曲的意境依然维持一致，只是技术动作进行了大的调整。

比如咏叹调第一段细腻抒情，那是少年维特对爱人至爱无声的倾诉。沈如磐用了很多流畅的步法，诸如内勾、外勾、变刃，保住基本完成分。

等到咏叹调急转直下进入苦闷的部分，为了渲染"春风何必唤醒我，让我感受即将到来的暴风骤雨一般的折磨"这一主旨，沈如磐大量地使用交叉步、捻转步，以及各种疾停表演步，既表现出少年维特苦恋不得的痛苦，也逐渐拉高难度分。

到这里，时间刚过去一分半钟，对沈如磐这样一个经历了无数次手术、放疗、放疗后静养、几乎要废掉功底的运动员来讲，她的体能迅速下降，呼吸急促，眼看就难以为继。

然而此时才是关键期，也是沈如磬亲自示范的目的所在：她在用自己的身体替病中的娜塔莎探索后半程能否一搏。

萧与时何其敏锐，立刻开口："沈如磬，停下来！"

是该停下的。可花样滑冰不仅仅是能力的竞技，也是意志的竞技。沈如磬已经把满涨的情绪投入了进去，她很难抽离，只能继续。

两分钟，咏叹调插入暗潮汹涌的定音鼓，她用一串复杂精妙的难度步衔接足够高远的组合跳跃。

三分钟……

四分钟……

连续的、巧妙的、惊奇难料的动作目不暇接，搭配咏叹调纠结撕裂的情绪，沈如磬仿佛不是在为娜塔莎做示范，而是把她自己想回归赛场却又不能的苦涩心情悄然融入曲目中。

求而不得，弃又不能，是每个人都会遇到的烦恼。

萧与时看着她，心中充斥着复杂的情绪，几度欲言又止。

此情此景，是他最担心的强撑。然而不强撑的沈如磬又不是沈如磬。

她的身姿翩若惊鸿，婉若游龙；她的气质荣曜秋菊，华茂春松。如果说命运像海崖边喷溅的浪潮，霎时吞没磐石，那么待到风平浪静，磐石自有星月照影，涟光晶莹。

萧与时的目光闪动，定定地凝视着她。而她浑然不觉，直到完成全部动作才停下来跪在冰上，大口急喘，面色通红。

两个人离开训练馆的时候，天已经大亮，离决赛只剩八小时。

赶往医院的一路上，沈如磬因为一夜未眠和一场疾风骤雨式的花样滑冰，头昏昏沉沉的，靠坐在出租车的后排座椅上。她倒也不是困，就是心跳太快，不怎么舒服。

萧与时脱下西服外套盖在她的身上。她想推辞，他轻描淡写亦是不容置喙地开口："你闭上眼睛休息，到了医院我再叫醒你。"

她"嗯"了一声，合上眼帘，也不动，整个人安静极了。

然而她瘦而尖的脸上流露出深深的疲惫，脸色也过于苍白。萧与时忽然有些不忍，明明知道应该不会发生什么，但他还是忍不住伸出手，轻轻抚上她的额头。

肌肤相贴的那一刻，他的手指偏凉，她的体表温度正常，他总算放了心。

正当他撤回手，视线不经意地在她脸上流连之际，他注意到她的眼睫毛颤了颤，似乎是想睁开一条细缝瞅瞅他，却又胆怯，老老实实地闭上眼。

他不解，转而思索几秒，薄唇随即上扬，温柔一笑。

她闭着眼睛看不见，自然不知道他在展颜。

她只是手指动了动，不太好意思地攥住身上散发着淡淡花香味的男性西服的一角，揪了一会儿，又偷偷放开。

她不敢看他。

只因多看他一眼，她心中的惭愧和懊恼就要溢满流出。而她对他的感谢和感激也就更加深刻一分，也情不自禁更喜欢他一分。

如此温暖的男人，她究竟要有多么坚忍的意志才能够不对他动感情？

回到医院的时候，萧与时又接到了电话。他临时回来仍有许多后续事情要处理，只好一边接电话，一边用眼神示意沈如磐先上去。

娜塔莎此时已经恢复了清醒，外呼吸功能障碍的病情得到了控制，但还是有点低热，体力也只勉强恢复了五六成。

随着比赛时间临近，辅助教练团的人也陆续到达医院。沈如磐索性把他们都叫到病房里，和娜塔莎一起开个短会。

沈如磐长话短说把视频放给大家看，果不其然，有好几个教练提出异议：眼下时间紧迫，娜塔莎没有多余的体力和精力再上冰练习，只能强行记忆调整后的技术动作，万一记错或是跳错，也是枉费工夫。

沈如磐没有反驳什么，只是留意到娜塔莎全程情绪低落。等到会议结束，她悄悄问娜塔莎：“你是不是有些紧张？”

少女垂着头，从嗓子里“嗯”了一声。

“当我还很年轻时，也像你现在这样，明明平时训练得很好，一到正式比赛，不是生病、受伤就是摔了、跌了，各种状况层出不穷。有时我也会躲在被子里哭，问自己是不是这辈子都和金牌无缘？”

沈如磐平静地将自己的经历陈述出来，真实又突然。娜塔莎愣了愣，抬头看她。

“不过无论发生什么状况，我都从未想过退缩。竞技体育追求更高更快更强，只要有一线赢的希望，我就绝不低头。哪怕最后真的输了，至少我挑战了自己，虽败犹荣。”

娜塔莎懂得沈如磐的良苦用心，语气酸涩起来：“维特教练，我不是怕输。我是怕记不住你临时改编的动作，万一……”

“万一记不住，你还可以自由发挥。你要记得自己是单人滑选手，单人滑项目比赛很灵活的一点，便是选手在记错了规定动作，又或者是做规定动作失败之后，可以随机应变，根据评分规则进行相应动作的调整。”

这其实是沈如磐的个人经验。她从单人滑转为双人滑时，发现双人滑讲究配合默契，一个人错就是两个人错，难以弥补；可单人滑错了却能临时找补，例如把三周跳改为两周跳。

娜塔莎经过点拨明白了，可她终究太年轻，仍有些不自信："维特教练，你有没有想过，我不是你，万一我不能像你……”

“你不是我，怎知不会强过我？”

一席鼓励如此真诚，娜塔莎怎么可能再说出怯弱的话？她无言了一会儿，眼眶一热，眼泪“唰”地夺眶而出。

少女的眼泪总是能让人回忆起青春往事。沈如磐叹了口气，替她拭去泪水：“别哭，哭伤心了就更没体力比赛了。”

要战斗的时候，眼泪都得攒着，化为勇往直前的力量。

娜塔莎懂事地用手擦去脸上的泪水：“维特教练，麻烦你抓紧时间给我讲讲技术动作调整后的要点。”

待讲完要点，娜塔莎也该去赛馆做准备了，沈如磐这才有空想起萧与时。

她赶紧去住院部楼下找人，可楼下哪里还有他的影子。她掏出手机，刚好瞧见他在很久之前发来的一条短信："看见你在开会，我回庄园一趟。你忙完了给我打电话。”

她随即回拨，电话一接通她就急忙开口：“萧与时，你那边怎么样？”

听筒那端先是传来传真机的声音，而后便是他的嗓音，低淡，正常，和之前无异：“还好。我在给穆勒教授传些资料，由他替我做今晚的得奖发言。”

她稍稍放下心，转念一想又担心起来：“你回来了，穆勒教授是不是不高兴？”

“没有。”

怎么可能没有？颁奖主办方肯定怫然不悦。沈如磐立刻道歉：“对不起。我不是故意让你担心害你回来的，真的对不起。”

“你已经说过很多次对不起了。”

“那……我该怎样弥补你呢？”

"不用弥补。"

"不行，不弥补我于心不安。"

"真的不用。你抓紧时间休息一会儿，我再传些资料就过去接你。"

他听起来有点忙，她也不敢再叨扰，挂断电话后依言去病房里的沙发上躺一会儿。可她怎么都睡不着，脑子里乱乱的，不是想到比赛，就是想到萧与时回来的那一幕。

末了，见时间差不多了，她起身去洗手间洗脸，发现自己长时间没好好休息，眼睛下面的乌青更明显了。

她决定给自己化点淡妆遮瑕。

简单的粉底和亮色唇釉瞬间提升气色，从前额中央到脸颊骨两侧补一点腮红，登时容光焕发，烂若桃李。这个样子很容易让人想起一句话：女为悦己者容。

沈如磬静静地看着镜中的自己，只一秒工夫，她又打开水龙头全部洗掉，然后戴上鸭舌帽遮住脸。

沈如磬和萧与时稍后抵达体育馆，比赛已经开始了。

南茜这次是率先出场。

她的个人风格柔软又明丽，一袭亮粉渐变裙，裙摆飞扬起来就像云朵，轻盈娇俏，夺人眼目，尚未开始竞技，便恰好到处地展现了配乐《云中漫步》的意境。

浪漫的音乐响起，她一开场的后外节环三周跳完成得相当好，随后的单跳、组合跳也稳定出色，技术分一下子跃至前列。此外她的柔韧性好，肢体动作充满张力变化，艺术完成分也够高。如果不是后半程她体力下降，就如萧与时预料的那样，再也没能完成七次以上的跳跃，她的总分只怕会更高。

沈如磬虽然早有心理准备，可见到这一幕，神色仍不免凝重。

萧与时想安慰她几句，她却摆了摆手，示意他什么都不要说，免得聪明人把话说得太动听，反而达成了反效果。

南茜的首登场和高分数对后面的选手产生了心理上的压力。自由滑时间有四分多钟，选手们拼的就是技术难度和动作编排的精彩程度，而此两点全建立在稳定的心态上。一旦选手犯错心态崩塌，然后连着出错，就铁定出局了。

不过总有选手心理素质强，分数咬得紧，牢牢占据前三名。这对最后登场的娜塔莎也造成了强大的压力。

不管怎样，娜塔莎还是上场了。

她一上场，观众席就自发地响起掌声。

原来为了配合咏叹调《春风何必唤我》，娜塔莎的妆容做了精致的调整。发髻是巴洛克花式古典风情盘发，搭配上自然魅惑的红唇妆，既掩饰了病颜，又撑起精神面貌，烘托出一个渴望爱情的女版“维特”形象。

她的裙子以正红为底、金色烫钻点缀，精致华丽又显出霸气。当她转身向观众席致礼，背部大镂空，闪闪发亮的系带就像一簇簇跳动的美艳又容易自我灼伤的火焰，完全符合将要表达的悲剧主题。

娜塔莎摆好开场动作，咏叹调随之响起。

从细腻委婉的低诉到苦恋不得的痛苦，两分钟时间里，娜塔莎重现了沈如磬的示范动作，内勾、外勾、交叉步、捻转步……让人目不暇接，完成得毫无瑕疵。哪怕是接下来难度更高的复杂步和组合跳跃，她也依然发挥稳定。

基本分和难度分都保住了！沈如磬长长地舒了一口气。

说起来，娜塔莎有同场选手无法企及的两大优点，步法和跳跃。难度级别之高，完成质量之强，便是沈如磬为她做速度素质训练的原因。

时间进入第三分钟，暗潮汹涌的定音鼓、悲剧一触即发的弦乐氛围预示着少年维特产生吞枪自尽的念头。只要娜塔莎再完成一组三周加三周的跳跃，她的技术难度分就可以和南茜持平了。

可偏偏她的体能状态现在开始不稳。

她的第一跳出现犹豫，空中转体迟滞，仓促情况下再做第二跳，她落地不稳伸手扶冰，技术分一下就被南茜给压了下去。

糟糕！沈如磬在心里暗暗惋惜。选手通常都在后半程体力下降，分数就很难再追上去。

果不其然，娜塔莎的状态更差了。可能是呼吸不畅，也可能是低烧导致不舒服，她的身体明显可见颤抖，好几处意在挽回艺术分的舞蹈步，都完成得普普通通。

此时音乐一转，悲怆的咏叹调变成鸟语花香的空灵旋律。这便是沈如磬临时剪辑加入的片段，意在渲染维特吞枪自尽前产生了幻想：他和心爱的女人在一起。

然而对娜塔莎来说，这也是沈如磬的良苦用心，用简单的滑行来节省体力。

时间眼看着要进入第四分钟，后面也再没多少难度动作，沈如磬追视着冰上的娜塔莎，心中生出许多感慨。

只能这样了吗？大概只能这样了吧。

求而不得是每个人都会遇到的烦恼，如果能够轻易解决，便不会从亘古延续至今。

沈如磐的心里难受起来。她不甘心，手拢到嘴边用德语大喊了一声：“娜塔莎！”

沈如磐站在场边区域，离冰面中央有段距离，呼唤未必清晰可闻。然而冥冥之中就像有师徒间的默契，她觉得娜塔莎结束滑行将要衔接下一组动作时，忽然有点不一样了。

此时音乐再次变得激烈。那是少年维特结束幻想，重回令人心碎的现实。娜塔莎的步法也相应地发生变化，复杂多变，亦是为赴死的悲情结局蓄势。而她接下来的一组菲利普三周跳、后外点冰三周跳、萨霍夫三周加后外点冰两周加后外结环两周的连跳，更是让观众区发出惊喜的掌声。

按照现行评分规则，比赛后半程出现连续两次跳跃将能得到一点一倍系数加分。如此一来，娜塔莎的技术难度分势必追上南茜。但表演远没有结束。

刀齿小跑、交叉步、转三步、反向大一字步，娜塔莎展现出难以置信的体能爆发力，不断地在冰上转向滑行，覆冰面积几乎达到全场。

她通过高难度跳接进入燕式旋转，再接变刃燕式旋转、换足蹲转、继续蹲转、直立转，整个过程使用的旋转组合之多，如潮水般涌来，让人目不暇接。

全场观众都被惊艳到了，不约而同地站起来为娜塔莎鼓掌。

沈如磐也被振奋了，对着场上遥喊打气——这些复杂又极具观赏性的动作其实是沈如磐要求娜塔莎提高“速度素质”的重要原因。唯有挑战体能极限，才有希望在比赛的最后时刻，凭借足够的耐力爆发出如此多的旋转组合！

定音鼓渐来越强，大提琴狂乱地吟唱，中提琴悲怆地和调，弦乐组成的旋律在冰场上空盘旋回响。此时娜塔莎大口喘气，身体已达极限。但她绷住最后一口气，双臂抱己作为全套表演的结束动作，一气呵成渲染出少年维特死亡的痛苦。

全场掌声雷动！

音乐是悲剧，娜塔莎却成功了，她成功地在最后一分钟拉回了全部得分。

两天的分数合并——她当之无愧是第一名！

整个辅助教练团兴奋不已，纷纷拥抱庆祝。

沈如磐也非常激动，转头拽了拽萧与时的胳膊，一双眼里绽放出光彩："你看见了吗？我们做到了！我们赢了！"

这一刹那，萧与时的脑子里有很多画面走马灯似的闪过。他看到了初出茅庐的沈如磐，也看到了崩溃落泪的沈如磐，所有的沈如磐都不属于他，但现在这个欣喜若狂、眼睛里闪耀着星星的沈如磐和他是"一体"的。

那么遥远的人，居然就在他的身边，张开双臂对着他欢呼。

在这种气氛的感染下，萧与时的心中有一种说不出的情绪在流淌，他好像明白了沈如磐父亲说过的某句话的意义——

"你微笑，对我默默无言。可我觉得，我为此情此景，等待了许久许久。"

萧与时的心中顿生感慨，他伸手轻轻地摸了摸沈如磐的脸颊，又拍了拍她的头："嗯，我们赢了。"

娜塔莎高兴地下场，和团队成员拥抱庆祝。当她看见萧与时时愣了一秒，下意识地扫了一眼沈如磐，仿佛心知肚明什么，冲着沈如磐一笑。

沈如磐不是不想解释，只是碍于场合只能作罢。

体育记者围上来采访，娜塔莎还处在夺冠的兴奋中，情绪激动地说："我要感谢我的教练，没有她的指导我根本就不可能赢得比赛。她的名字叫维特……呃……"

娜塔莎突然想起来，她并不知道沈如磐的姓氏。

恰是在这个不上不下的当口，一旁的萧与时开口道："不是维特，是沈如磐。"他出人意料地摘掉了沈如磐的帽子，对着镜头介绍，"沈如磐是来自中国的花样滑冰世界冠军。"

全场沸腾了。

体育记者很快反应过来，举着话筒凑近，接二连三地抛出问题——

"你就是双人滑前世界冠军沈如磐？"

"中国花样滑冰队发表声明说你退役了，你还打算回到赛场上吗？"

"你为什么有兴趣指导一个默默无闻的选手？这是否是你的转型之路？"

问题太多，沈如磐一时答不上来。

所有的聚光灯全对着她，场面是那么熟悉，像极了当年她夺得世界冠军接受赛后访问的情景。全场都沸腾了，好像是因为胜利，又好像是因为别的原因。

沈如磬的耳朵里一阵嗡鸣，脑子里有一瞬间的空白。她觉得自己似乎从未退役，却又分明是二度归来。

当她偏过头，目光正对上萧与时，视野里那双黑眸里的目光沉静又平定，她空白的思绪便接了上来。

于是她正视话筒，对着记者和黑压压的摄像机，心中产生沉沉的勇气，长久以来第一次在低潮中向外界坦诚自己的身份。

“对，我就是沈如磬。”

我从未离去。

我仍在这里。

Chapter9

喜不喜欢

稍后毫无疑问是庆功宴。

德国人爱喝啤酒，肯定要在最热闹非凡的啤酒馆包场。德国人吃起肉来又特别认真，五花八门的熏肉、烤肠佐以琳琅满目的白啤、黑啤，科什啤，酒食丰盛。至于冠军娜塔莎，本该回去休息的，但夺冠后的幸福感战胜了身体的不适，她坚持要和团队成员一起庆祝。这一庆祝，德国人激动自豪的性格就展露了出来，大家跳舞、斗舞，浑然忘我，气氛嗨到爆。

沈如磐差点也被大家拖下水，但她的身体不行，舞不能跳，敬她的酒水也不能喝，于是团队的人便转去围攻萧与时。萧与时倒也大方，对敬酒一概不拒。

他的酒量稳，几乎不上脸，只是体温上来了，吐纳间滚烫的气息扑落在她的脸颊。沈如磐有点急，出言护了几句。众人还未说什么，他闻言一笑，抬手放在她的头顶，轻轻地揉了两下："放心，我没事。"

他在公共场合对她做出这样的举动，自然引得大家一阵愉快的口哨声，仿佛知道她心疼他似的。沈如磐有些无奈，也就不好意思再说些什么。

散场时已经有点晚了。

和来时一样，沈如磐坐萧与时的车回去。只是啤酒馆地处最繁华的柏林大道深处，两个人要走一段路方可回到停车点。

春末夏至的夜晚，不再是充斥着紧张感和忙忙碌碌的白天。晚风习习，酒的醇香和炭烤牛排的焦香不时地从其他啤酒馆飘散出来，欢声笑语夹杂其中。沈如磐感受着难得的轻松，转头对萧与时道："谢谢。"

"嗯？"

"谢谢你一直以来的帮助。如果没有你，肯定不会有今日的娜塔莎，也不会有今日的我。"

她的态度极其真挚，所说的话分量很重。萧与时只是不疾不徐地说了一声“言重”。

“不过，你不用拆穿我的身份的。”沈如磐有些不好意思，“费恩医生看到体育新闻肯定会吓一跳，说不定还会生气地质问我不注意休息是不是不打算痊愈了？”

她描述得挺真实，萧与时勾了勾唇：“有可能。”

大抵是喝了酒的缘故，他完全没有平日的距离感，目光如水，嘴角上扬，俊逸的面上绽出令人目眩的温柔，沈如磐的心神为此恍惚了一瞬。

她不敢多想，转移视线，半是没话找话闲聊，半是认真地探讨：“万一费恩医生从此不准我外出怎么办？”

“嗯？”不是应该从此好好静养吗？

“我查过德国今年的花样滑冰赛事安排，后面还有锦标赛、大奖赛等一系列比赛，我还想继续指导娜塔莎……”

“沈小姐，这么多赛事排下来，你不注意休息，是不是真的不打算痊愈了？”

一声“沈小姐”，夹杂着淡淡的好笑和拿她没办法。沈如磐顿时窘了，改口道：“别当真，我说说而已。”

若无其事地往前走了一会儿，她似乎想到什么，犹豫地转过身面向他：“穆勒教授替你做的获奖发言还顺利吗？”

这个时间点，颁奖仪式早已经结束了。萧与时回答：“挺顺利的。”

虽然她道歉多次，他也多次表示没关系，她心里依然过意不去，总想弥补一下。但是她要如何弥补呢？

请吃饭？不好，庆功宴的账单都是他轻描淡写地结的。送他一枚她的金牌？也不好，他又不是体育人士。更别提他人帅多金，万事不愁，什么都不缺了。沈如磐烦恼地叹了口气，总不能把他给供起来吧。

无欲无求，又有求必应，不上香火上什么？

她陷入苦思，完全没意识到前方路面有醉汉留下的呕吐物和碎啤酒瓶渣。哪怕萧与时眼明手快地拉住她，她收步也不及时，右脚还是生生地踩了上去。

这下可好，她穿的是运动范的小白鞋，鞋被毁了，不能要了。

沈如磐只得无比麻烦地先找个地方把鞋脱掉，正当她在犹豫是不是光脚走路，萧与时却毫不含糊地直接把她给抱了起来。

她惊讶地张了张嘴，他云淡风轻地开口："将就一下，回去就好。"

从现在的地方到泊车点有数百米，沈如磐忙道："我通知司机把车开过来？"

她没有司机的电话，萧与时才有。可他抱着她不得空，于是她又问他手机放在哪儿，接着便去摸他的外衣衣袋。

找了很久都没有找到，他想了想说："大概是在上侧的口袋里。"

上侧在胸口，她的手按上去，能清楚地感受到他的身体微微一抖，这才发现了自己动作的冒失。

他抱着她，她不老老实实缩在他的怀里，反而伸手上下翻找……她被自己惊着了，作势要缩回手，头顶上方却传来他的声音："是这里。"

他的声音平静、镇定，仿佛并不排斥她的触碰。

沈如磐默了默，最终依言拿出手机。

她拨打电话告知了司机现在的位置，却得知前方路口太堵，车无法开过来，最好走过去。她转述司机的话，仰头看着萧与时，萧与时点点头："知道了。"

他稳稳地抱着她前行。

柏林大道是最繁华的街道，啤酒馆林立，居民和游客都会来这里休闲放松。年轻的西方情侣尤其多，一对对搭肩揽背，眉语目笑，甚至隐藏在树影的角落里耳鬓厮磨、缠绵亲吻。

沈如磐看看他们，再悄悄瞅一眼抱着自己的男人。从他打乱行程回到柏林，再到方才替她喝酒，她已经占据了他太多温柔。

脑海里百感交集，她嗫嚅着唇，细声细气说："萧与时，你放我下来吧。"

他不明所以地看她一眼。

"我挺重的。"

"不重。"

"可是这样不好，会引起误会的。"

大家都是成年人，他又那么聪明，岂会听不懂她话里的意思。他沉默了一两秒，轻轻"嗯"了一声以示回应，可是依然没有把她放下来。

直到他静静地抱着她走出一段路，他才开口问她："如磐，你说还想继续指导娜塔莎，是真的吗？"

她不是个遮掩的人，既然他问了，她便老实地"嗯"了一声。

"那就去吧。静养也不等于关在病房里什么都不做，我会替你向费恩医生说情的。教练团队也不要解散，继续以你为核心主导。如果不远的将来你身体痊愈回到中国，团队也可以带过去，接着为你服务。”

听着他倾力支持的话语，不知道为什么，沈如磐的脑子里突然生出一些不该有的念头。可是她尚未弄清这些念头，他又平静地开了口。

“第一次见面你告诉我，每个人都有必须要走的路，而你想走的路，是豁出去东山再起。我一直不确定东山再起的意义，总以为是重回巅峰。今天我才体会到，东山再起也可以是一场比赛接一场比赛地熬、一点分数接一点分数地追，不改初心，砥砺前行。”

他顿了一下，垂眸凝视她，清澈的眸子里闪动着柔情：“我想陪着你，让你在这条路上尽量走得容易一些，不要太辛苦。”

沈如磐愣了两秒，本能地怀疑自己是不是会错意了：“萧与时，你说什么？”

“我说，我想陪着你。”

这回绝对没有听错。沈如磐震惊了，亦是不由分说地从他的怀里挣脱下来。

看着他俊朗好看的面容，她心里涌上难言的滋味，说话也不由自主地流露出委屈：“萧与时，你已经有喜欢的人了，怎么可以对我说……”

“我喜欢的人是你。”

沈如磐原本要说的话一下子卡住，认知也跟着被颠覆。

她患得患失这么久，从来没有想过萧与时喜欢的人会是自己。怎么可能呢？那个年轻漂亮又有才华的女生，那个得到他的倾慕却又对他若即若离的人——是她吗？！

“怎么可能，你……我……我们……”脑子里一团乱，她的脸也腾地红了，难以置信地喃喃反问，“怎么可能呢，你喜欢我？”

萧与时没有重复，目光静静地凝视她：“如磐，难道你感觉不到吗？”他以为自己这次突然回来，她即使再迟钝也应该能感觉到。

她差点张口否认，但话到嘴边，仔细想想近来发生的事，好像也是有迹可循的。

那个把厨子、司机一锅端全借给她的他，在裁判不公的时刻替她解围的他，以及放弃重要的奖章从国外赶回来陪伴她的他……

这一切的种种，仿佛都证明了他的确很喜欢她。

那他为什么说喜欢另一个人呢？难道是想探知自己对他有没有感情？

事情的发展超出预期，沈如磐的脸红得更厉害了。她难为情地咬住嘴唇，什么话都说不出来。

她不知道自己是一个不太露怯的人，此刻白皙的脸上透着一层薄薄的绯红，睫毛颤动、垂着眼帘不敢看人的样子，会让任何一个喜欢她的男人的心都跟着柔软起来。

萧与时的视线在她的唇上流连，见那两片唇羞羞怯怯地咬着，沾着水润的光泽，犹如花儿娇嫩欲滴待人采撷。他目光一软，情难自禁地伸手抚上她的下巴，轻轻一抬，使得她抬头和他对望。

他开口，声音含蓄，夹杂着温润的质感："如果感觉不到，现在再重新体会一下，好吗？"

他说完低下头，嘴唇凑过来。

她一惊，本能地想往后退。

但身后是他搂着她的手臂，身前是他的胸膛，下巴又被他稳稳地抬着，她连回避的空间都没有，只能头脑空白加被动地承受着这个不期而至的吻。

没有浪漫的告白。

没有多余的陈述。

世界只剩下他和她的存在。

知道为什么亲吻的时候要闭着双眼吗？

因为他们彼此都太闪耀。

沈如磐承受亲吻时，脑海里想的是这首格言诗。

她不知道格言诗的真伪，也不知道所述内容究竟对不对。但在这一瞬间，萧与时周身散发的魅力就像夜空中闪耀的星辰。她无法直视他的面容，于是只得无所适从地闭上眼睛。

第一印象那么高冷的男人，嘴唇竟然暖如细腻丝滑的牛奶，柔柔地含着她的唇。原以为他只是浅尝辄止轻轻吻一下就会离开，但他的吻就像杏花春雨，延绵柔和，温柔的气息久久不散。

是一会儿还是许久？时间的度量已经分不清楚。

从昨天到今夜，发生的种种犹如一个连着一个的梦。她的低落、悲伤、惊讶、振奋、快乐，层层累积起来，都不及现在被他搂入怀中亲吻时的头脑空白。她也怀疑自己是否置身于另一个梦中，但唇瓣间还有着他吻过的热度和湿润，这些都是毋庸置疑的真实。

不久前他在庆功宴上替她挡酒，她那时不知酒的滋味，现在醇醇的酒香伴随着吮吸、辗转、厮磨等等细小的动作清晰地传来，她的身体不由自主地热了，对于外界的感知也渐渐封闭起来。她忘了身份、忘了地点、忘了人来人往的喧闹，只记得耳畔回响着珍贵难得的一句话——

“我喜欢的人是你。”

良久，温热的唇瓣缓缓离开她的唇，他低垂着头，目光柔软地凝视着她。

她有些腿软站不住，脑袋抵着他的肩膀，呼吸急促。

见她一副被自己所累的样子，萧与时搂住她，让她安全地倚靠在怀里。

“如磐，我对你的感情是认真的。”他不是个话多的人，却在此刻不惜字句将心意表达清楚，“我本以为自己有足够的耐心等待，等到你意识到我和其他人不同，必然就会明白我的心意。但我逐渐发现，感情适合表达，不适合等待。我不想尚未等到你，你就已经奔着你的远大前程离我远去。”

温暖的怀抱，动听的言语，很容易让人沉沦其中。沈如磐平复呼吸，过了好一会儿才有勇气抬起头看向他。

清隽的容颜，俊朗的眉目，无一不散发着让人炫目的美好感。尤其是他的眼睛，目光一向沉静透彻，却在向她倾诉感情的这一刻不再清淡，流动着脉脉温情，犹如春山、暖日和风。

这么卓然出众的男人，似乎只要她点头，他立刻就会属于她。

答应吗？

前路漫漫，她一个人支撑太久身心疲累，有个依靠也是极好的。

可是她怎么能够把自己要承担的人生责任绑到他的身上呢？绑在他身上后，他又会幸福吗？

如果她是现役运动员也就罢了，忍一忍三百六十五天里三百多天的闭关训练，剩下的日子总能和心爱的男人聚一聚。然而她现在连身体健康都没办法保证，万一骨赘复发，检查、化疗、手术随之而来没完没了，她和他难道要在医院里度过每一个约会的日子？

她不想这样。

只是搭档关系，她都没有理由让陆楠一等再等。若是恋人关系，她又如何舍得让萧与时一天天陪着受煎熬？一段关系能够持续的前提，都不应该是要求对方无止境地配合和隐忍啊。

这份感情，好像来得不是时候。

一想到这里，沈如磐心中所有的憧憬都没了，取而代之的，是从未有过的五味杂陈——她犯了个大错。她不该喜欢萧与时，而后又得到他的喜欢。

被他吻过的热度在慢慢消退，被他迷得七荤八素的意志也在逐渐恢复理性。沈如磐压制住内心的百感交集，嘴角颤了颤，尽量镇定地开口："萧与时，能被你喜欢是我的荣幸。可是很抱歉，我对你没有同样深刻的感情。"

她的脸上薄红未消，说出口的话却是拒绝，让萧与时感到十分意外。

她不喜欢他？

然而她刚才并没有讨厌他的触碰……

萧与时反问道："你拒绝我，是因为顾虑自己的身体吗？"

她摇了摇头："不是。确切地说，我一直都把心思放在自己的事情上，病痛、复健、花样滑冰、赛场，从未分心想过感情。我很欣赏你，也喜欢你，但这些欣赏和喜欢仅仅出于朋友的立场，不代表我想要和你发展成恋人的关系。"

她一口气将话全部说完，怕自己稍稍停顿就会露出破绽。

然而她心里是难过的，她垂下头，不忍看他的表情，往后一直退出他的怀抱："刚刚的吻就当没发生过，刚刚的对话也当没发生过，我们冷静一段时间，然后……"

"如磐，你抬头看看我。"萧与时打断她。

她噤声一阵子，抬起头直视他。

他是个得体的男人，被拒绝的过程中没有任何言语的纠缠，反倒是她在絮絮地说个不停。现在她停下来，他也没有再说话，只静静地凝望她。

她却从这一刻没有声音的对视里感受到他目光的闪动，那里面蕴含着没有机会对她说出口的爱，以及他和她未来生活的共同安排。

沈如磐觉得自己更加难过了，喉咙一哽，眼泪几乎要夺眶而出。但越是这个时候，她就越不能摇摆。

于是她急忙开口："萧与时，我不是个脆弱的女人，我不需要陪伴，我想走的路可以自己一个人走。就像现在我光着脚，你出于保护的心态想要保护我，可我其实不想麻烦任何人。因为我自己撑一撑，就总能撑到路的尽头。"

一席话如此倔强，丝毫不留转圜的余地，萧与时沉默了。

她说完转身欲走，萧与时下意识地拉住她。恰好手机铃声响起，是司机到了。

萧与时还想和沈如磐谈谈，于是直接挂断电话，可沈如磐的电话也响了。

那是一个无比熟悉的电话号码，只是因故有一段时间没有保持联络。沈如磐垂眸看着这一串数字，眼睫毛不能自抑地颤了颤，接通了电话。

刚轻轻"喂"了一声，熟悉的嗓音立刻通过扩音器传来，含着明朗的笑意："如磐。"

一声呼唤竟勾起光阴蹉跎之感，沈如磐的嘴唇无声地开合几下，半晌才念出对方的姓名："陆楠。"

萧与时就在她身旁，自然听得一清二楚。

"猜猜我在哪儿？算了别猜了，我在柏林国际机场——惊喜不惊喜？意外不意外？"

电话那端的陆楠说完又笑了，温和爽朗的笑声通过话筒传来，给人的感觉也不再隔着地球另一端那么遥远："如果惊喜又意外的话，就来机场接我吧。"

沈如磐挂断电话，迟疑了一下，转身对萧与时道："陆楠现在在机场，我……"

她想就他和自己的事做个了结，萧与时却看了看表，波澜不惊地说："我送你。"仿佛知道她会拒绝，他又淡然地补上一句，"现在时间太晚了，再说你光着脚，也需要绕路去医院换双鞋才能去见朋友吧。"

他的一席话在理，沈如磐也就不好再推辞。

恰是绕路去医院换鞋耽误了一点时间，车刚到机场，陆楠的电话又打来了。沈如磐一边保持通话，一边左顾右盼，张望陆楠所述的位置。

机场实在是太大，她好不容易看见醒目的三面环绕立体显示屏，微微松了口气，放缓脚步一步一步走过去。

陆楠近在咫尺。

他长得帅，年纪轻轻便成为世界冠军，所以偶尔幽默地自诩有"人物光环"，喜欢戴一副墨镜遮住脸——这个习惯久而久之，沈如磐也被潜移默化了。不过陆楠究竟有没有人物光环，沈如磐不得而知。反正他常常给人一种开朗新潮的感觉，也难怪仅凭外表就可以得到花滑队小姑娘们的喜欢。

眼下除了墨镜，他没有佩戴别的物品，一身帅气低调的白色运动服搭配单肩运动包，个高腿长直直地站在那里，仰着年轻的脸专注地凝视着高清显示屏。

屏幕正在播送柏林本地新闻。新闻刚好播到今日傍晚的花样滑冰挑战赛，穿插赛后采访，访问对象自然是沈如磐。巧上加巧的是，沈如磐又说了那句话——

“对，我就是沈如磬。”

陆楠大概是被惊讶到了，抬手摘掉鼻梁上的墨镜，细看屏幕里的沈如磬。而现实世界里的沈如磬顿了顿，声音糯糯地唤他一声：“陆楠。”

他应声回首，目光和她的对上。

他愣了两三秒，接着眯了眯眼灿烂地一笑。他不笑则已，一笑下巴上的美人沟凹陷出来，登时增添了风华正茂的美好感。

沈如磬也有点心神恍惚，接着加快脚步走到他面前。

“嗨。”她说。

“嗨。”他一模一样地打招呼，嘴角的笑意漫开。

两个人虽然很久没有联络，但一见面熟悉感又回来了。他往她面前跨了一步，不由分说地把她搂入怀中抱了一下，感慨道：“好久不见，我的女伴。”

沈如磬不解地问：“你怎么来了？”按理这个时候他应该在闭关训练，准备即将到来的花样滑冰黄金联赛才对。

“不能来吗？”他笑着反问，“我们太久没见面，你是不是没有数过确切的日子？”

沈如磬张了张嘴，答不上来。陆楠给出答案：“四百六十五天。以前我们分开四天，你都会发消息跟我说‘在家无聊，想早点归队和大家一起训练’。现在你一个人在柏林，只怕更无聊，会很想家。”

也是，那时两个人年少，好不容易适应了高强度的集训，春节放假四天她都不知道要干什么，只能给他发消息吐槽兼问问近况。没想到这种小事过去了这么多年，他竟然还记得。

沈如磬一时间百感交集：“嗯，我很想大家，也想回家。”

“放疗的效果还好吗？”

“说不准，或许也过得去，至少现在能走能跳。”

陆楠无奈地笑了，低低地叹了口气：“如磬，我应该早点过来探望你的。其实我……”后面的话还在嘴边，他的余光瞥见一米开外的萧与时，不由得愣了愣，“这位是？”

沈如磬方才记起身边的人，张口欲介绍，萧与时清淡沉稳的嗓音径自响起，不疾不徐，分辨不出情绪：“Karl Hoffmann Hsiao。陆先生可以称我萧与时。”

陆楠闻言打量萧与时，注意到对方的五官轮廓甚好，就是一双眸子里的目光过于沉静透彻，显得气质偏冷。

陆楠收回目光看向沈如磐，未及发问，沈如磐已飞快地开口："萧教授谦虚了，他是德国顶级华裔物理学家，普朗克奖和欧洲物理学金质奖章的双料得主。"

"不仅如此，萧教授名下的医学物理基金也是我的手术的赞助方，对我给予了很多照顾。刚才萧教授和我在讨论后续的康复计划，听说你在机场，就顺路把我送到了这里。"

一口气说完这些话，沈如磐没有直视萧与时。

但是她也不可能一直不看他，毕竟还要礼貌地介绍陆楠。于是她镇定地看了一眼萧与时，说："萧教授，这位便是我常和你提起的搭档。从少年到成年，在漫长的时间里和我一同携手摘得二十八枚冠军奖牌的伙伴，陆楠。"

气氛莫名地沉默了一瞬。

萧与时淡淡地开口："幸会。"

陆楠也随之说了声"幸会"，并走到萧与时面前与他握手："如磐身体不好，麻烦医院和基金会费心了。如果有什么不好解决的事可以告知我，我算是她的半个家人，能帮忙商量一下。"

"陆先生多虑了，一直以来从无不好解决的事。如果有，那便是我的失职。"

不知道为什么，明明是平常的寒暄，沈如磐却觉得有种说不出的不对劲，适时地打岔："陆楠，你订了酒店吗？"

"订了。"

"走吧，我带你去办入住。"

说完她伸手去拉行李箱，陆楠也几乎同时伸手，两个人的手不经意地触碰，陆楠不适地皱了一下眉。

沈如磐方才注意到他的右手手背拉伤过，瘀青没有完全消散，隐约可见。

她惊讶道："你受伤了？"

"小伤而已，不严重。箱子太沉，我来拎就好。"

"不行不行，还是我来吧。"双人托举、捻转等技术动作都是要靠男伴的手掌和手臂来做力量支撑的。陆楠不好好保护手怎么行？

恰是在这个互不相让的当口，萧与时稳稳地从沈如磐的手中接过行李籍：“两位都是有伤在身的国宝，我来吧。”

他的声音淡然，不轻不重，沈如磐欲言又止地看他一眼，道了声“谢谢”。

回去的时候自然还是坐萧与时的车。

一路上气氛正常，基本都是陆楠在说话，从骨赘到放射治疗的方案再到静养恢复情况，把他之前不能顾及的枝末细节都一一问到。

沈如磐本该亲自回答的，然而这些问题涉及椎间盘假体临床实验，不知怎么的就变成陆楠问话，萧与时代答了。

直到最后，陆楠问了个问题：“如磐，电视采访是怎么一回事？”

如果细谈电视采访，她和萧与时长久以来的接触就都要说出来，这让沈如磐一时语塞。也不知是不是萧与时察觉到了她的犹豫，淡声开口：“沈女士在静养期间遇到一位年轻的后辈，得知对方也是花样滑冰的选手，于是强撑病体做了些指导。”

陆楠惊讶：“你吃得消吗？当教练可不比当运动员轻松。”他又说，“现在我来了，如果对方还需要指导，由我替你分担。”

“不用了，比赛已经结束了。”沈如磐赶紧摆手。

话题也不能总是围绕着自己，沈如磐清了清嗓子反问道：“陆楠，你的手是在闭关训练时弄伤的吗？”

“嗯。不过我基本痊愈了，不碍事。”

“真的？”

“真的，比珍珠还真。”

沈如磐没再质疑，略思量一番后又说：“待会儿经过医院，我拿点药膏给你。”

“谢了。”陆楠冲她笑。

“对了，你怎么不继续训练，反而有空来柏林？”

每每国际赛事来临前，运动员都要闭关加强训练。之前沈如磐做放疗时，陆楠就是遵照花滑队的例行要求，前往北方训练营进行闭关强化训练，才不得不和她断了联系。

陆楠回答：“闭关训练提前结束了。”

“不对呀。闭关训练结束后，运动员通常会提前飞到圣彼得堡做场地适应。”

场地适应是最后的备战训练，教练恨不得一天有四十八小时做冲刺，岂会同意陆楠来柏林？

陆楠顿了一下："是这样的，我的手受伤了，所以教练提前结束训练，组织大家去圣彼得堡。我心想反正都是飞，不如绕路飞来柏林看看你。"

沈如磐顺势问："那你打算在柏林待多久？"

问题一个接一个，陆楠不回答了，好笑地说："要不今晚我不去住酒店了，去你的病房里打个地铺？感觉你有许多话要和我说。"

萧与时一直独坐在车子前排，听到这里，通过后视镜看了陆楠一眼。

沈如磐知道他在开玩笑："不行，病房不许外人出入。"

"我就知道不行。就算你同意让我打地铺，我也万万不从——还记得以前你做韧带修复手术我陪床吗？地铺的夜真凉啊，我睡过一次就再也不想睡第二次，太腰酸背痛了。"

沈如磐被他逗笑。

两个人是老搭档，见了面免不了无拘无束地闲侃。不过闲侃归闲侃，陆楠仍认真地问："如磐，待会儿路过医院，我能去你的病房看看环境，和你聊几句吗？"

沈如磐这回没有反对。

车子很快到达医院，陆楠道了谢，去后备厢拿行李。沈如磐出于礼貌也向萧与时道了谢，而后推开车门下了车。

两个人前往住院部。

萧与时目视着两个人的背影，脸上的神色一片清明，没有波澜。直到两个人越走越远，他轻抿着的薄唇一张："沈如磐——"

他的声音从容，分不出情绪，却又带着隐藏的深意。

沈如磐停下脚步，转过身看向他。

"明晚是娜塔莎的表演赛，别忘了。"他说。沈如磐的病房环境比陆楠的想象中更好一点。

外间是小客厅和可以烧水煲汤的小厨房，里间是病床加独立的盥洗室。窗台上还养了一瓶花，乍看起来环境显得不那么沉闷。但病房终究是病房，四面苍白，气氛冰凉，没有哪个正常人愿意在此久待。

床头柜上摆放着日历，每一个逝去的日子都画上单调的 ×。

以前集训的时候，陆楠见过沈如磐的房间摆设。那时她也喜欢数日子，床头柜上总摆着日历。同时她也爱美，柜子上摆满了瓶瓶罐罐，美白、保湿、紧致、提拉……脸只有一张，保养脸的东西却一样不少。

可这些瓶瓶罐罐此时都不见，只剩下一瓶小小的润肤膏。那是一种特殊的专门针对放疗后敏感肌肤保护的产品。

陆楠在心里浅浅地叹了口气。

沈如磐在床头柜里翻找了一番，终于找到活血化瘀的外用药，转头对陆楠说：“坐吧，我给你擦药。”

两个人坐在小沙发上，他摊开手掌，她用棉签小心地上药。

两个人的距离较近，又是私密空间，陆楠可以不受打扰地仔细凝视沈如磐。她的容颜几乎没有改变，除了一张脸瘦瘦尖尖的，显得比记忆里更加薄，整个人的气质并不柔弱，尤其是一双眼睛，明亮有光。

也正是这双明亮有光的眼睛，曾经饱含忧愁。

“陆楠，我该怎么办？”

“教练要放弃我了，是真的吗？”

陆楠想到这些，胸膛里充满复杂的滋味，开口说：“我一直都想来见你。可是我前前后后很多次向教练申请假期，却始终得不到批准。”

沈如磐“嗯”了一声：“我明白，队里有队里的规定。”哪怕是金牌运动员，一年也请不了几天假。陆楠能够在黄金联赛开赛前硬挤时间来柏林，她已经十分意外了。

不过既然说到探望，沈如磐帮他擦着药，不疾不徐地问：“你是不是不放心我的恢复情况，所以特地飞过来探望一下？”

“不是。”

“肯定是。”此时药膏已经擦好了，沈如磐起身去放东西，背对着陆楠说，“你是不是担心我看见你和童欣比赛的画面心里会不舒服？放心吧，我没那么狭隘，顶多羡慕你和童欣可以活跃在赛场上。”

她的语气平静，听不出任何埋怨。陆楠却微微拧起眉：“你没必要反过来安慰我。假如你对我说我应该再等等你，我也能理解。”

“不，你已经因为我错过了许多大赛，不能再耽误宝贵的时间了。再说我们虽是搭档，却也难免有拆伙的那一天。所以我身体不好，由童欣顶上也是一个正确的策略。”

陆楠闻言看着沈如磐的背影，安静了好一会儿才说：“如磐，我从来就没有忘记我们的约定。”

“什么？”

“有生之年，我们要一同拿下奥运金牌。”

这是两个人处于状态巅峰时的约定。世界锦标赛的金牌只是起点，她和他将继续前进，直至斩获奥运金牌。

久远的梦想，在病痛反反复复的折磨中几乎快要淡化褪色。如今从最亲近的搭档口中听到，沈如磐一下子哑然无声。

片刻后，她回眸直视他，眼睛里未见伤感，反而噙着释然的笑意："谢谢你还记得我们的约定。我一直把它放在心里，视为对自己最好的鼓励。"

陆楠忽然觉得此刻的沈如磐和一年前在电话里倔强地告诉他"手术一定会成功"的沈如磐完全不同了，显得更加成熟和理性。

理性……不知怎么的，陆楠想到方才短暂打照面的萧与时。

暂且不去想这个人，陆楠道："我给你带了点东西，来看看。"

沉甸甸的行李箱打开，里面全是滋补品。阿胶、燕窝少不了，红参、灵芝粉、铁皮石斛等等更是一应俱全。

沈如磐惊奇："你是打算开柏林中药馆吗？"

"你要是能尽快好起来，我倒是可以考虑卖点药材。"

沈如磐莞尔："谢谢。"

"阿胶粉可以直接冲兑开水，你要不要尝尝？"

"好啊。"

沈如磐去小厨房烧水，陆楠则负责把东西收入柜中。有一盒茉莉针王是队友托他捎带的，柜子太满放不下，他左看右看，拉开了床头柜的抽屉。

一张卡片映入视野——

致沈如磐：

不能时常探望，愿你健康、平安、快乐。

Karl Hofmann Hsiao,LG

Karl Hofmann Hsiao，是萧与时。这样的卡片，结合今晚和萧与时打照面的点点滴滴，陆楠瞬间明白了什么。

他静默了。良久，小厨房里传来水沸腾的响声。

他无声地关好抽屉，走到沈如磐身边，看着她冲调阿胶。

袅袅水汽腾起，氤氲了她的面庞。她低眉敛目冲出一小碗棕色半透明状的阿胶，那认真的神情像极了当年爱美爱喝保养品又担心发胖的模样。

陆楠若无其事地开口："刚刚那位教授看起来不错。"

沈如磐喝了一口阿胶，听见他的话默了默，从喉咙里"嗯"了一声。

"他是不是喜欢你？"

"啊？"

"深更半夜讨论康复计划，又提醒你去看表演赛，分明是约会的打算。"

前一句是沈如磐随口的说辞，意在保护她和萧与时的隐私，眼下突然被陆楠提起，她硬着头皮否认："哪有，我和萧教授清清白白的，今晚见面真的只是巧合。至于表演赛，那就更正经了，你也可以去看。"

沈如磐有个特点，被戳中内心时话比较多，絮絮叨叨个不停。见她这副样子，陆楠越发肯定了自己的猜测："你是不是也喜欢他？"

一语直击要害。

沈如磐勾了勾嘴角，欲否认又没否认，转移视线望向别处，脸上也迅速笼了一层薄薄的赧色。

"你们认识多久了？发展到哪一步了？在谈恋爱吗？"

沈如磐真想挖个地洞钻进去遁了算了。然而既然被陆楠抓了包，她也没必要撒谎或者隐瞒，有些难为情地说："我一来就认识萧与时，但我不能喜欢他。"

"为什么？"

"我身体不好，能不能恢复健康都难讲，不适合开始一段感情。"

陆楠十分吃惊："你怎么会这么想？"

沈如磐苦笑："我只能这么想。否则冲动地在一起，万一身体又出了状况，我难道要在这间苍白无趣的病房里谈恋爱吗？"

她把后果说得很严重，哪里还有刚才的成熟和理性？陆楠随即说："如磐，你是不是太在意萧与时，反而有些患得患失了？"

不愧是默契配合的同伴，一句话就问到了本质。

沈如磐足足沉默了好一会儿才开口："我不知道。我明明告诉过自己不要对萧与时动心，但我还是不知不觉地喜欢上他。至于喜欢到什么程度，我很难说清楚。"

"我只知道，当我以为萧与时有别的女朋友时，我无法控制地难过了很多天。今晚他告诉我，他喜欢的人其实是我，我其实又惊讶又开心，所以他亲……"

她忽地打住，生生地改口："当我恢复理智，我想起自己被病痛反复折磨时的样子，我意识到自己不能接受他。陆楠，你最了解我了，应该能明白我拒绝他的理由。谈恋爱不是比赛，不是今天失败一回，明天又能重来的。

现在的我，对身体和未来都没有把握，又怎么能够贸然开始一段感情呢？”

方才在萧与时面前的死撑，在搭档了十二年的陆楠面前不攻自破。沈如磐说到动容处，眼眶悄悄红了。

陆楠认识她多年，很少见她落泪，赶紧哄她。可好言好语不管用，他只能将她拉到身边拍着背安慰：“你听我说，生病不是你的错。你能在低潮时期遇到一个真心喜欢你的男人，千万要珍惜，也千万不要放过。

沈如磐没想到陆楠会劝她答应，吸了吸鼻子看他一眼：“你干吗帮萧与时说话？”

“因为我们当年错过了啊。”

沈如磐蒙了。转念想起当年母亲告状，陆楠白担的虚名。她脸上一窘，眼中的泪水瞬间缩了回去：“你不要胡说！”

陆楠挑眉一笑：“不逗逗你，你马上就会哭出来。好了，说正经的，你再好好考虑考虑。”

她沮丧地耷拉着脑袋：“没法考虑，我已经拒绝了。”

“真心喜欢你的男人不怕被拒绝，越拒绝越追得勤。”

“你……不要再继续胡说了！”沈如磐脸皮薄，经不起调侃，一路从脸红到了脖子。

她脸颊酡红的羞怯样子，陆楠从未见过。

他静静地凝视她许久，再开口说话时，语气依然带笑，却又多了几分商量：“明晚的表演赛你会去吗？”

“不去。”

“想去就去吧。”

不能啊。她已经拒绝了萧与时，如果继续和他保持频繁的见面，岂不是说一套做一套？

沈如磐的心里七上八下，见时间很晚了，朝陆楠摆了摆手：“你就别劝我了，快去酒店办入住手续吧。让我一个人冷静冷静，说不定很快就能看淡、看开了。”

陆楠和她搭档十二年，共同面对过无数重要的比赛，承担过无数极端的压力，却从未像此刻这样见她流露出不战自败的颓丧。

他沉默两秒，轻轻地拍了拍她的脑袋。

“别胡思乱想了，晚安。”

一夜过去，第二天早上陆楠又来医院探望沈如磐。

她昨夜是否辗转反侧为萧与时失眠，陆楠判断不出来，但至少她神色黯然，和明媚的天气形成鲜明的对比。

一个病人闷在房间里思来想去对身体无益，于是陆楠提议道：“我陪你出去转转好吗？你呼吸一下新鲜空气，见见人，心境一开朗，或许就能知道自己的选择？”

沈如磐知道陆楠是大老远跑来探望她的，她不能总是为了感情的事郁郁寡欢，于是强打精神：“去哪儿转？”

“购物广场？”

买买买是最直接的转移注意力的方法，尤其柏林曾经被划分为东西柏林，拥有很多风格独特的商业分布区：未来主义感十足的商业广场、浪漫怀旧思潮的购物走廊、文化气息浓郁的收藏店……即使什么都不买，单单欣赏橱窗展示也令人赏心悦目。

沈如磐不一会儿就购入了很多古典音乐唱片，从巴赫到勃拉姆斯再到贝多芬和施特劳斯，都是撑起音乐半边天的德国音乐家——精神文化有了，物质文明也不能少，她紧接着又添置了许多化妆品。

陆楠问：“你又不能化妆，买这些做什么？”

“等你去圣彼得堡，这些就是送给队友们的礼物。”参赛选手要化妆，化妆品是最好的伴手礼。而沈如磐之前以为自己能离开柏林时也买了不少东西，两份加在一起，已是相当丰盛。

陆楠了然：“还想逛逛别的地方吗？”

沈如磐环视一圈，努努下巴示意前方。

那是瓷器甜品店。

艺术家们从瓷器和玻璃器皿上得到灵感，别出心裁地烘焙了大量宛如雕塑的甜品。一个个表面晶莹剔透，点缀上奶油、覆盆子、血橙蜂蜜，外观玲珑精致，直击每一个女生的内心，很容易让人想大快朵颐，感受艺术和味蕾的碰撞。

然而高糖和高脂的食物是运动员的大忌。

沈如磐多年来始终严格要求自己，才能把身高和体重牢牢控制在一米六七和四十五公斤。见她突然要吃甜食，陆楠一把拉住她：“你不要因为感情不顺就暴饮暴食。”

沈如磐奇怪地瞅他：“我是那种自暴自弃的人吗？我只是觉得甜品不错，想打包一些带给医院里照顾过我的医生和护士。”

买买买未必能带来多少快乐，但见陆楠无语凝噎的表情，沈如磬有些好笑：“走不走？”

见她展颜，陆楠也笑了：“走，当然走，你想去哪儿就去哪儿。”

从甜品店出来，陆楠一双手拎满了大包小包。沈如磬记得他的手背上有伤，想自己承担一部分，他却不以为意地拒绝：“男人承包力气活，正常。”

他个子高挺，戴着墨镜替她拎东西的样子，有种说不出的体贴感，在西方面孔占了绝大多数的购物广场里，收获了不少回头率。

沈如磬上下打量他，声音扬起来：“陆楠。”

“嗯。”

“你昨天说我们错过了，是不是对过去耿耿于怀？”

“没有。”

那件事对两个人的关系造成了深远的影响，如果说之前是无拘无束的少年同伴，还有点青梅竹马的意思，那后面就只是规规矩矩的搭档了。

沈如磬昨夜无暇顾及，现在觉得应该认真地补一句：“我母亲做事强势，我没有办法改变过去，只能替她向你说声对不起。”

陆楠听了，转过头凝视她。

她一脸坦诚，光明正大，想必当年也没有料到那件事会闹得那么突然，还那么难堪。

陆楠勾唇笑了起来：“好端端干吗说对不起啊？你还不如直接请我看一场电影。”

购物广场的顶层就是电影院，他抬手指了指，很是感慨：“这些年不是在比赛就是在准备比赛，真的很久很久没有放松过，也没有完整地看过一场电影了。”

“你想看什么？”

“你胆子小，选喜剧片吧。”

“哪有。我当年还陪你看过《午夜凶铃》呢。”

哪怕她嘴上不承认，陆楠最终买的仍是两张动物喜剧片的电影票——热闹搞笑的电影看下来，确实能让人改善心情，忘记现实中的烦恼。

电影散场后，陆楠去买水，沈如磬就在电影院的出口等他。

她站的地方是购物广场的中庭，从高往下俯看，能看见商场里往来的人群。商场为了营造热闹的气氛，特地请了褐发碧眼的艺术家抱着吉他弹奏歌谣。

沈如磐对德语歌曲不熟，也没怎么认真倾听。不多时，一首柔情舒缓的音乐响起，艺术家用沙哑而有磁性的嗓音唱出二十世纪东西二德时代的情歌——*Wir wollen doch einfach nur zusammen sein.*（《我们只想在一起》）

你邂逅了一位美丽的女人。
那个美丽的女人，来自东边的潘科区。
你想和她共度良宵，
但是忽然之间，已是午夜时分。
她温柔地提醒你，必须回到柏林墙那边去……

沈如磐好不容易才暂时忘记萧与时，可因为这样的歌词，一下子又想起了他。

其实她并不知道他究竟是何时喜欢自己的，现在听着歌静心回顾，最初的心动大概是从潘科区的雪夜开始的吧？稍后她的身体出现状况，他在机场拦住她、劝她留下，再到后来发生的点点滴滴，都足以说明他对自己动心了。

他是何其稳重严谨的男人，为她默默无言付出这么多，想必是真心喜欢她。

和身份无关，和前途无关，他就是欣赏她、喜欢她。她何其幸运，居然能够得到他的爱慕。

如果她的身体是健康的就好了，又或者早点遇见他，她肯定会毫不犹豫地和他在一起。

但老天是公平的，不可能把年轻、才华、荣耀和幸福全都在同一个时间点给予她。有得有失，才是人生。

陆楠回来的时候，见到沈如磐目视前方，陷入沉思。

她的神色恬淡平静，想必在短暂独处的这一丁点时间里，又情不自禁地想起了那个男人。

感受到他的注视，她偏了一下头，目光投过来。

陆楠扬了扬手中的水，冲着她淡淡一笑。

离开购物广场的时候，沈如磐欲排队等候出租车。陆楠叫住她，指了指路边。

那是租赁公司提供的一排电动脚踏双用自行车，沈如磐瞬间懂了。

骑车可以锻炼颈、肩、手臂、胸腹、腿臀的肌肉力量，这对常常一天四场陆地训练、两场冰上训练，从天亮练到天黑的陆楠而言，是比坐出租车更好的选择。

“我骑车带你？”

“好啊。”

大包小包往车篮里一放，他载着她像风一样自由飞快地骑行起来。

今日阳光灿烂，初夏的风吹动长发，像羽毛扫过脸颊和耳朵。沈如磐一边努力坐稳，一边提醒陆楠慢点。

陆楠却轻轻地笑了：“如磐，你还记得十四岁的时候吗？你刚做完韧带修复手术，行动不便，我天天骑车带你往返宿舍和训练馆。”

“记得，到死也忘不了。”她也愉快地笑了，“你载着我太嘚瑟，有一次自行车车头撞到电线杆，我差点摔下来。”

“是这样子吗？”他故意抖了抖车头。

“你再这样我跳车了啊！”她毫不示弱地威胁他。

“别——我好玩呢。”

两个人说说笑笑一阵后，陆楠若无其事地开口：“如磐，刚刚从电影院出来，我看见你又在思念萧与时。”

他组织了一下语言，接着又说：“表演赛的时间快到了吧？你想去就去，不要犹豫。谈恋爱虽然不是比赛，但和比赛一样，你越退缩，后悔的概率也就越大。”

背后的女人一下子没了声音。

半晌，沈如磐开口：“陆楠，谢谢你的建议，我不能去。趁着现在感情浅，我还能控制自己，否则纠纠缠缠感情越来越深，对我不好，对萧与时更不好。我不能因为自己舍不得他就一直吊着他，他是自由的，应当有选择别的女生的权利。”

明媚的阳光从天空投射下来，和煦的微风从耳畔拂过。陆楠哑然一会儿，低低地叹了口气：“我真为你们俩犯愁。”

“你真正该犯愁的是黄金联赛。”沈如磐拿手指戳了戳他的后背，“革命战友，你什么时候去圣彼得堡？”

“干吗关心这个？”

“赛前时间弥足珍贵，你早点走，别因为我耽误了比赛。再说你陪我瞎买瞎逛，也很无聊。”

“不无聊，挺放松的。”陆楠回眸冲她一笑，笑意在嘴角漾开，直漫眼底。

沈如磐见他高兴，也就不扫他的兴了。

怀中是陆楠刚买的矿泉水，她拧开瓶盖抿唇喝了一口，不知怎么的，风和日丽适合郊游的好天气，她竟又有些控制不住地想念萧与时。

而此刻的萧与时，人就在医院。

今日柏林大学有课，他授课结束便坐车出来了。

表白被拒在意料之外，他想着待会儿见到沈如磐该如何自然地解释他并不是刻意来接她的，遂决定先去费恩医生的办公室坐一坐，寒暄一会儿。

没想到这一寒暄便是两三个小时。

从学校近况到脊椎手术其他志愿者的现状，又从沈如磐的骨赘复查的时间再到种种应对策略，能谈的都谈了，沈如磐仍然没有回来。

萧与时坐在窗边，下意识地侧头看了一眼窗外。便是在这时，他瞧见了沈如磐。

或者该说，是陆楠和沈如磐。

初夏已至，繁花盛开，医院的林荫道郁郁葱葱。陆楠骑着自行车载着她从医院正门一路晃悠进来，有说有笑的。也不知道两个人具体在聊些什么，沈如磐嘴角一抿露出两个浅浅的笑涡，眉眼间的神情柔软极了。

自行车停下。

陆楠低下头听她讲了两句，接着下车从车篮里拎了两袋东西给她。她抬手整理了一下额前的头发，便朝着门诊大楼这边走来。

不一会儿，人未至，她含笑的声音连同甜甜的奶油香味就出现在门口：“费恩医生，来吃蛋糕。”

费恩很好奇：“沈女士，你出去玩了？”

“嗯。”她点点头，把两袋沉甸甸的东西放到办公桌上，“除了蛋糕，还有陆楠路过转角的咖啡馆时请大家喝的咖啡牛奶。”

她边说边拿饮料，两张小票恰好从购物袋里掉落出来。风从窗口吹入，小票顺势往前飞，刚好落在萧与时的脚下。

沈如磐这才注意到萧与时的存在，一下子愣住了。

萧与时却没有看沈如磐，视线静静地垂下——那是两张电影票。时间场次刚好是十三比十四，也就是他等待她的两三个小时的时间里。

萧与时此前一直有种感觉，沈如磐对他心有不舍。

然而她终究拒绝了他，这是否如她所言，他在她心里的分量并不重呢？

是不是他真的做错了？那个会被他打动，愿意和他两情相悦的女人，自始至终只是他的错觉？

萧与时沉默几秒，缓缓抬起头，目光却没有对上沈如磐，而是投向了费恩医生。

“您慢用。”他的声音不疾不徐，有种说不出的冷淡，语罢也不正视沈如磐一眼，起身直接离开。

电光石火间，沈如磐迅速反应过来。

她和陆楠出去“玩”，又是买东西又是看电影的，萧与时肯定不悦——换成她，她当初只是稍稍想一想萧与时有别的女朋友，心里就不是滋味。

沈如磐下意识转身要追，几乎是同时，费恩医生纳闷地开口：“Hsiao怎么说走就走了？我还以为他是来找你的。”

她的脚步蓦然收住。

追上去又能说什么呢？告诉萧与时，他误会了，她没有他想的那么三心二意？这样的她是不是太奇葩了？

沈如磐把目光投向费恩，抿着唇缓缓问了一句：“萧教授什么时候过来的？”

“好像是午后。他今日倒是得空，坐了许久。”

他应该是想来接她的。

从门诊大楼出来，沈如磐心神恍惚地往前走。陆楠就在身旁，不知异样地和她讨论晚餐吃什么。她的脚忽地被什么绊住，整个人不受控制地往前踉跄，幸好陆楠眼明手快扶住了她。

“你还好吗？在想什么？”陆楠关切地道。

她的状态有些乱，看着陆楠喃喃地道：“我好像错了。”

她以为自己能看淡、看开，可偏偏就在刚才，萧与时都没正视她一眼就离开了，她才骤然意识之前高估了自己。

“什么错了？”陆楠面露困惑。

想说的话就在嘴边，可她活生生地哑了。

她抿了抿发干的唇，勉强换了个话题：“陆楠，我有点累了，想睡一会儿。你晚餐自便好吗？”

没等他回答，她便头也不回地匆匆离开。

傍晚的时候，沈如磬接到了娜塔莎的电话。少女开口的第一句话便透出低落：“沈教练，你和霍夫曼先生怎么都没来看我的表演？”

沈如磬出奇地沉默，半晌才说：“我和他都有点忙。”

娜塔莎长长地“哦”了一声，似乎不怎么相信，果不其然又追问道：“你们是不是昨天晚上喝多了，然后……”

“没有，你不要瞎猜。”

“可昨晚分明有人看见你们在路上接吻，证据确凿。”

沈如磬一下没了声音。

电话那端的娜塔莎再也按捺不住，惊叹道：“难怪霍夫曼先生通过其他人转告我，往后我的比赛就由你一个人负责，他不再直接参与了。这么看来，霍夫曼先生的支持和退出，其实都是为了帮沈教练的事业转型——他对你可真好！”

“不再……直接参与？”

“对啊。”娜塔莎开心地笑了，“沈教练，你和霍夫曼先生从一开始就在偷偷谈恋爱吧？”

“短节目比赛那天我问你，霍夫曼先生能来吗？你说‘他来不来都不重要’，语气怎么听怎么觉得别扭。其实你当时是在生闷气，怪他没有时间陪你吧？霍夫曼先生稍后又来看了比赛，但肯定不是为了我，而是为了哄你开心——对吗？”

事实佐证具体，逻辑清晰无误，娜塔莎觉得自己应该没有搞错什么，实话实说：“我们所有人都觉得你们在偷偷谈恋爱，只是不知道为什么你们不愿意公开。现在我才明白，原来是你的身份特殊，不宜公开。”

娜塔莎所言不假。

团队为什么成立，即使从未挑明理由，单看沈如磬对整体的掌控，以及萧与时对沈如磬的倾力支持，所有人心中再清楚不过。换句话讲，萧与时和沈如磬的关系，是所有人都懂的“秘密”。

“沈教练，我很感谢你。”娜塔莎在电话那头郑重地说，“如果没有你，霍夫曼先生也不会倾力支持我，能遇见你们是我的幸运，谢谢。”

面对热情又真诚的感谢，沈如磬张了张嘴，说不出一个字。

她今天下午已经感受到萧与时的冷淡了，却没想到他会如此当机立断，说什么“不再直接参与”，潜台词其实就是彻底远离她。

也对，她拒绝了他，他疏远她也是正常的。

这不就是她口口声声说的“他有选择别人的权利”吗？

沈如磬苦笑。

此后的日子，沈如磬哪儿也不去，整日都待在病房里，说是想听古典音乐陶冶情操。可更多的时候她都是听着古典音乐发呆，思绪不知道飘去了哪里。

这样的静养无益于身心，她睡眠不佳，气色也越来越糟糕。陆楠问她怎么了，她只说是季节变化，哪怕睡得很多也还是睡不够。

又过了一日，陆楠来医院探望她：“如磬，我不能在柏林久待，后天就该走了。”

沈如磬强打精神点了点头，把准备好的伴手礼都拿出来，装入他的行李箱。大抵是睡眠不好，注意力不集中，有些小东西明明放进去了，她却以为没有，又皱着眉头翻箱倒柜地找许久。

见她内心杂乱，行为举止也跟着混乱，陆楠低声叹气，制止了她无意义的忙碌，又说：“如磬，我来柏林之前曾经诚恳地和总教练谈过，希望他能把你召回花样滑冰队。”

“总教练说你的身体状态未知，实在没有办法破例。不过考虑到你是拿过很多金牌的运动员，他建议你不妨以教练的身份回归队伍，执教双人滑。”

一席话来得十分突然，沈如磬果断摇头：“我不想当教练。”

“我知道你还想回归赛场，所以这件事本来不打算告诉你的。但现在……”

陆楠顿了顿，语气维持正常，不是同情或怜悯：“你的精神状态不好，瞻前顾后把自己束缚得太紧，是否考虑换一个环境跟我去圣彼得堡？你不一定要做什么，哪怕只是看一看比赛，也能转移注意力，可以纾解压力。”

“等到压力没那么大了，你再想想你和萧与时之间的感情。说不定思想包袱一松，感情会有挽回的余地，你就能和萧与时在一起了。”

沈如磬听完没有立刻回答。

良久，她垂下眼睑，浓密的睫毛颤了颤，嗫嚅道：“让我想想。”

这一想就是两日，沈如磬最终同意了。

突然决定离开柏林，有一系列的事情都要进行相应的调整。例如她的身体数据追踪、CT 复查，都要选择一家圣彼得堡的兄弟医院代做，然后再把结果传回柏林分析。

幸好有费恩医生，他很快便搞定了这些事，半是说笑半是感慨地道：“我一直以为沈女士会坚持留在这里直至健康地出院，不过现在换个环境也好，免得闷出毛病来。”

沈如磐没说什么，低低地“嗯”了一声。

那日沈如磐简单地收拾好行李，就去找费恩医生办理离院手续。她推门走入办公室，没见到要找的人，却看到萧与时背对着她立在窗前。

午后的阳光正好，光线将他的身形轮廓勾勒得挺拔颀长。

沈如磐意外地收住步子，而他听见声音后回头，俊朗的面上似镀了一层金色的光芒，越发衬得眉目俊朗，气质清明。

她的内心不受控制地悸动，表面只是若无其事地挤出一句：“我找费恩医生。”

他颔首，声音淡淡的，开门见山：“听说你要去圣彼得堡？”

“嗯。”

“去多久？”

“不清楚……可能很短。”

“也可能很久？”

阳光下，萧与时看她的目光格外平静。她一下哑然，几乎要鼓足勇气才能不从这般清冷的视线里仓皇避开。

萧与时静静地凝视她片刻，又问：“为什么去？是觉得我的存在会打扰到你？”

他的言语直接，沈如磐被刺得心里发苦。她只能堪堪说句“不是的”，而后便垂下头，咬着唇无言以对，脸上的神情是说不出的难堪。

她否认了他的话，他也没有再继续问，于是两个人不约而同地陷入沉默之中。

屋子里很安静，在这不受干扰的环境里，他目光深深地望了她须臾，说：“沈如磐，你的心里究竟有没有我？”

他的声音淡淡的、醇醇的，沉稳而直接，让沈如磐一愣。

她原以为他不会再搭理自己，更没想到他会说出这样的话。

她错愕地抬头。两两相望的氛围持续了一会儿，他又波澜不惊地开口：“如果有，早点回来。”

话落，他再无别的言语，迈步离去。

Chapter10

再见，前世界冠军的时代

圣彼得堡，俄罗斯著名的城市，城市的名字却源于德语直译：Sankt Petersburg。

作为一座高纬度城市，从夏季开始，金色的阳光牢牢控制着圣彼得堡，可谓“日不落”。哪怕此刻是晚上八点，沈如磐一下飞机仍被充足的日光晃得迷了眼。

十字架、穹顶、尖塔等欧式风格建筑群是那么熟悉，她恍惚有种错觉，数小时的飞行并未让她远离德国，她依然能够感受到柏林的气息——这大抵是因为东德被苏联管制四十年，她爱屋及乌，触景生情。

然而粗沉的俄语跃入耳朵里，她又十分确定自己已经离开柏林，来到了一座没有萧与时的城市。

肩膀忽然被轻轻拍了一下，她回过神，转头对上身边的人。

陆楠问：“紧张了？”

她摇摇头：“我是在想，我一声不吭地来了，教练和队友见到我时会不会感到尴尬？”

“怎么会呢？我已经告诉他们你要来了，他们都很期待呢。”

今日是中国花样滑冰队入住黄金联赛运动员村的日子。教练和队友们从国内直飞圣彼得堡，陆楠和沈如磐则从柏林起飞前往目的地。

离开机场坐上计程车，陆楠看了看表：“时间还早，队友们有可能刚抵达运动员村。我们去看看，说不定赶得上第一轮场地适应训练。”

沈如磐连心理建设都来不及做，就直接见到了阔别一年的队友们。

原以为见面的气氛肯定会尴尬，没想到气氛出乎意料的不错。一来大家相伴了十几年，都是为国家荣誉共同奋斗过的伙伴，情谊犹在；二来大家一直以为沈如磐的手术失败，旧病复发，没想到她本人看起来极其正常。于是大家对她的求医经历又好奇又敬佩，纷纷询问详情，压根儿没提“拆队换人”之类的尴尬事。

手术、骨赘、放疗和静养，沈如磬事无巨细能回答的都回答。末了向队友赠送礼物的时候，她见到了曾经顶撞过的领导——总教练。

她赶紧打招呼：“总教练好。”

到底是自己一手带出来的苗子，这一声称呼让总教练的心中也是涌起诸多感慨：“小沈，别来无恙。”

沈如磬刚要接话，被陆楠抢白：“教练，你可不能随便叫如磬‘小沈’了。人家现在可是德国小有名气的外籍教练，刚指导一位选手夺得了德国女子花样滑冰单人滑项目的冠军。”

“是真的吗？”总教练感到诧异。

沈如磬有些尴尬：“陆楠瞎扯的，没那么夸张。”

“我说的是实话。你不要不好意思，毕竟是金子到哪里都会发光。”陆楠笑嘻嘻地说完又对总教练道：“教练，我抓紧时间带沈如磬看看场馆，熟悉一下环境。”

两个人一走，总教练便好笑地道：“这个陆楠，明着暗着搞暗示。”

黄金联赛是国际滑联（ISU）举办的世界顶级花样滑冰赛事之一，每年举办一次，轮流在各个国家举办。中国选手在东边的场馆训练。

眼下才刚下飞机不到二十四小时，女单、男单、冰舞项目的选手练了一会儿就走了，只剩下童欣在馆内进行冰上负重训练。

负重训练要穿沙袋背心，童欣练出了一身汗。她用毛巾擦脸，恰好看见沈如磬，脸上顿时流露出几分复杂的神色，口中却仍然称呼沈如磬一句“沈姐”。

在沈如磬眼里，自己和童欣只是陆楠的两任搭档，又不是前任或现任女朋友，于是她主动解释：“我来圣彼得堡是给大家加油打气的，请别介意。”

“我知道，听教练提起过。”童欣说完转头又继续自己的练习。这次双人滑项目的比赛，陆楠和童欣要完成几种不同难度的三周抛跳。为了提高抛跳的完成质量，童欣常常在合并练习之前单独做一套负重训练。

等到童欣的状态提起来了，她和陆楠的第一次适应性训练也随之开始。

很难说是不是沈如磬的到来让童欣感觉紧张，从一开始的连续跳跃，童欣的落冰就很勉强，腿伸展度不足，勉强才能站住。乃至后面的一些双人旋转，同步也不太好。

双人滑不是单人滑，两个人的动作同步性好分数才会高。而同步性好，又是要靠漫长的时间积累以及默契的配合——默契不可能一蹴而就，等到两个小时的训练时间一晃而过，童欣面色不佳，自己跑出去冷静一下。

陆楠为难地看了沈如磐一眼："你等我一会儿，我去看看童欣。"

片刻后，陆楠回来了，童欣仍然没有回来，想必还是需要再冷静一会儿。

沈如磐不得不问了一句："我在这里是不是打扰到她了？"

陆楠摇头："就算你不在这里，童欣也难免会紧张。但凡有胜负欲的女选手，都不希望被过去的标杆给比下去。"

沈如磐明白，童欣既是和她比，也是在和自己较劲。每个运动员都希望超越过去的标杆，提高自己。

思及此，沈如磐问："你和童欣磨合得顺利吗？"

"还行，今天有些特殊，她大概是刚下飞机，状态没调整好。"

"那你的手呢？是训练过度拉伤的吗？"

陆楠"嗯"了一声，又补充："我们俩以前训练时，我的手也常常拉伤——这太正常了。"

沈如磐十分意外："你可真维护童欣！"

"不是的，搭档要有为对方加油打气的觉悟。"陆楠笑着说，"我也不是刻意维护童欣。童欣和你不同，你冷静沉着，她的内心更加纤细敏感，我得多包容她。否则她总以为我惦记着你，看不上她。"

沈如磐愣了一下，张唇语气一缓："对不起，我不该调侃你。"

陆楠却笑着敲了敲她的脑袋："你调侃是因为你吃醋了吧。"

"哪有！"沈如磐窘了。

"对了，你还不知道我和童欣的参赛曲目吧。"

"是什么？"

"《宋家王朝》。"

沈如磐瞬间明白了他选择这首曲子的用意。《宋家王朝》的音乐大气磅礴，能渲染情绪，陆楠和童欣属于老将带新手，应该能压得住。

陆楠却道："教练给我们改编了动作，我总觉得最后几处地方的衔接有些不顺。"

他问她："你还记得当年吗？我们完成抛跳，然后是弧线变刃步、双人联合旋转、托举转体三周半，再接……”

“再接莫霍克变刃步，刀刃从右前内改成左后内，然后进入第二次抛跳以及螺旋线。”

陆楠十分讶异：“你记得这么清楚？”

沈如磐笑了笑：“这场比赛弥足珍贵，不敢忘记。”

也是，那时陆楠和沈如磐刚升上成人组，没积累多少国际大赛的经验就迎来了冬奥运动会。整个训练周期背负了极大的心理压力，两个人常常从天亮练到天黑，一个动作接一个动作地苦熬，停下来的时候都快要找不到腰和腿在哪儿了。

不过痛苦的付出也得到了回报，每个动作他和她都掌握得烂熟于心。冰上表演时，从手臂起伏到指尖的细微动作，从两个人回眸对视含笑的双眼，再到融情于景自然而然的靠近和拥抱，都说明他们投入了内心最纯真的情感。

一场比赛不仅仅是竞技，也是艺术。

只可惜最高难度动作的四周抛跳失败，两个人与奖牌失之交臂。

陆楠压下心中的遗憾，冲沈如磐挑了挑眉：“你要不要上冰和我找找当年的感觉？”

“啊？”

“去掉所有难度动作，只保留简单的步法及旋转对你而言应该没问题吧。还是说你静养太久，滑不动了？”

他可真是小瞧人。沈如磐接下“挑战”，脱掉外套再换上冰鞋，滑上冰面。

她的体重控制得极好，依然轻盈纤瘦，再加上长发柔顺地扎在脑后，浅色上衣勾勒着身体曲线，乍看起来不像运动员，反而像是初学者。陆楠不放心地拉着她的手试滑了一段距离，注意到她脚下用刃灵活，便知是自己多虑了。

“开始吗？”他问。

“好啊。”

因为顾及身体，两个人只滑最后的部分，也就是从弧线变刃步开始。

虽然没有放音乐，《宋家王朝》的比赛也已过去了六七年，但艰难且长久的训练形成的肌肉记忆无法被轻易抹去。

所有动作就像刻入了骨子里，十二年时光培养的默契也在动作过程中自发地流露出来。同步极高的双人旋转、轻松的试托举、不减速直接进入高难度的莫霍克变刃步……一切犹如行云流水，一气呵成。

尘封的记忆好像被开启了。她滑行转身，回眸凝向他，嘴角弯弯的模样；她和他定轴旋转，彼此双手紧扣的热度和力量；还有两个人为了保持高度同步，不约而同地把呼吸调整成一致的节奏，全都和过去完美契合。

转眼便是结束的部分。

记忆里悲怆的音乐在耳边回荡，一连串化繁为简的动作过后，他拥她入怀。

他的头靠在她的胸口，耳边是她加速的心跳。在这似曾相识又难能可贵的一瞬间，他的心也跳快了。

沈如磐平复了呼吸，奇怪地问："这不挺顺的吗？哪里衔接不顺？"

不闻回答。

她推了推怀中人，"哎"了一声。

陆楠放开她，抬头直视她的眼睛，顿了顿才回答："就是感觉不顺，也许是因为最后的结束动作太温情了。"

这倒是。沈如磐当年也觉得结束的动作太温情，明明《宋家王朝》的主题曲意在表达一出荡气回肠的史歌，最后的拥抱温情脉脉似乎有点不妥。然而当时没有更好的思路，只能这么决定。

沈如磐思考许久也没有好的想法，便说："我再想想，有了好建议再和你说。"

"行。"

冰上滑行看起来轻松，实际上相当耗体力。沈如磐累了，坐在冰上缓解了一下，再开口时语气有些感慨："时间过得好快，这居然是七年前的比赛了。"

陆楠也在她的身旁坐下，听她说话。

"好遥远。我们那时天天练，练得都要瘫了却不敢休息，只能像现在这样坐在冰上歇一歇，而后又起来接着练。你说，我们当年是不是太紧张了？明明训练时抛四周跳都成功了，可为什么正式比赛还是失败了？"

面对这个疑问，陆楠若有所思片刻，侧过头来看她："说起来，好像就是从那次摔倒开始，你的腰就不太好了。"

"哪有，你不要胡思乱想。"

她安慰他，说完抿唇一笑，嘴角露出两个可爱的梨涡。再加上刚运动完气息不稳，脸颊绯红，鼻尖还有一点晶莹的薄汗。这样的画面会让人产生错觉，仿佛美好的年少时光又回来了。

陆楠凝视她片刻，想伸手替她拭汗又觉得不妥，起身拉她："起来吧。冰上太冷，当心着凉。"

她不用他拉，自己就能站起来，活动了一下脖子后又转了转腰。

陆楠瞅瞅她这些"老态"十足的养生动作，欲言又止，末了还是忍不住叹气："如磬，等我比完黄金联赛，就暂时退下来陪你养病吧。"

"为什么？"

"假如你真是因为当年的原因被我摔坏了，我要对你负责啊。"

"呸。我健康得很。"

闲聊间，沈如磬无意识地侧头，就见到了不知何时去而复返的童欣。

童欣立在场馆门口，也不出声，目光闪动地盯着冰上的沈如磬。沈如磬一下子懂了，赶忙解释了自己的行为，又迅速回到场边，脱掉冰鞋穿上外套。

待整理好了自己，她就对童欣说："你和陆楠接着练习，我就不叨扰了，先走了。"

运动员入住运动员村后，基本上就不能再随意出来。陆楠想到沈如磬一个人住在圣彼得堡的酒店，于是交代道："你好好休息，有空通电话。"

沈如磬从嗓子里"嗯"了一声当回应，然后挥挥手走了。

稍后几天，陆楠但凡有空就会联系沈如磬，问她要不要再来运动员村看看训练情况。

沈如磬顾及童欣都推辞了，老老实实待在酒店里，白天或晚上看一看陆楠发过来的训练视频，和他聊一聊哪里的细节不妥，又该如何改善。

就这样过了几日，陆楠在电话那头提议道："你也不能总是待在酒店里，否则就和待在柏林的病房里没有区别了。要不你读读旅游攻略，出去逛一逛？"

这倒是个主意。尤其是在粗粗翻阅了旅游攻略，得知德语是俄罗斯人的第一外语后，沈如磬决定逛逛圣彼得堡。

圣彼得堡地处涅瓦河口三角洲，被著名的涅瓦河及城内的运河分成了四十四座岛屿，由大大小小五百八十多座桥梁相连接。故水路交织如网，涅瓦大街便是城中最著名亦是最古老的街道，又名——"远大前程大街"。

跟着地图导航以及用德语问路，沈如磐顺利地来到了目的地。

和攻略上说的一模一样，这是极具观光价值的历史老街：喋血大教堂、喀山大教堂、伊萨基辅大教堂，还有果戈理故居、柴可夫斯基故居……这么多绚烂丰富的历史遗迹逛下来，沈如磐深刻感受到俄罗斯帝国的权利和荣耀。

她随手拍了些照片发给陆楠。他没回，想必正在挥汗如雨地进行场地训练。

她往前走，行至涅瓦大街和其他街道的交叉口，看到几座巍峨大气的拱顶建筑群，那是帝国公共图书馆。

馆外悬挂了俄、德、中、英四国语言写成的横幅：高校合作组 - 暗物质探测实验成果研讨会。

她微讶，忍不住走到服务窗口用德语询问："高校合作组包含德国柏林大学吗？"

得到肯定的回答后，她又问："从柏林大学来做研讨会的教授是哪位？"

工作人员见她年纪轻轻又会说德语，以为她是留学生："这个不清楚，但你可以办张旁听证进去听听。"

沈如磐稍稍犹豫了一阵子，没有拒绝这个建议。

作家高尔基曾说过，书是人类进步的阶梯。那么在帝国公共图书馆里，从方方正正气派庄严的书籍陈列方式中，就可以感受到战斗民族对知识的尊重。沈如磐花了一点时间才找到宏伟的科学报告厅，一上楼，就清楚地看到两旁的白墙上挂着受邀来做研讨会的物理学家的画像。

俄、德、中、英……陌生的面孔一张张浏览过去，她没有看见萧与时。

其实沈如磐隐隐知道应该不会碰见萧与时，但心底却有个声音反反复复在说"万一他来了呢"。她没忍住，结果就自作多情被打了脸。

沈如磐轻轻吐了一口气，转身下楼。

从图书馆出来，她漫无目的地逡巡了一阵，找了一家外观平平无奇的餐厅解决午餐。

进去之后，见到浓郁复古范的内部布局和装饰，她才想起这里是攻略上重点推荐的、著名的文学咖啡馆，即普希金为爱人赴死决斗前喝最后一杯咖啡的地方。

无数文艺青年慕名而来，和咖啡馆里的普希金蜡像合影。而他们身后的墙上恰巧挂着普希金的名诗节选——《我的名字》。

我的名字对你有什么意义?
它会死去,
它会被忘记。
但是,在你孤独悲伤的日子,
请你悄悄地念一念我的名字,
并且说:有人在思念我,
在这世间,我仍然活在一个人的心里。

文艺青年不识愁滋味,在伟大的文豪和饱含深情的爱情诗面前笑着、快乐着。沈如磐却直直地看着诗,浓密的眼睫毛颤动几下,流露出深沉复杂的情绪。

她想起萧与时,再度折身而去。

她不知道自己该去哪里,反正无所事事地前行。

圣彼得堡是一座水上城市,清澈的涅瓦河从城中蜿蜒而过,水路交织如网,那一座座千姿百态的桥,便是连接彼此的通路。

她不知道自己走了多远的路,也不知道自己行过了多少座桥,最终来到了著名的爱情桥。

那是一座非常小的桥,却有个神奇的传说。据说只要能在爱情桥上接吻,爱情便会天长地久。于是有不少热恋情侣在桥上厮磨缠绵,亲吻彼此。

沈如磐瞅瞅他们,小声嘀咕:“要是真的接吻就能天长地久,哪里还用得着去民政局办婚姻登记。”说完觉得自己的语气酸溜溜的,她叹了口气,走到桥边望向远方。

灿烂的阳光照在河面上,暖风徐徐,河水碧波荡漾,金光闪闪。

沈如磐莫名想到了柏林施普雷河上的桥,也再一次想到萧与时,想起离别时他对她说过的话。

“你心里究竟有没有我?如果有,早点回来。”

心像被太阳的光芒照热,她忽然记起被萧与时亲吻的那一幕。柔软的唇瓣,带着醇醇的酒香夺去了她的心跳和意志,让她沉沦在缱绻的柔情里。那种美好的触觉现在想来,似乎并不遥远。她情不不禁地抬手,用指尖摩挲自己的唇。

她蓦地脸红了。

她尴尬地收回思绪，转身下桥，不小心和一位女性撞了一下。

她连忙道歉，对方却脱口而出："沈如磬！"

女性的嗓音掷地有声，给人一种雷厉风行的气势，也透出一股强势。

沈如磬沉默几秒，抬起头看向眼前身材、容貌、气质皆是人中翘楚的中国女子，勉强开口吐出一个单音字："妈。"

"你还知道叫我妈？"

沈如磬被这话刺得眉头狠狠一皱："你要是不喜欢这个称呼，我也可以改称你为'颜女士'，抑或叫你'裁判长'。"

沈如磬的母亲颜曼女士十几年前成功转型为裁判，履历惊人，既是国际滑联裁判长级裁判，又兼任中国花样滑冰裁判委员会主任，是花样滑冰界的领军人物。

颜曼女士常年担任冬奥会、世锦赛等众多一级花样滑冰赛事的裁判长，今日和沈如磬狭路相逢，自然是因为来圣彼得堡担当黄金联赛的裁判长。

面对女儿的讽刺，颜曼冷静地道："随你怎么称呼。万一传出去有你这样的女儿，我也感到丢脸。"

"我什么时候让你丢脸了？"沈如磬恼了。

"不记得了吗？哭泣、纠缠，只差跪地恳求了。"

颜曼指的是当初教练提出拆队换人的决定，沈如磬哭了一下午，而后又去找教练理论。

沈如磬不否认自己彼时的言行举止可能存在不妥，但绝对没有母亲说的那样不堪。她脸一白想要反驳，颜曼的口气却稍稍缓和："不过你现在看起来正常多了。"

颜曼又说："你究竟躲到哪里去了？短信不回、电话不接，甚至还把我拉黑屏蔽了。你是不是觉得自己很有能耐，可以连我的劝告都不听？你不要忘了一个事实，你再怎么恢复也无法回到过去，陆楠不会再等你，他现在的搭档是童欣！"

她的话明明是关心，不知不觉又变成斥责和数落。

沈如磬恼火地打断："你不要再说了，我不喜欢听这些！"

在很长一段时间里，母亲强势的作风以及直来直往赶尽杀绝的语言风格都是沈如磬心中的阴影。因此这么多年来，她一方面无奈地接受父母婚姻破裂的事实，另一方面对母亲抱有微词，同情父亲。

犹记那时，她和陆楠已经是世界冠军，为卫冕做准备，遂邀请父母一同来观看比赛。

大抵是从事大型桥梁设计二十余载，父亲的身体健康远不如从前，再加上连着半年的高强度熬夜工作突发心肌梗死，在赛前就去世了。

她失去父亲悲痛万分，选择退赛筹备追悼会。万万没想到的是，母亲忙着担当比赛裁判无暇出席追悼会。她十分寒心，和母亲在电话里激烈地大吵一架。

可能命中有此一劫，她吵完后脑子里一片空白，不慎从家中的楼梯滚落，腰部顿时剧痛难忍。稍后她被送到医院，检查得知居然是腰椎压缩性骨折。

她曾经受过严重的训练伤害，腰椎间盘磨损过。此次新伤合并旧伤，治疗迟迟达不到效果，病情反而越来越严重，竟然连行走也变得困难。

她的竞技状态急剧下滑，于是主教练提出拆队换人的想法。她当时哭成泪人，给母亲打电话求助。

没想到母亲沉默很久后说："既然如此，那直接退役吧。"

简单的一句话，却将终结她的一生。

她在电话里再度和母亲争执起来，母亲的语气强硬："不退役又能怎么办？你无法恢复健康，就算勉强继续，陆楠也未必愿意和你搭档。身体不好的运动员，注定是一枚弃子。"

她被这些话气得浑身发抖，所以她只能放低姿态哭着和教练理论，同时四下寻找能够痊愈的办法。

后来发生的一切不用赘述，沈如磐深吸一口气反驳："不管你信不信，总之我有可能恢复健康。"

"真的吗？那你现在在做什么？晒着日光、吹着河风，怎么没有回到你日日夜夜渴望回归的赛场上去？"

沈如磐被母亲的话噎住。

"我早就说过，恢复到普通人的健康程度并不难，但恢复到运动员的竞技状态绝对不可能。你的巅峰时代一去不复返，你应当见好就收，体体面面地转型当个金牌教练或者裁判，为什么非要放低姿态，恳求别人的施舍呢？"

"什么施舍不施舍？你不要胡说！"沈如磐气得胸口疼，"陆楠没有你说的那么薄情，他对我挺好，在过去一年多的时间里关心我、等待我，甚至还暂时抛下比赛去医院探望我，他对我已是仁至义尽。"

“恰是陆楠对你仁至义尽，所以他才即将和童欣搭档比赛。你知道这意味着什么吗？意味着你已经成为过去，是众人抛下的弃子。”

言语太伤人，沈如磐哑然地盯着颜曼看了许久，忽地眼眶发红：“母亲，我真的是你的女儿吗？为什么你总是打击我？小时候我双腿韧带断裂，哭着说不想滑冰，你非要让我继续，甚至不惜代价把我从单人滑转成双人滑——现在我自己想继续，为什么你却不同意了？为什么非要说难听的话来伤害我？”

她勉强克制住悲伤的情绪，决绝地道：“不管你怎么看，反正陆楠没有舍弃我。从今往后我的选择与你无关，你也不要试图掌控我的人生！”

语罢她急忙转身离开。

然而一旦摆脱母亲，她就再也控制不住内心的委屈，眼泪夺眶而出。她用手背去擦，刚擦了左眼，右眼又流出眼泪来。她干脆蹲在地上，无声地痛哭起来。

过了很久，她好不容易才平静下来，沿原路返回酒店。

一进入酒店大堂，前台工作人员便微笑着唤住她：“沈女士，有位朋友找你，已在此等候多时。”

她侧过头，循着指示的方向往大堂休息区瞥去，就看到一个人。

是童欣。

此刻童欣应该和陆楠争分夺秒地训练，怎么会有空来酒店？

沈如磐感觉突然，童欣先开口道：“自从听说你要来圣彼得堡，我就觉得应该找个时间单独拜访你，遂趁着今天中午的片刻工夫出来了。”

“你怎么会知道我的酒店地址？”

“陆楠偶然透露过。”

沈如磐了然：“那去房间谈吧。”

回到房间，沈如磐道了声“请坐”便去倒水。童欣却说：“沈姐不用客气了，我们长话短说。”

沈如磐沉默一瞬，还是坚持倒了杯水放到她面前，然后在她的对面坐下。

童欣的第一句话很直接：“沈姐，你知道陆楠的手是怎么弄伤的吗？”

“他不忍心见你被国家队除名，经常恳求总教练保留你在花样滑冰队的资格。教练拒绝了他，他因为沮丧分心，训练时不慎扭伤了手。”

童欣的眼睛一眨不眨地看着沈如磐，又说：“陆楠私底下为你做了很多事。你离开的这一年多时间，他三天两头想请假去德国探望你。后来不得不和我搭档准备黄金联赛，他一边投入紧张的训练，一边分心惦记着你的放疗决定是否正确，还数次委托朋友和国内的专家医生打听咨询。甚至你这次的圣彼得堡之行，大家也是压根儿没有预料到的。”

沈如磬听出对方语气里的不善：“什么意思？”

“陆楠到达柏林后的第二天就给总教练打电话，说你心情不好，不利于恢复。他又问教练，你是拿过很多金牌的选手，又因缘际会指导了德国本地选手夺得冠军，于公于私，能否来圣彼得堡看一看大家的训练情况及比赛。教练考虑了几日方才同意。”

她的这一番话和陆楠的表述有明显出入，沈如磬果断否认：“不是这样的。”

“事实就是这样。”

空口无凭，怎么争都争不出一个结果来，沈如磬干脆沉默。

童欣又道：“前几天陆楠是不是说过要退役陪你养病？”

沈如磬听到这句话，霎时明白了对方找她谈话的目的：“你误会了，陆楠只是在说笑。”

“我没有误会！我问过陆楠，他被我缠得没有办法，只好承认你心情不佳，职业发展也停滞，他才考虑暂时退役陪你度过一段最艰难的时日。”

童欣说着，控制不住地恼火起来：“沈姐，你已经是成年人了，你就不能控制一下自己的情绪吗？为什么你总是以弱势者的身份占尽了陆楠的好处，并且毫无自知之明地持续拖累陆楠呢？”

“你误会我了。”沈如磬澄清，“我不知道陆楠的真实想法。现在我知道了，我会劝他……”

“不够，请你远离陆楠。”

她的话语强势，沈如磬即使修养再好也难免有些不悦：“童欣，我体谅你维护陆楠的心情，但我和陆楠之间的来往轮不到你来指点。”

童欣仿佛料定沈如磬会拒绝，脸色阴晴不定地盯着她，半晌才道：“沈姐，有个秘密你不知道吧。”

“当年拆队换人一事，领导事先征求过陆楠的意见，并得到了他的同意。你的母亲也提前知晓此事，她选择了默允。”

“当然，远不止你的母亲和陆楠，所有人都觉得你不可能痊愈了。只不过你后来激烈地反对，甚至出走德国，陆楠被逼得没办法，一时心软才改口同意不换搭档，继续等你。”

突然重提旧事，沈如磬一下子消化不过来，愣住了。

“沈姐，你摸着良心问自己，你二十二岁那年父亲去世，稍后受伤，健康和竞技状态急剧下滑，直到现在都不能恢复，又怎么可能在往后的日子完美复出？陆楠被你拖累了两年，好不容易有机会和我搭档比赛，请你放过他好吗？否则他的心思全部放在你的身上，他的职业发展和前程都将随你一同葬送。”

她最后的话太武断，被沈如磬打断：“童欣，什么葬送不葬送的，你说话太过分了！”

“过分的人是你。如果陆楠的手没有受伤，我们明明有机会练习抛四周跳的。我们训练默契，配合得也很好。”

沈如磬曾经亲眼见到童欣那天的训练状态，所以这番描述她是绝对不信的。

童欣也看穿了她的心思：“信不信由你。其实陆楠很有才华，他不过是被你和你厉害的母亲掩盖了光芒。现在他脱离你，也将是一个优秀的选手，一个名副其实的世界冠军。”

童欣说到这里，口吻越发强硬：“沈姐，我尊称你一声‘姐’，是因为我们同是队友。请你放弃不切实际的幻想，体面地退役好吗？你可以学你的母亲转型去当裁判、当教练，或者去读书也可以，就是不要复出回归赛场。请你不要再若即若离地纠缠陆楠，否则你就是在变相索取他的怜悯。我会因此鄙视你，深深地瞧不起你！”

沈如磬何曾面对过这种斥责，张口要反驳，童欣又道：“花样滑冰永远是年轻人的竞技场。请你睁开眼好好观看这次的黄金联赛，因为你的时代已经结束，我的时代才刚刚开始。”

童欣年轻气盛，说完便起身离开。

沈如磬看着她的背影，千言万语没机会争辩，一下子如鲠在喉。

之前被母亲斥责，沈如磬的心里本就堵得不行，现在负面情绪累积起来，变成了一股排遣不掉的恼怒。她无处宣泄，抬手把桌上的玻璃水杯扫到地上。

杯子碎了一地，她的心亦如被万箭穿心。

傍晚的时候，陆楠例行致电。

短促的电话铃声打破了房间里的沉寂，沈如磬沉默地看着手机屏幕上显示的来电人名，过了一会儿才接通。

陆楠低沉愉悦的嗓音随即传来："如磐，我看见你发来的照片了，你是不是玩得挺开心的？"

她不轻不重地"嗯"了一声。

"我今天一直在想《宋家王朝》的内容调整。那天和你说过的最后几处衔接，我大概知道该怎么改了。"

他详细地说完构思，等待了片刻："人呢？你怎么不说话。"

沈如磐思绪复杂，根本没有注意听，被他一追问才勉强附和："听起来不错，就这么改吧。"

"你怎么了，好像有点无精打采？"

"我……挺好的啊。"

陆楠"哦"了一声，又道："外面阳光正好，我也想像你一样'偷得浮生半日闲'，出去溜溜转转。"他低低地叹了口气，"不知道为什么，感觉这次黄金联赛的压力极大，可能是准备不充分的缘故。然而一想到你在这里看着我比赛，相当于亲自为我加油打气，我就算压力再大也会坚持到底的。"

沈如磐本来已到嘴边的"想离开圣彼得堡"的话也只能咽下去。

她打起精神安慰道："陆楠，你还记得以前我们赛前紧张时，教练是怎么安慰我们的吗？比赛的过程和结果最终会摆在面前，你必须在没有滑冰的时候忘记滑冰，好好休息，尽量放松，然后在最终比赛时豁出去拼命。"

"我懂。我现在就去运动员村里的SPA中心做个针灸按摩，放松一下。"

他笑着说完就要挂电话，沈如磐叫住他："等一下。"

"怎么了？"

"那天你说，你比完赛可能临时退役，是真的还是假的？"

"要是比赛结果不好，我不想退说不定也得退喽。"陆楠调侃自己，又补了一句，"话说你还记得陈群吗？"

陈群是老一代双人滑选手，和女搭档拿过全国冠军。稍后他的女搭档因为身体原因提前退役，陈群换了一任又一任女伴，却总是因为默契度达不到从前，一直战绩平平。

陆楠说："如磐，你不在的日子里我和陈群聊过。他告诉我，搭档是一体的，不要轻易替换。我觉得他说得对。为了国家荣誉，我应当坚持比赛。一旦比完赛，为了我们久远的将来，我也许真的应该退下来陪你调理身体。”

“不过……”他不好意思地笑笑，“我目前还停留在幻想阶段，尚未执行，你千万不要为此感到紧张。”

沈如磐听完，心中忽然产生一股冲动，很想问问当年拆队换人他是否真的知情。但她不能问，至少此刻不能问，怕影响他比赛。

沈如磐无声地吸了一口气，尽量让自己的声音听起来没有异样：“好了，不要说退役不退役的话了，哪有人在赛前灭自己威风的。”

“行，不灭威风，我争取拿冠军！”

他说完又爽朗地笑了，沈如磐却笑不出来。

然而假若不笑，又显得她私心重，耿耿于怀童欣的话。于是她只能收起满腔的苦涩，佯装轻松地扬起语调：“我看好你，加油。”

两周后，黄金联赛开幕。

这次的联赛在圣彼得堡举行，开幕式盛大。俄罗斯历史上著名的冬奥冠军在开幕式上完成了一系列高难度的表演，精准地展现“更快、更高、更强”的体育精神。

开幕式过后，便是双人滑短节目。

大抵是东道主的缘故，俄罗斯现役双人滑名将以精湛的表演位列第一，日本、德国的选手紧随其后，陆楠和童欣到底是临时结伴，发挥存在瑕疵，暂时排名第六。

短节目过后，陆楠又给沈如磐打电话：“居然排在第六？我预期怎么也要挤入前五啊。”

从历史经验来讲，第六名似乎是很难突围的名次。沈如磐只得安慰他：“你和童欣首次比赛能取得第六名的成绩已实属不易。再说明天的决赛你们排在最后一组出场，仍然有希望前进一步。”

也许是她的话起到了效果，陆楠静默几秒后释怀一笑：“好吧，闭关训练期间我的手扭伤、童欣的腿拉伤，两个伤兵上阵比赛，能排在第六也算是不错的成绩了。”

童欣的腿拉伤过？沈如磐愣住，陆楠又道：“你早点休息，我也养精蓄锐，晚安。”

沈如磐随即也道了声“晚安”。

她关上房间的灯，过了许久却全无睡意。

脑海里自发地浮现童欣训练时并不完美的表现，以及那日童欣说过的话，沈如磐忽然怀疑自己是不是真的低估了什么。

她心里藏着太多不安，身为一个运动员，明明应该用实力证明自己，此刻却做不到，好像只能盼着别人的失败来成就自己。

沈如磐揉揉胀痛的太阳穴坐起来，伸手拿过床头柜上的手机，点开通信录。

她找到了萧与时的名字。

她并没有给萧与时发消息，只是垂着头静静地看了一遍曾经和他发过的非常短暂的文字交流信息，然后指尖从屏幕上划过，无声地摩挲他的电话号码。

仿佛只有如此，她那颗充斥烦恼的心才能获得片刻的安宁。

第二天是自由滑，也是沈如磐去圣彼得堡指定医院做CT复查的日子。检查结果不怎么好，动态X线片显示椎间盘假体的边缘仍有一大片两点五毫米的骨赘阴影。

沈如磐担心地问：“两点五毫米听起来很严重，是不是说明放射治疗没有效果？”

俄罗斯医生对这方面的来龙去脉并不了解，只说先把动态X线片传回柏林和放射治疗前的情况做比对，万一效果不佳，可能要考虑手术的方案。

沈如磐不禁有些多虑，尤其想到费恩曾说过，放疗只是一种迫于无奈的、勉强可以考虑的治疗方案，她更加忧心忡忡。

这样的心情一直持续到她抵达赛馆。双人自由滑项目的赛事已经进入尾声，现在是最后一组选手上场比赛。

按照抽签顺序，最后一组首先上场的是东道主俄罗斯选手。

俄罗斯人在冰上的控制能力向来强悍，无论是男女选手各自的单跳还是抛跳，高度和远度皆惊人。随后三个托举、双人旋转、后外螺旋线也是高质量完成，总成绩一下子刷新了世界纪录，全场沸腾，掌声雷动。

日本、德国、法国选手随后陆续登场也表现不错，彼此的分数咬得很紧。如果最末登场的陆楠和童欣发挥一般，只怕就要沦为陪跑了。

沈如磐此时才从担忧的思绪中抽离，远远地看着陆楠和童欣入场。

七年前，她和陆楠即将上场表演《宋家王朝》。虽然两个人都没有明说，但彼此的神经已经绷到极致。两个人不再像以往的小比赛互相击一下掌便上场，而是紧紧拥抱了一分钟，并且一边拥抱一边控制不住地颤抖。

陆楠在她耳边说：“你听见外面的欢呼声了吗？是不是俄罗斯队又拿下高分了？”

她深吸一口气后长长地吐出来：“没关系，让我们去创造更高的分数！”

往事遥不可追，如今登场的是陆楠和童欣。

和记忆里的参赛服截然不同，童欣的服装变成了淡粉色竖领连身裙。粉色本就柔弱，裙边镶嵌上纯白晶莹的水钻，更显得其纯洁无瑕。她在冰上滑行时裙摆纤纤飘起，加上眉目淡扫，整个人有一种悲怆决绝之感。

陆楠的服装也经过同款设计改成以淡粉为底，肩领皆有金线嵌花和刺绣，衬得他玉面郎君高雅大气。

俊男美女的组合，虽然不会成为裁判给出高分的因素，但从艺术层面来讲，具有不可否认的夺目之美。

很快，音乐便响起。

《宋家王朝》是一曲动荡的史歌。两个人一开场，便是中心对称的逆时针旋转步伐，开启阴郁动乱的主题，紧接着又用华丽流畅的步法接高难度的三周加三周联合跳跃。陆楠单跳出色，童欣也罕见地从腾冰到落地姿态伸展正确，稳稳地站住。

这一幕比短节目发挥得要好太多，沈如磬无比惊讶。

大提琴低沉的音域很快把音乐带入动荡不安的社会氛围中。陆楠和童欣用迂回的蛇形滑行步法，以及顺－逆、逆－顺等方向切换，传递“聚散别离”的悲剧主题，艺术层面的感染力瞬间凸显。

不过两个人的配合仍有不足，在随后又一次三周加三周联合跳跃中，两个人的节奏稍有差异，影响了同步性。

接下来是双人滑项目里既有难度又最具观赏性的大动作——托举。

童欣单足起跳，陆楠单手将她托举到空中，托举姿态分别从手、肩、背做变化支撑。而在整个支撑的过程中，童欣又要做一系列的难度姿态翻转，陆楠也要支撑着她共同转体，这对于扭伤了手、拉伤了腿的男女双方而言，都是无比艰难的挑战。

好在一切都有惊无险，童欣在空中足足翻转五周，完成最高难度的定级方才落冰。

音乐越来越激昂，两个人变刃大一字步连接捻转，再压步滑出，做最难的前外三周螺旋线。整套动作编排之大胆，技术难度之高，一时间从观众席传来阵阵掌声。

沈如磐看愣了，回过神来后也赶紧鼓掌，为陆楠和童欣加油打气。

陆楠曾经告诉过她，最后一分钟的动作全部重改。她当时心情混乱听得不仔细，现在倒是非常好奇他是如何修改的。

答案很快揭晓——曾经失败的四周抛跳被删除，弧线变刃步也被改成陆楠和童欣面对面跪地相拥的滑行步。两个人投入音乐的情绪中，饱含深情地四目对望，那种在历史悲情基调上演绎出来的“乱世红尘，不见长远”的艺术感一下子细腻地流露出来。

稍后陆楠引领童欣做了一串凄美的弧线步小托举。在历史动荡感十足的弦乐声中，两个人以蝴蝶跳接双人燕式旋转、双人燕式提刀旋转、左足难度蹲姿转，再接扳腿直立难度转。技术动作难度之高，俨然为激烈的尾声蓄势。

观众席上响起经久不息的掌声。陆楠再次引领童欣快速滑行，而后他扶髋将她朝顺时针方向抛出，做了一个至高难度的阿克塞尔三周抛跳！

沈如磐看到这里，猝不及防被震撼到了。

双人滑项目中，最高难度的技术动作，除了她和陆楠能够完成的捻转四周、沙霍夫四周抛跳，便是阿克塞尔三周抛跳了。

阿克塞尔三周抛跳太特殊，它的正确名称应该是“阿克塞尔三周半抛跳”。这是唯一一个向前的跳跃，所以空中旋转周数不得不多出半周。选手必须跳得又高又远，才有足够的时间进入紧张的旋转状态，并且在迅速降落至冰面时，继续用刀刃增大自身转动速度，方能避免摔倒。

这便是运动物理在冰上最极致的展现，能够完成的选手寥寥无几。

沈如磐压根儿没预料到陆楠和童欣会做出这个动作。然而更让她震撼的是，即使这个抛跳在抛出后出现了明显的角度偏斜，童欣落冰时也明显有晃动，但她咬牙控制住，并迅速做了转速弥补，顽强地站住了！

在气势磅礴的音乐尾声中，两个人所有的动作犹如镜像一般，或旋转，或交叉换位，延续开场时顺－逆、逆－顺的变刃步法，承接即将到来的别离。

最后的定点结束动作不再是陆楠和沈如磐的深情拥抱，而是陆楠“死”于童欣的怀中——旧日王朝如湮灭，历史人物浮沉离开，生荣死哀不过是过眼云烟。

音乐声止，全场观众纷纷站起来鼓掌。

虽然整套动作有瑕疵，但技术难度和艺术亮点诚意满满。陆楠和童欣的总分非常高，竟然反超日本和法国占据第三位。也就是说，陆楠和童欣首次出赛便迎来了非常好的结局。他们收获了铜牌！

太意外也太突然了，沈如磬震惊得都不知道该用什么语言来形容此刻的心情。

等分区那边，童欣见到排名结果，异常激动地抱住陆楠。陆楠却懵懵懂懂反应不过来，更不记得要和女伴互动。直到童欣放开他，他才后知后觉地笑了。那一笑，下巴上的美人沟便展露出来，五官轮廓霎时绽出帅气羞涩的美好感。

沈如磬远远地凝望着陆楠，眼睛里有羡慕的情绪在流动，但她还是高兴地冲陆楠挥了挥手。

然而观众席人海茫茫，他看不见她。

没过一会儿，陆楠和童欣离场，体育记者争相围上去采访。沈如磬挤不进去，只能站在最后，听到的第一个问题便是："你们的阿克塞尔三周抛跳非常精彩，是如何练成的？"

陆楠是老将，自然先开口回答："我和童欣练得无比艰难。尤其是童欣，她是个要强的丫头，总觉得技不如人，担心会拖我的后腿，所以整个训练周期异常刻苦，每天至少练一百五十个三周跳跃，导致腿部肌肉严重拉伤。你们不知道，昨天短节目比赛时，童欣的腿一度疼得没有知觉，今天上场前打了两针封闭才能够顺利地完成比赛。"

"你们能在短短几个月内就练成功，实力超群啊。"

"运气也占了一点因素，毕竟我们平时训练的成功率只有一半。我和童欣上场前商量，豁出去奋力一搏，能赢就赢，即使输了也不丢人。"陆楠说完"呵呵"一笑。

"那么两位对今晚的比赛结果满意吗？在过去一年多的时间里，中国国家队先后发生了老将重病、退队、你们重新组队等重大事件，随之而来的困难必然十分艰巨，你们是如何克服的？"

这是一个意料之外但又在情理之中的问题，陆楠顿了顿："还好，没有多大的困难。"

"但是你足足一年没有女伴，一直维持单人练习，竞技状态必然会倒退。你和新女伴童欣是如何走到一起的？能具体说说吗？"

陆楠欲言又止地卡壳了好几秒，最后勉强给出一个回答："主要是教练的安排。教练问我愿不愿意和童欣搭档，我当时觉得不可思议，毕竟童欣的冰上能力是年轻后辈里的佼佼者，很多男选手都想找她搭伴。"

“听起来你特别中意童欣，才会和她自然而然地牵手走到一起。”记者替陆楠做了总结，又抛出下一个问题，“昔日的《宋家王朝》因为失败的四周抛跳遗憾折戟，现在的《宋家王朝》第一次出场就夺得了宝贵的铜牌。两位对后续比赛有什么展望呢？如无意外，你们将是下一个冬奥会周期的金牌争夺人选，是否考虑带着《宋家王朝》冲击奥运金牌呢？”

问题三言两语难以概括，陆楠干脆不说了，把话筒递给了童欣。童欣滔滔不绝答得仔细，尤其是最后一段话，直述心意——

“无论将来呈现什么节目，我和陆楠的目标就是冬奥会金牌。这是陆楠多年来一直想实现却没有实现的梦想，也是我为之奋斗的理想。我有足够的耐心和毅力跟他一起站到更高的地方。”

这段话像极了沈如磐夺得世锦赛冠军时接受记者采访时的陈述。旁人可能不记得，沈如磐却一个字都不会忘。

如今童欣通过记者的提问说出来，神色自信，意气风发。沈如磐岂会察觉不到她的潜台词？

这是隔空宣战。

沈如磐沉默了一瞬，转身先行离开。

直到记者采访和颁奖礼结束，沈如磐才在选手休息室里见到陆楠。由于稍后还有一场国家电视台的直播采访，她得抓紧时间跟他道声恭喜。

陆楠不好意思地说：“我原以为最多闯入前五，没想到最终分数很高，估计是裁判手下留情了。”

“不是，是实至名归。”

沈如磐由衷地恭维，陆楠听了开心一笑，忍不住上前将她搂入怀中紧紧地抱了几秒才放开：“你不知道，我上场前告诉自己务必要冷静镇定，有你在观众席上看着呢。”

“我给你这么大的压力？”

“不是啊，万一我又把童欣抛摔了，你会不会觉得我应该改行去田径队丢铅球呢？”

沈如磐被他逗得微微失笑。

她一笑，陆楠低头凝视她，眼睛里流露出脉脉温情：“如磐，我要谢谢你。”

“谢我？”

“我上场前很紧张，但是想到万一输了便有理由退下来陪你养病，我的心理包袱就一松，不至于像多年前那样焦虑得发挥失常。还有，你生病后一直没有放弃理想，仍然执着地想要回到赛场上，我也从中受到鼓舞，决定撇开输赢专心比赛。”

陆楠把夺得奖牌的主因归结到她的身上，显然是怕她情绪低落会伤心。

沈如磐心一软：“你太谦虚了。”

“我是实话实说。”陆楠想起什么又道，“记者赛后采访时问了几个比较敏感的问题，我其实是不愿回答的。但身为国家选手总要说几句场面话，还请你多体谅。”

沈如磐当然知道自己应该保持理智，但一想到童欣说过的话，一股难言的滋味便不受控制地涌上心头。她轻轻叹了口气：“陆楠，你……”

她很想问，那时教练提出更换女伴，他是否和母亲一样早早放弃了她？否则为什么童欣一口咬定这是秘密呢？

但这个问题她又真的问不出口。

且不说她和他搭档多年感情深厚，只论在德国治疗的日子，她都能感受到他的关心。他应该不会背叛她，又或许只是觉得她反反复复治疗没个尽头，还不如及早放弃。毕竟他说过，人的一生有很多选择，哪怕退役当个普通人也有普通人的乐趣，又何必执着于花样滑冰。

事实应该就是这样，她应该没猜错。

沈如磐欲言又止，说不出下文，偏偏陆楠就像了解她的感受一样，主动说：“我知道你在想什么。不要在意过去，只要你不放弃，我依然等你。”

沈如磐愣了两秒，突然之间明白了什么。

母亲的言论虽然扎心，但有一点是对的，身体不好的运动员就是一枚弃子。没有人愿意和她搭档，除了陆楠愿意继续为她牺牲隐忍。

难怪童欣会看不起她，她就是在默默无言地求施舍。想必陆楠当初同意教练的决定，也万万没有想到她会如此决绝。

难以言表的苦涩滋味从胸口化开，沈如磐骤然意识到，她的过错可能恰恰是太决绝也太坚持了。

她垂下头，静默无言片刻后复又抬起头，一双眼睛里雾气蒙蒙，却又不见脆弱的泪光。她抿唇努力一笑：“谢谢你为我着想，可是，你不必再等我了。”

她就着这一口气往下说：“CT 复查的结果不太好，我说不定还要继续动手术，短时间内难以回归赛场。”

噩耗来得太突然，陆楠张了张嘴，愣住了。

“你不用退役陪我治病，我这一病就是个无底洞。相反你要珍惜机会好好和童欣比赛，至于我们想要夺得奥运会金牌的梦想……”沈如磐停了一下，脸上的神色并未透出难过，反而很坦然，“只能靠你和童欣去实现了。”

陆楠回过神，刚张嘴说了个“不”字，童欣就出现在了休息室门外。

童欣没有正视沈如磐，只对陆楠道：“电视台的采访马上要开始了，走吧。”

沈如磐冲陆楠点了点头：“去吧，别耽误了正事。”

“我不去了。如磐，我需要和你再谈谈……”

“直播结束后再谈也不迟啊。”

毕竟是国家电视台的访问，并且五分钟后就要开始，确实很难推却。陆楠纠结片刻，深深地皱起眉头：“那你等我的电话。”

沈如磐“嗯”了一声，安静地看着他和童欣离开。

他个子高腿又长，走路的速度比普通人快，但从来没有阔步独行在前头，经常都是礼貌地让女伴先走，然后放慢脚步细致地跟随其后，从背影看俨然就是护花型男伴。

他护了她好多年，久而久之习惯成自然，现在也跟在童欣后头。只不过因为他心中有事，脚步有些凌乱，差点撞到童欣，幸而及时收住了脚。

这一刻，沈如磐的心中百感交集，千头万绪。

新奇又美丽的花样滑冰对年幼的她极具诱惑力，也是她同意滑冰的原始动力。

母亲的苛求和高压的训练很快便耗光了她的耐性，她无比厌恶地想要放弃滑冰。本以为双腿韧带撕裂便可以止步于此，却意外地遇到了陆楠。

少年的开朗和感染力帮助她度过了低潮，也延续了她的职业生涯。

可是再往后的人生，他应当自由地追寻自己的光明前途，而她则继续奔走于她的孤独方向。

这么优秀的搭档，她十分舍不得放弃。然而依依不舍的十二载搭档关系就像不牢固的旧日王朝，必然走向消亡。

新生代力量不可阻挡地崛起，她也是时候和过去说再见了。

再见，沈如磐和陆楠的时代，一路走好。

沈如磐凝视那渐行渐远的身影，眼睫毛颤动了几下，眼中泪光乍现。

Chapter11

又是佳期

经历过那么多挫折，沈如磐已经没有眼泪。她平静地走出体育馆，走上街道。

她不知道自己要去哪儿，反正也没有人等她。

夏季明媚的阳光牢牢地控制着圣彼得堡这座高纬度城市，只有临近深夜，太阳才稍稍放松一点，勉强迎来黄昏。

金色的月光得以投映在河面上，河面波光粼粼。她没有停下脚步欣赏美景，一直往前。走过遥远的路，穿过大大小小的桥，直至涅瓦大街的尽头，来到人流熙攘的火车站。

她走累了，便停下来休息。

火车站外的电子大屏在重播今晚的比赛。赛场上的陆楠和童欣是那么闪耀，沈如磐仰着头眼睛一眨不眨地看着他们。直至比赛重播到经典的阿克塞尔三周抛跳，她才移开目光，睫毛轻轻地颤动，遮住眼里的情绪。

眼下是旅游旺季，又逢黄金联赛赛季，火车站的广场上热闹极了。人流聚散，熙熙攘攘，奔着各自的方向。她身在中央，却似一座孤岛。

长久以来的坚持，在这一刻显得苍白无力。

没有父母的认同，也就失去了和陆楠重新搭档的可能性，只凭自己，她的未来会怎样？

是在病痛和手术的消磨中逐渐死心放弃，还是等待痊愈，然后换一个男伴重新出发？可是换谁呢？她的年龄不上不下，年纪小的男选手肯定不会选她，年纪大的也必然不待见她。她难道要从双人滑又变为单干吗？

沈如磐只能苦笑。

金色的月光笼罩着整座城市，战斗民族无数思想家、文学家、政治首脑诞生在这里。河渠纵横，桥和岛屿错落，条条道路通向远方。美丽又灿烂的文化盛景预示着她有一个远大的前程，但事实上她思绪惘然，找不到前行的方向。

还能抵达自己想要的终点吗？

原以为自己会黯然神伤，但一个人的悲伤情绪是有极限的，超过了这个限度，她的五官感觉皆木然。

也不知过了多久，手机忽然持续振动。

沈如磐垂眸一扫，打来电话的是久违的费恩医生。电话接通后，老专家先开口：“沈女士，你的 CT 报告出来了。”

他的声音沙哑中透出疲惫，所幸沈如磐早有最坏的心理准备，顺着话问：“结果不太好？”

“没有！结果很好！”费恩重重地咳嗽几声，再开口时情绪饱满且高涨，“虽然你的假体周围仍有两点五毫米的骨赘，但已经停止生成。你体内的假体也没有发生位移，始终保持在正确的位置上。这种案例在临床上不是孤例，你可以安心出院，只需要保持定期回访即可。”

电话里一片寂静。

“怎么了，沈女士？”

“我……”沈如磐张了张嘴，艰难地回答，“我太意外了。”

费恩大笑：“我也很意外，但医学有时候是非常神奇的。”他叮嘱她，“你在圣彼得堡玩得开心吗？别忘了早点回来办出院手续。”

眼看对方就要挂断电话，沈如磐连忙唤住他：“等等，您还好吗？”

“医院天天忙，也就那样。”

她顿了顿，假装若无其事地问：“萧教授怎么样？”

“你惦记 Hsiao？”

“不是，我在圣彼得堡看见了暗物质探测实验成果研讨会，好奇萧教授怎么没来开讲座？”

“哦，萧与时现在就在另一条电话线上，要不你直接问问他？”

沈如磐惊讶得差点把手机掉到地上。

费恩不久前正在复核 CT 检查结果，以确认自己没有误判。恰巧萧与时致电问候，他第一时间告知了沈如磐的恢复情况，萧与时便说可以将这个好消息通知给沈如磐。

于是费恩一方面保持和萧与时的座机通话，另一方面通过手机和沈如磐取得了联系。现在费恩把两条电话线都设置为免提，也就相当于三个人一起交流了。

形势的转折让沈如磐措手不及，她尚未整理好蒙的情绪，一个熟悉的、低淡的声音便在耳畔响起：“那个研讨会邀请过我，但被我拒绝了。”

这……沈如磐不知该如何接话，萧与时又道：“你在哪里？背景十分嘈杂。”

“我在涅瓦大街这边的火车站。”她脱口而出大实话，语罢又觉得不妥，“我出来逛逛，看看风景。”

“三更半夜在火车站看风景？”

波澜不惊的质疑，带着不言而喻的默契。沈如磐忽然觉得萧与时可能也关注了黄金联赛，并且猜到她心情不佳。

沈如磐迅速组织语言回答：“火车站广场上有一座很著名的列宁雕像，我正在拍照。”

电话那端一时再无言语。

她清了清嗓子想转移话题，偏巧他平静地开口：“祝你玩得愉快——费恩医生，我还有些事要处理，你们慢聊。”

就是这么突然，萧与时挂断了电话。费恩没聊几句也挂断了电话，只留沈如磐一人。

幸好三方互相看不见，否则沈如磐脸上的尴尬将无所遁形。她又不是笨蛋，怎么会不明白萧与时早早收线的原因？

他在柏林盼着她回来，她不但不与对方联系，反而还用冠冕堂皇的理由回避他的关怀，摆明了是在有意无意地在拉开和他的距离。假如双方位置互换，她也会觉得自己是“本将真心向明月，奈何明月照沟渠”。

萧与时肯定又不高兴了。

今晚好不容易才搭上话，她想问候他几句，而不是像现在这样又添一层误会。沈如磐点开手机通信录里萧与时的电话号码，稍许迟疑后拨了出去。

电话只响两声就接通了，她放低姿态先开口：“刚刚有费恩医生在，我不便明讲。我不是在看风景，而是在散心。”

那端安静了片刻，低淡的声音再度响起，不显山露水，没有任何波澜：“就算中国队今晚表现出色，你也无须看低自己。你很快就要出院了，回国后重新恢复训练也能取得好成绩。”

萧与时果不其然关注了黄金联赛，并且猜到了她的感受。

隔着千山万水，沈如磐心中难言的情绪又不受控制地涌上来。她本想简单地“嗯”一声把不堪的话题带过去，然而电话那端是唯一关心自己的人，她不再像之前那般避重就轻：“不是的，我没有搭档了，我也很难再找到搭档。”

他是个聪明睿智的人，她不需要说太多，他什么都懂。

然而接下来很长一段时间他都未再开口，电话里安静极了，他究竟是在沉思还是放下电话分心处理工作上的事，她无从知晓。

沈如磐蓦然有点后悔给萧与时打这通电话。她为什么要把烦恼给说出来呢？显得自己像是在发牢骚，以博取他的同情一样。

沈如磐仓促地开口：“对不起，我不该和你说这些，真是不好意思。”

“你以前也没有搭档。”萧与时终于开了腔。

“什么？”

“你以前没有搭档，以后也未必需要搭档。”

他的声线冷静果决，隐隐在提示什么。沈如磐愣了一下，突然领悟到他话中的深意。

她十分惊讶：“你的意思是，我可以从双人滑转到单人滑？”她打住，艰难地摇头，“我已经二十五岁了，年纪太大，做不到，肯定做不到。”

“如果你想做，自然做得到。就怕你尚未开始，就先被别的人给绊倒了。”

从容沉稳的一句话，反驳了所有的忐忑摇摆，给人以莫大的信念支撑。

这个建议有可行性吗？沈如磐问自己，下意识地握着手机抬头看向前方。

火车站人来人往，站外的大屏幕上仍在重播比赛赛况。闪亮的滑冰场，锋利的冰刃从冰上划过挫起的冰花，还有男女选手向最高难度发起挑战的技术动作，都是她有生之年追逐的方向。

当初她迫切渴望回到赛场上，哪怕无人陪伴，哪怕有万人阻挡，她铁了心也要回去。

既然如此，她为什么不选择一个人毫无包袱地前进呢？反正她曾经就是女子单人滑选手，身体素质也并不差。

沈如磐此刻的感受犹如醍醐灌顶，她对着电话那头道：“萧与时，谢谢你，我会慎重考虑你的建议。”

只表达感激是远远不够的，然而心里千丝万缕的思念又不能明说，她只能厚着脸皮多说几句：“还有，谢谢你和费恩医生一直以来对我的照顾，我何其荣幸能够遇到你们，等我回到中国，我……”

她想说，她会向身边的队友好好介绍医院，为有困扰的腰椎病患者延续福音。话未说完，电话那端的萧与时波澜不惊地反问：“现在就说道别，是不打算再见我了？”

一语中的，她顿时哑了声。

其实也没必要再虚伪地回避，也是时候说出真心话了。沈如磐把手机从左手换到右手，低下头轻声说：“萧与时，那天你问我的问题，我可以告诉你答案。”

“我心里有你，我甚至弄不清楚具体是从哪一天开始，我居然毫无自制力地喜欢上了你。”因为看不见他本人，她可以毫无保留地说出真心话。不过她终究是女生，现在向一位成熟的男性告白，脸一下就红了。

她咬咬唇，又继续往下说：“能够被你同时喜欢，我觉得是老天在对我关上所有门之后打开的一扇窗。那天晚上的那个吻……我是愿意的……可是对不起，我现在的状态不适合发展感情，我也没有能力维持一段稳定的关系。”

电话那端的男人依然冷静：“为什么？”

“你是完美的，值得被专心对待。相反我很不专心，我不是惦记着自己的身体状况就是耿耿于怀职业前景，难免会忽略你，不能给你对等的幸福。你就当我们没有相遇，或者相遇了也只是泛泛之交。你一定会遇见一位非常完美的女性，她会给予你我不能给你的……”

话未说完，耳边忽然响起一句话。这句话既是从电话扩音器远远地传来，却又真实得近在咫尺。

“沈如磐，你抬头看看对面。”

声音清晰而平静，带着熟悉的抑扬顿挫。沈如磐愣了一下，循声望去。

金色的月光洒落在广场对面的开合大桥，桥上有一位身材颀长的男人。他遥远无声地凝视着她，俊朗的面容就像一场缥缈的梦，却又真实地跨越柏林和圣彼得堡两座城市遥远的空间距离，突如其来地出现在她的面前。

沈如磐望着桥上的萧与时，只觉得心重重地跳了一下，接下来有很多情绪不受控制地通过血液的流动泛滥开来。

她不可思议地开口：“你怎么会在这里？”

萧与时安静了一秒，回答：“其实刚才你问我为什么不来参加研讨会，我只答了前半句。后半句是‘穆勒教授希望我出席，我考虑了几日，终究还是来了’。”

还有一个事实萧与时也没说。方才通话时，他刚好结束晚间会议，乘出租车穿过涅瓦大街火车站。虽然稍后他在电话里仓促地收了线，但他终究不放心她，于是又吩咐司机掉头开回来。

他只想确认她会不会偷偷躲在某个地方黯然神伤，却没有料到她会主动给自己电话。

“你来这儿多久了？”沈如磐又问。

“一周。”

“研讨会还没有结束？”

“三天前便基本结束了，但我拓展了一些课题，于是留了下来。”

不必再追问他为何会来，又为何来而不走，只因为这座城市是距离她最近的地方。

沈如磐的心里充斥着难言的滋味，不好受地说:“你何必这样，我……”

“你不要觉得困扰。我这么做只是希望万一你想起我，想回到柏林，我能第一时间接到你。”

他的声音从容自持，娓娓劝说：“如磐，我没有你说的那么完美。我是个喜欢独处的人，在遇到你之前，感情的事从未认真考虑过。我常常因为沉浸在学术研究中没有足够的时间陪伴家人——就像我和你，我们在一年多时间里见面的次数屈指可数，如果你因此感受不到我对你的感情，我也能理解。”

“那天晚上你告诉我你不需要陪伴，想走的路可以自己一个人走。那么我能不能成为你身后的男人呢？当你疲惫困顿的时候回头看，第一眼看到的人是我就好。我遇见你、喜欢上你，我知道该如何妥善地维持我们之间的感情关系，而不是让彼此被束缚牵制。”

萧与时平静地将一番话说出来，字句质朴平淡，但字里行间蕴含的深情却激得沈如磐眼眶一热。

“人生短暂，在此有限的旅途里，爱一个人、攀一座山、追一个梦，是可以并行的。如果你赞同我的观点，就让我走过去找你，好吗？”

情话动人，沈如磐听到这里，再难负荷胸口饱涨的情绪，快步朝他奔去。

他们之间隔着广场，也隔着运河和桥，几百米的距离变得那么漫长。她跑得着急，一下子就喘起来，但还是坚持朝着他的方向奔去。

他反应过来转身下桥，但很快就发现自己去不了她所在的地方。因为这座桥是开合大桥，夜深了，开合大桥中间的桥面被打开，方便货船通过，无形中变成了一座“断”桥。

她有些不知所措，幸而他反应快，指了一下反方向的环形公路：“走那边！”

距离越发迂回，但相对位置迅速缩短，两个人都迫切地朝着对方奔去。

面对面的那一刻，她紧紧地抱住他，脸贴在他的胸口，语气是罕见的苦涩：“萧与时，我不想步我父母的后尘，因为一时的迷恋而变成一世的怨侣。”

“不会的。”

“你在德国教书做学问，我在中国闭关训练。我们见不到面，聊不了共同话题，不能及时分享彼此的喜怒哀乐，这样也没有关系？”

“没有关系。”

“但是太辛苦了，我甚至好几年都没办法和你结婚，还有生儿育女——不以婚姻为目的的感情关系是不道德的，真的没有关系？”

这样的疑问，其实是一个女生面对爱情时的患得患失。他何其细致，骤然意识到她的内心隐藏着从未对自己说出口的深爱。

欣慰的感觉一下子涌上胸口，是那么出人意料，充满脉脉柔情。于是他情不自禁地低下头，吻了吻怀中人的脸颊，低沉的嗓音中夹杂着从未有过的宠爱：“没有关系，通通没有关系。”

她终于问不出别的问题来。

把头深埋在他怀里好一会儿，她不好意思地嗫嚅：“萧与时……”

“什么？”

“带我走吧，我要跟你回柏林。”

听到她的话，萧与时勾唇笑了，抬手摸了摸她通红的脸颊：“天亮就走。”

他握住她的手腕，手往下移，亲密地扣住她的五指，她也安静地由他牵着手往前走。

午夜悄然来临，运河在月光的映照下波光潋滟。巴洛克式的街道纵横交错，远处华灯点点，影影绰绰。所有景象都是如此美好，沈如磐觉得从胸腔里长长地舒出一口气，周身弥漫一种久违的宁静和轻松。

“你瘦了。”萧与时开口说道。刚才将沈如磐搂在怀里时他便觉得她轻了点，现在一路走来握着她的手不曾放开，他十分确定她是真的瘦了。

萧与时不禁问：“陆楠没有照顾你？”

“他？他住在运动员村，连出来见我的时间都没有。”

“那他为什么带你来圣彼得堡？”

“看比赛啊。”沈如磐当然知道萧与时在想什么，转头瞅他，“不然干吗？和他谈恋爱？”

萧与时是什么人，四平八稳地回答：“我可没那么想。”

呵，口头越不以为意，心中就越是这么想。

沈如磐可不敢忘记上次在费恩医生那里发生的一幕，于是主动道歉：“我不是故意惹你不高兴的。那天你突然开口提醒我记得看表演赛，陆楠便猜到我们的关系，还问我要不要去。我心里乱糟糟一夜未眠，第二天既是散心也是陪陆楠逛一逛柏林，就和他出去了，一不小心看了场动物喜剧电影。”

萧与时侧目看看她，搭腔：“然后呢？”

“没有然后。”沈如磐尴尬地说，“那天在费恩医生的办公室，目睹你转身离开，我非常难过。后来娜塔莎告诉我，你放手不管教练团队了，我便知道你是再也不想见到我。我无地自容，觉得在柏林待不下去了，只能来圣彼得堡排遣烦闷的情绪。”

她解释完前因后果，收住步子拉着他面朝自己，并主动握住他的另一只手，变成和他十指相扣。

她看着他的眼睛说：“萧与时，我的心里只有你。陆楠也好，其他人也罢，我从来都没有和他们做过什么出格的事。现在我牵着你的手跟你走，往后无论发生什么事我都不会松开。你也是，不要轻易放开我，好不好？”

如果说在此之前他还在吃醋，那现在就都是过眼云烟了。他凝视她片刻，再次将她搂在怀里。

“我没有不想见你，相反，我天天都牵挂你。”

“我也一样。明明人在这里，却总是想着柏林。”

相恋的感觉来得如此温馨，萧与时都有些舍不得送她回酒店了。

思索一会儿后，他开口：“我带你去一个地方？”

他带她去的地方，是圣彼得堡国立大学附属科学院天文台。

天文台即将关闭，但门卫认得萧与时，便允许两个人进去了。

天文台实际占地面积极广，登上主楼，穿过年代久远的狭长的通道，得沿着螺旋楼梯攀爬许久方能抵达穹顶。

穹顶的百叶窗是关着的。启动旋转阀门，百叶窗缓缓开启，白色的月光投射进来，一室光华。那架立在中央位置的高倍光圈折射望远镜也从沉寂的黑暗中走入明亮。

萧与时将望远镜的目镜对准夜空中的目标，徐徐调整经纬度和视度，直至视野里的星象十分清晰，他才回头唤沈如磐。

夜阑人静时和物理学家看星星，算是一种清奇别致的体验。沈如磐兴致勃勃地上前把眼睛对准望远镜，下一秒却愣住——视野里一片黑灰，哪里是五彩斑斓的宇宙？

萧与时解释："人的眼睛无法对宇宙星系长时间地曝光，除非使用足够大的宽口径天文望远镜，以及长时间的照片曝光叠加，才能看见真正的色度。不过即便如此，很多宇宙星系的照片并不真实，而是通过后期修图加上的伪彩。"

沈如磐懵懂地"哦"了一声。

虽然和想象中的景色截然不同，浩瀚的星空没有色彩，灰蒙蒙的一片，但视野里庞大的炽热星云散发出持续流动的星风，星风向四面八方或快或慢地扩散开去，产生弓形的激波。那惊艳的波纹，就像徐徐绽放的玫瑰花瓣。

这就是著名的玫瑰星云——宇宙的情花。

沈如磐惊讶极了。

萧与时随即又说："玫瑰星云之所以叫玫瑰，是因为星云发出强大的紫外辐射，游离了四周的云气，使自身发出绚丽的玫色辉光。如果人在宇宙中远远望去，便会看见栩栩如生的三个字——我爱你。"

说得这么迂回，原来是在表白。沈如磐心里一甜，悄悄勾了勾嘴角。

"不过，玫瑰的物语除了'我爱你'，还有另一层意思。"

"嗯？"

"美丽，重焕容光。"他从后面轻轻环住她，头俯下来一点，拉近彼此的距离，用温柔的嗓音在她的耳畔低诉，"祝福你，我的女王。残冬行将消弭，春天恍若来临，你的未来将如玫瑰绚烂绽放。"

数日来被童欣刺痛的自尊，而今被萧与时的情话给治愈了。

沈如磐转过头凝视他，眼睛里泛起感动。她的眼睫毛颤了颤，一开一合，就像一泓秋水，盈满深情。

月光洒入穹台，他和她安静地对视，气氛渐渐变得有些不同。

他的唇瓣微一张开，欲言又止。而后他低下头，极轻极浅试探性地吻了一下她的嘴角。

柔软的触感是那么美好，属于他的呼吸一下子温温热热地扑在她的脸颊和鼻尖。她有些战栗，耳朵和脸颊泛出薄红。

他看见了，目光一软，双手扶着她的肩让她转过身来面对自己，一只手环住她的腰，另一只手抬起她的下巴，温柔缓慢地加深这个吻。

彼此的气息充盈于胸，她的身体似乎也跟着热起来。她一直不太自然地垂放在身体两侧的双手无措了许久，最终鼓起勇气环住他的肩。

然后，她踮起脚主动回应他。

月光仿佛都要颤巍巍地躲进云层里，唇舌的交缠越来越深，彼此的心跳也越来越快，几乎融为一体。但两个人谁都舍不得推开谁，厮磨缱绻无休无止，简直快要将对方融化。

因为踮着脚，她薄薄的衣物上滑，露出紧窄的腰和一小寸细腻紧致的肌肤。

而他的手就环在她的腰上，掌心贴着不放，且用指腹微微摩挲，勾起异常撩人的滋味。她的身体就像有电流通过，快要化为一池春水。

缠绵。

贪恋。

时间都失去了流逝的速度，一切变得朦胧而空白。

好不容易，他缓缓放开她，温热的唇也终于撤开些许距离。

他的吐息不稳，下巴抵着她的额头。而她被他吻得面红耳赤，深深地埋在他的怀抱里。

等到两个人的心跳稍稍恢复正常，她抬头，目光闪躲地瞅了瞅他的眼睛："你是不是吻过别的女生？"

突如其来的发问，令萧与时感到莫名。

"超出预期……地娴熟……"

小小的声音，怯生生的抗议，他明白过来后低声笑了，将她再度纳入怀中，让她贴着自己。

"喜欢吗？"他问。

"喜欢。"干吗问这种羞答答的问题。

"我是指宇宙的星辰。"

"呃。"

"你的星座是什么？玫瑰星云的附近是双子座，我继续带你看星星。"

星光的璀璨无须用语言冗述，但在这一刻，在这里，月明如水，粼粼星辉伴着萧与时的低喃轻诉，沈如磐觉得自己像是沉浸在温柔乡里的小女生。

快乐，又获重生。

许久后，沈如磐和萧与时离开了天文台。

快要抵达住宿的酒店时，沈如磐接到了陆楠的电话。陆楠开口的第一句话便是："如磐，你在哪里？"

他的语气微急，她不答反问："怎么了？"

"我在来酒店的路上，有话想当面对你说。"

"行，那待会儿在酒店大堂见。"

出租车很快抵达酒店，沈如磐一眼便瞧见从前面车上下来的人是陆楠，连忙下车唤他："陆楠！"

陆楠回头看见她，冲着她一笑，迈步迎上来："你去哪儿了？"

酒店门口车辆来往频繁，他拉着她往边上走了几步才说："电视台采访结束后，我主动找了主教练谈话。我决定无限期退下来陪你治病，无论教练同意与否，我都会这么做。"

"什么？！"

"我已经做错过一次了，不能再在你最难过的时候任你漂泊。你没有父亲，又和母亲关系不睦，能说心里话的朋友只有我一个人，于公于私我都应当照顾你。"

"不，陆楠，你不用这样做。"

"你不要有心理压力，先听我说完。治疗方案有利有弊，你难免会不知所措，我有义务陪着你一起商量分析……"话才说到一半，陆楠的余光扫到从沈如磐乘坐的出租车上又下来一个人，而这个人正是萧与时。

陆楠愣住了。

萧与时对着他微微颔首，算是打了照面。

陆楠不可思议地收回视线看向沈如磐："他……你们……"

沈如磐的心里涌上迟疑，但她还是直视陆楠的眼睛，正面回答："我刚刚主动联系了萧与时，没想到他恰好也在圣彼得堡参加学术会议，所以我们就见面了。"

大家都是成年人，有些事不用说得那么直白。

陆楠生硬地点点头，又勉强笑了笑，看起来模样开朗，但一说话嗓音却沙哑发干："幸会，萧教授。"

"幸会，陆先生。"

气氛是说不出的尴尬。陆楠本来要说的话一下子堵在喉咙里，只得艰难地改口："我就不打扰二位叙旧了。刚刚的建议，我……"

沈如磐接过话：“陆楠，谢谢你什么事都为我着想，不过我刚刚接到了费恩医生的电话，他说放射治疗的效果很好，我已经可以出院了。抱歉，我不应该一时多虑而对你说那些丧气话。”

陆楠又是一愣：“真的吗？”

“真的。”

紧绷了快一夜的情绪蓦然松弛下来，反反复复折腾近两年的苦难也终于熬过去，陆楠由衷地为她感到高兴，忍不住道：“太好了，真的太好了！”

沈如磐心里的感动又添了几分：“我还有件事想告诉你。”

“你说。”

“我打算从双人滑转到女子单人滑。”

陆楠十分惊诧，紧接着有另一道声音岔出来，严厉且尖锐：“沈如磐，你没完没了也得有个限度！”

所有人都转头望过去，见说话的人竟是沈如磐的母亲颜曼。

颜曼一直联系不到沈如磐，便默默留意陆楠的行踪。今晚她跟着陆楠来到酒店，终于把人找到了。

颜曼盯着自己的女儿，恼火地说：“你以为你是谁啊？异想天开，说话都不经过大脑思考的吗？”

“你知不知道本届黄金联赛女子单人滑项目的冠军有多年轻？十六岁！你现在多大？二十五岁！不客气地说，女单运动员的最佳竞技年龄是十九岁加上下两岁，她们最多在赛场上奋斗两届冬奥会周期，然后便会状态下滑，在你这个年纪服老退役。”

沈如磐听了极不舒服，但还是保持克制：“母亲，你忘了一九九九年的冬奥会，有一位曾经被裁判团戏谑为‘妈妈级别选手’‘花滑技术怎一个僵硬了得’的女子单人滑运动员，硬是在二十八岁的年纪凭着独树一帜的艺术表现力拿下了世界冠军，被后辈视为大器晚成者。”

这个选手，便是著名的卡娅。

颜曼冷嗤：“你觉得自己会是第二个卡娅？”

“我不想成为卡娅，我只想成为我自己。一个运动员最常面对的东西是什么？掌声？鼓励？胜利？都不是，是失败。一个运动员最重要的心理素质又是什么？自然是不畏失败，随时做好清零、重头再战的准备。我拥有这样的决心和意志，我还可以再在赛场上拼搏。”

“胡扯！不畏失败？你是指把失败当成习以为常的事吗？”

颜曼讽刺人的能力了得，接下去的一席抨击更是毫不留情：“你觉得这样做可以成全自己，实际上除了你第一次出现在大众面前引发了惊讶，接下来所有的裁判都在想，这个身体糟糕的大龄女选手真是自以为是，从双人滑转到单人滑只是一句话的事吗？技术落伍、成绩不行、屡战屡败，她以为自己是在感动世界吗？还是早点退役，把机会让给更年轻的妙龄少女吧。”

陆楠见沈如磐的脸色变得难堪，想替她说几句，却又不知该如何开口。恰在此时，一道沉稳从容的嗓音响起：“伯母，庸者才会因为他人的评价草率地否定自己。”

颜曼扫了一眼萧与时：“你是谁？”

“我是您女儿的朋友，萧与时。”

朋友？颜曼蹙眉看向自己的女儿。

沈如磐略不自然地避开对视，没有吭声。

气氛短暂地僵持了一会儿，沈如磐对颜曼说：“妈，你不要再反对了。就算你反对，我也不会听你的。以前不会，以后也不会。”

她不自然地扭过头去：“我知道年龄是花样滑冰女单选手不可回避的一道坎，但年龄未必会带给我障碍。我年轻时，竞技状态虽佳，心理素质却时有不稳。我现在虽然身体状态下滑，心理素质却越发强大了。我若是去参加比赛，是年轻的后辈应该感到不安，而不是我害怕她们。”

“至于你说裁判的因素，不公平的事时有发生，但裁判肯定不会因为我的年龄偏大就故意压低我的得分。从这一个层面来讲，我和其他选手都是平等参赛的。”

“至于从双人滑转到单人滑，我承认这不是一句话的事，方方面面极其复杂。”沈如磐说到这里，语气略讪讪，“别的不提，单论训练，花样滑冰每天要训练很多个小时，而金牌教练的费用是按小时来计算。这是一笔庞大的开支，绝非普通人能够承担的。”

颜曼刚想说“难得你有脑子”，沈如磐又继续道：“幸好我在过去几年的时间里攒下了不少奖金，名下也有几套房产，全部售出应该可以撑个三四年。如果还差钱，好歹我也是世界冠军，想办法接点营销广告，比如营养液、补品之类的硬广……”

“营销广告！亏你想得出！”颜曼一股怒火攻心。

“妈——”沈如磐硬着头皮唤她，“你年轻时生完我心情抑郁，其实也是埋怨自己过早地放弃了运动员生涯吧？我现在豁出一切拼命想回到赛场上，也是不希望在多年后抱怨自己随波逐流。”

“我知道所有人都不看好我的转型，但如果爸爸还活着，他未必会反对。妈，你还记得他去世时的遗言吗？他说，‘别分心，集中注意力，好好准备卫冕之战’。”

“卫冕之战早就不复存在，我却还想再战一回。毕竟我已经没有什么珍贵的东西会失去了。万一将来结局不错，也算是对爸爸有个交代吧。”沈如磬说完勉强一笑，一双眼睛蒙上薄薄的雾气，流露出难以释怀的悲伤。

颜曼沉默了。

萧与时看了看沈如磬，微微启唇，最后也选择了沉默。

那晚的分歧一时之间无法解决。

过了几日，黄金联赛所有赛事结束，中国队将要返程，陆楠又抽空单独见了沈如磬一面。

两个人在酒店外不远的广场上散步，末了陆楠迟疑地开口：“稍后你复出，记者问起原因，你打算怎么回答？”

“我只能实话实说了。我对花样滑冰充满热爱，不想退役。”

“那你也不用勉强转到单人滑啊，你和我还是可以继续搭档的。”

沈如磬听出他话里的意思，轻轻地摇头：“不，童欣比我更适合你。”

很多话不必挑明，大家心照不宣。

陆楠沉默半晌，走到广场的长椅上坐下。

今日阳光甚好，喷泉汩汩倾洒，鸽子低空飞掠停在广场上，游客悠哉地给它们喂食，一切就像一幅静态的油彩画。

陆楠过了许久才打破沉默：“和主教练沟通时，我说沈如磬一直在病痛中挣扎，可能都没有心情好好看过一天的日出和日落。我想陪她放松，感受生命的闲适和美好，说不定她心情一好了，所有问题就都能迎刃而解。”

短暂地停顿了一会儿，他舒了口气，总结道：“去吧，我支持你。”

他转头看她，对着她勾了勾嘴角，眼睛里化开明朗的笑意：“我年少时看见你，第一眼便觉得你是既有天赋又特别努力的女生。现在你的身体无碍了，那就大胆地朝着新目标前进，不要犹豫。我会永远支持你的，小磬。”

“小磬”还是年少时他称呼她的方式，沈如磬听了，心底漫开一丝无法言说的难过：“陆楠，对不起。”

“干吗说对不起？搞得像分手似的。”

他想逗她笑，偏偏自己说完后忍不住苦笑；他想像年少时那样揉揉她的头发为她加油打气，然而刚抬起手，想到她已经有了男朋友，又不得不收回去。

他只能感叹："如磐，年少的时光过得真快啊。那些美好的回忆连同今日的对话，将变成一幅漂亮的油画，被我框裱起来永远深藏在心中。加油，你的未来会是另一幅画，也会永远存在我的心上。"

沈如磐听到这里，再也难以抑制自己，眼眶微微红了一圈："我也是，我会永远记得我们搭档的十二年。"

"谢谢。"他诚恳地回答。

时间差不多了，陆楠要归队回程，沈如磐和他道别后转身离开。走了几步，她下意识地又回了头。而他到底是她牵手十二年的男伴，也在同一时间默契地收住脚步，转头凝视她。

两两相望。

他静静地立在原地，眼里闪过千丝万缕的情绪，却又像记忆里熟悉的阳光男生那样对着她微微展颜一笑："期待再相见，沈如磐。"

好不容易压下去的眼泪差点夺眶而出，她点头："再相见，陆楠。"

不是不舍。

但也只能祝福彼此，不恋过去，不畏将来。

陆楠走后，颜曼也来了。

经过几日的考虑，颜曼的态度缓和了许多："我辞掉了裁判长的职位，从今往后专心带你训练。"

沈如磐刚要拒绝，颜曼又道："我的能力有限，但我会找最好的金牌教练指导你。训练资金你不用担心，我会想办法筹集，所以你没必要出售房子。尤其那些房子都是你父亲当年亲自设计的，意义重大。"

"其次，我知道你不喜欢我事事都干涉你，我只能保证尽量和你观念一致。相反你若做不出成绩，往后就不要再在公开场合喊我一声妈！"

这就是母亲，童年时给沈如磐留下妙曼的憧憬，却又带着凛然的气势，让沈如磐又爱又怕的母亲。

沈如磐只得让步："我知道了。"

"对了，那个萧与时和你是什么关系？"颜曼忽然岔开话题。

沈如磐一愣，下意识地避重就轻："朋友。"

"朋友？你以为我没瞧见你看他的眼神？"

见沈如磬没吭声，颜曼又追问："你们认识多久了？发展到哪个阶段了？"

"无论发展到哪个阶段，记得不要没有退役就让我当外婆。"

沈如磬的脸上有些挂不住："妈，你胡说些什么。"

"我是不是胡说，你自己心里清楚。"颜曼看着自己的女儿，认真地说，"我从来都不后悔生下你，只不过我后来也反思了，是我把感情看得太重，又轻视了自己对事业的追求，所以才总是患得患失，内外受煎熬。假如你不想步我的后尘，那么请务必克制自己，至少现阶段不要和萧与时有太亲密的行为。"

颜曼说完把话题一转："你简单地收拾一下行李，过两天跟我走。"

"去哪儿？"

"先去莫斯科，接着是美国、加拿大。你得把最厉害的金牌教练都拜访一遍，然后才能挑一个适合的做长期训练。"

"但我得先去柏林办出院手续。"

"别去了，我找人代办。"

"可是……"

"没有可是。从圣彼得堡折回柏林，再从柏林绕去莫斯科，你以为时间很充裕？"

这就是她的母亲，常常口头保证不干涉她，接着又咄咄逼人的母亲。

沈如磬深感无奈。

稍晚点，沈如磬和萧与时见了面。萧与时听闻颜曼的决定，几乎不假思索地道："就按照伯母的安排去做。"

他识大体，沈如磬却感到为难。

此一别分别漫长。先是漫漫拜师，而后是漫漫训练和提高。她和萧与时也将变成异国恋，不知何时才能再见。

两个人才刚刚确定关系，这……

萧与时知道她有顾虑："你放心，无论你在哪座城市，我都会抽空去见你，就像现在这样。"

话是如此，但他平时已经够忙的了，往后还要为了她飞来飞去，把无比珍贵的做学问的时间浪费在长途飞行上。久而久之，就算他能忍受，她也心疼。

沈如磬无言以对，垂下脑袋叹了口气。

萧与时凝视她两三秒，目光微动，唤她："过来。"

他和她本来是面对面坐在酒店房间的沙发上，她听见他的话，老实地蹭近些，默契地靠到他的怀里。

两个人都是成年人，知道分开是为了更好地相聚这一类的道理。所以他没有说多余的话，只安静地拥抱她，间或轻拍她的背，给予她离别前的温暖安慰。

而她也感受到了他的意图，心里慢慢平静下来。

时间缓慢流逝，许久后，萧与时轻声开口："如磐，你早晚要复出在大众的面前，想过以何种方式宣告回归吗？"

这个问题，始于萧与时目睹颜曼的讽刺和质疑。

现在他问出来，沈如磐同样被问住。

通过新闻媒体？没必要吧，她又不是体育明星。但是不做任何宣传，万一比赛时记者提问"她是不是因为被国家队摈弃才被迫转型单人滑"，那场面也太尴尬了。

就在她拿不定主意之际，萧与时平静地说："我有个建议，你愿意听吗？"

"你说。"沈如磐道。

萧与时的回答略长："新代椎间盘假体即将正式投入临床应用，相关的公益宣传片也在筹备之中。按计划，宣传片先在德国本土投放，再逐步推广至欧洲、亚洲、北美各国。因辐射范围太广，故要求一位形象和实力皆出众的女性人物当代言人，参与拍摄。"

萧与时看着沈如磐，说出意图："我希望你能接下代言。"

他说："你是前世界冠军，无论是身份还是当初的病症，都能扩大椎间盘假体在患者心中的接受程度，也能鼓励和你一样被伤病困扰的运动员，不忘初心，求仁得仁，回到热爱的赛场上。"

最后一席话似曾相识，沈如磐忽然有种感觉，萧与时不单单是在安排她的复出，也是出于私心做一个弥补：弥补两个人初次照面时，他未能完全体会到她的痛苦。

沈如磐权衡片刻后问："拍摄过程会很复杂吗？" 她在圣彼得堡停留的时间不长，不可能几番折腾。

"非常简单。"

沈如磐将信将疑。事实却是，宣传片的拍摄过程极其简单，她仅仅对着手机摄像头说了一句话。至于最终合成的公益宣传片的效果会怎样，她既好奇又期待。

很快便到了分别的日子。

萧与时在圣彼得堡的会议早已结束，但他决定先给沈如磐送机，自己择期再返回柏林。

送机那天，颜曼去办托运，留下沈如磐和他单独待一会儿。

德国男人喜欢三五不时地送些小礼物给伴侣，萧与时自然也不例外，送了沈如磐一个特别包装的礼盒，外观精致秀美，仿佛一拆开，里面便是让女生绝对开心的惊喜。

只是此情此景，又有什么能让沈如磐感到开心呢？

她在短短二十几年的人生旅程里，因为频繁的比赛和训练辗转了许多国家及城市，过早地习惯了聚散离别。而今在意料之外的城市，和萧与时做意料之外的道别，她明明知道要保持理智，心中依然涌上诸多不舍：“我走了以后你不要太忙，多休息。”

“你也是，慢慢调整状态，不可急于求成。”

两个人事无巨细交代彼此，不一会儿候机大厅里就响起登机广播，沈如磐浅浅地叹了一口气：“我该进去了，你回去吧。”

萧与时却道：“我等你的航班起飞了再走。”

“不用等，你又看不见我。”

“无妨。”

也许是在分别情绪的感染下，再加上听到这样一句拨弄心弦的话，沈如磐犹豫了一瞬，上前抱住了他。

失落和惆怅袭上心脏，她低下头靠上萧与时，脸颊轻而易举地碰到了他的衣领，也闻到了他领子上的味道。

他是个干净得体的男人，身上的花香味都是极淡极雅的。即便如此，这样的气息也足以让她的心跳稍稍加速。

多么希望时间停滞不前，她可以贪恋他的怀抱，可惜现实总是令人感到遗憾。

犹记得初相逢，她站在柏林大学中央图书馆，仰头凝望那幅高高摆挂的萧与时的画像，聆听学生们对萧与时出生于银行世家的评价。

萧与时家世好、相貌好、才华出众，是男神中的男神——恰如她的父亲，年轻时也是英俊潇洒、谈吐不俗的高知二代，轻易就能得到女学生和成熟女性的喜欢。她单单肖想一下萧与时被众多钦慕的目光包围的画面，心底对他的依恋和不舍便又加深了一分。

沈如磐微微仰头看着萧与时，眼神中流露出一丝期盼："你不忙的时候，能不能每天都和我联系？"我会想你。

萧与时就像看透了她的内心："你放心，我每天都会联系你。"

"万一我在训练中没接到你的电话或消息，你别多虑，我会第一时间回复你的。"

她仔细嘱咐的模样仿佛在避免一切可能产生的误会。萧与时淡淡地笑了："多虑什么？"

沈如磐一下子词穷。他是成熟理智的科学家，又不是十五六岁懵懵懂懂的少年郎，哪里会因为一时半会儿找不到她人而不淡定。

她只得含糊地带过："母亲还在里面等着我呢，我走了。"

语罢她放开他，依依不舍地看他一眼，转身离开。

她不知道，当她转身离去，便错过了萧与时凝视她的目光。

他是个理智的男人，从未说过什么甜言蜜语，但他对沈如磐的爱，全流露在他看着她离去的目光里。

深沉，如墨，浓郁。

中国人擅长描述别离，有句古话叫"望穿盈盈秋水，蹙损淡淡青山，不见还家，潸潸泪似麻"。他本以为自己可以淡化一切，没想到她转身一走，他怀中空空荡荡的，思绪纷乱如麻。

恰在此时，沈如磐走到了边境检查的自助通道。辅警示意她把证件拿出来，她找了找，然后冲辅警示意了一下，礼貌地一笑。

她是个极有气质的女性，哪怕只是浅浅一笑，给人的感觉也会容易接近。年轻的辅警不由得多看她一眼，也对着她颔首微笑。

萧与时目睹这一幕，不由得想到遥远的几年前，她也是这样对他莞尔一笑，便走入了他的内心。

眼下，她又将离他而去。

她每朝着远离他的方向走一步，她和他这段时间的共同经历就成为过去式。为什么只能看着她离开呢？他舍不得她，也想长久地拥有她。

萧与时脸上的神色终于不再平静。

他快走几步穿过人群，突如其来地拉住她。

他的力气那么突然，带着迫切感，沈如磐不解地回头，视线刚对上他深沉的眸子，就听他说："你忘了一个最重要的礼节。"

语罢，他的嘴唇凑了过来——是道别时的吻。

他从来不是一个轻易表达内心的人，但他的吻不是，真切而直白。

温暖的唇攻城略地，颀长的身体紧压着她的胸口，她差点连呼吸都提不上来，只能头脑发晕地接受他的索求。

所有的羁绊和不舍都化入绵绵无尽的拥吻之中。

她被吻得七荤八素，身体渐渐使不上力。恰是在她双膝发软快要站不住的那一刻，他搂在她腰上的手稍一用劲，将她亲密地搂入怀中。

沈如磐隐隐懂了。

原来他也和自己一样感到不舍。

低落的情绪瞬间消失了大半，她伸手环住他的肩，用柔软的嘴唇纠缠他的唇，加深这个迟来却又珍贵的吻。

沈如磐赶在登机口关闭前的最后一分钟上了飞机。颜曼侧目瞥她，不悦地道："磨磨蹭蹭，我还以为你不来了。"

沈如磐没接话，老老实实坐下。

"萧与时是干什么的？"颜曼问，"他告诉我，你在那边拥有一个完整的训练团队。只要你愿意，随时可以把团队挪至中国为你服务。"

沈如磐愣了一下，立马解释了前尘往事。颜曼听罢感到惊讶："萧与时对你这么好？"

沈如磐瞅瞅母亲，也不怕被埋汰，厚着脸皮回答了一句："萧与时一直对我都很好。"

飞机很快爬上三万尺的高空。沈如磐透过舷窗无言地看了看渺小的陆地，收回目光，拆开萧与时送给她的礼盒。

居然是一个触屏电子相册，内置了数百张照片。

春、夏、秋、冬。

幼年、少年、而立之年，全是萧与时。

虽然他的过去她从未参与，但从现在开始，他都通过照片说给她听。

沈如磐惊讶亦喜欢，带着莫大的好奇心仔细浏览照片，慢慢了解萧与时的过去。方才知道他出生在瑞士，年少时在欧洲各国游学，稍大又去了美国、加拿大……最后回到德国，分明是个"世界通"。

相册的最后是一个视频文件，用德语写着"献给沈如磐"。

她大概能猜到这是什么——新一代椎间盘假体的公益宣传片。

她点开播放。

在黑白 X 射线影像中，一具高度扭曲的女性脊椎骨被医生切开，剜去磨损殆尽的椎间盘，穿入钢钉，植入绳索，再置入椎间盘假体。就像系鞋带那样，丑陋又触目惊心的脊椎被医生一点一点地拉正并拉直。

康复后的女性躯体开始了坐、立、行、走，并且很快穿着冰鞋在冰场上自由竞技。她不仅能完成普通的跳跃，还实现了高难度的四周跳。每一次跳跃落地，薄薄的冰刀向脆弱的脊椎传递着大于体重八倍力量的冲击力——冲击力太大，很容易给人一种错觉，假体会移位错位。但假体偏偏牢固地撑起了女性的躯体，让她实现了从残疾到彻底恢复健康的生命之奇。

影像最后，黑白 X 射线转变成沈如磬的脸。

她目光深远，神情执着，稳稳地吐出一句话："每个人都有自己要走的路。我想走的路，便是东山再起。"

激励人心的言语，以及前后状态鲜明的对比，是一部很出色的医疗宣传片，必然引起广泛的讨论和关注，也会让任何一个深受伤病困扰的运动员看到希望。

然而这又不只是一部宣传片，更是最适合沈如磬复出的内心宣言，萧与时真正送给她的礼物。

沈如磬于绝望而来，困顿求索，从未想过求仁得仁的同时，还能幸运地遇见萧与时这样特别的男人。

有了他的陪伴，她痛苦又波折的复起之路便多了许多意想不到的脉脉温情。

譬如刚才，两个人的唇依依不舍地分开。萧与时深深地凝视她，用手指摩挲她被吻得有点疼的嘴，嗓音低哑地在她的耳畔低语。

"如磬，我的心被你带走了。我一定会去见你，就像见我自己。"

这样的承诺太打动人，任何女生都会有被呵护的安全感。

如今萧与时不在身边，三万尺高空只剩下他的照片。沈如磬想到什么，赶紧把手机里唯一一张她和他的合照传到电子相册里。

夕阳温暖地照在柏林墙上，他站在她身侧，眉目俊朗，勾唇淡淡一笑。她抓着他的手臂，同样嘴角弯弯，眼底笑意盈盈，两个人怎么看都像一对互相爱慕对方的情侣。

沈如磬出神地凝视合照，末了把相册抱在胸口，侧目看向舷窗外的蓝天白云。

静候相逢，又是佳期。

Chapter12

东山再起

沈如磬最终拜在曾经指导过三届冬奥会金牌得主，也是“大器晚成者”卡娅的教练的门下。

从双人滑到单人滑，技术跨度太大。沈如磬每天都是从天黑练到天黑的残酷训练：陆地模仿、陆地强化，冰上重复、冰上强化，周而复始。

有时为了练好一个动作，她会逼着自己不厌其烦地重复千百遍，哪怕双腿肿胀，膝盖后侧韧带痉挛天天复发。

付出必有回报。待到沈如磬训练有成，她便以地方运动员的身份开始了国内女子单人滑比赛的征程。

全国锦标赛、全国冠军赛、全国大奖赛……她作为一个全新的选手，也是一个拥有深厚的训练基础的实力派选手，在目不暇接的赛事中，硬是顶着莫大的质疑，从第三跃至第二，从第二占据第一，稳步崛起。

体育评论员评论沈如磬：“二十六岁的年龄不是障碍，丰富的人生阅历让沈如磬既享受比赛过程带来的满足感，又不会感受到过分的比赛压力，所以她总是能够发挥出最佳的水平。她不会被年轻选手威胁，年轻选手却多多少少有些忌惮她。”

事实也是如此。沈如磬拜师时，对方就对她说过：“你最闪光的地方是你的意志，它成就了你独一无二的气质。把意志和气质融入花样滑冰的比赛中，哪怕技术动作失败，内涵也绝对不会失败。因为你不只是竞技，也是在驾驭音乐，超越自己。”

沈如磬将这段话视为座右铭，一直努力着。

重要大赛相继比完，最后一场是国内级别最高的冬季运动会。按照传统，花样滑冰国家队队员——女子单人滑项目的种子选手也将参赛。

地方队选手和国家队队员，两者之间通常实力悬殊。但沈如磬不同，她有足够的本事战胜后者。

于是，这场冬季运动会因为沈如磐和国家队队员的“正面碰撞”而被社交媒体调侃为“一场正面啪啪啪打脸的比赛”。

吃瓜群众何其多，体育记者们也变得八卦起来。沈如磐每每去体育馆做赛前训练，都会遇到记者们的蹲守和穷追不舍的访问——

“你对比赛结果有什么预测？是否有信心战胜昔日的队友？”

“当年国家队将你和搭档分开，你会把本场比赛视为小小的复仇吗？”

“你是否知道在你的影响下，很多国外运动员，诸如体操、花样体操等因伤退役的选手们都愿意尝试接受椎间盘假体置换手术？推特、微博等国内外社交平台把你列为年度励志人物，你有什么话想对网友说？”

沈如磐一概不回答，低着头直奔体育馆。哪料记者在后面又抛出一个问题：“听说国家队总教练不同意你回归，消息属实吗？”

她一愣，脚步停滞了一下，接着又快步前行。

当天下午在体育馆训练完，沈如磐接到了陆楠的电话。两个人太熟悉，陆楠的第一句话便是：“明天的比赛你准备好了吗？”

沈如磐用毛巾擦去额头上的汗水：“还行。”

“我本来想去冬运会现场给你加油的，但童欣说要抓紧时间训练，我大概来不了了。”

陆楠和童欣是国家队实力最强的双人滑组合，逢国内比赛必拿第一，所以他们这次不出赛，而是直接为国际大赛做准备。

然而国际大赛明年才开赛，陆楠察觉到童欣想要回避沈如磐的心思，也就没有勉强坚持，私下对沈如磐抱歉地说：“我在训练间隙也会看一看比赛直播。希望你战胜隔壁女单队友，拿下第一。”

“好，我争取。”

“萧与时会来看比赛吗？”

面对这个问题，沈如磐说话的语气微微一软：“我没问。如果他有空，应该会来。”

说起来，萧与时做到了在机场分别时的承诺。每隔一段时间，他就会飞到她所在的城市和她见上一面。虽然两个人常常见一面便要匆匆分开，但反而因为如此，两个人便格外珍惜在一起的机会。

沈如磐近来听萧与时说，俄、德、英、中四国高校研究所合作的暗物质粒子探测实验进入了关键期，想必他有很多交叉合作事宜要处理，她也就懂事地不去打扰这位忙碌的物理学家，直接默认他能来就来，不能来也无妨。

她答得简单，陆楠却不知详情地为她感慨："异国恋是不是很辛苦？"

"不会啊。"沈如磐笑了，想逗逗老搭档，"你快点找个女朋友，就知道谈恋爱的乐趣了。"

陆楠被她噎住。

她顺势转移话题："对了，今天有个记者问，总教练不同意我归队——这是真的吗？"

颜曼在国家队有旧识，所以沈如磐通过母亲多多少少了解到了此事。她想不通，自己明明拿得出成绩，为什么还会被国家队拒之门外？

陆楠答："我和总教练聊过，不是他不同意，而是总局领导在犹豫。虽然你走到今天这一步很不容易，但你的身体……故领导属意再观察一下，希望你能长久稳定地拼出漂亮的成绩，再来讨论归队之事。"

长久稳定，多久才是长久？

沈如磐蹙起眉头。

冬季运动会因为有了国家队员的加入，果不其然地增加了挑战性。

现役女单一号种子选手，虽然实力还不足以到国际大赛上摘金夺银，但一直是国内的第一名，故第一天短节目的分数就和沈如磐并驾齐驱。因此第二天自由滑时，颜曼特意叮嘱沈如磐："你应该知道裁判圈里有分数潜规则吧？"

所谓的分数潜规则，确切地讲，沈如磐从双人滑转到单人滑是"新人"，裁判难免会压一压新人的分数。否则万年第一骤变第二，国家队的颜面往哪儿放？

颜曼道："做好思想准备，即使输了也不要紧。"

母亲的判断是正确的。女单一号种子选手表演完自由滑，以最佳个人成绩刷新了国内纪录。

当分数出现在显示屏上时，沈如磐就在场上热身，远远听见了对方的欢呼声。这是让任何一位其他选手感到尴尬的一幕，仿佛裁判等不及后面的人表演就已经认可冠军是谁了。

但沈如磐不会。

她滑到冰场中央，摆好开场动作，等待乐曲 Otonal（秋日）奏响。

秋日总是感性的，略带忧伤，同时又蕴藏生命绚烂变化的力量。沈如磐最擅长此类风格，她平静的外表下那颗不为人知的内心，对音乐有着独特充分的诠释，故节目编排结构新颖，兼具高难度。

这下轮到裁判团为难了。

沈如磐的分数过了许久才显示出来。她居然以完全相同的分数和国家队员并列第一！

颜曼感到意外，沈如磐也愣了两秒，回过神高兴地冲观众区那边支持她的冰粉们挥手致意。

接下来是颁奖仪式。仪式过后，沈如磐主动问候颁奖领导，也就是冰雪运动管理总局的主任。

她厚着脸皮道："主任，我什么时候能回国家队？"

主任笑呵呵地道："丫头状态不错，多在地方练练，不急。"

不急？沈如磐本来准备好的一些说辞顿时讲不出来了。

她不好催，只得先带着奖牌退场。经过观众区，有好几位冰迷跑过来献花。

粉丝太热情，她应接不暇。好不容易签名完毕，又有人上前。工作人员本能地要阻拦，对方却开口唤她："如磐。"

吐字低淡，带着熟悉的磁性，温暖又动听。她心中一动，抬起头来。

她情不自禁地冲着对方璀然一笑。

萧与时见她展颜，也勾了勾嘴角，俊朗的五官霎时染上美好的笑意："沈冠军，能否也为我签个名？"

公共场合，他居然调侃女朋友。沈如磐在心里小声地腹诽，身体却更加诚实，三步并成两步来到他跟前。

"你怎么来了？"她开心地问。

萧与时笑答："早就来了，在整场比赛开始之前。"

"点评一下我的表现？"

"实至名归的好。" 没恋爱的时候，沈如磐压根儿不知道萧与时还会奉承人。她嘴角的笑意直达眼底，一边挽住他快步退场，一边说："你饿不饿？我带你去吃夜宵。"

他体贴地将她手中粉丝的献花全部接过去，再将自己准备的一大束鲜艳欲滴的捧花赠送给她。

"这是什么花？好香。"

“路易十四。”花瓣深紫，强香，是玫瑰中的佼佼者，花语更是浪漫——我只钟情你一人。

沈如磐不懂这个，只觉得凡是萧与时送的就是最好的。她把花接过来闻了闻，芬芳馥郁，沁润到心脾。

坐上出租车离开体育馆时，她问：“你这次来能待多久？”

两个人见面的时间宝贵，以前短则半天，长则一两天。沈如磐想到萧与时近来很忙，也没抱太大的希望，没想到他却回答：“比以往都要久。”

“啊？”

“还记得我和你提过的四国高校合作实验吗？柏林大学天体物理研究所希望和中国高校展开更深入的合作关系，我作为协调者，至少会在这里停留一个寒暑。”

难怪萧与时在过去的时间里忙得不可开交。现在他能长期待在她所在的城市，她十分高兴：“你住哪儿呢？学校吗？”

“学校有指定下榻的酒店，但是太远了，我想离你近一些。”萧与时伸手摩挲沈如磐的脸颊，凝视她的目光中流露出温情，“否则我过来的意义就不大了。”

何止是他，沈如磐也想离他更近一点。

她默默思索，继而想到一个主意，但贸然提出来有些唐突，于是暂时按捺住。

萧与时没有在这个问题上过多停留，而是转了话题：“我其实不太饿，不用吃夜宵。倒是你，比完赛累不累？”

沈如磐“嗯”了一声，把脑袋偏过来靠在他的肩膀上，小声道：“好累。每次比完赛就像卸掉千斤压力，浑身乏力。”

“那在车上睡一会儿。”

“不要。你来了，我高兴，睡不着。”

萧与时沉沉地笑了。

他不知道要怎么和心爱的女人谈恋爱，只要能够亲近她、看着她、陪她说话、听她撒娇，他便觉得十分幸福。

他挺直肩膀让她倚靠，怜惜地道：“我先送你回宿舍，你好好休息一下。”

“还是送我回家吧。”她用浅浅软软的声音说。

沈如磐之前为了备战国内比赛，一直住在地方队配套的训练宿舍里。

眼下赛事结束，又与萧与时重逢，她今晚不想住集体宿舍了。

其实沈如磐的家庭条件不错。父亲留给她的房产之一，那套地段极好的双拼别墅，把墙体打通后变成了独门独栋的大别墅。

房子一楼是客厅、餐厅、厨房和玻璃花园，二楼则是书房及卧室。

这座城市寸土寸金，只要好好打理房子，必然住着舒服。可惜沈如磐是运动员，哪有时间和精力？所以玻璃花园是空的，没有花草；厨房和餐厅也是空的，连碗筷都没有几个；二楼更不用说，撇开主卧，整栋楼都空荡荡的。

幸亏有钟点工定期上门打扫，家具都是干净的。

萧与时初来，进屋后见此情形，心中有些意外。

沈如磐知道家徒四壁没什么好招待的，打算给萧与时烧水泡壶茶。他却叫住她，拉着她的手到沙发上坐下，将她的腿搁到自己的膝盖上，细心地替她按揉酸痛的脚踝，以及曾经严重撕裂过的双腿后侧韧带。

经历了一晚激烈的比赛，面对如此温暖的关怀，沈如磐不禁动容："大教授，你的一双手应该去做复杂的学问。"

萧与时摇了摇头，继续按揉，甘之如饴地答了一句："做学问之前，也要做一个友爱、善良的人。"

沈如磐"扑哧"乐了。

她心安理得地享受了一会儿他的照顾，闲话家常："娜塔莎现在怎么样了？"

萧与时不怎么关注别的女性，过了一会儿才答："她得到了梦寐以求的赞助，刚在德国花样滑冰锦标赛中夺得铜牌。"

"费恩医生呢？"

"他很忙。你的例子极大地鼓舞了患者的信心，现在来医院做手术的病人很多，预约期甚至已经排到明年了。他忙得团团转，头发又白了许多。"

"医者仁心，真是辛苦。"沈如磐慨叹，又问，"你呢？近来还好吗？"

刚才在出租车上，萧与时不能表露太多。眼下单独相处，听到她这么问，他凝眸温柔地看着她，声音微微一低，是说不出的含蓄："我好不好，你比谁都清楚。"

这样的语气、这样的目光她太了解了，几乎是他要吻她的前奏。事实也果真如此，他低头拉近彼此的距离，薄薄的唇从她的脸颊上贴过，在她的唇上亲了一下。

"你呢，还好吗？"他低了嗓音问。

她享受着他的热情，从喉咙里含糊应了一声。

"但颁奖仪式结束后，我看见你和一位官员说话，接着你耷拉下脑袋，似乎心情不佳？"

他居然连这个都注意到了。沈如磐老实回答："是有点小事情。"

她说出自己一时难以回归国家队的问题，见萧与时欲发言，赶紧又说："你别担心，我已经想通了，这也不是什么大问题。"

聪明人面对困难不应该束手无策，她说："中国的女子单人滑一直是弱项，就算今晚我和国家队选手打成平局，我现在的实力放在国际上也只是中等而已。我打算继续训练，提高实力，如果有一天我的实力可以和国际顶尖选手旗鼓相当，我应该就能回到原来的队伍，站在自己曾经的位置上。"

"就像今晚，哪怕有潜规则，只要实力够了，潜规则也打压不下去。这才是竞技体育的精神。"

萧与时本来还怕她着急，听她这么说也就放心了，颔首道："就这么办。"

本来他还有另一个消息要告诉她的，但现在似乎可以暂时不说，且当日后的小惊喜好了。

此时萧与时的手机铃音响起，是他设置的提醒铃。

萧与时掐断提醒铃音，转头和沈如磐商量："我待会儿有一场学校电话会议，你先休息，我回酒店工作，明天再来看你？"

眼下接近半夜十二点，沈如磐迟疑着问："酒店具体在哪儿？"

萧与时报出地址，沈如磐暗暗吃惊，那果然是一个离中国国家天体物理研究所非常近，但离她非常遥远的地方。

见萧与时起身要走，沈如磐急忙"哎"了一声。

他收步："怎么了？"

她咬了咬唇，把很早之前的想法说出来："你可不可以留在这里，不走了？"

萧与时十分讶异。

沈如磐毕竟是女生，脸霎时热了，不太敢直视他："你刚才说想离我近一点，我想起自己平时住宿舍，只有节假日才回来，房子空着倒不如借给你住。一来居住环境有保障，二来也能节约时间，免得你为了见我来回奔波。”

她当然知道此刻家徒四壁，挽留他无异于委屈了他，又不好意思地补充：“今晚比较仓促，你开完会凑合着休息一晚，明天我去购置些家居用品，再把客卧收拾好，好不好？”

萧与时听完安静了两秒，走回去，低下头看着她的眼睛：“我留下来，今晚睡哪儿？”

呃，主卧只有一个，床也只有一张，这个问题沈如磐压根儿就没想过。

见她呆住，萧与时忍俊不禁，摸了摸她的头，温柔地说：“我听你的安排，哪里都可以。”

睡哪里是个选择题。

客厅的沙发太窄，容不下萧与时这个个高腿长的大男人。退而求其次让他睡地板？那也太悲催了。唯一合理的选择似乎只能是主卧了。

于是萧与时在隔壁书房开电话会议的这段时间，沈如磐把他的行李箱从玄关搬到卧室，而后翻箱倒柜地找出另一套干净的枕头和被子，方方正正地摆在床的左侧，紧靠着她的床上用品。

按照萧与时稳重的性格，各盖各的被子应该不会发生什么吧？

沈如磐稍稍脑补了一下，脸上一赧，赶紧撇掉不该有的思绪。

毕竟家里多了一个人，并且是自己喜欢的人，沈如磐洗完澡后躺在床上怎么也睡不着，索性竖起耳朵听书房那边的动静。

她依稀听到萧与时不疾不徐地陈述，只不过语言不再是德语，时而英语、俄语，时而又切换成中文。

四国高校的研究合作，单是语言门槛就足以难倒人，履历和资质更是百里挑一。虽然萧与时没有聊太多实验的事，但沈如磐知道，他应该是极其重要的组织者。

究竟要投入多少常人难以想象的时间和精力，才可以在同辈佼佼者中脱颖而出，达到如此高的学术地位呢？沈如磐带着好奇心继续听，胸膛里那颗怦怦直跳的心，随着低沉润泽的声音缓缓平静下来。

也不知过了多久，陈述中止，书房的门被打开。

稳重的脚步声由远及近停在卧室外。一秒后，卧室的门被推开。

沈如磐下意识地闭上眼。

但她清楚地感觉到萧与时借着走廊的灯光看了一眼漆黑的卧室。

发现她已经睡着了，他拾起她塞在门缝边的字条，了解到洗漱用品及浴巾都已准备好，继而转身去了主卧配套的浴室。

隐隐的流水声响起，他在沐浴。

沈如磬的父亲当年设计房子时，把浴室通风隔音的效果都做到了最佳，除非是在极度安静的环境下才能听到一丁点动静。如今这仅有的一点点流水声传到沈如磬的耳朵里，她不敢遐思里面的情形，只能尽量转移注意力。

良久，动静没有了。

脚步声从浴室传来，沈如磬继续闭着眼睛维持一动不动。直至脚步声来到床的左侧，柔软的床沿继而往下一陷，萧与时带着沐浴后温度的身躯挨到她身旁，她顿时明白，两个人是真的同床了。

卧室里静得仿佛只有彼此轻微的呼吸声。

沈如磬不敢动，加上背对着萧与时，她更不知道他有没有合眼入睡。内心胡思乱想就像小鹿乱撞之际，萧与时的声音响起："你是不是没睡着？"

被他发现了，沈如磬也不好意思再装睡，反问："你也没有睡着？"

"嗯，我需要倒时差。"

沈如磬方才想起柏林还是傍晚，于是转过身面向他："需不需要我陪你说话？"

萧与时知道她早就很疲惫了，只因有他在才强打精神。他遂将她和被子一同搂到怀中："你知道我年少游学，躺在陌生的旅馆房间里失眠时会想什么？"

"想什么？"

"我会闭上双眼，静静冥想'宇宙的速度'。"

"嗯？"

"宇宙不是永恒不变，其边缘总是向外延伸，就像人向夜空放一束烟花。烟花在夜幕中绚烂绽放，光和热随即向四周扩散，化作千丝万缕，即便人的双眼看不见……"

他不疾不徐地娓娓道来，像是在无边无际地说故事。沈如磬起初还安静地听，而后便慢慢合上眼帘偎依在他的胸口。

眼下是冬天，房间里开着暖气，温度极舒适。他和她都只穿了薄薄的睡衣，因此隔着被子相拥时，她能听到他有力的心跳声，他能闻到她身上淡淡的馨香。但气氛并没有因此变得暖昧，空气里反而有种温馨的感觉扩散开。

在如此轻柔的氛围里，沈如磐觉得有股浓郁的倦意袭来，她几乎快要进入梦乡。半睡半醒间，她迷迷糊糊地唤了一声：“萧与时……”

“嗯？”

“我在哪儿呢？”

萧与时安静了一瞬，低声回答：“你在我身旁。”

是的，在她漫长的拜师训练的过程中，即使他勉强挤出时间飞到她所在的城市，也只是匆匆见一面就分开，彼此之间隔着无形的障碍。

但现在不一样，他在她的家里，而她偎依在他的身边。

这种感觉十分奇妙。

浓郁的夜色里，萧与时安静地看着怀中人。那清秀的五官、柔软的唇瓣、轻浅诱人的吐息都是真实的，会让人情不自禁地沉湎其中。

然而他没有做出任何更进一步的举动，仅仅温柔地拥抱着她，再然后额头抵着她的额头，缓缓闭上眼。

月光朦胧透窗入，两个人酣然入梦。

朝夕相处的时间总是特别宝贵。

两天后，沈如磐又住回了集体宿舍，进入封闭训练。她想尽快回到国家队，而重返国家队的策略只能是提高实力，向极限难度动作发起挑战，于是她不得不日夜苦练四周跳及阿克塞尔三周跳。

四周跳实在是太难了。虽然沈如磐和陆楠曾经能够精准地完成四周抛跳，但女单不是双人滑，再加上沈如磐的肌肉瞬间爆发力很难恢复到巅峰时期，所以她的四周跳成功率很低。

所以沈如磐更倾向于挑战能和四周跳媲美的极限难度动作，阿克塞尔三周(3A)。

这个唯一向前的跳跃，无法依靠冰鞋鞋尖进行冲量转换，沈如磐必须跳得足够高、足够远，才有足够的时间进入紧张的旋转，而后转体、落冰，继续用刀刃增大转动速度，避免摔倒——这样的过程，简直是“死亡降落”。

在日复一日的训练中，沈如磐总是摔倒了爬起，再摔倒再爬起。

那天沈如磐觉得身子都快要摔散架了，忍不住在休息的间隙给萧与时打电话，吐槽自己的无能。

萧与时听完却安慰道：“如磐，你知道暗物质相关的探测实验做了多少年吗？”

没等她回答，他又继续说：“从一九三三年提出暗物质理论模型，到一九七三年天文观测第一次间接证实暗物质的存在，再到现在宇宙空间探测和地底探测，一共延续了八十五年。”

“但在八十五年时间里，没有人找到确切的暗物质粒子。从这个层面来讲，全体理论物理学家和天体物理学家做的实验都失败了，我们不知道还要花多少年才能成功。然而所谓的成功，也不过是一次次微小的进步，孕育在无穷无尽的失败里。”

只有熬过无穷无尽的失败，才有迎来成功的可能。

沈如磐听明白了。

她舒了口气说：“萧教授，我应该去念你的研究生。”

“嗯？”

“你们物理学家摈弃了人性的弱点，执着前进，是伟大又纯粹的人。”

萧与时浅淡地笑了：“你们运动员更伟大，每一次竞技水准的进步，都是超越了人的生物极限。”

沈如磐也笑了，关心地问道：“你在家住得还习惯吗？”

“放心，我在家一切安好。”

他的声音动听，让沈如磐忽然就想家了。是啊，他在她的家里，最亲爱的人在等着她。

满血复活的沈如磐又接着练，哪怕天天练、天天摔，依然干劲十足。

那日她又在练习阿克塞尔三周跳，也不知道是不是次数多了身体驾轻就熟，这回无论是起跳，还是立刻收紧身体以垂直姿态进入紧张的空中旋转，她通通一气呵成，顺利突破死亡降落，牢牢地站稳了！

沈如磐有点愣神。

她按照刚才的感觉又练习了一次，再次稳稳地站住！

她激动得回头，对着滑冰场一米以外的颜曼大喊：“妈！”

后半句错愕地哽在喉咙里。冰场视察区除了颜曼，还有熟悉的国家队总教练、冰雪运动管理中心主任，以及其他几位随行探望的小领导。

沈如磐张了张嘴，不知道发生了什么。颜曼却对她使了个眼色：“主任听说你在刻苦训练，拨冗过来看看你。”

沈如磐懂了，赶紧上前握手打招呼。

主任和在颁奖礼时一样，依然乐呵呵的：“小沈，训练状况不错啊。

听说你练了快二十年？”

“其实我从三岁就开始练了，满打满算二十三年。”沈如磐厚着脸皮实话实说。

主任笑着点头：“我们把你放在地方队，是希望磨一磨你的干劲，不过也不能总是磨枪不上阵。你恩师的意思是，希望你能早点回来，没过多久就是新一年的黄金联赛了，你正好能好好表现一下。”

“恩师”便是最初提携沈如磐到国家队的总教练。沈如磐惊讶亦惊喜，连声向教练和主任道谢。

主任还有事，不能久留，像想到什么似的驻步回头：“小沈，你在德国治病期间，是不是通过当地医院和德国运动科学实验室有过接触？”

沈如磐微微迟疑了一下：“是。”

“难怪。德国运动科学实验室发出邀请，希望和中国国家运动康复医疗科合作，开展专业运动员的康复治疗合作，并且德方希望你能成为这项商业合作的宣传代表。你有兴趣吗？”

运动员有时会配合领导的要求接下商业性质的合作任务。现在中德两方的合作突然落到她的头上，无异于将她的形象和国家队的形象联在了一起。沈如磐连忙推辞：“我资质平平，还是另选优秀的队友好了。”

“不了，就这么办吧。你受年轻网友的关注，也该给年轻后辈一个正面积极的反馈。”

此刻的感觉就像是时来运转，沈如磐被接二连三的喜讯弄得措手不及。

等领导们都走了，沈如磐不可思议地问颜曼：“妈，这是真的吗？我可以回国家队了？”

颜曼喜形于色：“是真的。”她又道，“我也纳闷领导怎么会突然过来，想必是听说你日日苦练、进步飞速吧。”

是真的吗？沈如磐觉得未必如此。

思来想去，她决定提早结束训练，回家找萧与时。

快到家时，沈如磐有一种错觉，是不是走错了小区？

现在是年底，不久前下过好几场雪，小区树木的枝丫上还有厚厚的白色积雪。她家的别墅在寒冷的夜色里灯火通明，玻璃花园里也移栽了一室的鲜花，人未至，却能远远地闻到花朵散发的芳香。

沈如磐推门走入。

不止花园，家里也完全变了样。

客厅铺上了漂亮的羊毛地毯；餐厅的大理石桌也添置了华美精致的桌布，摆上了餐碟和碗筷；厨房里温火慢炖着什么，传来“咕噜”的轻响和浓郁的香料味。

沈如磐困惑地走过去。

萧与时就在厨房里，他身侧灶台上的鸳鸯火锅“咕噜咕噜”地冒着热气，他则垂着头静静地看着调料说明书。

他是那么聚精会神，没有注意到她的存在。而后他从说明书中抬起头，把香叶、草果、丁香……种种分不清什么是什么的东西放到小秤上称，一直精确到毫克，方才逐一添入沸腾的底料中。

鸳鸯火锅顿时有了一种科学家的严谨和认真。

沈如磐轻声笑了。

他听见动静后抬头看见她，感觉有些意外，对着她淡淡地勾了勾嘴角：“你回来了。”

“你干吗研究火锅？”

他当然不能告诉她，他一直记得她说过和陆楠吃火锅的陈年往事。于是他回答：“同事说，落雪时节最适合吃暖锅了。你想尝尝吗？快去换衣服。”

沈如磐“哎”了一声，随即转身上楼。

她很快就发现二楼也大变样了。书房不再空空荡荡的，摆放着物理学科专业书、萧与时近期去中国国家天体物理研究所访问交流的照片，以及一个青花瓷摆件做点缀。

而青花瓷旁边，有一只蜷成毛茸茸一团的纯白色波斯猫睡得正酣。

沈如磐差点惊呼出声——这是养在萧与时庄园里的猫。

猫咪睡觉的样子软萌又可爱，尾巴还轻微地甩动。这个小动作使得安静的氛围一下子有了直戳内心的感动。

这才是家，有人间烟火气的家。

沈如磐换好家居服坐回餐桌旁时，火锅已经准备好了。

因为沈如磐需要克制饮食，故满满一桌都是素菜。她提箸涮菜，垂着眼睑不经意地说：“我可以回国家队了。”

“恭喜。”

“还有，德国运动科学实验室希望和中国国家运动康复医疗科合作，我作为指定运动员将配合宣传。”

萧与时点点头："挺好。"

沈如磐瞅他，见他并不感觉意外，于是更加确定了自己的猜测。

她随即说："萧与时，你为我做了很多事，我却无法回报，还要让你一个人住在这里为我下厨。我……"

"我是你的男朋友，照顾你、为你下厨都是寻常事。"萧与时接过话，目光温柔地凝视她，"我不擅长哄女生开心，只知道应该像现在这样陪着你。你虽然是给国家、给自己带来荣耀的花样滑冰选手，却也是一个普通的女生，应该享有正常人的幸福和温暖。"

沈如磐听了，内心难以言喻的感动又添了一层，轻轻地"嗯"了一声。

"来，吃菜。"

他不知道她爱吃什么，夹起薄薄的冬瓜片放到鸳鸯清汤锅里替她煮好，她随即也夹了些海鲜菇放到他的碗里。两个人一同进餐的画面，有着细水长流之感。

饭后，他和她去了玻璃花园。

他煮了壶花茶，和她肩并肩坐着，品茗，欣赏花木。

玻璃窗外夜色冱寒，北风一吹，雪花静静地飘落。而玻璃窗里花开得正艳，奇香浮动。

她见此情景，若有所思，半晌后开口："我觉得自己以前做错了。"

"什么？"

"奋发时追逐梦想，闲暇时闻闻花香，享受恋人在身旁——这才是生活。"

萧与时何其聪明，当然知道她在感慨什么，故只静静地倾听，不打断。

她忽然又想到什么别的，问："我病房里的花是不是被护工给扔了？"

"没有，移到庄园又养活了几日。"

"真的吗？"

"真的。"萧与时点头，"我回到柏林后，抽空去你的病房看了一眼，确认没有重要物品落下，结果无意中看到你保留的卡片。如磐，你是不是从那时起便喜欢我了？"

措手不及被逮了个正着，沈如磐不好意思地承认："是啊。"又问，"你是不是更早的时候喜欢上我的？"

最初的心动始于何时，现在已经难以回答。因为日复一日，两个人都越爱越深。

他凝眸直视她，半晌低下头，轻轻浅浅地啄了一下她的嘴角。

常言道久别胜新欢，他和她分别太久，内心的情愫恰似一江春水向东流。

身体偎依相贴，唇舌交缠，清袅的茶香气息在彼此的心间辗转流连。酥酥麻麻的感觉从骨子里沁出来，她软在了他的怀里，陶醉在他的温柔里。

蜜里调油难舍难分的时候，他离开她的唇，让出一寸距离在她的颈侧平复呼吸。

她不知道他为什么停下来，却又渐渐明白过来。

脸上泛起薄薄的红，她迟疑了一瞬，欲言又止，最后把所有的语言化为勇气，将手轻轻地搭在他的胸口。

他的心跳得很快，她的也是。

虽然母亲曾提醒过不能有亲密的接触，但她已是成年人，知道哪些事可以做。于是她抿了抿发干的唇，声音细如蚊蚋："如果你想……我愿意……我也想和你在一起。"

后面的话实在是羞耻，她说出来后脸立马变得通红。

他的心跳同样因为这句话而加快。他目光沉沉，一眨不眨地看着她，继而俯下身，薄薄的唇又覆了上来。

"不急，慢慢来。"

缓慢的吐息，连同他低醇好听的声音传到她的耳畔，让她紧张得不由自主轻颤的身体放松下来。

玻璃花园外安静极了，偶有雪落声响起，也越发显得气氛静谧。

而玻璃花园内部，花香越来越浓郁。饱满的花瓣从枝头坠下，落在沙发椅上她如瀑布一般黑亮的长发上。风光是那么旖旎，能听见让人面红耳赤的、极轻极细的低吟。

隆冬已过，春天不再遥远。

有梦想，有繁花，有恋人在身旁，明年会是更好的一年吧。

她如是想。

Chapter13

漏洞

沈如磐正式返回国家队。

昔日的队友们为了迎接她，给她办了一个小而隆重的回归庆祝仪式。仪式上，陆楠作为代表发言，机智地回避了双人滑、单人滑等前尘往事，单单祝福沈如磐再接再厉赛出好成绩，将气氛搞得轻松又和睦。

稍后的环节，沈如磐驾轻就熟。她准备进行日常训练，却在更衣室里遇到了童欣。

狭路相逢，气氛是说不出的微妙。两个人沉默地换衣服，直到将要前往不同的场地，沈如磐才张口唤了一声："童欣。"

童欣回头看她一眼。

"如你所言，花样滑冰是年轻人的竞技场。但如果变成了只有二十岁，甚至是十五六岁低龄少女的战场，花样滑冰一定会失去成熟的美感。对吧？"

童欣愣住，沈如磐说完径直离开。

日常训练如火如荼地进行。

黄金联赛就在初夏，是沈如磐转型后的第一场国际大赛，上至领导下至颜曼都格外看重，她也是尽全力备战。

另一边，四国高校的科研合作也进入到至关重要的时期。

萧与时将柏林大学天体物理研究所的研究团队带了过来，和其他高校团队一起前往中国的西北部：极深地下实验室。

国内纸媒因此刊登文章，说中国的科研事业吸引了全球名列前茅的科学家们参与。文章的配图恰好就是萧与时带领德国团队建设探测器的照片。

沈如磐在网上读到这篇文章，随即就给萧与时打电话，把文章介绍他的段落念给他听。

“著名理论天体物理学家、德国柏林大学天体物理研究所终身教授兼副所长、德国国家自然科学院院士候选人、德国国家物理学会理事、欧洲物理学金质奖章得主 Karl Hofmann Hsiao，带领团队在极深地下实验室建立大型锗探测器，以求捕获暗物质粒子和锗晶体碰撞时产生的信号。”

沈如磐调侃他：“大教授，你现在的学术头衔这么长了？”

萧与时淡定地回道：“再长也只是一个标签。”

“什么？”

“你的男朋友。”

沈如磐愉快地笑了：“亲爱的，你明天几点回来？我去接你。”

萧与时工作日就在极深地下实验室做研究，周末便飞回沈如磐所在的地方。他说：“很早，九点。”

于是隔天清晨，沈如磐抓紧时间训练了一场，接着便飞快地收拾好自己，冲出去叫车。

大城市的早高峰最不好叫车了，好不容易等到出租车，沈如磐才刚弯腰坐进去，一位老阿姨牵着小孙女着急地拉住车门：“姑娘，我们上学快迟到了，和你拼个车好吗？”

沈如磐忙下车让位。

一上一下本不稀奇，但沈如磐最近训练得太狠，经常腰酸背痛。等到老人和小孩坐定了她再上车时，腰部遽然升腾起一股冰凉的刺痛感，接着从腰到双腿发麻，就像是被钉在了原地。

这种熟悉的症状持续了半分钟，老阿姨奇怪地问：“姑娘，你走不走？”

沈如磐面露难色地和对方对视了一阵子，艰难地挪步上车后对司机说：“我去市骨科医院。”

萧与时稍后接到沈如磐的电话，立刻从机场赶到医院。就见她已被禁止起身，正躺在病床上接受输液治疗。

沈如磐一看到他便再也按捺不住担忧：“我的腰又痛又麻，好像是骨赘复发了。”

萧与时安慰了她一番，接着就去找医生。

接诊医生见到萧与时，开门见山道：“我看了病人的病史存档。她是国家运动员？”

“对。”

“病人是不是曾经腰四和腰五椎间盘磨损严重，出现了脊椎扭曲、脊椎神经受压、双腿前肌及双腿外侧前肌肌群障碍，最后不得不接受了椎间盘置换手术？”

萧与时不清楚具体的病变过程，迟疑着颔首。

“病人最近验过血吗？”

“没有。”

“你知道病人血液中钛离子含量异常增高吗？”

萧与时听到突如其来的这句话，脸上的神色变了。

椎间盘假体的内外层采用的是钛合金镀膜，这意味着假体与人体发生了电化学腐蚀，抑或是物理磨损。

医生说：“我们给病人做了详细的检查，发现她体内的椎间盘假体的钛合金涂层出现肉眼不可见的裂纹，而她脊椎附近的软组织内也有微小的钛金属颗粒。您若是听不懂，可以理解为假体崩裂，产生钛金属碎屑，继而引发了全身反应。”

“这种全身反应比病人过去出现的病症还要糟糕得多。举例说今日的急症吧，就是因为金属碎屑压迫了脊椎神经，导致腰和双腿麻痹。继续发展下去，病理性骨折、溶骨破坏、钛离子随着血液循环沉积在肝和脾导致器官机能受损等等，都将是十分严重的后果。”

萧与时比谁都明白个中的利害关系，他打断医生滔滔不绝的陈述，问:“能更换一个假体吗？”

“就算更换新假体，病人也不适合继续滑冰了。其一，假体是右侧后屈九十度，即斜向后弯腰的位置崩裂。这是个非常特殊的动作，普通人做不来，一定是病人在训练或比赛的过程中追求极端的腰部弯折导致的。

“其二，金属碎屑压迫脊椎神经，会导致颈椎变形、左右脊髓受压不平衡，引发下肢障碍及括约肌功能障碍，严重时还将引发偏瘫。”

医生说到这里，客观地下了个结论：“你劝劝病人吧，没必要为了体育事业毁掉自己的身体。”

话是没错，但一想到沈如磐为了花样滑冰所付出的种种努力，萧与时的心情就复杂得难以形容。

他叹了口气：“病人马上就要比赛了，可否先撑过赛季？”

“可以。但后果自负。”

和医生谈完话，萧与时的思绪翻涌如潮。

无数信息在脑子里闪现，他想得越多就越觉得费解。

太突然，也太难解释了。毕竟体外标本测试验证了假体在各个方向的弯曲度，包括极端情况。既然测试都通过了，那假体又为何会崩裂呢？

他知道花样滑冰里有许多挑战人体极限的动作，如贝尔曼旋转、下腰鲍步，以及频繁的跳跃都会对假体造成冲击。今日的情况究竟是沈如磐过度训练所致，还是假体本身就有着不为人知的缺陷？

思绪万千，萧与时蓦然记起骨赘发生时，他曾怀疑测试进度太赶，可能导致某些潜在问题不能及时被发现，要求费恩启动了第二轮测试。

可后来他实在太忙，又要分心照顾沈如磐，便把第二轮测试结果给遗忘了。

思及此，萧与时果断掏出手机联系费恩。

柏林那边正是午间休息时间，电话接通，费恩的声音分外亲切："Hsiao?"

萧与时道："我有个问题想请教您。"

"什么问题？"

"科尔当年设计假体模型时，有没有考虑到假体可能产生金属碎屑？"

电话那端的费恩本来在边听电话边用咖啡机煮咖啡，面对这突如其来的一句，他心有不悦，倒好咖啡喝了一口后方才回答："好端端的，你干吗问这个？"

"沈如磐的假体崩裂，出现了金属碎屑。"

费恩愣住。

萧与时压低声音，维持陈述而非听起来像指责的语气："我们做过这方面的测试吗？"

"当然！"费恩斩钉截铁，连语速也跟着急促起来，"第一轮体外标本测试，不，是前后两轮测试，皆排除了设计层面的缺陷。Hsiao，你不要自责，更不要把沈如磐的个例原因归结到我们自己身上。"

"万一不是个例呢？"

"不可能，我从未听闻类似的反馈。"

萧与时沉默了。经过一番复杂的考虑，他开口："保险起见，我建议医院暂停假体置换手术。"

"为什么？"

"我希望再次检查假体是否存在缺陷。"

费恩震惊："Hsiao，你失去理智了吗？你知道医院在过去快两年的时间里实施了多少例手术？普通人三千例、特殊人群两百例，一直都平安无事。我真的不明白，为什么沈如磐的身体一有问题你就怀疑是设计上的缺陷？"

"您听我说……"

"你不要再说了。我知道你从一开始就不相信科尔，但凡有问题你就心生质疑。如果科尔还活着，他必然对你这个朋友感到万分失望！"

萧与时十分意外，出于尊重还是及时澄清："您多虑了，我提的要求和科尔没有关系。"

"不管有没有关系，哪怕你名下的基金会是手术实验的赞助方，你现在也没有立场阻止我。我更不会同意你单方面的决定！"

费恩的态度出乎意料的强硬，萧与时深吸一口气："您不要动怒，我建议暂停手术是考虑到病人的安全问题。科尔是个心细的人，相信他也会对我的决定表示理解的。"

"你是医生还是我是医生？"费恩打断他，言语间充斥着反感，"你总是这样，明明只是个搞物理研究的晚辈，却三番五次干涉我在临床方面的主张。还有，你不要在我面前提科尔！科尔当年才华横溢，绝不逊色于你，可你们一起做研究，却总是把自己的署名放在第一位，把科尔放在第二位。科尔从来都不和你计较，甚至为此劳累过度去世，你现在怎么能一边质疑科尔，一边说出他会理解你的鬼话？"

当年科尔和萧与时的研究课题进入关键期，两个人通宵达旦地工作，不料科尔因为太疲惫哮喘发作，继而闭锁肺猝死。

费恩本不想旧事重提，但萧与时一方面否认假体设计的合理性，一方面侮辱儿子的名誉，他再也控制不住内心的愤怒，继续控诉。

"科尔去世后，你独占学术成果，从来没有在公开场合表示过对他一丝一毫的怀念。稍后你获得普朗克奖章，发表的感谢词也是谢谢柏林大学、谢谢德意志，压根儿就没提科尔。你是真的把科尔当好朋友吗？

"如果死去的人是你，我相信科尔一定会在公开场合缅怀你、尊重你，包括尊重你遗留于世的智慧结晶，而不是为了一个刚认识没多久的女朋友就反反复复怀疑你的能力！"

话题完全跑偏了。面对费恩在电话里连篇的质疑，萧与时开口，语气微有波动："您误解了。我尊重科尔，视他为唯一的朋友。"

"那你就闭嘴。因为手术的推广及成功，我很快就要得到德意志医师联盟授予的奖章了。你的普朗克奖不能分科尔一半，那至少让我把这枚姗姗来迟的奖章保留给科尔吧。"

费恩说完便怒气冲冲地挂断电话。

萧与时是个通透的人，知道难以说服费恩，也就没有再拨打电话过去。

他叹了口气，抬头看向沈如磬的病房，脸上的神色变得十分复杂。

另一边，费恩即使撂了电话也依然气得不轻。

他端着咖啡杯的手一直在抖，不得不把杯子放下。

他在电话里说的是气话，却也是实话，手术投入应用后一直平安无事，口碑也极好，所以才能得到医学界的颁奖。

他想不通，为什么萧与时一有问题就怀疑是设计有缺陷呢？

其实他下周就要退休，继续坚守临床的日子也不多了，没想到到了最后关头会发生如此不愉快的事。

费恩重新磨了一杯咖啡，将心情调整好就准备开始下午的问诊。办公室却闯入一位女性，没说几句竟然情绪失控大哭起来。

她是德国芭蕾舞团的演员，曾经脊椎严重扭曲，一年前做了手术满意地离开，而今突然哭哭闹闹地回来，费恩有些云里雾里。

但是当费恩翻阅了对方带来的 CT 报告和病历时，却大吃一惊。

那是关于金属碎屑压迫脊椎神经的病史总结。

里面详细叙述了患者追求极端柔软的舞蹈动作，导致体内的椎间盘假体崩裂，出现金属碎屑，继而引起右侧躯体神经功能麻痹。

费恩惊呆了。

对方大哭，甚至扬言说要通过法律手段起诉医院。场面一时之间混乱起来，好不容易才把人劝到调解室去休息。费恩慌乱地打开抽屉，翻找体外标本测试的报告。

不应该，绝对不应该。

测试严格模拟人的运动，将椎间盘假体分成前屈、后伸、左旋、右旋、左侧屈、右侧屈六个维度，又细致地加上右侧屈 + 前伸、右侧屈 + 后伸、左侧屈 + 前伸、左侧屈 + 后伸，共计十个维度。最后按照假体的前缘、后缘、外边缘、内边缘四个节点，检验十个维度在各个节点上的压力矩是否超出极限。

费恩对测试结果深信不疑，然而当他翻阅第一轮体外测试报告时，他注意到有一段话是这么写的：假体在左侧后屈、右侧后屈时的压力力矩，是左旋时的两点六倍，是右旋时的一点三倍。

再翻阅第二份报告，同样的话却是：假体在左侧后屈、右侧后屈时的压力力矩，是左旋时的二十六倍，是右旋时的一十三倍。

两点六和二十六，一点三和一十三，两组数据相差了十倍，并且后一组超出了合理范围，属于测试失败。

换句话讲，假体处在极端的右侧后屈或左侧后屈等位置，会承受不住压力发生崩裂，产生金属碎屑，继而引发全身的反应。

费恩难以置信，赶紧复核两轮测试报告的电子版本。这回更奇怪，第一轮和第二轮电子版报告都是二十六和十三。

费恩恍然想起什么。

那是很久以前的事了。打印第一轮测试报告时，墨盒快要没墨了，他戴着老花眼镜简单地检查了一遍，看到二十六和一十三的墨迹太淡，下意识地提笔补了个小数点，就变成了两点六和一点三。

难怪后来萧与时翻阅报告时说，有几个数据超出了预期。

因为两点六和一点三虽然在合理范围内，但看起来有种说不出的奇怪。如果是二十六和一十三，双双超过了合理范围，则不奇怪了。

费恩骤然意识到一个严峻的事实。因为他的失误，本该宣告失败的测试，阴差阳错变成了成功！

萧与时的直觉是正确的，沈如磐的病例不是孤例，而是普遍案例。如果患者联合起来诉讼医院，必将演变成集体诉讼！

费恩头晕目眩，遽然瘫软在椅子上。

他活了七十年，从未像现在这样惊慌失措。

怎么办？他出了纰漏把自己赔进去不打紧，但他的儿子，科尔的名誉必将毁于一旦！没有人记得科尔在理论物理或者临床医学方面做出的成就，只会记得科尔设计了一款可怕的东西，然后被草率地放到人体里。

那么睿智的科尔，怎么能够被他一个小小的纰漏牵连呢？

费恩的心猛地抽痛了一下。

那时沈如磐即将被萧与时删去手术资格，他从蒙尘的废纸堆里翻出科尔的手稿，顿时觉得沈如磐有救，也十分欣慰即使科尔撒手人寰也依然有智慧成果留存于世。

所以他夜半登门拜访萧与时，苦口婆心地劝，终于劝来一个给科尔扬名的机会。

可他还是弄砸了。

他该怎么办？他又能怎么办？费恩的额头上冷汗密布，完全慌了神。

思来想去许久，他立刻销毁了第一份原始纸版报告。做完这些仍觉得不妥，他又把第一份、第二份报告底稿中关于二十六和一十三的陈述全部删除了。

做完这一切，年迈的费恩脸色煞白，手捂着胸口艰难地呼吸，整个人犹如大厦将倾。

不管付出多大的代价，不管对不对得起萧与时，科尔，他唯一的儿子，必须清白！

沈如磐的输液快要结束之际，萧与时回来了。

她不安地问："医生怎么说？我是不是骨赘复发？"

"不是。"

"那是什么原因？"

两两相望，在这短暂无言的片刻里，萧与时的内心涌上许多选择。然而那些迂回的、犹豫的念头终究不是长远之计，最终他毫无保留地转述了医生的话。

沈如磐有些错愕："假体崩裂？怎么可能！假体能够承受八倍体重的冲击，更何况我也没有追求四周跳，不应该……"话说到一半，她蓦地打住。

她是没有追求四周跳，但她一直在挑战阿克塞尔三周跳。后者的难度堪比前者，她也跌跌摔摔训练了很长一段时间，难道就是这样导致假体破裂的？

沈如磐顿时焦虑不安："我该怎么办？能重新移植假体吗？"

萧与时没有立刻回答，轻轻叹了口气将她拥入怀中，低头，下巴靠在她的肩膀上。

他是个成熟稳重的男人，此刻一向平静淡然的嗓音里透出复杂的情绪："如磐，你还记得我的提醒吗？提高医疗技术不是一蹴而就的事，不是你渴望怎样，身体就能恢复成怎样的。"

他说："我会仔细调查假体崩裂的原因，但从现在开始，你必须退下来。金属碎屑虽是一个笼统的概念，但它对你的身体造成的负面影响难以估量。哪怕你仓促地更换假体，也不适合继续进行激烈的花样滑冰运动了。"

他搂着她，停了一下又说："我知道你舍不得。你就当曾经的测试没有通过，我删去了你的手术资格，好不好？"

沈如磐哪里能够接受。明明一切都变好了，她也要复出参加国际大赛了，怎么可能在这个关头放弃。

她连连摇头，急忙说道："我做不到。假体裂了就先翻修一下，你先让我撑过黄金联赛，稍后再从长计议，好吗？"

"不行。假体崩裂第一次就有可能裂第二次，你不要再无止境地为难自己了。"

"可是……可是……"

沈如磐的脑子里一片混乱，而此刻肩上的力量蓦地一轻，只听萧与时说："我替你去向伯母说明情况。"

说罢，他便去拿她的手机。沈如磐眼明手快地拦住他："别这样。就算退役，你也得给我点时间，让我想想往后的日子怎么安排再对妈说实话。"

"那么，我替你向教练请假，你先休息几天。"

"你打算怎么请假？病假吗？不，不要请病假。"

她向他恳求，姿态放得极低。萧与时不是不了解她拖延和回避的心情，但当断则断，纠纠缠缠只会越发难舍，于是他冷静地说："你可以找个冠冕堂皇的请假理由，但只此一次，稍后你必须对所有人说实话。"

他处事如此果决，让沈如磐有些难以接受，却也只能勉为其难地点点头。

电话打过去，几天的假，教练倒也不至于不通人情，很快便口头批准并叮嘱："小沈，你随男朋友见父母固然重要，但尽量早点回来，不能落下了训练。尤其你还要配合拍摄中德运动康复医疗合作的公益广告——这又要挤占训练的时间。"

沈如磐含糊地带过去。

她性格要强，几乎从不低头，眼下能听萧与时的话实属不易。可她心里终究不是滋味，输液结束之际，她没有叫护士来拔针头，而是自己拔掉了。

血一下子涌出来，萧与时伸手制止了她。指腹才刚触上她的手背皮肤，她就缩手避开，转身往外走。

两个人一前一后离开医院，坐出租车回家。她自始至终没再开口说一句话，快步上楼后便直奔卧室。

关门声在寂静的室内显得格外突兀。

萧与时在玄关处静静地站了一会儿，从外套口袋里摸出一个拇指大小的仿唐三彩堆塑小香瓶。

瓶身外观是锦鲤莲花，他一看到它，就想起她说过“求好运拜锦鲤”的话，于是从西北带了回来，作为祝福她参加黄金联赛的纪念品。

他将它轻轻放在玄关的柜子上。

人遇到难以接受的现实，第一反应总是否认。

稍后几天，沈如磐把自己关在房间里，通过网上医疗平台不断地求助国内外的医学权威。可得到的结论都是可以修补假体，但金属碎屑是个难以解决的问题。

全身反应在临床上无法界定，就算是最轻的溶骨破坏也是相当麻烦的病症，更别说神经压迫及肌肉障碍等棘手的情况了。

沈如磐觉得自己好像又回到了被病痛扼住咽喉，诚惶诚恐加无助绝望的黑暗时期。

她关掉电脑，低下头，无力地埋头在自己的臂弯里。

许久后手机“嗡嗡”地振动，是母亲打来电话。

不接是不可能的。可电话刚一接通，颜曼的训斥就如秋风扫落叶般席卷了耳朵：“无缘无故见什么男方家长？你又没有和萧与时谈婚论嫁！训练呢？不放在心上了吗？你还真是谈恋爱谈得忘乎所以了！”

沈如磐闭上眼，抬手轻揉酸胀的眉心：“妈，你叨叨太多了，我都不想回答。”

“你就躲吧。当初是谁哭着说要回到赛场上对父亲的遗言有个交代，如今一转头和男朋友腻歪，就连备战训练都给撇下了。”

被戳到父亲这个软肋，沈如磐抿着唇沉默了。

电话那端的颜曼等待了一会儿，稍稍缓和了语气：“你真的要去见男方家长？”

“不是，我就是想休息几天陪陪萧与时。”

“胡闹！你要是心不在焉，就干脆别比赛，趁早放弃得了！”

沈如磐苦笑，顺着话反问：“妈，你既然看重比赛，那当初为什么反对我做手术，还把话说得那么刻薄？”

“你提这个做什么，要翻旧账？”

颜曼虽然是刀子嘴豆腐心，却也不是个含糊的人，顿了顿，又正大光明地回答：“我年轻时认识一位国外的女选手，她和你的情况类似。

只不过那个年代的医疗条件差强人意，医生用钢钉强硬地固定她的脊椎，希望能帮她撑过比赛，哪料比赛期间椎间盘没裂，钢钉却裂了。”

“所以，”颜曼叹了口气，“你出事后我一直在想，我从你三岁开始逼到二十四岁，把你逼出了事事不认输、绝对不低头的个性。算了吧，我不能再逼你了。可没想到我放弃了你却不肯，甚至负气离家跑去了德国。”

颜曼说着又习惯性地强势起来：“你是我的女儿，听我的话有错吗？我难道会害你吗？”

沈如磐听完愣住了，她怎么也没想到母亲会反对是因为舍不得她吃苦。如今知道了事情的真相，她心里就更不是滋味了。

萧与时提醒过她，医疗技术不是一蹴而就的事。她没有听进去，并且从来也没想过假体会不会承受不了冲击破裂。

陆楠空等她一年，现在有了童欣当女伴，结局还算不错。反观一直反对她的母亲，先是为她辞去裁判长的职位，后又为了她的训练费四处筹措。母亲只是个普通人，哪有通天的手段筹措资金？还不是把多年的积蓄给拿了出来……

然而她没有办法回报母亲，她甚至都不敢告诉母亲自己的身体又出现了问题。

“妈——”沈如磐拼命忍住声音里的哽咽，“我有事先挂了，以后再聊。”

“不聊了。你已经是成年人了，心思时而在比赛上，时而在男朋友身上，我已经管不了了。”

一席话说得沈如磐无言以对。她的内心十分难受，可难受的情绪找不到宣泄的出口，她只能匆匆结束通话，而后再无助地抱住自己。

而另一个房间里的萧与时，刚刚收到医疗团队发来的两轮体外标本测试报告。

他点开报告阅读，没过多久便听见主卧那边传来啜泣声。而他推开门见到的一幕，则是沈如磐把脸埋在臂弯里哭泣的样子。

萧与时心疼了，走过去抱住她：“如磐，你别难过，你还有我。”

她陷入悲伤的情绪中难以自拔，哽咽着问：“如果是你，不得不放弃你热衷的科研事业，你甘心吗？我为花样滑冰付出了太多，也为复出努力了太久，怎么可能在最接近成功的时候打住呢？你就让我参加黄金联赛吧，假如真的会残了，我也认了。”

她哭得那么伤心，说出来的话是那么卑微绝望，他为她拭泪，将她的脸颊贴在自己的胸前。

“别说气话。”他开口，声音低沉，显得比她要冷静客观，“正是因为你付出了太多、成本太大，所以才不肯倒下。”

沈如磬有没有恢复一丝理智他不知道，她只是仍然止不住地痛哭，泪如决堤的洪水，打湿了他的衣领。

今夜注定是个不眠夜。

哭了一夜，隔天早晨沈如磬醒来的时候，脑袋都是昏沉沉的。

窗外阳光灿烂，景色正好。可她一想到糟糕的现实，就像从一个高高的地方坠入看不见的深渊，她不想出去见人，只想把脑袋埋在被子里。

有轻轻的猫叫声响起。

雪白的波斯猫跳上床舔她的脸，这是它想要出去玩的表现。沈如磬没有心情陪它，转过脸逃避，它又再度黏了上来。

躲藏间，枕头底下的手机蓦地振动，一个陌生的海外号码发来信息，是德语：沈女士，您知道您的病不是孤例吗？

紧接着第二条消息又来了，是个链接。

沈如磬点开看，是德国《德意志早报》发表的文章，标题十分惊悚——《德国知名医院涉嫌欺诈：十几例患者提起集体诉讼，或将波及中德双边复健合作》。沈如磬腾地坐起，读完全文后她用相同的关键字搜索国内，但由于时效性，国内暂时没有相关信息。

沈如磬连忙下楼。她跑得太急，脚步声沿着旋转楼梯一路传过去。

萧与时正在厨房里准备早餐，转头看见她：“怎么了？”

“你看看这个。”沈如磬递上手机。

《德意志早报》，看起来特别像德国国家级刊物，实质上却是一家不入流的小报纸媒。

文章用春秋笔法抨击医院，指责医院把有重大设计缺陷的假体植入到患者身上，是极其无耻的医疗造假行径。

由于医院背后的投资方是霍夫曼医学物理基金会，而基金会又得到萧与时银行世家背景的鼎力支持。这其中牵涉的利益关系盘根错节，单单银行和基金会、银行和银行、银行和医疗器械商的商业运作来往，就足以令普通人咂舌。

文章最后提到，萧与时的家族是百年家族，后代虽已移民，但仍然想要回归中国，而捷径莫过于通过体育事业回归——例如其家族银行注资德国国家运动科学实验室，实验室又将和中国展开运动康复医疗项目的合作。

萧与时花了一点时间才读完全文，看到撰稿人的名字：Ernest Max。

这个名字他太熟悉了，是曾经造谣萧与时通过家族背景获得博士学位，并且侮辱萧与时慕残的小报记者。

萧与时不得不对文章的真实性产生怀疑，再加上他人不在德国，不清楚医院的实际情况，无法给出解释，只能说："这是不入流的小报，内容或许是空穴来风，你暂时不要相信。"

"不，文章清楚地写明十几位舞蹈表演者、运动员，以及其他特殊身份的病人，都和我面临同样的金属碎屑问题。萧与时，你是不是对我隐瞒了什么？毕竟当初测试结果好好的，一点问题都没有，为什么会突然接二连三地出事？"

"我对你隐瞒？"

沈如磐一愣，意识到自己说错了话，刚想补救，萧与时已接过话："你是不是认为，即使我曾经没有蓄意隐瞒假体有缺陷，但我现在知道了，不得不考虑多方利益而对你撒谎？"

"我不是这个意思。我……我……不明白商业上的弯弯绕绕，问一问你也很正常。"

"你不是问，你是有了揣测。"萧与时的脸色和说话的口吻一样凝重。

沈如磐被说着急了："我没有揣测！退一步讲，医院、基金会、基金会背后的银行，三方关联的商业运作那么复杂，我就算产生怀疑也很正常啊。"

"再说了，"她难堪地咬了一下嘴唇，"我明明就要以全国第一的身份参加黄金联赛，现在不但去不了，还要从此放弃花样滑冰才能保住身体健康，否则就会下肢麻痹、肌功能障碍，甚至是偏瘫——我是人，一个普普通通有血有肉的人，难道只能被动地接受事实，不能产生一丝一毫的怀疑吗？换了是你，你也会有疑问的！"

长篇大论换来的是长久的沉寂。

沈如磐仰头看着萧与时，萧与时也直直地凝视着她。

米粥在灶上“咕噜咕噜”响，水汽上溢，粥一下子扑出来，浇在火焰上发出声音。

可谁都没有动。

半晌，萧与时微微垂下眼帘，不疾不徐地把火关掉。

他是个沉稳克制的人，什么话也没有说，仅仅从沈如磐的身旁走过。

大门发出沉闷的碰撞声，他走了。

许久后，萧与时又回来了。

沈如磐就坐在客厅里，听见大门那边的动静赶紧把绕着腿打转的波斯猫抱到怀里，低头给宠物顺毛——装出一副不是刻意等待他的样子。

争执过后再打照面的氛围总是有些压抑。萧与时的目光落到沈如磐身上，隔了一会儿才开口：“我和费恩医生通了很长的电话。费恩医生坚持说只有一例患者和你有类似情况，十几例的说法纯属捏造。至于这当真是否涉及医疗欺诈，他更是否定了。”

他又道：“我已经委托基金会律师启动内部自查，真真假假需要几天才能得出结论。如果欺诈属实，无论是道德层面还是法律层面我都会承担相应的责任。”

沈如磐知道自己一时着急说错了话，却怎么也没想过他会用这样的方式回应她的质疑。

她看着他，内心五味杂陈，片刻后才问：“那唯一的一例患者，费恩医生怎么说？”

“他坚持认为是使用不当。”

“你认为呢？”

“谣言的真假一时难辨，而费恩医生的诚信度尚可，目前也并无不利的证据指向他，我倾向于等待自查的结果。”

是的，且不说萧与时，就说沈如磐自己好了。她和费恩医生打过那么多交道，一直认为对方是一个严谨的医学专家，和医疗造假八竿子都打不着关系……

沈如磐不太自然地从喉咙里“嗯”了一声，萧与时点点头，又道：“我该走了。”

“什么？”

“我接到极深地下实验室那边的电话，说是遇到了几个难题，希望我赶过去看一看。”

沈如磬错愕了，不过工作不能耽误，她立马说："我帮你收拾行李。"

"不用，我自己来。"萧与时说罢便上楼去了书房。

以往分别的时候，他再忙也会挤出时间和她亲密地温存一会儿。但这次不同，他花了较长的时间整理好资料，而后便换了衣服，拎着行李箱下楼。

沈如磬当然知道他的态度发生改变是因为刚才的争执，所以她也没有主动说话，面色复杂地抱着猫，看着他走到玄关。

一切准备妥当，只需道别。萧与时转身回头，视线在她身上停顿了一秒，开口道："过来。"

她下意识地想迈步，但脸上挂不住，恰是这犹犹豫豫的短暂工夫，她怀里的猫跃出去，热情地奔向主人。

她尴尬不是，不尴尬也不是，堪堪站在原地。

他蹲下，伸手爱抚猫。小东西轻轻地叫了一声，用毛茸茸的脑袋蹭了蹭主人的腿，软萌的模样可爱极了。

许久后他抬头，一双眸子凝视她，里面的情绪平静如常，毫不显山露水："你明天也要归队了，打算对大家说实话吗？"

沈如磬哑然两秒，缓缓答了一句："我还没想好。"

昨晚他告诉她，她只是沉没成本太大不肯倒下，其实不是的。自始至终她都不想连一个谢幕的机会都没有就黯然退场，可惜这个决定和萧与时的期望相违背。

她没有过多解释，他也不再追问，单单说："实验占据了我太多时间，我已经向学校提出交接申请，一旦院方批准，委派其他教授过来，我便会回到柏林跟进医院的争端。我会尽量给你一个满意的答复，我也不明白为什么事情会变成现在这种局面，但我……"

"你不用说这些，我没有埋怨你！"沈如磬急忙否定。

她打断了他的话，所以他一时间没有再往下说。而她也不知该如何修复争执后的裂痕，两个人不约而同地沉默了。

最终僵局依然由他打破："如磬，假如你往后无法再滑冰，你看见我还会有心动的感觉吗？"

问题太突然，她一下子愣住。

他垂着眼帘静静地等了一会儿，修长的手拍拍猫咪的脑袋，小东西一下就回到她身旁，而他则起身开门离去。

屋内一片寂静。

萧与时从来都不是一个靠繁忙冲淡心中烦闷的人，但是一抵达西北极深地下实验室，面对那些深奥晦涩的科研阻力难题，他确实淡忘了那日的争执。

他曾向学校提出交接申请，原以为至少要等好几天才能得到答复，没想到三天后就接到了穆勒教授的电话。

而穆勒教授开口的第一句话是："Karl，你得罪谁了吗？"

萧与时正沉浸在高纯锗阵列探测器出现的异常电信号中，淡淡地反问："什么？"

"你的陈年旧事——抄袭门又被人翻出来了。"

所谓的抄袭门，是萧与时破格担任柏林大学终身教授那一年发生的事。

起因是萧与时是华裔，也愿意提拔华人学生，故当时带的博士生里有好几位华人留学生。

博士生和本科生、研究生不同，必须发表相当数量的高水准论文。可萧与时最看重亦最有学术发展前景的两个学生各自提交的一篇论文，内容居然雷同。

两个学生互相指责，都说是对方抄袭了自己的。

A 说："每页的内容都是我自己一个字一个字敲的。其中第四十四页到五十五页的核心公式推导，我反反复复推敲了十五遍，每一遍都有底稿。"

B 说："我也有底稿，就存在电脑里。并且我的电脑曾经不小心遗忘在实验室里，谁都看得到。"

两个人为此事争论不休，萧与时却处理得毫不拖泥带水：A 立刻退出最前沿的实验，并被开除学籍。

这个裁决当时在教授群里遭到了质疑。

萧与时对穆勒教授的解释是，他让两个学生各自回溯底稿，每一版修正了什么、增加了什么、删除了什么，全都复述一遍。结果 A 写得清清楚楚，B 的记忆略混乱，甚至有几处出现了自相矛盾。

穆勒道："难道不是 B 抄袭？"

萧与时摇头："十五版底稿的时间跨度约有大半年了，您会记得自己六个月前吃的午餐是什么吗？"

穆勒懂了。因为 A 记得太清楚，聪明反被聪明误。

抄袭者一旦被开除学籍，便几乎再无学术前景可言。学院为此事权衡萧与时的裁定时，那个抄袭的学生因为承受不住压力跳楼了——虽然万幸捡回一条命，但这个学生的精神状态从此便不好，稍后更是几度精神恍惚流连校园，逢人就纠缠。

这场风波在柏林大学，甚至是在留学圈过了很长一段时间才平息下去。

但不知道为什么，陈年旧事又被小道纸媒翻了出来，经过渲染变成了萧与时包庇真正的抄袭者，且抄袭者是萧与时的家族亲属。

不仅如此，还有很多“重磅内容”。诸如萧与时自身也是受家族庇佑的上位者，和同事一起做研究时，长期霸占学术成果第一署名。他又在同事死后，屡屡向学术大会、机构、实验室、媒体宣布自己是唯一发现人，强行提升他在学术圈中的声望，继而独占普朗克奖章，从此走上一路领奖领到手软的康庄大道。

至于什么傲慢无礼、中途退场让人代为领奖的小谣言，那就更多了。

这些诽谤都是一种做法，内容真真假假，通过纸媒、学校门户论坛、留学生圈子、脸书自媒体层层扩开，逐个波及。难怪穆勒教授的第一句话便是问他“得罪了谁”。

然而对萧与时而言，他不用想也知道幕后操纵者是谁。

穆勒担忧地问：“Karl，你要不要考虑出份声明？很快就是德国基础物理学突破奖的评选了，你是第一候选人，我担心你会被谣传为内定。”

萧与时道了声“不必”后说：“我出生在一个很容易引起争议的家族，过多的解释反而会被外界认为是诡辩，不如维持沉默。”

“可医院那边的舆论沸沸扬扬的，不像是诡辩，对你很不利。”

“怎么了？”

“你不知道吗？”穆勒惊讶，“你是不是以霍夫曼医学物理基金会的名义赞助了一家医院的脊椎外科临床实验手术？手术的责任医生被刑拘，接着便有留言传出，说医生按照基金会的要求修改数据做假，给患者造成了巨大的伤害。类似的消息还有很多，半真半假，让人好似雾里看花。”

“一例患者怎么会造成巨大损失？”

“谁告诉你是一例？至少一百例，甚至更多！据说某个记者一直悄悄追踪临床实验对象，集齐了很多相同情况的病人，然后选在同一天向地方法院提起集体诉讼。你知道诉讼赔偿的金额是多少吗？简直是天文数字！”

萧与时愣住了。

穆勒又说：“现在舆论一片哗然，医院、基金会、银行背后的暗箱操作简直骇人听闻。所以你赶紧回来配合司法问讯，该否认就否认，该澄清就澄清，免得学校的名誉也跟着受损。至于你手边的实验……唉，先别管交接了，迅速回来——现在，马上！”

萧与时一直认为自己是做学问的人，其次才是其他社会行为的参与者。

面对巨变他安静了几秒，再开口时语气维持着一个学者的沉稳持重：“我明白。”

稍后，萧与时和基金会律师通话。律师非常专业，所述内容也准确翔实。

“教授，费恩医生本来一直不承认数据造假，却突然在今日的司法问讯程序中改了说辞，说以您为代表的基金会高层看过测试数据，对部分数据不满意，他不得不做些删改，才能满足推广临床手术的条件。

“基金会原本只是投资方，哪怕手术造假，基金会承担的法律责任也有限。可眼下费恩医生推脱责任，一口咬定是配合您的暗示伪造作弊的，您要做好应诉答辩的准备。

“还有，一百例病人的说法并不准确。目前核实发生金属碎屑的病人群体有且仅有五例。但潜在的受害群体或许高达一百例，甚至是更多。

“此外还有一个衍生问题。临床实验推出的商业广告，极有可能被地方法院裁定为虚假广告。广告形象人是中国国家运动员沈如磬女士，她可能会受到一定程度的负面冲击。”

律师措辞谨慎，但萧与时知道，沈如磬将面临巨大的非议。

他抚额思索，片刻后平静地开口：“保护她。不惜一切财力、物力，哪怕动用关系做舆论引导也要保护她。她是受害者，不是帮凶。明白吗？”

律师颔首：“明白。”

Chapter14

造假门

萧与时返回西北极深地下实验室的第二天，沈如磐就销假归队了。

她没有说出病情，照旧训练。她表面看起来也没有任何异样，能和队友谈天说地，又能保持高质量的训练水准。唯一的区别就是训练完她再也没有立刻掏出手机联系谁，抑或是那股硬挤时间回家瞧瞧的迫切劲。

反正是住宿舍，她经常不疾不徐地收拾好重重的背包，一个人默默地往回走。吃饭、洗澡、早早睡觉，这就是她的晚间日常。

偶尔她也会记得自己是有男朋友的人，然而一想起萧与时离开前问的问题，她心中就异常烦乱，失眠不说，想联系他的心思也骤然消散了。

没有心动的感觉了吗？当然不是。

她依然喜欢他。只是，对他的爱恋和对花样滑冰的不舍，这两种本不应该掺和在一起的情绪突然互相纠缠起来。她一日放不下花样滑冰，看见他便会想到破裂的假体，继而影响她和他的感情。

她并没有责怪他的意思，她就是搞不清楚自己到底是怎么了。身体糟糕，感情关系也一并弄糟了。

日子不好不坏地过了一周。

那天沈如磐还是照常训练，刚完成几组三周接三周的连续跳跃，她的腰部又有些冰凉的刺痛感，接着从腰部到双腿急剧麻痹，她一下子因为失去对身体的掌控而狼狈地摔倒。

她迟迟不能起身，队友赶紧把她扶起来："沈姐，你还好吗？"

她缓了半分钟才勉强恢复过来，朝着队友生硬地点点头："还行。"

"需不需要我送你去瞧瞧队医？"

她摆摆手，到休息区歇气。才刚坐下，总教练就面色凝重地走过来拍了一下她的肩。她一惊，哪里还顾得上腰痛，紧张地站起来。

总教练开口说道："过来开个临时会议。"

她本以为是讨论黄金联赛的情况，待走入会议室，却看见除了总教练和国家体育局领导，还有黑压压一群调查组的人。

沈如磐这才知道椎间盘假体涉嫌医疗欺诈的"篓子"已经捅到了国内，而且这个篓子是通过一封匿名信举报到国家体育局的。

调查组仔细查问了沈如磐在德国治病期间接受的手术，以及她为手术代言的来龙去脉，包括她和费恩医生的个人往来、和萧与时的私人关系，也都一一问过了。

沈如磐该说的都说了，有些不该早早表明立场的话她也说了："我相信医院和基金会的清白，绝对不可能发生伙同造假之类的事。"

调查组为首的官员摇头："不是伙同，是医院迫于基金会的要求，不得不作假。"

"迫于？"沈如磐的脸上露出不可思议的表情。

这桩纠纷在德国那边暂无司法定论，官员也没给出一个确切的说法，只是反问："据说很多患者在术后出现了意想不到的反应，你有没有出现类似情况？"

不知道为什么，或许是心底产生某种难以言喻的感应，沈如磐觉得在这个节骨眼上实话实说未必是件好事。

她顿了顿说："我挺正常的。"

"我们调查组密切关注造假事件是否会给国家体育队带来负面影响，你代言了对方医院的广告，难免会遭到舆论弹压，稍后中德运动康复医疗项目的合作你不宜再担当推广人。"官员看了一眼总教练："换成别人。"

会议开到这里基本结束，官员合上记录本："如果有后续需要，你还得配合我们做内部调查。"

"明白。"沈如磐连连点头。

等到调查组一行人离开，严肃的气氛尚未消除，总教练又盘问沈如磐："你上次请假是不是因为提前知晓医疗造假？"

"不是。"沈如磐斩钉截铁地否认。

"你的身体怎么样？"

"挺好。"

"真的？"

“真的。如果出现什么不妥，我会第一时间向您汇报。”

总教练深锁的眉头这才稍稍舒展开：“小沈，这件事虽然发生在国外，但舆论是很难预估的。你这段时间低调些，不要让任何境外势力或者不怀好意的人抓到把柄。”

“至于你和你的男朋友……”总教练打住，用匪夷所思的语气问道，“你是不是被骗了？对方究竟是堂堂正正的学者教授，还是投机取巧的商业人士或不入流的学术骗子？”

“学术骗子？”沈如磐蒙了。

“你去问问你的母亲吧。匿名信不只寄到了国家体育局，还寄到了你母亲工作过的国际滑联裁判组。你母亲大怒，刚才差点就要进来旁听调查会了。”

沈如磐十分震惊，赶紧联系颜曼。

电话里，颜曼怒气冲冲地把沈如磐训斥了一通：“萧与时究竟在做什么？虽然医疗造假和裁判组扯不上关系，但因乌及屋，裁判难免会在心里降低对你的印象分！你是中国国家队一线运动员，沾不得半点丑闻，赶紧和那些肮脏事撇清关系！”

沈如磐只得好言好语稳住母亲，然后用手机上网搜索德国时讯。

医疗造假案已经传得沸沸扬扬，有文章分析医院、器械商、银行基金会层层勾结，也有文章揣测医院是替罪羊，是给商业运作背了锅。各种说法五花八门，但达成了一个共识——多方制造了这起危害范围甚广的造假案。

沈如磐作为手术推广代言人，虽然不承担连带法律责任，却也难免会被民众抨击。然而她却发现德国群众对她的讨论很少，就算有，例如质疑她伙同造假之类的留言，也很快会被网络管理员判定不实，继而删除。

反观国内的讨论就更少了，舆情正常——难怪调查组几乎没有为难她。

沈如磐不由得怀疑是不是萧与时担心事件发酵会波及她，替她强行压下了舆论？此刻她再也顾不上情侣争执后的尴尬，按开手机通信录，致电萧与时。

“喂？”萧与时的声音出现在她的耳边。

“是我。”她急匆匆地道，“你还在实验室吗？你知不知道……”

扩音器里突然传来陌生的德语，且是流利的柏林口音。沈如磐惊讶，不禁改口：“你回德国了？”

“嗯。刚回来没几天，正在和律师跟进医院的事。你找我？”

他的声音永远那么沉稳镇定，和当下混乱的局面形成鲜明的对比。沈如磐后知后觉地想起那天争执过后，他说过会回柏林跟进情况，给她一个交代——没想到他这么快就回去了，并且都没有事先知会她。

不过眼下无暇计较这个，沈如磐赶紧说重要的事：“我上网看了新闻。事情怎么谣传成费恩医生迫于基金会的要求，删改数据并造假了？”

她以为他会否认，没想到他平静地回答：“不是谣传，是费恩医生指证我及我名下的基金会要求他造假。”

沈如磐十分惊诧：“费恩医生怎么会说出这种话？！”她不敢相信，又追问，“新闻还说至少有两百例手术患者受到影响，这是真的吗？所有病人体内都出现了金属碎屑？”

问题太多，萧与时没法一一回答。再说他即将前往警署接受司法问讯，只能简短地道：“我让律师和你解释。”

沈如磐急急地“哎”了一声想叫住他，他却没有停顿，而是把手机转递给了身旁的律师。

后面的答疑环节并不重要，重要的是通话结束之前，律师对她说：“沈女士，教授要配合各方的调查和问讯，此后未必会有时间和你交流。我会给你一个秘书专线电话，假如你还有其他疑问，可以随时向秘书反馈，获得第一手资讯。”

沈如磐欲问是什么调查和问讯，哪料律师也很忙，说完便直接挂断电话。

她其实是萧与时最亲密的恋人，偏偏在危机爆发之际变成了一个只能张口问问题、坐等答案的看客。

沈如磐握着手机，心里很不是滋味。

接下来的几天，沈如磐果然和萧与时通不了几句话，只能通过网络和律师秘书这两种渠道获知他的近况。

形势糟糕极了。费恩医生一口咬定是基金会暗示造假，并提交了第一、第二轮测试假体时萧与时签署的文件，以及测试过程中来来回回的交流邮件。地方法院立案调查的同时，医学行业协会和金融机构也开始对萧与时名下的基金会进行盘查。

这一盘查，就把基金会的雄厚背景给彻底深挖了出来。

萧与时的家族四代皆为银行家，家族成员社会背景复杂，和境内外无数老牌银行、新兴利益群体交集，利益盘根错节——民众对此见怪不怪，但让人意想不到的是，从临床实验到实验所需的器械物料，再到检测团队、营运推广、获利分成，层层蔓蔓，尽在萧与时家族的控制之中。

舆论沸反盈天，说这是利益一条龙，还说“是资本家的胜利，群体道德的沦丧”。

迫于不利的局面，萧与时的律师向地方法院提交了护照和百万欧元的保证金申请保释，萧与时名下的基金会也将在法院裁定是否保释的当天发表公开声明。

律师秘书就此联系沈如磐：“沈女士，您愿意旁听公开声明吗？”

沈如磐被问住了。

她是国家运动员，上至领导下至教练，都希望她在这个敏感时期远离舆论的旋涡。再加上黄金联赛在即，她每日的训练排得满满的，根本不可能飞到德国去。

沈如磐迟迟未回话，秘书也就明白了：“沈女士，那我们就不保留您的旁听席位了。祝您健康愉快，再见。”

眼下才下午三点，沈如磐需要返回场馆继续训练。可她难以投入，索性去了楼梯间，坐在台阶上。偶有队友上下楼经过，见到她便打声招呼。她没有吭声，一动不动地闷坐着。

时间也不知过去多久，她的肩膀被轻轻拍了一下。她抬头，来者是陆楠。

单人滑和双人滑的训练场地不在一起，故陆楠和沈如磐平日很少碰面。今天陆楠听到了一些传闻过来找她，却被人告知她在这里。

他对着她笑了笑：“嗨。”

她亦勉强勾起嘴角：“嗨。”

两个人不再是搭档，但默契仍存。陆楠陪着沈如磐静静地坐了一会儿才开口：“萧与时……还好吗？”

“不太好。”

“有多不好？”

她没有直说，摸开手机搜索了一阵，把网页翻译的结果递给他看。

首先映入视野的便是基金会官网下铺天盖地的抨击和谩骂。虽然网络暴力在这个年代早已司空见惯，但那些粗俗狂悖的评论依然触目惊心。

陆楠连声安慰：“你别在意这些。没有做过的事绝对不会变成冤假错案，我们要相信萧与时。”

沈如磐苦笑了一下，心里越发难过。

这些天她审视网上谩骂的言论，情不自禁想到了自己，那个不辨是非黑白就与萧与时争执，质疑他是不是有所隐瞒的自己。

她后悔极了。虽然她想不通费恩为何会改了口风，也不明白风波为什么会发酵得如此迅速，但她知道萧与时绝对没有造假，他一定是被诬陷的。

可她做了些什么呢？撇开最初的质疑，她什么都没做，甚至连声明会都无法参加。

所以萧与时平静地问了她那句话，接着独自飞去柏林处理问题，是不是认为她对他的感情不再纯粹，所以他心寒了？

沈如磐几不可闻地叹了口气，转过头来看向陆楠：“我想去柏林找萧与时。”

“去多久？”

“不知道。司法裁决没那么快，可能耗时几个月，也可能耗时更多。但无论多久我都想陪着萧与时，直到他摆脱污名。”

陆楠听了，迟疑道：“马上就是黄金联赛，你不训练了吗？你费了多大的力气回来，好不容易才拿到资格代表国家参赛，你……”陆楠停顿一秒，给出一个建议，“要不等比赛结束了你再去找萧与时？”

“不行，我等不及了。”沈如磐说出心里话，“没有萧与时的支持，我不可能东山再起。如今他有麻烦，我不去找他，不能陪在他身边共渡难关，只顾自己，他一定会心寒的。”

她这一番话说得极其诚恳，却没有丝毫痛苦。相反她若不这么说、不这么做，才会真正感到痛苦。

“萧与时走之前问了我一个很重要的问题，我想去找他，把问题的答案亲口说给他听。否则时间拖得太久，饶是我说得再动听，他可能也不会相信了。”

陆楠听得茫然，但见她已有决定，只能劝道：“万一领导教练不放你走，你打算怎么办？”

“丑闻”二字沾上容易洗白难，尤其经过调查组一事，由上至下只差没挑明让沈如磐和萧与时撇清关系了，又岂会同意她去柏林蹚浑水？

沈如磐早就想到了这些阻碍，她抿抿唇，声音略讪：“我可以申请退队。”

“退队？你舍得吗？就算你舍得，退队也不是你想退就能退的。教练惜才，肯定会扣着不同意。”

沈如磐咬住嘴唇，声音越发讪讪：“那……我就偷偷走。”

陆楠震惊了，他真想敲开这位前搭档的脑袋，看看是不是里面进了水：

“私自离队会遭受很严重的惩罚，禁赛、剥夺国家队队员资格和一切既往荣誉。你还谈什么东山再起？你只会成为钉在墙上的反面教材。”

“我知道，但我是第一个接受手术的人，只有我心里清楚萧与时绝对没有造假。”

陆楠噎住。他的前搭档不是脑子进水了，而是铁了心要去维护另一个男人的名誉。

眼前的沈如磐仿佛已不是他记忆里的那个女生，那个坚韧执着，为了花样滑冰付出一切，不达目的绝不罢休的沈如磐，从来没有因为谁而动摇过比赛的决心。

陆楠凝视她的目光里闪过一丝别样的情绪，声音中透出难过：“我知道你心疼萧与时。可是代价太大，我为你感到不舍。”

沈如磐被他一说，心也跟着酸酸涩涩的：“对不起，我不该和你说这些，你就当不知道我要偷偷走好了。”

既然有了决定，沈如磐也不打算再耽搁。她站起来，陆楠叫住她：“等等——你写封信解释一下离开的原因，我替你放到领导的桌上，胜过你一声不吭直接走。”

先斩后奏？沈如磐愣住。

“还有，你的签证没过期吧？”陆楠一边问，一边拉着她下楼，“我们分头行动。你去机场买票，我去你家收拾行李和护照。”

“等等，你……”

“别废话，你不想见到萧与时吗？”

当然想，她恨不得立刻飞跃千山万水去见他。

沈如磐明白了，跟着陆楠快走几步，感激地说：“谢谢你，陆楠。”

沈如磐很快便抵达机场买好了机票。陆楠随后也从她家中出发与她会合，带来了她的护照和一些简单的行李。

分别在即，他叮嘱她：“落地后记得报声平安。”

沈如磐点头，也交代他：“替我向所有人说声‘对不起’。我妈知道我偷偷溜走，肯定得气个半死；领导和教练也是，他们破格把我召回滑冰队，我尚未给国家做贡献，反而跑到柏林处理乱七八糟的官司。还有你，如果教练知道你帮我……”

“我无所谓。倒是你，你这一走，大家肯定议论纷纷。”

沈如磬此刻顾头难顾尾，听陆楠这么说，知道他是担心自己，心里越发内疚："对不起，真的对不起。"

陆楠此刻也是百感交集，忍不住上前拥抱了她一下，再万分不舍地拍拍她的头："进去吧，祝你好运。"

沈如磬坐上飞机后本想联系萧与时的，可掏出手机看了一眼他的名字，她又决定暂时不说。

另一边，陆楠等到沈如磬的航班起飞了才离开。他一出候机大厅，竟意外地看见了童欣。

之前陆楠去找沈如磬，童欣不放心，悄悄跟着他直到现在。现在仅剩下他们俩，童欣支支吾吾说："你把沈姐送走，教练会生气的。"

陆楠没说话，径自往前走。

童欣拉住他："陆楠哥……"

她知道自己说多错多必然惹他不高兴，只能生生把话给憋回去，换成别的："你放心，我会恳请教练不要苛责沈姐的。还有，往后你如果还想帮沈姐，你也可以告诉我。我毕竟是你的搭档，我们是一起的。"

陆楠沉默几秒，把被她攥住的衣袖轻轻拉出来："谢谢。"

他往前走了两步，回眸瞥她："走，一起打车回去。"

童欣"哎"了一声，赶紧追上他。

两个人一前一后走着，童欣几度欲言又止，最后还是忍不住压低声音问："陆楠哥，教练会不会因为沈姐的离开而迁怒你，把你清除出滑冰队？"

"那倒不至于，顶多又让我写份检讨贴在墙上。"

这种事做过一次，就有勇气再做第二次。陆楠摇头淡淡一哂。

他的嘴角扬起一个弧度，下巴上的美人沟不经意间显露出来，那英俊好看的脸庞顿时染上几分温柔。童欣见了，微微有些失神。

自从沈如磬转到单人滑，他表面上没说什么，实际情绪低迷了很久。童欣一直拿捏不准他是否猜到了沈如磬转战单人滑的另一层原因。

但她管不了这么多了。她只希望有一天能够完全超越沈如磬，和心中的男神并肩。

可是会有这么一天吗？

不管了，一步一步加油吧。

经过漫长的飞行，沈如磬抵达了柏林。见时间差不多了，于是她直接前往基金会的公开声明现场。

现场外，乌泱泱一大群人排着长队等待抽签进入，都是各家媒体派来的记者和前来旁听的普通民众。沈如磐运气好，抽中了一个宝贵的席位。

发布会尚未开始，她便拿出不久前在机场买的报纸阅读。她的前排恰巧是记者区，有几位同行压低声音在交谈，她也就一边读报一边默默地倾听。

主要负责医生（费恩）已经被监禁了一个月，萧与时的基金会亦被叫停，所有投资过的项目都要接受司法检查。而项目背后的合作方也在持续的舆论发酵中遭到打击，股价受挫，损失严重。

在这样的形势下，一位记者推测说："主要负责医生承认造假，造假一事必然板上钉钉。然而 Karl Hofmann Hsiao 的家族庞大，成员社会背景深厚，难保他不会疏通关系获得保释。"

其他人纷纷附和，且有人附议："往悲观的方向想，此次医疗事件的结局或许是医院封停、基金会关闭，还有所有受影响的病人得不到妥善安置。恰如去年汽车尾气排放作弊事件，事件曝光后，汽车公司宣告破产，车主的损失却得不到任何赔偿。"

见大家的口风一致对萧与时不利，沈如磐放下手中的报纸加入了话题讨论："各位，你们不是法官，不能妄下结论。或许根本就没有造假，又或许是底层测试人员弄错了数据，总之一切皆有可能。"

记者们回头瞥沈如磐，莫名觉得她有点眼熟，却又想不起在哪儿见过。再瞅一眼她胸前的普通民众旁听牌，难免以为她是替基金会维持现场秩序的"喉舌"，也就纷纷无视她的发言。

发布会正式开始。

律师上台发言，首先宣布了萧与时被批准保释。

台下的记者区顿时传出一阵喧哗，仿佛早预料到会是如此。

律师又接着道："此次医疗事故集中爆发，肇因是数据遗漏，并非数据造假。在最原始的电子检测报告中，明确写明两项数据不达标，但不知何故这两项数据会'不翼而飞'。如此一来，本不能满足手术条件的椎间盘假体，全部错误地移植到人体中。具体数量是，普通人群三千五百例，特殊人群两百例。"

全场哗然！

"但经过地方法院指派的第三方鉴定机构检验，真正受影响的只有两百例特殊人群，三千五百例普通人群是安全的。”

律师说完看了一眼场上微微混乱的局面，镇定地道：“基金会已与两百例特殊患者取得联系，核实真正出现金属碎屑的个案仅有五例。基金会将赔偿五例患者各三百万欧元，并负责其后续的医学治疗。对于暂未出现金属碎屑的其他一百九十五例患者，基金会也将给予至少百万金额的赔偿，并负责后续的医学治疗。”

“此乃道德层面的襄助措施，无论地方法院是否裁定基金会违规造假，基金会都将自即日起履行。”

全场的人惊讶了。但这是正面意义上的惊讶，因为所有人都没有想到基金会会在司法裁决出来之前就愿意对大众负责。

沈如磬的后排是普通旁听区，有不少远道而来的患者和患者家属听到这里，如释重负地松了一口气。

沈如磬想到什么，悄悄点开手机。果不其然，网上早就有发布会的直播。在那些大量飘过直播屏幕的弹幕里，涌现了许多好评。

律师的发言就此结束，稍后是萧与时的个人陈述时间。

他五官清俊，气质出众，不近尘嚣。当台上的灯光集中投下，映着他的眉宇和鼻梁的轮廓，他分明就是一位堂堂正正的教授，而非利欲熏心的商人。

萧与时开口，从容不迫地陈述：“个人是学者，学术能力清白，从获得博士学位至今日取得的一点微薄成就，全是靠着异于常人的耐心一日复一日伏案钻研出来的。家世、财富、名望，在科研的世界里毫无作用。”

“四年前我成立基金会，参与商业运作的目的不是追名逐利，而是希望推动基础学科和社会实际应用。

“虽然目前没有有效证据证明基金会造假，但考虑到我本人作为基金会的持有者，没有尽到严格审核的义务，所以在法院宣判结果之前，除了基金会履行道德层面的襄助措施，我个人也将做出道德层面的弥补。详细如下——

“退出今年的一切物理学奖评选，暂停学校教学职务，专心处理医疗事故后续，同时追加资本投入到新的椎间盘假体的临床实验中。”

萧与时说到这里，清隽的目光缓缓扫过台下众多患者及患者家属：“医学从来不是一蹴而就的事，每一次失败都需要总结和提高，我希望能够真正解决特殊人群的康复需要。无论这个过程要耗费多少年，我都将一直努力下去。”

全场的人再次惊讶。这是相当负责任的态度，而不是流于表面的道歉。直播那边也是弹出无数的正面评价，舆论终于不再压倒式地针对有过错的一方。

但沈如磐心疼了。

萧与时是年轻有为的教授，每一个学术方面的成就都是他呕心沥血换来的。现在他受舆论的影响不得不停止学校职务，她实在是为他感到不公平。

台上的萧与时看不见她，她只能隔着人群远远地望着他，为他惋惜。

之后是记者提问环节。媒体的关注点主要集中在暂时安全的一百九十五例病人有无方法避免假体崩裂，以及后续医学治疗的手段是什么上。

原本一问一答气氛正常，可这时，有位记者举手提问："中国国家队运动员沈如磐的身体状况如何？她是否为五例假体崩裂的受害者之一？"

事涉沈如磐，律师侧目看向萧与时。

这位记者其实就是 Ernest Max。萧与时知道对方来者不善，以不能泄露病人隐私为由跳过了回答。

记者一哂，转身面向旁听区的所有人："各位有所不知，花样滑冰由于有着超高的难度，运动员在训练和比赛的过程中，骨骼、肌肉、关节的负荷往往濒临人的生理极限。例如完成一次三周起跳，腰和腿要在瞬间克服数百斤甚至是数千斤的重力和阻力。这在其他运动项目中是极少见的。"

"因此，这位选手应该是第一个失败的案例。可为什么她的失败没有及早披露？又是否与基金会和医院连同隐瞒造假？"

这个问题设了个套，无论萧与时是否作答，经记者一搅和，答案都似乎另有隐情。

会场出现一些骚动，许多病人以及病人家属在窃窃私语。

记者又发问："还有，您的家族银行一直背地里赞助德国运动科学实验室，而实验室又将和中国国家康复医疗科展开商业合作，商业合作代言人恰巧又是这位。试问您的家族是不是想通过这位选手的东山再起，成功开启到中国体育产业吸金的康庄大路？"

"换句话讲，"记者故意将语调扬起来，显露出嘲讽，"哪怕假体明明不合格，基金会和医院对外也要宣称合格，并且聘请这位选手站台推广——您的家族和这位选手之间应该存在利益输送吧？"

一席揣测咄咄逼人，台下的沈如磐坐不住了。

她认出这个记者就是之前侮辱萧与时慕残的人，也猜到那些匿名信必然出自此人之手，一次接一次精准地打击萧与时。

见此人仍在胡说八道搅局，她索性起身直接回应对方："论花样滑冰的成绩，我在中国国内排名第一；论体育精神和意志，我从巅峰到低谷再重新站起，无人能敌。方方面面我都是首屈一指，凭什么不能担当中德项目的代言人？"

全场一片哗然，大家纷纷回头看向沈如磐。

台上的萧与时也面露惊讶。

沈如磐说的是德语，语速极快，吐字犀利："你问我的身体状况？我可以明确地告诉你，我的身体是出了点问题，也产生了一点金属碎屑，但这和医疗欺诈无关！恰如你绘声绘色的描述，我过度追求高难度的阿克塞尔三周跳，每天摔倒无数次，就算假体是由金刚石打造也难免崩裂。"

沈如磐说完转身面向病人家属："我不是诡辩，各位有很多人和我一样，是职业运动员。职业运动员身上有太多伤病，小到肌肉韧带撕裂，大到骨折关节脱位，数也数不清。当我知道自己假体崩裂时，我的第一反应是自己没有爱惜身体，第二反应是以前连行走都困难，现在的情况倒也不算太坏。所以我根本就没有往造假方面想，甚至都没有告诉总教练，仍继续坚持准备比赛。"

"难道这样的做法就是拿健康做筹码、牟取利益吗？那么我的生命也太低贱了！"沈如磐反问 Ernest Max。

一席解释引起了运动员的共情，不少病人有些摇摆了。

形势稍稍扭转过来，沈如磐又继续质问 Ernest Max："你无凭无据，凭什么张口诋毁我和萧与时的清白？临床医学就像做科研，难免遇到挫折。眼下尚未有司法定论，你不能因为一时的错漏就搞阴谋论！否则我也可以揣测你是火上浇油，别有居心！"

Ernest Max 一下词穷，全场骚动更甚，所有人都在交头接耳。

他似想到什么，极力狡辩："我没有居心。你是中国国家队队员，和萧与时又是情侣，你说的话……"

沈如磐不假思索地接腔"正因为我是国家队队员，言行举止和国家挂钩，我才告诉自己不能做出一丁点抹黑国家形象的事！同时我也是一个人，一个有血有肉、有正常感情的人，不许你空口无凭、恣意诋毁我的男朋友！"

Ernest Max 彻底无言了。

而会场里的其他记者意识到眼下是新闻爆点，迅速向沈如磐站着的位置聚集，甚至给她拍照，俨然形成了一个台下的发布会。

置身于镁光灯下的沈如磐浑然不觉，目光犀利地直视对方，气场慑人。

台上的萧与时凝视着她，一双眸子沉静清明，里面却有暗潮在流转，都是不言而喻的情愫。

发布会结束后，萧与时还将接受几家大媒体的联合采访。故沈如磐先和律师交流了一番，得知虽然法庭已经批准保释，但当务之急仍要从源头上解决为什么费恩医生坚称有欺诈的说法。

沈如磐想不出原因，问律师："萧教授怎么说？"

"他也不清楚。"

那也太奇怪了。沈如磐蹙了蹙眉，转头望向台上正在接受联合采访的萧与时。

他清瘦了一点，但朗目疏眉，气色尚可，所以面对闪个不停的镁光灯进行陈述时，给人的感觉临乱不惊，沉着冷静。

律师顺着她的视线看过去，过了一会儿又道："秘书说你不能来，我还担心万一记者问到与你相关的问题时萧教授会难以应对。幸好你来了，今天真是有惊无险。"

沈如磐没有接话，目光闪烁，眼睛一眨不眨地看着萧与时。

也不知萧与时是不是感受到了她的注视，他打住陈述，从媒体记者身上收回视线来看她。和她短暂地对视一秒后，他又不疾不徐地接着叙述——

"对，我承认正在和沈如磐女士交往。"

他吐字清晰、明朗，带着润泽的质感，有些夺人心魄。这一瞬间，她觉得自己的心跳都加快了。

采访结束，律师护送萧与时前往地下车库，一路上交代后续事宜。

沈如磐没插话，在后面安静地跟着。待到律师告辞，只剩她站在车旁，她微张口刚想说点什么，萧与时已回眸看过来："你是住酒店，还是随我回庄园？"

呃，他为什么会问这种问题？他是不是觉得她突如其来地出现，也会突如其来地离开？

沈如磐组织了语言，回答："你去哪儿我就去哪儿，我跟你走。"

话落，她也不去看他是什么反应，就厚着脸皮拉开车门上了车。

车开出地库后驶向庄园，沈如磐清了清嗓子，又道："我听律师说，费恩医生坚称基金会暗示医院造假，却又一直拿不出实际有效的证据？”

她小心地措辞，避免让他觉得自己又在怀疑他。

萧与时点头“嗯”了一声。

“这……是不是费恩医生推卸责任的一种说法？”她小心翼翼地往下说，“我还听律师说了，造假的根源发生在体外标本测试上，而测试恰好是由费恩医生一个人把控的。”

律师曾经问过类似的问题，却被萧与时轻描淡写地带过。如今沈如磐发问，萧与时沉默了一会儿，坦言：“有可能。”

“那你为什么不提起反诉呢？至少告诉法庭费恩是在推诿嫁祸呀。”

风波发酵至今，萧与时并不清楚费恩推诿嫁祸的根本原因是什么，仅仅有一些复杂难言的直觉。他听到沈如磐的提议，立马摇头道：“不了，此事不宜再扩大。”

“为什么？”

“我不想波及科尔。”

事已至此，萧与时将科尔生前设计椎间盘假体的经过，以及体外标本测试的缘由一一解释了一遍。

沈如磐听完惊讶极了。

她知道科尔是费恩的独子，不过她一直以为科尔还活着。虽然她也曾纳闷为什么科尔从来没在医院出现过，但她和人家没有交集，也就没往深处想，更没有想到假体的设计背景居然如此复杂。

她不禁起了疑心：“难道科尔的设计从一开始就不合格，费恩蓄意删除数据隐瞒至今？见事情败露难以收场，他便全推到了你身上？”

“费恩不是那种处心积虑的人。再说隐瞒总会露馅的，对他自己也毫无益处。”

沈如磐答不上话。

萧与时又道：“科尔是假体的设计者，也是我的同僚。眼下的局面十分难堪，如果还要反诉且将科尔牵涉进来，我和科尔必然会被好事的媒体形容成对立的两个人，甚至衍生出丑陋的学术之争和人格诋毁等言论，这将严重违背我和科尔之间的交情。”

“但你也不能单方面隐忍啊。”沈如磐有些着急，“司法裁决是个漫长的过程，哪怕将来裁决有利于你，可民众不信判决书只信谣言，你的名誉也将从此沾上污点。”

萧与时凝眸看着为自己打抱不平的她，平静地辩驳：“人生无常，不争朝夕。”

沈如磬词穷了。

她和科尔从未打过照面，不理解为什么有了科尔这层关系，萧与时对费恩的污蔑会如此宽容大度。但见萧与时决意如此，她也无法再反对。

可是她脸上的不开心太明显了，萧与时不着痕迹地转移话题：“国内还好吗？”

她咬了咬嘴唇：“还好。”

“你呢？”

“也还好。”

“其他人呢？你的上级、教练，以及伯母，有没有让你为难？”

“都没有。”

寻常的问题问完，萧与时才切入重点：“你打算在柏林待几天？”

自然是想待多久待多久了。沈如磬在心里回答。

便是在这时，萧与时用确认的口吻问道：“你的退役手续都办好了？”

沈如磬一愣，突然想起他说过要自己退役的事。现在被他发问，她张大嘴，半晌也回答不出具体时间来。

萧与时感到意外：“你还没有说明实情？”

“呃……”

“那你怎么会有时间过来？请假？”

“我……”

沈如磬支支吾吾说不出个完整的解释。萧与时看着她，脸上的神色连同说话的语气都变得严肃起来：“你还是不甘心放下花样滑冰？”

他是何其稳重的一个男人，从来不会直接表达情绪。现在当面质疑的一句话，她知道，他怫然不悦了。是啊，在他眼里，她不听劝告，把花样滑冰看得比什么都重要，他肯定会生气。

果不其然，他再开口时吐字较重：“你不应该来的，待会儿就飞回去，处理好自己的事。”

沈如磬一阵尴尬，本来想说的解释也不敢草率地说出来了。

车子很快抵达庄园，管家来迎接时见到沈如磬，面色微讶。

两个人的恋爱关系一直很低调，沈如磬拿捏不准管家是否知道她在和萧与时交往。但见萧与时对管家说了一句“准备茶点”后便再无其他交代，她也无须刻意解释什么，就跟着萧与时去了书房。

原先齐整的工作区域堆放了大大小小的纸箱，走路都有些不方便。沈如磐瞅瞅萧与时，鼓起勇气问："这些是什么？"

萧与时没有立刻回答，而是脱掉西服外套搁在沙发的靠背上。沉默一会儿后，他不轻不重地说："都是我和科尔在合作期间的研究手稿及资料。"

他回头看她，又解释了一句："科尔和我提出椎间盘假体的设计思路时，曾把疑难点详细地记在了纸上。我想找回这份底稿，回溯假体崩裂的可能性。"

沈如磐明白了，懂事地说："我帮你找。"

她也不管萧与时明明之前就让她马上回去，她环顾了一下纸箱，从脚边第一个箱子开始找起。

萧与时见她忙碌起来，张嘴欲言又止。

C.K 合作数年，资料数量之广，科尔的底稿究竟湮没在哪儿，又是否留存至今，没人知道。沈如磐只得细读手稿，一页一页寻觅。

科尔生前是个幽默开朗的人，字迹洋洋洒洒、随性飘逸，又是德语又是拉丁词汇，她读得颇为费劲。

不知不觉时间已接近正午，明亮的阳光透过落地窗照入，刺得人眼睛发花。沈如磐抬手揉了揉，下意识地瞅了瞅萧与时的方向。

他立在书架前，垂着眼帘看书。

他此时早已脱掉西服，侧身对着她，手臂上用于精准固定衬衫袖管的袖箍便清晰地映入她的视野。

袖箍将袖管往上收紧两寸，露出有力的手腕。他信手翻书，手背白净瘦削，手指修长，再加上西裤和西服马甲双双束缚出紧实有力的胸腹和笔直的长腿，男性荷尔蒙的魅力一下子展现出来。

她蓦然心动，视线忍不住在他的身上悄悄流连了一会儿，才低头继续做正事。

而她刚刚低下头，萧与时也恰巧从书里抬起头看她。

她下飞机后换过了衣服，穿了一条好看的流苏长裙。裙子是侧边开衩的，露出两条纤细的长腿。裙子同时又搭配扣带，带子勒出紧窄的腰线，再飘逸地垂坠下来。

她本就个高人瘦，如此一来，越发显得腰是腰，腿是腿，曲线玲珑，分明是一位俏丽的淑女。

萧与时凝视她的目光中有了微澜。

她飞过来出席发布会，又出言维护他的名誉，他十分感动。可她那么执着于花样滑冰，偏偏现实……

萧与时脸上的神情显出凝重，末了他放下书，开口对她说："如磐，你回去吧。"

沈如磐愣了一下，抬头看向他。

"柏林的舆论没有国内太平，流言蜚语太多，今天发布会上的意外就是个例子。你回去吧，你只是一个单纯热爱花样滑冰的选手，不应该牵扯进来。"

他的声音平静得没有任何情绪波动，沈如磐以为他对自己心生冷淡，急忙摇头："我不走。我是你的女朋友，你遇到了棘手的事，我怎么可能独善其身？所以我不会走，你也不要赶我走。"

她的态度坚决，接下来的很长一段时间他未再说话，书房里的气氛安静极了。

不知道为什么，沈如磐依稀觉得萧与时的内心不像他的外表那样平静。尤其他凝视她的目光是那么幽深，仿佛蕴藏着什么，欲言又止。

她心里有点没底，不自然地攥了攥手里的手稿："对了，上次你问我的问题，我已经有答案了。"

他安静了两秒，轻声开口："是什么？"

"那天你问我，如果不能继续花样滑冰，我对你是否还有心动的感觉？有，当然有，我对你的感情从未变淡。然而……然而我那段时间心绪混乱，理智溃散，不知怎么的就口不择言伤害了你。"

她说到这里停了一下，声音略紧张："我想对你说声抱歉。一直以来我都太在意花样滑冰了，把它上升到了一个很高的高度，却忘了这个高度是缥缈的、不确定的，甚至可以形容为海市蜃楼。我奔着这个幻觉而去，一路上都渴望有个强大的东西兜住自己的梦想，并且把对命运的不甘变成了对临床手术的强求。对不起，请你原谅我好吗？"

她一口气说完后就看着他，而他静默片刻，抛出一个问题："如磐，你是喜欢我，还是喜欢滑冰？"

她愣了愣："都喜欢。"

"可感情不是比赛，感情的维系不能只有喜欢。我感受不到你对我的热情，就像你对花样滑冰那样执着的、念念不忘的，没有就活不下去的热情。"

沈如磐愣住了。

萧与时对上她的眼睛，平静地往下说："我从来都是一个对自己抱有优越感的人，但在你面前，我全部的优越感都转化为对你漫漫的追求。从柏林到圣彼得堡，从圣彼得堡再到中国，这份追求从一而终，甘之如饴。然而我终究高估了自己，我所做的这一切，都是希望在你心中的位置足够高——要高过花样滑冰，独一无二。"

"可是，"他随即转折，缓声总结，"我始终不是你的独一无二，你最在意的还是……"

"不是的，不是你想的这样！"沈如磐急忙打断，"因为你一直都陪在我身边，我从未想过你会离开我，所以我……我……"

她慌了，失了方寸，完全不像平时那般善言，有些语无伦次："我喜欢你，我也不知道到底花样滑冰和你哪个更重要，或许没有了花样滑冰我会不甘心，但如果失去你，我会比从来没有机会回归花样滑冰还要感到痛心和后悔。"

她说着，眼眶红了，眼泪"唰"地掉下来："你不要生气了好不好？我知道自己违背了诺言，明明说过牵了你的手就绝不会放开，但我还是一生气就回避了你的触碰……对不起，真的对不起。后来我听说你出了事，一声不吭偷偷离开滑冰队来见你，哪怕日后会被领导处分，哪怕再也没机会滑冰，我也顾不上了，我只想先看到你。"

她的眼泪如决堤一般，让萧与时霎时心疼，走过去将她拥入怀中，给她拭泪："该说抱歉的人是我。其实是我吃醋，吃花样滑冰的醋。我比任何人都希望你能延续夺冠的梦想，眼下却只能看着你的努力变成一场空，什么都做不了。如磐，不哭了好吗？"

安慰的话根本不起作用，她难以从之前的对白中抽离，"吧嗒吧嗒"直掉眼泪。

如此坚强的一个女生被他弄得泪眼汪汪，萧与时看了她一两秒，低下头，用深情代替语言吻她。

经历了数日的分别，他的心里累积了太多的思念和担忧，需要用这个深情的吻来传达。尤其是争执过后，一切不适，一切五味杂陈，也需要靠这个亲密的吻来消除。

而她又何尝不是呢？熟悉的味道在唇舌间萦绕，她有些害羞，转念想到这些天的"别离"皆是因她造成的，心头涌上一股愧疚，更加投入到这个延绵缱绻的吻中。

他的气息和她的馨香纠缠在一起，两个人似乎有很久没有沉浸在这般美好的时光中了。

良久，唇和唇慢慢分开，他看着她眼里未干的泪，放低姿态唤她："如磬。"

"嗯？"

"我爱你，把你看得比什么都重要。"

这一瞬间像是有什么东西被点燃，她的心里有股暖流缓缓淌过，传至四肢百骸。而她看着他那张让任何女生都会心动的脸，张了张嘴，语调柔软地说："我也爱你，不能失去你，所以你千万别和滑冰争风吃醋。"

他胸口本就不多的怅然早就没了，整颗心暖暖地化开，情不自禁又吻住她。

唇瓣和唇瓣缠绵地厮磨，他引导着她的手环住自己的肩。而后他的手驾轻就熟地抚上她细窄的腰，沿着长裙勾勒出的曲线，带着力度和温度徐徐上行，隔着薄薄的衣料抚过她身体的每一处。

每一寸肌肤的触碰都是那么清晰，轻易便带起拨乱心弦的感受。她的呼吸微微急促起来，选择毫无保留地依附他，给予热切，给予迎合。

灿烂的阳光将整个书房照得温暖，和煦的微风拂过，带来满园的芳香。两个人的心跳和呼吸交汇在一起，浓情蜜意的氛围里似有管家端着茶点走来的脚步声，只一会儿又悄然隐去。

也不知是不是她不小心退了一步，差点被脚边的纸箱绊倒，他跟上去将人重新搂回怀里，修长有力的双腿刚巧在她开衩的长裙之间。

异样的感受对彼此都是一种陌生的诱惑。

他想要和她拉开一点距离，而她不好意思地动了动，又引出那种特殊的感受。他的喉结滚动了一下，唇第三次覆下来，深深地吻着她，将她带到了书架前。

书中自有颜如玉。此刻她背靠书架，被他牢牢地圈在怀里，分明就是他的颜如玉。

长裙一点点上移，再往上移，白皙的肌肤露出来，连空气似乎都变得热了，冒出薄薄的汗。偶有一两声让人羞赧的低喘轻吟，都为这个阳光甚好的午后增添了暧昧的温度。

许久后，他静静地拥着她，她也乖乖偎依在他怀里，一同享受久违的安宁。

末了萧与时先开口：“如磐。”

“嗯？”

“你来了我很感动，但你偷偷离队后果十分严重，还是快回去吧。”

“我来都来了，就不走了。”她不愿在这个麻烦的问题上过多纠缠，顺势转移话题，“和我说说科尔吧，他是个什么样的人？”

“他思维跳跃，感性又聪明，还擅长聊天，是个值得深入交流的好伙伴。”

“可他是物理学家，怎么会对临床医学如此感兴趣呢？”

“我也不明白。记忆里科尔是一个天生有大爱的人，喜欢万物，对什么都有兴趣，也非常热情。我也曾经问过他何不转行做一些别的工作，胜过伏案研究深奥枯燥的宇宙理论。他说……”

假如失去我这个志同道合的伙伴，你一个人摸索黑暗无比的宇宙理论，肯定会感到孤独吧。

萧与时不经意地回忆起往事，口头陈述蓦地顿住。

沈如磐追问：“科尔说了什么？”

萧与时回过神，缓缓道：“科尔说了些让人很感动的话。”

难得萧与时会用这么多言语来总结同伴，沈如磐忍不住追问：“你是不是很想念科尔？”

“嗯。”

也对。萧与时惦记一个人的方式从来不是放在嘴上，而是放在心里。莫非基金会成立的初衷，是为了完成科尔的遗愿？

沈如磐顿时明白了什么，叹了口气，百感交集：“科尔去世那年，刚好也是我父亲逝世、我从楼梯上摔下导致腰部骨折的同一年。那年真的是太不幸了，我们居然在相同的时间里失去了极其重要的人。”

语罢，她在他的怀里转了转脑袋，耳朵贴在他的锁骨下面，听着他的心跳开口：“对不起，我如果早点知道这些往事，绝不会轻信那篇文章里的任何一个字。”

这番话，和费恩在电话里的指责形成鲜明对比。

萧与时极少感情外露。但此时此刻，面对心爱的女人感同身受的安慰和道歉，他安静一瞬后低下头，下巴轻轻地抵在她的肩膀上。

没有关系。

因为自从有了你，我的世界除了学问，也随之精彩充实。

Chapter15

科尔的日记

新闻时效强，沈如磐正面回应 Ernest Max 的那一幕迅速登上德国各大媒体的头版头条，再加上霍夫曼医学物理基金会负责任的态度起到了正面的效果，沸沸扬扬的舆论终于不再是一边倒的趋势。

与此同时，沈如磐反击 Ernest Max 的画面也传到国内，那句“方方面面我都是第一，凭什么我不可以”作为标题特别抢眼，二十四小时内点击量惊人。

如此一来，总教练和母亲自然也会看到。沈如磐已做好了暴风骤雨来临的心理准备，却没想到母亲在远程电话里压制着情绪问：“出了这么大的岔子，你为什么不提前告诉我实话？”

“我……怕你为难。”

“有什么为难的？我从一开始就不看好你复出比赛，如今这样反而印证了我的担忧。”

沈如磐张了张嘴，无言以对。

“你硬呛记者的视频在网上传播开来，国内即使本来不知情的现在也知情了。”

“那我……”

“总教练考虑到你的情况特殊，给予你两周的假期处理琐事，时间一到即刻归队——你听清楚了吗？”

归队？沈如磐以为自己铁定会被滑冰队除名，一时间感到十分意外。

颜曼当然知道她在想什么，忍不住说：“你是我的女儿，我能忍心看着你受罚吗？我四处求情说好话，加上总教练也不是那么不近人情，好不容易说服了上级领导，才有了现在特殊的通融方法。你好好权衡一下，基于身体现状和内心追求，两周后或退役或比赛，你正式做个决定。”

原本全盘崩乱的局面现在居然峰回路转，沈如磐真是没想到。

颜曼也没有给她思考的时间，又问："萧与时怎么样了？"

沈如磐回过神："他除了不能出境、不能授课做学问，以及三不五时要配合行业协会做调查，基本没别的问题。不过司法裁决还需要一些时间，基金会的律师也在搜集证据，准备针对部分媒体发表的不实言论提出诉讼。"

"该告就告！尤其是那个 Ernest Max，胡说八道实在让人恼火！"

然而真正让人恼火又无可奈何的，当属费恩了。

科尔的手稿不是一天两天就能找到的，沈如磐也曾试着探监，想问问费恩为什么会改了口风。但费恩拒绝见人，她压根儿就找不到突破口。

她只能继续翻找资料。

春日渐浓，对着烦琐的、枯燥无趣的研究手稿总是容易犯困。幸好书房里有留声机，沈如磐通常会随意选择一张黑胶唱片，唱片徐徐转动，立体轻音乐萦绕室内。她在妙曼的旋律中又有了精神，逐行细读，查阅疑难处。

那天萧与时结束行业协会的例行盘查回到庄园时，沈如磐就坐在大大小小的纸箱之间，垂着头认真地沉浸在浩瀚的资料堆里。一旁的留声机正播放着一首熟悉的、安谧纯净的交响乐。

那是创作于一九一三年的《行星组曲》，七个乐章，分别对应九大行星中除了地球和当时不为人知的冥王星以外的七个星球。恬静的音乐汩汩流淌，洗涤听觉，此起彼伏、绵亘不绝的宇宙星辰都仿佛在脑海里浮现，给人一种流畅轻盈的感觉。

萧与时静静地聆听了一会儿，走过去，伸手轻轻按揉沈如磐因为长时间低头而微微僵硬的脖颈。

他说话的嗓音醇醇的："累吗？休息一下。"

"还没看完呢。"沈如磐从喉咙里哼了一句算是回应。

"无妨，待会儿我接着看。"

话落，他将她从地上拉起来，手扶上她的腰："会跳华尔兹吗？"

身为花样滑冰的运动员，舞蹈功底必不可少。沈如磐听了，好笑地反问："萧教授，你还会跳华尔兹？"

萧与时勾了勾嘴角，带着她配合着音乐旋律迈开步子。

他出身好，从小接受的家庭教育更是讲究，所以她也乐得其所跟随他轻步转动。空灵的旋律在切分音符妙曼的伴奏下，如云似絮地展开，仿佛要将人带到云朵之上，内心也充满轻盈的感觉。

音乐结束，沈如磐偎依在萧与时的怀里，小声地评价了一句：“有没有觉得这样的日子还算不错？”

她和他都遭遇了人生变故，明明有很多棘手的事未处理，但生活状态并未因此跌入低潮，反而因为共度艰难，让彼此的感情越发深厚。

他“嗯”了一声算是搭腔，过了一会儿又补充：“每天回到家第一眼就能看见你的感觉，很美好。”

情话动人，沈如磐心里甜甜的，莞尔一笑。

见她展颜，萧与时心中最柔软的地方也被打动了。他用手指指腹摩挲她的脸颊，再开口时嗓音醇醇的，有种说不出的润泽和含蓄：“话说，我们是不是应该……”

应该什么？她好奇地等待下文。

可能是她仰着头看他的目光太直接，他的话才刚刚开头，又不好意思地收住。

其实沈如磐也有话要对萧与时讲，想和他谈一谈归队的事。然而此刻的气氛如此美好，她决定把烦人的事情暂且抛到一旁，单单对他说：“亲爱的，音乐又响了，陪我再跳一曲？”

她都发话了，他又岂会不同意？

踩着轻捷浪漫的旋律，她想到什么，吃醋地问：“除了我，你以前还和哪位女性跳过舞？”

“我的母亲。”他气定神闲地看她一眼，仿佛已然洞悉她的小心思，“你想说什么？”

“呃，没有……”

“那么你呢？”

明知故问嘛。她侧了侧头，机灵地说：“像这样亲密地跳舞，只有你。”

是的，虽然曾经为了闪闪发亮的冰场和金牌与搭档一同苦苦练舞，但此情此景，能与她在浩瀚的“行星宇宙”下共舞的人，唯有萧与时。

接下来的日子大同小异。

大抵是功夫不负有心人，那天沈如磐又在纸箱里翻找，恰巧找到一个手感极好的皮面记事本。刚翻开，就有数张照片从里头掉出来，竟然是萧与时和科尔的合照。

合照背面有一些褪色的字，写的是某某年摄于国外某某地某某会议。这些照片数量虽然不多，时间跨度却长达五六年，都是 C.K 满世界飞来飞去的珍贵回忆。

这是沈如磐第一次通过照片见到科尔的真容，她细细地打量他。

科尔长得不太像费恩，反而可能继承了母亲的优点，拥有细腻的五官、金色的鬈发、湛蓝的双眸，笑容可掬又带着一点恰到好处的温文尔雅。和清冷疏离的萧与时相比，他显然是个阳光开朗的男性科学家，并且还是个容颜俊俏的美男子。

难怪费恩会以儿子为豪。

原以为记事本的内容是会议纪要，可偏偏不是，除了前几页有一点专业内容的涂写，后面全变成科尔的日常散记。

沈如磐随便挑了几篇读——

2015 年 1 月 4 日

想着父亲的质疑，心里不得其解，最终一夜未眠。

父亲问我，为什么对椎间盘假体的临床研发项目感兴趣。我很想提醒他芭比的事……不过不能提，芭比是母亲的爱犬，母亲去世后，芭比就成了父亲的老伙计。后来芭比得了很严重的脊椎炎并瘫痪，父亲的一颗心都碎了，不得不让芭比接受安乐死。

我知道，从二十世纪五十年代开始，陆续有一些人工椎间盘假体问世。然而大多数是颈椎假体，而非腰椎假体，很难达到动物试验的水准，更遑论植入人体做临床试验了。

希望自己略尽绵力，帮助父亲完成这个伟大又艰难的心愿。

2015 年 1 月 18 日

始终不得其解，中午和 Karl 探讨了一下。

Karl 有些意外，凝神思索一会儿便提醒我低头看看自己的皮鞋。我一下便领悟了，把新的椎间盘假体设计思路的手稿交给父亲时，父亲不敢相信，絮絮叨叨又说了些别的问题。我一一记下，并告诉他会尽快解答。

父亲有些动容，拍了拍我的肩膀说“谢谢儿子”。

接连两篇日记皆提到椎间盘假体，沈如磐一下子精神大振，继续往下读。

不过科尔也不是天天写日记，一个月至多四五篇，内容以物理研究为主，零散插述生活领悟，但这足以让沈如磐对他的印象变得立体起来。

她仿佛看到了一位科学家的日常，除了授课、解惑、研究学术，也会在忙得晕头转向时和好友 Karl 分享咖啡和面包，聊一聊哲学、艺术、体育、时事，放松放松大脑，接着伏案再忙。

他的工作和生活充实、饱满又井然有序。尤其他和 Karl 志同道合的情感，以及全神贯注在客观世界探索不为人知的奥秘的热情，会让每一个碌碌无为虚度光阴的年轻人感到惭愧。

变化始于秋季，在这个喘症高发的季节，科尔毫不意外地病倒了。

沈如磐年少时也频发喘症，知道这个毛病很折磨人。大抵是科尔反复发作且久久不愈，日记空白了许久，接近年尾时才补上一篇非常长的记事。

标题极特殊——

2015 年 12 月 23 日致我心中所爱。

药片效果有限，呼吸吐纳间，胸闷气促的感觉更加明显了。

Karl 要求我回家休息，我做不到。普朗克奖在走提名程序，我作为联合候选人兼文章第二署名人，纂写的内容出现很严重的错误，必须推翻重改。

Karl 也在帮我修改，因此从昨夜到现在整整三十六个小时，我们俩在平安夜来临的前夕一点都不平安。

我想将自己的名字从提名程序中删除，Karl 不同意，给我倒了杯温水，让我放松紧绷的情绪休息一会儿。

近来身体糟糕，神经衰弱，很久没复发的阅读障碍也在干扰我。Karl 面对我的异样并未出声责怪，反而帮我收拾残局。

说起来 Karl 是一个外冷内热的人。初次遇到他时，我就深刻地感觉到了。

那时我收到柏林大学和其他几所高校的聘用函，不知如何选择，便去柏林大学中央图书馆看看。当我仰视那些在百年岁月中屹立不倒的前辈们的画像，忍不住为自己一鸣惊人的未来畅想时，我的余光瞥见画像下立着一个人。

是 Karl。

他伫立在书架前，一侧的肩膀被阳光笼罩。光线映得那身藏蓝色的西服微微发亮，亦刺得我的视线朦胧。

喧嚣仿佛在这里平静下来，我那颗异想天开的心也随之沉淀。

他专注地看书，一本刚出版的学术刊物。

他有一双修长耐看的手，书页翻动时，匀称的手指曲起，骨节清晰有力，手部皮肤白净，积蓄着沉稳的力量。

感受到我的注视，他转过头，宛如深潭的墨色眸子撞上我的视线。

那时我不知道他是谁——但我被这位安静，甚至因为过于安静而显得远淡疏离的男人吸引了。

我不禁脱口寒暄以掩饰窥视人的尴尬：“你是这所大学的教授吗？”

仿佛这个问题有点难，他过了一秒才回答：“现在不是，但或许将来会是。”

就在我不知该如何接话时，他低声淡淡地反问：“您是 Cohl Frank？”

“我是 Karl Hofmann Hsiao。我读过您写的文章《超对称粒子和暗物质模型》，希望往后有机会和你交流。”

Karl Hofmann Hsiao！

我知道这个人是谁，是理论物理圈子最知名的“贵公子”。但我没有想到这位贵公子居然第一眼就认出了我，并且准确地唤出了我的名字。

后来的事都不是秘密了。Karl 在那天见过我之后和穆勒教授单独约谈，最终被破格聘为柏林大学天体物理研究所副所长。

至于我，我未及知晓这个决定时，已然选择了留在柏林大学。

没想到这一留就是六年，也是颇不容易的六年。

无数个日夜里，我和 Karl 把呕心沥血研究的理论模型推翻、重塑，甚至是共同署名的文章也不是一经发表就得到国际会议的认可，而是被质疑，再被质疑。

我们一步一步走得艰难，幸而 Karl 有异于常人的冷静和耐性。每当我思路太开阔做不到细致严谨，每当我情感充沛有太多得失，Karl 的沉稳都给予我足够的配合和支持。

曾经希望自己一鸣惊人的想法，在这六年的合作中慢慢沉淀下来。我的内心越来越从容，平和。

只是这一次，当得知被提名普朗克奖章联合候选人，我实在是压力极大。而我一旦压力过大，神经衰弱的老毛病便会发作……恰如很多著名的科学家患有精神疾病，我也如此，否则也不会导致出现现在的纰漏。

真希望能够来得及挽回。

不过无论最终是否得奖，我都会看淡得失。唯希望自己和 Karl 能多进步一点，把那些悬而未决的课题多解决一点，才算是为基础物理做出微薄的贡献。

大抵太疲惫了，我终于勉强睡着，但没睡多久就接到了父亲的电话。

父亲问他之前问我的问题有无答复。

我回忆了许久，方才记起父亲曾经问过的问题：我在设计椎间盘假体时，有没有考虑腰椎间孔的特殊性？

这是一个很棘手的问题。腰椎间孔是神经管的出口，在解剖学上没有明确的边界。如此一来，腰椎间孔的孔径和面积并不是恒定不变的，而是随着腰椎的运动不断变化。换言之，腰椎做前屈、后伸、侧弯、旋转等动作时，椎间孔或扩大，或缩小，从而挤压假体。

但挤压假体的程度如何，以及挤压假体会产生什么后果，医学临床上没有界定，实验也从未涉及，我并不清楚。

我只能建议父亲先开始测试。等到测试有了结果，我们再商榷。

父亲察觉到我呼吸不畅，问我是不是哮症复发了。我本想含糊地带过，父亲却对我日夜颠倒、无休无止的状态表达不满。

也对。在父亲眼里，我没有女朋友，也从不和异性约会，总是和Karl形影不离凑在一起做学问，就算是工作狂，在某些方面也有点违背人情常理。

我无奈地笑了，和父亲简单地道别后便挂断电话。

我尽量集中注意力勘正文章的错误，但始终有些难以投入。Karl察觉到我的不对劲，淡声问我怎么了。

我说没什么，是医院方面有些问题。

Karl知道来龙去脉，微微颔首说不急于一时，往后有空他会帮我想想办法。

我闻言抬头，仔细看了一眼对面的Karl。

平安夜已至，年轻男女都在约会。只有他和我留在冷清的办公室里，和枯燥无趣的理论打交道。

我静静地凝视他一会儿，用不经意的口吻问他一直很受女性欢迎，却为何连个女朋友都没有。

相识六年，我们俩从不谈论私人感情。首次谈到这个话题，我以为Karl不会回答，没想到他一边替我做勘正，一边漫不经心地反问："你呢？你也一直是一个人。"

我顿住，Karl抬头看我："莎夏喜欢你，你知道吗？"

莎夏，是那个有着漂亮脸蛋、性格又可爱的波兰女设计师。

莎夏究竟喜欢谁，我不知道，反正她有事无事常来柏林大学接近我和Karl。甚至听说我们提名了普朗克奖候选人，便发挥奇想设计了一款精致的领针送过来——至于确切地送给谁，就是无解之谜了。

我沉默许久，突如其来地开口："万一莎夏喜欢的人是你，你会和她交往吗？”

Karl 以为我在闲谈，不假思索地摇了摇头：“我对女性不感兴趣。”

“那便是对同性感兴趣了？”

那一刻气氛变得十分微妙，他从纸稿里抬起头看向我。

他的眸子向来幽深沉静，但那时目光微动，似乎笼上一层薄薄的讶异。末了他又低眸回溯纸稿，轻轻浅浅地勾了勾嘴角：“好了，不要揶揄我。”

我欲言又止，内心怅然。

如今Karl离开办公室，我一个人坐在这里写下这篇散记，胸口依然空空的。

我从来没有对任何人透露过自己的内心。因为这不重要，我只是Karl 的同伴，我和他能做的只是物理学科研究。

但是一想到 Karl 终有一日会遇见让他倾心的女子，接着娶妻、生子、养育下一代，我的内心便有种说不出的失落感。

日记写到这里，我对父亲感到抱歉。

我知道父亲希望我过上传统的幸福生活，可我这辈子都不可能有自己的子女。

我很想打给父亲，告诉他一些真相。但我不能，至少不要在今天，不要在这个糟糕的平安夜让他失望……虽然他是医生，他从不接受特殊的感情，我也曾试图暗示什么，可惜话题刚开头就草草结束了。

我的未来会怎样？我不知道，说不定在外人眼里，我和 Karl 会是一辈子的好友。

他冷静沉稳，理智传统。我不同，我热情开朗，无所禁忌，兴趣广泛。然而 Karl 并不是外界传说中那么难接近的人，相反他认可了谁，他的内心也就会逐渐对其敞开，而我……我的内心一直牢牢紧闭。

唯一的敞开就在刚才，幸而 Karl 没有听懂。

罢了，求而不得是人间常态。

可即便如此，我还是忍不住幻想，假如有可能，仅仅是有可能说出自己的内心想法，Karl 会远离我吗？

罢了，停止不切实际的幻想吧。

我一定是病中糊涂了，才会在今夜写下如此散乱的文字。看来我得打急救电话，好好治一治病，让痛苦的大脑和身体得到休息。

我应该把 Karl 叫回来吗？我现在难受极了，胸口像压着一座高加索山。刚才在急救电话里，我差点说不清楚办公室的地址。可笑的是我居然有力气写下这么多独白。

愿上帝保佑我。

愿我健康、快乐、知足。

我热爱这个世界，热爱山、水、阳光、空气。

我也热爱父亲、母亲、逝去的芭比，以及 Karl。

我热爱一切。即便你们从来都不知道我对你们的爱远远胜过我爱我自己。

日记戛然而止。

沈如磐曾经听萧与时说，科尔没有救回来，因为肺闭锁猝死在了急救手术台上。

她读到这里，突然惶惶不安起来。她只是想看一看和假体相关的东西，却不小心看到如此炙手的日记。

萧与时知道这些吗？肯定不知道，否则他不会把科尔的日记光明正大地收在箱子里。

沈如磐仓促地合上记事本。

但文字叙述的感情依然历历在目。科尔和萧与时从相识到合作的点点滴滴，科尔对父亲的支持和歉意……

等等——那个伟大又艰难的心愿。

日里记明确写到，椎间盘孔径的不确定性会让假体受到挤压。

莫非这就是金属碎屑产生的原因？费恩知道吗？或许不知，所以才会发生意外？

沈如磐决定去找费恩。

因为提前带话说有假体缺陷的新发现，沈如磐这一次终于如愿探视到了费恩。

监狱里的气氛压抑。

在这里见面，于曾经地位对等的双方都是说不出的打击。

费恩以前只是两鬓斑白，现在头发完全花白，宽大的囚服套在枯瘦的身上就像个扁平的衣架。他的声音嘶哑，疲惫地开口："你说有新发现，是什么？"

沈如磐目视年迈的老专家，沉着气反问："您先告诉我，为什么您坚称基金会要求医院造假？"

"事实就是有造假。"

"不，你我都清楚萧与时的为人。"

“但基金会组织架构庞杂，不是萧与时一个人说了算。里里外外牵涉太多，医院、器械商、投资银行、营运推广方，利益层层交织。”

“这是媒体信口开河的揣测，我不信。我觉得您也不会相信。”

费恩不说话了。

沈如磐知道他倔，暂时转移了话题：“腰椎间孔在解剖学上是不是没有明确的边界？”

她观察着费恩的面部表情，不动声色地往下说：“我了解到腰椎间孔的孔径和面积并不是恒定不变的，而是随着腰椎的运动不断变化。也就是说，腰椎做前屈、后伸、侧弯、旋转动作时，椎间孔或扩大，或缩小，对椎间盘假体产生挤压——你测试过这方面的数据吗？”

当然测过。

费恩身为脊柱畸形领域首屈一指的医学专家，在动物测试阶段，用活体动物的脊椎做了这方面的研究，又在尸体测试阶段截取了一段完整的人的脊椎来分析假体的压力负荷，得到了双重验证。

不过……那时费恩也遇到了棘手的问题。

腰椎间孔是脊神经根离开椎管的门户。由于椎间孔在解剖学上没有明确的边界，实验团队出于精确测量的目的，将椎间孔定义为神经根管中最狭窄的切面。

这样做并没有大碍。只是把假体植入人体后，椎间孔变成了最狭窄的金属切面。金属的弯折率有限，加上假体采用钛合金双层镀膜做强化固定，弯折率更加受限，在某些特殊位置，例如右侧后屈或左侧后屈，对假体产生的挤压力矩超出了正常范围。

莫非不能将椎间孔定义为“最狭窄的切面”，又或者不应该采取内外双层镀膜，而应该避开椎间孔等特定区域，从而防止金属假体崩裂？

费恩被羁押在监狱里的这些日子里，脑海里思绪万千，始终想不明白为什么临床手术会惹出这么大的岔子。如今面对沈如攀的质问，他抿直的嘴角慢慢上扬，生硬地反问：“你为什么关心这个？”

“因为科尔的日记提到了这方面的隐患。”

“给我看看。”

“可以。但你得告诉我，为什么您坚称基金会要求医院造假？”沈如磐又把问题拉回原处。

费恩再度沉默。

“你是不是因为自身疏忽大意未能察觉假体的潜在问题，而后又害怕承担法律责任，所以才删除数据把过错推卸给萧与时？

“是这样吗？你回答我。”

费恩依然沉默。

然而沉默也是一种回答。沈如磐当即愤慨：“这段时间我的耳畔一直有两个声音在争论不休。一个是您的声音，您在手术前反复为我讲解实施方案，让我权衡利弊，分明无私又负责，和造假作弊根本扯不上关系。”

“另一个声音还是您的声音。您坚持说基金会要求删除数据造假，以求满足推广手术的标准，俨然您自己也是帮凶。

“这两个声音太矛盾，我都不能理解为什么。原来其实并没有什么特殊的理由，最根本的错误是因你而起！你太让我失望了——你知道我原本有多么感激你吗？”

费恩面对控诉欲言又止，脸上露出一丝愧疚。

“大意就大意，你修正便是，何必谎称造假呢？萧与时及基金会是那么支持你，事事以你为主导，你为什么恩将仇报？

“还有，你张口诋毁萧与时，萧与时却顾念和科尔的交情不反诉你诽谤。你的良心不会不安吗？你不会觉得自己对不起科尔吗？”

不提科尔也罢，一提科尔费恩就出奇地愤怒：“那是因为 Hsiao 心虚！他害怕被记者翻出对不起科尔的前尘往事！他现在有名有利、风光无限，而我唯一的科尔却连性命都失去了。”

沈如磐愣住：“什么？”

“Hsiao 就是个伪君子。当年他和科尔同时成为普朗克奖候选人，明明是共同候选，他却故意把科尔的名字压在第二；其次他和科尔合作六年，知道科尔每年秋天都会哮喘发作，他不但不予体谅，反而让科尔彻夜通宵修改文章。

“所以，当年 Hsiao 离开办公室不到半小时，科尔就因为并发症去世了。科尔出事前试图联系 Hsiao，不知道为什么电话没有拨出去，等我闻讯赶去医院的太平间时，Hsiao 居然刚从庄园出发。”

沈如磐并不清楚日记后面发生的事，一时语塞。

“你当然认为 Hsiao 不是蓄意害人性命，但科尔死后 Hsiao 又做了什么？他把科尔写的那部分文章完全删除，获奖人直接变成他，也从不在公共场合提起科尔的贡献。”

费恩越说越愤怒："还有临床实验！表面上看起来我是负责人，凡事尊重我的意见，但根本不是如此！临床实验的事那么多，Hsiao 不管，偏偏等到名单确定之际跑过来掺和，正义凛然地删掉你的名字。"

"稍后你遇到骨赘问题，我忙前忙后焦头烂额，他却以假体不合格为理由让我重新测试。我硬挤时间测完，他又看都不看数据，那么我测试的意义是什么？他总是这样，轻描淡写地问责，让身边的人忙得要死要活——他何曾尊重过我及我的儿子？"

沈如磐听蒙了："你不能这么评价萧与时。这对萧与时不公，也是对你的科尔不公。"

她急忙拿出随身携带的日记："你自己看，科尔和萧与时相处得挺好。"

费恩不明就里地接过，翻开看到里面的内容，神色一冷。

他怎么也没有想到在日记的描述里，儿子对萧与时有着深厚的信赖感。尤其是后半段那些隐晦的情愫，会让任何一个年迈的长辈不敢相信。

费恩合上日记，双手撑住额头，内心混乱，几近方寸大乱。

沈如磐等待了一会儿后开口："您知道自己错怪了萧与时吗？"

费恩痛苦极了，他摘掉鼻梁上的老花镜，用虚弱疲惫的口吻倾诉："其实我知道不应该怨恨 Hsiao，但在过去的好几年时间里，我一闭上眼睛就会想到科尔最后的样子……我很难过，总是忍不住幻想，如果 Hsiao 接到电话又或者晚一点点离开办公室就好了。什么奖章、名誉，全部送给 Hsiao，我只要我的儿子。"

费恩的眼眶微微湿润，苍老的声音透出无尽的悲凉："科尔下葬半年后，Hsiao 忽然打电话来问候我，没过多久临床实验便开展起来。"

"科尔生前牵挂实验，我殚精竭虑地想要做好它，但没有料到因为我的疏忽弄错了两个数据。再然后，一个叫 Ernest Max 的记者来找我，问询我医院是否违规造假……你也知道现在的局面了。"

沈如磐点点头："可是你假称基金会造假，这并不能让你摆脱责任。相反，你将面临比真实情形更高的刑罚。"

"没关系，至少科尔撇得干干净净的。"

沈如磐闻言，意外极了："什么？"

此时此刻，费恩终于吐出真心话："如果我说是自己不小心弄错了数据，才导致假体植入病人的身体，外界会怎么解读？外界一定会把我的履历翻个底朝天，然后非议我过分相信儿子，未经过严格的测试就把科尔设计的破烂玩意儿放到病人的体内。”

“如此一来，我和科尔必然成为医学界的耻辱。我做错事被抨击是活该，但科尔是无辜的，而且他已经过世了，无法还击任何污蔑之词。我必须保护他，不能让他受到一丝一毫的伤害。”

沈如磐心惊，张口打断：“可你不能为了保护科尔就污蔑萧与时啊。”

“我别无选择，媒体更喜闻乐见造假之类的丑闻。萧与时越受到抨击，就越没有人去深究科尔的责任。”

“不对。你的做法除了被别有用心的记者利用，只会让自己和萧与时两败俱伤。”

沈如磐已经厘清来龙去脉，急切地劝阻：“费恩医生，你向法庭说出实情吧。你只是不小心弄错了数据，一切还能挽回的。”

费恩心力交瘁：“来不及了。就算我翻供，法庭也未必会相信我的证词，相反科尔也将因为我的错误会而背负骂名。不行，绝对不行，还不如将错就错，至少科尔能摘得一干二净。”

沈如磐还欲再劝，老专家叹了口气：“我知道自己对不起 Hsiao，不过你放心，法庭缺乏证据就一定会还 Hsiao 一个清白。我也会因为蓄意修改数据和诽谤 Hsiao 面临更高的刑罚，如此也算是做出弥补了。”

沈如磐听得着急：“萧与时不需要这样的弥补，您又何必呢？”

费恩摆摆手，不想再听她说。这时，探监时间即将结束，狱警来提走费恩，沈如磐抓紧时间道：“您疼爱儿子，不惜一切代价想要维护儿子的清白，可是您真的了解科尔最在意的东西吗？他并不渴望名利，只想踏踏实实取得一点进步，做出一点贡献。您不能忘记科尔的初衷啊！”

费恩没说话，戴好刑具跟着狱警离开。

沈如磐不能追，只能赶忙提醒：“您再想想科尔的日记吧！从二十世纪五十年代开始，陆续有一些人工椎间盘假体问世。然而大多数是颈椎假体，而非腰椎假体，很难达到动物试验的水准，更遑论植入人体做临床试验了。”

“费恩医生！”她朝着年迈的老人的背影喊，“科尔为假体付出的努力，仅仅是希望帮助你完成一个伟大又艰难的理想。如果他地下有知，知道你因为保护他而和萧与时闹翻决裂，他将如何面对这一切？”

费恩的脚步停滞了一下，然后挪着沉重的步子往监狱深处走，再没有回头。

Chapter16

大结局

离开监狱返回庄园的一路上，沈如磬异常纠结。

风波延续至今，背后隐藏的费恩对科尔的父爱，她是怎么也没有想到的。

该把真相告诉萧与时吗？费恩出于保护科尔的心态，让萧与时成了舆论攻击的靶心。

但是回过头想想，萧与时不肯反诉费恩的真实原因，是不是早就猜到了这一点？那么，她还有必要把科尔的日记拿给萧与时看吗？

沈如磬不清楚萧与时是否知道科尔的感情，如果不知道，萧与时突然看见那段隐晦的情感，并且了解到科尔去世前想要联系他的原因……会不会很受打击？

不知怎么的，沈如磬能够理解科尔那通想拨却又没有拨出去的电话的心态。

萧与时是志同道合的伙伴，又是默默仰慕的知己，如果让对方看见自己余温尚存的尸体……那个画面，可能会成为一辈子的阴影吧。

沈如磬一想到这里，就不想把日记拿给萧与时看了。

思来想去，她决定等几日。

一连数日，费恩那边毫无变化。反倒是沈如磬这边，两周的假期匆匆流逝，她必须做决定是退役还是继续比赛。

从晚餐开始前她就在犹豫，直至晚餐后洗完澡将要安寝，她才终于组织好语言，去主卧那边找萧与时。

眼下时间还不算太晚，萧与时没有睡，在复核行业调查所需的资料。行业调查过程烦琐，都是和台账打交道，诸如基金会利益所得、核销……萧与时虽出身于银行世家，但一向不喜欢这些，此时却不能不做。

于是沈如磬轻轻敲开门，恰好见到他靠在床头阅读资料。床前灯将他的五官轮廓染上朦胧的色泽，一双眸子清隽宁静，乃至她有些难以分辨这位聪明睿智的物理学家在漫长的不能做学问的日子里，内心是否产生过波动。

萧与时抬起头见到沈如磬："还没睡？"

见她点点头，他遂开口："过来。"

她从善如流地上床缩到他怀里，和他一同拥被阅读了一会儿，才轻声说："我没有找到与假体相关的手稿。"

"没关系，我有空再找。"

"你要不去找费恩谈谈？"

"谈什么？"

"谈解决之道啊。你什么都没做过，又是出于对科尔的怀念才帮助费恩出资启动实验，总不能落得个里外不是人的下场吧。"

萧与时没有马上接腔，而是把手边不多的那部分内容看完，方才淡淡地回答："我和费恩对过话。"

"然后呢？"

"我们之间有许多误会，现在的局面也不是一两次面谈就能化解的。"

简单的总结戳中了沈如磬几天前的经历。她知道难以挽回了，语气不由得一涩："你有没有感到后悔？"

"没有。"

"怎么可能？换成我，我必定觉得不值得。"

见她替自己委屈难过，萧与时抬手刮了刮她的鼻尖，随即问道："你听说过物理学的测不准原理吗？"

她摇摇头。

"测不准原理，又叫不确定原理。大意是人类观测微观粒子的手段是有限的，哪怕什么都不做，仅默默地观察，也会产生干扰。

"反过来之于宏观世界，这个原理可用一句谚语做类比：谋事在人，成事在天。"

一席理论绕来绕去，沈如磬撇撇嘴，不甘心地说："我不懂物理，但我懂你。你就是希望我看淡、看开，不要替你鸣不平。"

"也不是。我在一个与众不同的家庭出生，哪怕自己审慎克制，也难免占据旁人一辈子触碰不及的资源。也因此我若犯错，必然要付出比普通人更多的代价，这不是不公平，而是有得必有失。

“再说矛盾和误会从来不是单方面引起的，我也有过错。譬如我没有坚持反对你做手术到底，也没有及时发现数据错误，甚至……”

萧与时一直平静地叙述，说到这里忽然安静下来。沈如磐不解地问：“甚至什么？”

他顿了顿，抱歉地说：“可能我在人情世故方面过于淡漠。明明费恩和我有嫌隙，对我的怨恨颇深，我却感觉不到。”

“对你也是如此。我曾经以为自己表达得足够明显，可你却说体会不到我的爱，或许我真的应该好好反思一下。”

反思为什么从来没有在公开场合提起科尔，但每一个奖牌底座下面都有致敬C.K的缩写语，这大概是因为他很难把去世的好友经常挂在嘴边。恰如当初沈如磐要跟陆楠离开柏林，他是那么意外以及不舒服，却完全没有表露出来。

所以，费恩对他的怨恨，以及费恩推卸责任想要保护什么的心态，他多多少少能够理解。

萧与时想到这里，微微垂下眼睑凝视沈如磐的眼睛。她是他的恋人，也是他的知己，故接下来的话他只能对她说。

“如磐，我和科尔共事六年，他名义上是我的副手，但才华未必在我之下。我们从来没有谈论过荣誉方面的事，我也一直相信他不会有任何抱怨。

“但是，假如科尔对我有误会，哪怕只是一丁点，我也没有机会向他澄清。因此你现在问我是否后悔，没有，我不后悔。我只是感到遗憾，遗憾自己明明知道世事无常，却没有为身边的朋友做得更好、更多。”

沈如磐不是不知道萧与时冷静的外表下有一颗沉稳自持的心，然而究竟要有多么强大的自制力，才能在被污蔑诋毁之际做到不怨不艾，包容反思呢？

沈如磐用手碰了碰萧与时的面庞，心里挺不好受的：“你不要苛责自己。你不是完人，科尔也不是思想浅薄的小人，你要对同伴有信心。”

“至于我当初说体会不到你的爱，那都是骗人的。每每和你接触，我便情不自禁被你吸引。”

聆听着恋人的安慰，萧与时“嗯”了一声，问：“第一次接触也是吗？”

“当然。”沈如磐拉长语调回应，莞尔笑了。她转过身去用双手搂住爱人的脖子，亲密地抱着他，“虽然第一次见面你坚持要删去我的手术资格，但恰恰因为你的理智和严谨，我反而对手术充满信心，怎么也不舍得放弃。”

只是后来谁都没有预料到，这件事从一开始就存在失误。

萧与时感到无尽的自责，他把嘴唇凑近亲了亲沈如磐的面颊，用抱歉的口吻说：“我和权威医学专家谈过，已经出现金属碎屑的患者目前没有太好的治疗手段，最多是血液透析以及口服一些螯合剂，但临床效果未知。或许只能缓解表面症状，难以根治金属碎屑压迫脊神经的问题。”

他不确定地问：“你愿意现在就接受治疗吗？”

“好啊。”

萧与时本以为她会抵触，闻言放了心。

不知不觉夜色深沉，她发丝上的香气扑落到他的鼻端，幽香动人。他有些舍不得让她回到隔壁房间，单单将她垂落在肩上的长发拂到颈侧，继续和她说话：“如磐，你方便见见我的家人吗？”

远在奥地利的父母已经知道沈如磐的存在，萧与时也不打算回避亲人，考虑着趁父母飞抵柏林了解事故进展期间让他们见一见沈如磐。

沈如磐并不介意在关系稳定的情况下见长辈，只是眼下还有别的计划。她迟疑着说：“你让我见你的家人，是普通的会面，还是……”

“你可以理解为普通的见面，却也不是特别普通。”萧与时凝视着她，目光温柔，“因为除了父母，还有二弟 Hogen 和三弟 Hermann。尤其 Hermann，他刚刚迎来一对可爱的双胞胎，会带着双胞胎和妻子来到柏林。我想让他们见见你，见见我的女朋友。”

听起来是一场郑重的家宴。

沈如磐有些为难：“能不能以后再见面？我必须回国，而且我还想一边配合治疗，一边抓紧时间备战比赛。”

萧与时愣住：“比赛？”

他知道她舍不得花样滑冰，但她抛开国内的一切来到柏林，他本以为她已经放弃了，没想到又……

他看着她，一下子说不出话来。

沈如磐怕他误会，连忙将母亲颜曼的原话叙述了一遍，又解释：“我考虑了许久，决定将黄金联赛作为我运动员生涯里的最后一场比赛。”

做出这个决定很不容易，沈如磐几不可闻地叹了口气，向萧与时倾诉：“你知道我第一次拿到世界冠军，脑子里想的是什么吗？我觉得自己这辈子还要拿很多很多的世界冠军，我要让观众都记住我，记得这是属于沈如磐和陆楠的时代。”

说完她便不好意思地笑了：“偏偏我的状态一落千丈，我不服气，总想着东山再起，让所有低估我的人后悔。其实旁观者的注意力又不会天天放在我身上，哪来那么多的后悔？我真是太自负了。”

她看看萧与时：“但这次不一样。事故闹得太大，我如果因为身体原因即刻退役，就一定会被新闻媒体定义为此次医疗造假事故中的受害者。这样的定义有失公平，与我的意愿相违背，所以我想把黄金联赛作为自己回归国际赛场的第一场比赛，也是最后一场比赛。”

“我希望通过比赛让外界知道，任何临床实验都不能百分之百提前规避风险，也是测不准的、充满变数的。眼下的变故不是欺诈，只是一个失误。我的男朋友自始至终都是清白的，他为了我的东山再起付出了许多，他是个值得尊敬的人，不是凭借着家族背景上位的学术骗子、伪君子、利欲熏心的投机商人。

“还有我，虽然我终将告别赛场，但我在自己的时代努力过、奋斗过，我无愧于心，没有半点后悔——至于我的落幕，只是正常的世代交替，谈不上失败与否。”

她的陈述沉着有力，没有过多的情绪起伏。但萧与时知道，每一句话都带着她对他的保护。

他从来不知道，她居然这么在意他的清白。哪怕豁出去在赛场上的最后一搏，也是因为要维护他的名誉。

萧与时不禁动容。

他知道她是一个独立自主的人，如今把真心话和盘托出，必然不会因为他的阻拦而放弃。可一旦进入赛时状态，她的身体又要面临严格的考验。万一……

他脸上的神色显出波动，良久才缓缓问了一句：“你是不是连最后一场比赛的音乐都想好了？”

“嗯，和我们最有缘的曲子——《少年维特之烦恼》。”

求而不得，是每个人都会有的苦恼，也是每个人锲而不舍再接再厉的希望。

沈如磐回答的时候，一双眼睛看着萧与时，透出执着和向往，那斗志满满的样子一如当年处在巅峰状态的世界冠军，也是他倾心敬慕的模样。

他凝视着她，片刻后将她拥入怀中，俯身吻了吻她的脸颊，开口道：

“去吧，我的女王。”

沈如磐离开柏林之前，特意把科尔的日记寄给了费恩。

归队后，她就自己擅自离队的行为向总教练进行检讨，又汇报了德国医疗事故的进展和自身健康情况。

随后她说：“教练，我还想滑冰。”

她的双手紧紧交握，神色郑重地提出请求：“我知道无论我有多么不舍，迫于身体方面的考虑我只能选择退役。但在正式退役之前，我想把黄金联赛当成职业生涯里的最后一场比赛，也是我最后一次为国家争光的机会——恳请教练同意。”

她的性格要强，有这个打算并不奇怪。教练反问道：“你的母亲知道你的想法吗？”

“知道，母亲没有反对。”

教练点点头：“你的诉求比较特殊，我和队领导讨论几日再做决定。”

沈如磐稍后按部就班地回到训练场上，队友们见到消失多日的她，惊讶极了，纷纷围过来询问近况。

沈如磐不是个闪躲的人，知道大家肯定有很多疑惑，便把对教练说过的话同样毫无保留地再讲了一遍。

午休时间，沈如磐又去了一趟双人滑训练场地，和陆楠见了一面。她此前一直担心陆楠可能因为她的离开而受到处罚，眼下见他无碍，便放了心，开口说道：“陆楠，我……”

“我听说了，你打算在黄金联赛之后退役。”

她乍去乍回，队里早就传开了消息。陆楠向来了解沈如磐，得知一切后便明白她去意已决，并且不可更改。

两个人曾是关系最好的搭档，然而互为搭档的时光早已烟消云散，同为队友的日子也屈指可数。此情此景下，难免有种世事难料、时不我待的感慨。

不过陆楠鼓励地说：“这样的决定也挺好的。你好不容易重整归来，怎么也不能轻易倒下，退役前的最后一场比赛就当是证明自己好了。”

沈如磐笑了笑：“谢谢。”

双人滑的场地上有不少师弟师妹在做冰上训练，沈如磐侧过头看了一会儿那些灵活的身姿，说：“你别陪我站着了，快去和童欣训练吧。又是一年黄金联赛，你和她还肩负着冲金的责任。”

陆楠“嗯”了一声，没动。

训练的动静大，声音喧闹，他和她这边相对安静无声。

陆楠静静地陪着沈如磬看了一小会儿，收回目光落到她的脸上。她一双清澈的眸子追视着冰上的一举一动，故神情格外专注认真。

陆楠开口，问了一个不合时宜，却是最想问的问题："如磬，你舍得吗？"

"舍不得也要舍得。"她的声音淡淡的、缓缓的，没有伤春悲秋，只有坦然，"毕竟有些事不是我凭个人意志就能挽回的。"

明明所指是退役，陆楠却想到当初的拆队换人，心里有种说不出的闷堵，低声叹了口气："希望教练能同意你的请求，然后你完美地比一场，让所有观众刮目相看。"

一番祝福触动到沈如磬的内心。

年轻时想要成为精品中的精品，以及想要带给观众更多更美好的视觉飨宴之类的憧憬，在经历了太多的挫折和磨砺之后，稍稍褪色变淡，又随着最后一役的到来而变得无比鲜明。

沈如磬凝眸看向陆楠，张嘴吐出三个字："我会的。"

几日后，花样滑冰队有了正式决定：尊重沈如磬的诉求。

如此一来，沈如磬作为国内女子单人滑选手第一名，以当之无愧的实力参加了国际黄金联赛。

从双人滑到单人滑，从巅峰到低谷再到复出即退役，她的职业生涯何其跌宕，各大体育新闻纷纷报道，也难免将她的最后一战和不久前甚嚣尘上的"德国医疗事故"联系起来，拼成一段曲折的故事。

有人猜测她是医疗事故的受害者，也有人猜测她退役是打算移民国外。无论外界如何评价，沈如磬一概不理会。只因时间紧迫，她必须全力备赛。

不过和以往的备赛情况略有不同，萧与时将之前为她成立的辅助教练团队进行了"升级"，和她曾经拜师的世界级著名花样滑冰教练签订了指导合约。

再然后，整个团队远程关注沈如磬的竞技策略。

沈如磬得知此事挺意外的，特地在国际长途里对萧与时说："国家给我配了专业的科学管控训练组，你没有必要额外调度资源。"

"有必要。这是你最后的比赛，也是我唯一能为你做的事，我希望全程参与。"

她明白他的心意，然而她是国家运动员，接受的是国家的训练，而他是境外人士……

仿佛知道她在担心什么，萧与时安慰道："两方不会有冲突的。你就当一个是正统的指导，一个是友情的提点。"

所幸两边的确从未发生冲突，反倒是沈如磐的身体健康和竞技策略先产生了矛盾。

原来，经过管控组的分析，为了避免黄金联赛对她的椎间盘假体造成冲击，继而引发二度崩裂，分析结果建议她放弃高难度的阿克塞尔三周跳，包括比较复杂的联合跳跃和联合旋转也要一一摒弃。

在花样滑冰的赛场上，联合跳跃和联合旋转是极具观赏性的大动作，也是考验选手腰腿力量和柔韧性的高难度动作。沈如磐多年来苦苦磨砺自己，好不容易练就了上述两大强项，如果放弃，无异于自断羽翼。

沈如磐不是个优柔寡断的人，她说："我坚持比赛就是为了挑战自己。眼下既是最后一战，不妨拼尽全力。"

于是她的竞技策略全部调整，核心思想为七个字：更高，更难，更科学。

小到跳跃动作的抛物线曲率如何更合理，大到空中转体中心轴的位置如何更正更直，方方面面全在科学管控组严格的数据模型推理下，用精确量化的方式进行提高，并且将训练损伤降至最低。

不仅如此，萧与时也会给出一些改进意见。那天他在例行的国际长途电话里说："你的压步仍有提升的空间。"

压步，是花样滑冰选手在冰上获得正负加速度的技巧。技巧越高，选手越能通过短距离滑行，实现急转、急停、反向助滑等加分动作。

沈如磐十分讶异："我现在的压步方式已经是管控组用计算机演算的最佳结果了。"

"不，演算有疏漏。"萧与时平静地驳正，"你现在完成三周跳后，要用一小串压步才能进入弓身旋转。然而根据我的计算，你仅需一个压步就能直接切入弓身旋转。"

一个！这将大大提高加分。沈如磐忙道："你具体讲讲？"

"是这样的，跳跃落地后的速度、压步滑行弧线半径、腿和冰面倾角的公式是 tga=V2/gR，考虑到刀刃横向刮冰时的阻力，以及腿和脚踝共同发力时的铰链结构，代入拉格朗日力学运动方程，可以得到从起跳到空中停留再到落冰压步，每个阶段的骨骼变化角度。"

“呃……变化角度是？”

萧与时很快便将数据传了过来。

密密麻麻的数据，涵盖了起跳前、起跳中、降落前、降落压步等四大过程中沈如磐应当维持的腿、膝、髋、肩、肘的骨骼变化角度。

无论是屈膝收臂（起跳前），还是蹬伸腾起（起跳中），抑或是降落压步时左右两脚冰刃的控制，每一个过程身体骨骼变化的角度，甚至是小数点后的数字精确度，都是在一丝不苟地矫正沈如磐的姿势，让她超越完美，实现零瑕疵。

萧与时问：“数据毕竟是数据。你做得到吗？”

沈如磐深吸一口气，回答了一句：“做不到，也得做得到。”

于是为了提升难度储备，沈如磐只能加大训练，一个技术要领接一个技术要领地调整自己的冰上姿态。再加上时间飞逝，黄金联赛逼近，重压之下，除了动作完成度和艺术感染力，她的各项数据，诸如心率和睡眠质量，事无巨细都要被管控组严格监控。

她为此二十四小时佩戴多功能手环，万一实时数据不对劲，便会立刻滴滴答答作响。

那天本该多做一场冰上练习的，可沈如磐腰疼腿疼浑身酸痛得不行，便赖在休息区多休息一会儿。偏偏多功能手环滴答作响提示她去训练，她被催得头疼，索性摘了下来。

手环一解除，实时数据传输中断。不一会儿，远在德国的萧与时就打来电话：“你在做什么？遇到什么意外了吗？”

中国和德国有时差，他那边应该是凌晨三点。沈如磐惊讶地反问：“你还没有休息？”

比赛将近，萧与时出于关心也实时同步沈如磐的身体数据。如果她有问题，他第一时间就能知道。方才她的心率骤减、提醒器突然嗡鸣，他心一惊，来不及细思便闹了个乌龙。

眼下听她的声音正常，萧与时顿了顿：“刚巧睡醒。”

“快去休息。”

此刻再去睡，肯定睡不着。萧与时顺势道：“对了，我回顾之前算的数据，发现有一两处肩肘的骨骼变化角度存在误差，应当是……”

一个堂堂的理论物理学家、各大物理学奖得主，偏偏研究起运动力学，做起了分析员的角色。沈如磐听着他娓娓道来的陈述，整颗心软软的，浅浅地唤了一声："亲爱的……"

他暂且打住："嗯？"

"我的最后一场比赛，是不是给你增加了困扰？"

他关心她，为她的竞技策略出资出力倾注心血，所做的一切沈如磐都看在眼里。她停了一下，千言万语化成一句："谢谢你为我牵肠挂肚。"

电话这端的萧与时安静了两秒，用独特润泽的嗓音回答："我为你做的任何事，你都不必说谢谢。因为我是你的另一半，所做的一切皆是我自愿的。"

隔着遥远的距离，互相看不见彼此，浓浓的情愫反而自发地涌上胸膛。他侧了侧头，将手机换了一只手拿，压低声音开口："如磐，我好想你。"

这是他第一次如此直白地诉说思念。沈如磐有些意外，随即回应："我也是，我也想念你。"

想念他凝视她的眼睛，想念他亲吻她的唇，想念在书房缠绵的那一回，他的手指徐徐抚过她身体时的触碰。

怎么会不想呢？

她是个贪心的女生，还记得决定要回国备赛的那一晚，他抱着她入睡的气息，以及他轻言慢语交代她保重的话语。虽然此刻他就在电话那端，但再动听的嗓音隔着电话线也会显得疏离遥远。没有了彼此身体相触的温度，思念都无从安放。

两个人很长一段时间里都没有说话，静静地感受着对方的惦念。

良久，萧与时才轻声开口："对了，这边即将开始庭审了。"

闹得沸沸扬扬的医疗欺诈案终于走完了漫长的侦查和庭审预备程序，进入到法庭正式审理阶段。

巧合的是，第一次庭审日刚好就是黄金联赛的开幕日。

萧与时道："费恩今天提出想见我的律师，不知怎么的又取消了。我感觉他是有话要对我说，只是十分犹豫。"

莫非费恩不再固执了？沈如磐心有疑问，又不好直说。

"我提出见见费恩，但费恩拒绝探视，让人弄不清楚他究竟在想什么。"萧与时停顿了一下后转移话题，"庭审过程太漫长，如果不能早做裁决，我就无法出境，更不能亲自去现场看你比赛。"

"没关系，看电视直播也一样。"

"你对比赛结果有预期吗？"萧与时顺势问。

"有啊，要拿冠军。"

"强者如林，你就这么有信心？"

沈如磐笑了，卖了个关子："你知道陆楠和童欣的期待是什么吗？"

无须他回答，她又说："巧了，和我一样，都是第一。"

任何一个顶尖运动员，最看重的不是奖牌的颜色，而是永不认输的决心。

萧与时感觉到了她的心情，思索一会儿后缓缓道："我无意冒犯你。你曾经说，想通过花样滑冰的比赛，把一场视觉和听觉的极致飨宴带给观众，我对此感到敬佩，却又有些不忍。"

"不忍什么？"

"你为此付出了太多，绽放光芒的巅峰时刻又太短。"

沈如磐听出他的言外之意，柔声安慰他："不必伤感。换个角度想，我对花样滑冰的热爱恰如宇宙中的流星，虽然只有刹那芳华，何其短暂，却也绚烂永恒。"

萧与时短暂地静默了一会儿，再开口时，声音低缓，还夹杂着温柔："如果我们将来有了女儿，你会不会也想让孩子练习花样滑冰？"

沈如磐愣住，随即窘了，不好意思地说："什么女儿，我还单身呢。"

"单身？"

"呃，我的意思是，我还没有结婚。"

"但走进婚姻是必然的。"

"谁说必然？你又没有求婚，我……"

"现在求婚可以吗？"

顺势说出的一句话，像是给她下了个套，却又自然而然："等到你比完赛，不那么忙了，就嫁给我好不好？"

沈如磐哪里想到他会有这样的安排，差点噎住："你……我……"

结婚是人生大事，可如此重要的大事从他口中说出来，不会有任何烦琐的感觉，只会让人怦然心动。

见她支吾，电话那端的男人犹如探得她的口风，语调微微上扬，含笑道："既然你不反对，我便当你同意了。"

他的嗓音醇醇的，带着磁性，比平时更加悦耳动听。而他接下来说出口的话是那么直白，会让任何女生都措手不及闹个大红脸，却又心驰神往。

"从现在起，你就是我的未婚妻了，嗯？"

初夏，黄金联赛开幕。

开幕式过后便是女子单人滑短节目的比赛。

国际大赛的竞争一向激烈。俄籍、日籍选手战斗力惊人，个个都是十五六岁尚未发育的花季少女，高难度动作做起来轻而易举。即使沈如磐有足够的心理准备，见到一个比一个高的短节目得分，还是感受到不小的冲击。

按照抽签顺序，沈如磐排在德国选手娜塔莎的后面出场。

娜塔莎是新人，但状态处在上升期，故今年得以代表德国参赛。她的短节目《春风何必唤醒我》发挥得不错，分数成功挤进前十。

娜塔莎一下场就高兴地冲参赛区这边的沈如磐远远地挥手，用口型说“沈教练加油”。

沈如磐冲着昔日的徒弟莞尔，收敛心神准备上场。

沈如磐的参赛服装是渐次递进的水晶绿纱裙，裙摆烫花的设计清淡优雅，清新的色泽配上她素净秀丽的妆容，衬得她的气质宛如清扬。

音乐响起，居然也是歌剧《少年维特之烦恼》中最具代表的咏叹调——《春风何必唤醒我》。

撞曲子了！观众席发出小小的惊呼声。

不过沈如磐编曲的侧重点和娜塔莎迥然不同，她阅历丰富，情感更饱满，因此只剪辑了《春风何必唤醒我》的前半段，借着明快的前奏，巧妙地展现出维特坠入爱情的全过程。

父亲过世，少年维特来到乡村排遣忧思。他享受着大自然带给他的宁静，渐渐喜欢上这个淳朴的乡村。他忘情流连于山水之间，直至一日邂逅美丽的女子，绿蒂。

音乐旋律明丽流畅，沈如磐在冰上的表现同样轻盈自如，编排步法充满了小溪潺潺的生机，有一种“似水流年，佳期如梦”的梦幻感，故艺术层面的得分只高不低。

而她的强项跳跃，无论是灵活的单跳，还是复杂的连跳，她往往在一两个不经意的压步中就获得突出的加速，起速利落，落冰稳固，加分优势明显。

至于必不可少的规定动作旋转，她在一组利落的两周加两周的连跳后，接入侧弓身旋转、正弓身旋转、难度姿态转。

所有的旋转皆在十二圈以上，不仅速度快，而且中轴稳定。由于每快速旋转一圈，都要求腰、腿、膝、脚踝有足够的力量和柔韧性做支撑，故她的上半身保持得非常正，没有一丝松懈，牢牢地“立”在冰上旋转，技术难度得分也只高不低。

临到编排末尾，她停步收住，回眸冲观众区腼腆一笑，像极了少年维特邂逅美丽的绿蒂，心有欢喜，羞涩离去之前的顾盼回首。

音乐戛然而止，仿佛欲知后续如何，还得等明天的自由滑。

这个构思让观众感到小小的惊喜，裁判给出的分数也不错，是沈如磬预期的前三名，甚至还要更好一点——名列第二。

开战即胜实属不易，沈如磬十分高兴，下场后第一时间紧紧拥抱教练和管控组组长，口中直说“谢谢”。

派驻在比赛现场的体育记者想要采访沈如磬，而沈如磬考虑到要为明天的自由滑保存体力，于是抱歉一笑谢绝了对方。

出了赛馆坐上大巴车前往选手村，她这才有空看手机。

陆楠、童欣，以及很多队友都发来祝贺短信。她逐条往下翻，很快，萧与时的消息映入眼帘——

发挥不错，但为什么三三变成了二二？

恰是此时，身旁的颜曼发问：“你在后半程体力不支吗？为什么三三连跳变成了二二跳？”

确切地说起来，沈如磬在后半程发生了一点小失误，计划中的连跳出现了问题。她立刻启用备选方案做补救，避免因为失误而功亏一篑。

眼下面对母亲的质疑，沈如磬维持着低头看手机的姿势，轻声应着。

颜曼毕竟是裁判长，总觉得哪里不对劲：“你的身体还好吗？”

“还好。”

“真的？腰痛不痛？”

整个备战期间，沈如磬腰痛、腰间麻木的症状时有时无。究竟何时发作，发作持续多久，她不得而知，俨然是个不定时炸弹。

方才沈如磬准备连跳时，腰部又是熟悉的麻木感，幸亏她对身体的掌控能力越发了得，才避免了出错。

沈如磬本来不想说的，但既然被问到，她沉默须臾，抬起头对上母亲：“不痛，只是有点不舒服。”

颜曼的心“咯噔”一下，脸色顿变：“我请队医过来看看。”

经过队医检查，最担心的事情没有发生，假体并未二度崩裂。不过已知的金属碎屑阴差阳错地压迫到了脊椎神经根，沈如磬的背部出现浮肿，痛感逐渐显现。

一向强势的颜曼也沉不住气了：“要不考虑退赛吧？”

此时退赛，整个团队为了备战黄金联赛的心血可就白费了，沈如磬摇摇头：“我不退。”

“但你的身体……”

“我的身体没问题，能够支撑四分钟的自由滑。实在撑不了还可以打封闭，总有办法上场竞技的。”

此情此景特殊，换成其他选手，也未必愿意在紧要关头放弃。颜曼镇定了心绪道：“我先向教练汇报一下你的情况。要不要知会萧与时一声？他一直都很关注你的身体。”

算算时差，萧与时此时正在参加庭审。沈如磬摇头：“不了，不要打扰他。”

颜曼做完汇报工作，交代沈如磬背身躺下，亲自替她做舒缓按摩。

运动按摩比普通按摩更耗力气。两个多小时下来，颜曼感觉很累，可她没歇气，由上至下反复捏揉沈如磬的腰椎。如此一来，沈如磬腰椎附近那些大小不一、深浅不一的手术瘢痕就都被她看在眼里。

这些瘢痕都是沈如磬为了重回赛场付出的努力。

颜曼欲言又止，末了还是开口：“女儿……”

“嗯？”

“我年轻时身体素质不如你，比赛成绩更不如你，所以我把没有实现的心愿转移到你身上，逼着你苦练拿第一。你现在弄成这样，我有着不可推卸的责任。”

这是性格要强的母亲第一次低头。沈如磬很想转头看看母亲，但颜曼察觉到她的意图，及时制止：“不要动。”

沈如磬老老实实没动。

“比完明天的比赛，你就彻底和花样滑冰告别了。也不要想着转型当裁判或者当教练了，先像一个普通女孩那样走走、看看、玩玩，享受一下快乐的时光，知道吗？”

明明是关怀，不知不觉又变成唠叨。沈如磬有些好笑：“妈，你能不能别说这些示弱的话？我明天还要比赛呢，不能消磨意志。”

肺腑之言被噎住，颜曼只能换别的话说：“行，不示弱。你这样子，对明天的比赛还有把握吗？”

“当然。”

话虽如此，待到天亮，所有人的心里都没把握了。

沈如磐的腰浮肿得更厉害，连起身都困难。总教练询问她的想法，沈如磐权衡了一下利弊，平静地说：“打封闭吧。”

两针封闭打下去，疼痛很快被阻断，但腰部以下完全没有了知觉，身体的一举一动都变得僵硬。

沈如磐已经没时间细细体会差异，立马前往赛馆。

自由滑的分数将决定最终的奖牌排名，故比赛更加激烈。花季少女们爆发出极强的求胜欲，俄罗斯、日本、加拿大、德国……依次登场的几国选手的分数咬得很紧，之后的人必须全力比拼，否则根本没有翻盘的机会。

过高的心理压力必然导致发挥失常。有些短节目成绩不错的选手在自由滑崩盘，与奖牌失之交臂，一下场便难过得落了泪。

很心酸，也很无奈。但这就是比赛，就是竞技。

沈如磐努力放松心情，不去想得失，只是想自己的动作编排。然而麻木的腰和腿总是让她感到不适，乃至因此分心。

莫名地，她的思绪飘到了萧与时那里。

他是知道她所有动作编排的人。昨天的比赛，他是不是拿着动作衔接表一项一项对比，然后在赛后询问她为什么三三跳变成了二二跳？

忽然记起昨夜没有回复萧与时的短信，沈如磐赶紧找手机联系他，却发现他已关了机。

庭审应该已经结束了，他为什么还是关机？难道在休息？他是不打算看她的直播比赛了吗？

沈如磐努力让自己不要分心，偏偏在如此特殊的时刻，她十分希望和萧与时通一个电话。哪怕他用淡淡的嗓音对她说一句“别紧张”，她的心也会随之充满安定。而不是像现在这样，内心纷乱复杂，既是不可控的荣辱感，也是不允许自己在最后一战留下任何遗憾。

沈如磐深吸一口气，上场竞技。

音乐响起，是咏叹调《春风何必唤醒我》的下半段。

舒缓的前奏提示维特坠入爱河，很快，旋律变得忧郁悲伤，那是因为绿蒂阴差阳错地成为他人之妻。

维特在爱情的世界里惨败，不得不转移注意力，寄希望于成就一番事业。偏偏贵族阶层迂腐保守，他不断地遭受排挤。

他觉得自己和整个世界格格不入，就像个废物。

其实沈如磐又何尝不觉得自己是个废物呢？

糟糕的身体、急剧变化的环境，再怎么苦苦追求也无法挽回的体育生涯，种种失落她都经历过。她的初心和纯真也像维特那样被现实打击得一塌糊涂。

与疾病斗争的意志，于日复一日反反复复的折磨中被吞噬了大部分，只留下疲惫不堪。

想放弃吗？想。

可喜欢的东西不多，花样滑冰便是唯一，无异于她的生命，她又怎么能够放弃呢？

音乐旋律越来越沉痛，那是少年维特对人生感到绝望的挣扎，也是沈如磐有过的挣扎。她用激情和力量做积蓄，先后完成了三周、三周接两周、三周再接三周等几组又高又远的跳跃。冰刀接连搓起雪花飞扬，生动地体现了咏叹调波澜起伏的艺术情感。

观众们远远凝望着她精湛的表现，却无人知晓她腰部以下完全木麻。

音乐过渡到副乐，旋律变得空灵悠扬。那是少年维特产生了幻想：他和心爱的绿蒂在一起。

沈如磐体会过爱情，亦因此她根本无须刻意表演，维特对绿蒂缠绵的情愫便从她指尖轻抚脸颊的动作，从她眼角眉梢的神色变化中细腻地体现出来。

其实，这也是沈如磐对萧与时隐藏的情意。

从初次见面时的针锋相对，到后来无话不谈的亲近。那一次又一次不期而至的接触，都是她情难自控地喜欢上萧与时的过程。

她比维特幸运，在经历了那么多的打击后，现实世界里仍有爱人对她付出真心。

如果说还有什么不满足的，那便只剩下萧与时受手术的风波牵连，不能来现场观看她比赛这一个小小的遗憾了。

萧与时此刻在做什么呢？是不是通过电视屏幕远远地看着她的表现？他肯定不知道，本场比赛既是她献给自己，也是献给她和他共同经历过的柏林时光。

沈如磐一想到这里，一双清澈的眸子里透出柔软的笑意，脸上的神色也越发温婉多情。她在冰上的滑行舞蹈没有任何停顿，甚至包含了许多利落流畅的转体，力图展现对往昔美好瞬间的“追忆”，也营造出酣畅淋漓的艺术感。

只是音乐旋律再度变得压抑，预示着维特回归现实，对人生彻底绝望，即将吞枪自尽的悲剧主题。

沈如磐的步法也变得更加复杂，内勾、外勾、变刃；刀齿、捻转、大一字步……一系列顶级难度步法令人目不暇接，于行云流水间畅快淋漓地表达出主人公狂乱的情绪。之后她更是迅速接入燕式旋转、直立转、左侧身后仰姿态转、右侧身后仰姿态转。

后两种旋转是沈如磐的原创，难度极高。由于在快速旋转的过程中过分弯折身体，会加剧金属假体崩裂的概率，科学管控组曾建议她放弃。然而这两种旋转的姿态何其优美，能够精准勾勒出主人公在绝望的旋涡里越陷越深的意境，且和激烈激昂的音乐融为一体，为高潮蓄势，所以沈如磐坚持表演到底。

她很快点冰跃起，是本场最高难度的单跳，阿克塞尔三周跳！

她的空中转体又正又直，抛物线的高远度十分惊人。落地之后她未减速，继续压步提速切入 3F+3lo+3T、3Lz、3S 等一系列组合跳。

这样的编排难度太大，简直是豁出去拼搏一点一倍的系数加分。稍有不慎，哪怕只是一点点瑕疵，都会破坏连贯性。

但沈如磐成功了，她干净利落地集齐了花样滑冰六种三周跳，技术得分跃至全场最高！观众席随即响起掌声。

此时此刻，沈如磐已是将个人情感和维特的命运结合到一起。她的每个动作都是力量、情感与速度的结合，展现出来的气场既阴郁撕裂，也恢弘贯通——毕竟人人都会遭遇现实和理想之间的拉扯，无论是绝望放弃还是汲汲追逐，所有抉择都是她内心的共鸣，也是她作为一个艺术运动竞技者，向裁判和观众传达的共识。

音乐的气势越来越强，在激烈激昂的咏叹调旋律中，沈如磐将心中积压的苦闷畅快地释放出来，用激烈的步法变化接转身疾停，以一个拥抱自我的动作结束了造型。

主人公维特没有自戕，他冲破悲观选择了活下来！这是出人意料的改编，使得咏叹调有了一个格局宏大的结局。

全场观众惊讶，纷纷起身鼓掌。

沈如磐浑身的力气几乎用尽，腰部以下更是僵硬得毫无知觉。她难以从音乐的余韵中抽离，只能大口大口地喘息，本能地屈膝向观众行结束礼。

偏偏她一低头，眼泪便夺眶而出。

所有的表演都结束了。

她的时代也真的结束了。

她想哭，但是她不能。她只能赶紧擦掉眼泪，再次向观众行礼。

掌声持续，观众纷纷向冰场抛来玩具熊和鲜花雨，向沈如磐这位命途多舛、复出旋又告别的花样滑冰选手致以崇高的敬意。

被人认可的感觉太过美好，然而沈如磐无法留恋，她已经不属于这个光芒万丈的竞技台了。

沈如磐的胸口塞满了伤感的情绪，她再也按捺不住，泪水潸然而下。

观众被感染了，也情不自禁湿了眼眶。现场支持沈如磐的冰迷甚至拉出准备好的条幅，上面清楚地写着一句话——“如磐如磐，初心不变，再赛三年”。

沈如磐见了心中更是难过，含泪朝他们挥手。

而后她转身下场，面对教练和颜曼，勉强挤出一个微笑拥抱他们，眼中又盈满泪水。

最后的总分出来时，体育馆里一片沸腾。沈如磐凭借当之无愧的难度编排和强大稳定的发挥，总分排名第一。这意味着她成了既获得双人滑世界冠军，又夺得女子单人滑冠军的双料得主。

在花样滑冰的历史上，女单选手兼项的情况非常罕见。最著名的双料得主便是日裔美国人，克里斯蒂·山口，不过那已经是三十年前的往事了。而三十年后的今天，又多了一个沈如磐。

鲜花、掌声、闪烁的镁光灯全都围绕着沈如磐。她来不及从伤感的情绪中抽离，有种如坠云雾的恍惚感。恰在这时，颜曼把嗡嗡作响的手机递给她，竟是萧与时的来电。

沈如磐勉强回过神，接通电话：“喂？”

体育馆内异常嘈杂，然而低醇的、富有磁性的嗓音不疾不徐地从听筒里流泻出来，一下子把所有喧闹都给压了下去：“如磐，我看到你的表现了，音乐与心境契合，发挥得极好。”

被他称赞的滋味居然比夺得金牌更开心，沈如磐不好意思地浅浅一笑，小声问：“你刚刚干吗关机？”

“你找我？”

“对啊。第一次庭审顺利吗？”

“出人意料地顺利。费恩提前向法庭坦白了一切，我因此解除了出入境限制，恢复自由了。”

沈如磐先是愣住，接着是不敢相信，再是万分惊喜：“太好了！费恩终于良心发现了吗？！”

“不仅如此，学校也决定恢复我的日常工作，包括恢复我今年的基础物理学奖候选人资格。不过我推掉了这些琐事，连夜坐飞机来到这里，赶上了你的比赛。”

沈如磐又是一愣，脑子空白了几秒：“你在这里？”

“对，你往贵宾观众区看，三点钟方向。”

那是离选手最近的观赏位。沈如磐不可思议地回头，只一眼便看见了近在咫尺的萧与时。

他五官俊朗，薄薄的嘴唇勾起，流露出低淡温和的笑意。她错愕地张口，未及说话，电话里又传来他的声音。

“如磐，你还想留在这个赛场上吗？费恩通过律师交给我一封信，提到椎间盘假体崩裂的真正原因。我打算为你开启一个全新的医疗团队，研究更可靠的假体，从而解决棘手的金属碎屑问题。”

沈如磐花了一点时间才领会萧与时的打算，赶紧推辞：“不要了，提高医疗技术不是一件简单的事。再说万一研究不成功，我的身体又出现这样或那样的毛病，你……”

“只要你愿意，我不反对。”萧与时不疾不徐地说，语气温柔极了，“这是你想走的路，而我能做的，便是让你看见路的尽头，梦想没有消亡。”

沈如磐张了张嘴，千言万语欲语还休，恰好记者围上来采访她夺冠后的感想和后续规划。但他们分明是想了解前段时间的医疗丑闻是否对她产生了深远的打击，以至于她要提前退役。

沈如磐之前准备的谢幕词此刻肯定是用不上了。

她攥着手机远远地瞅了一眼萧与时，又看看眼前的记者，顿了顿，决定先回答记者抛出的提问：“我不退役了，我将继续比赛，向下一块金牌乃至冬奥会金牌发起冲击。”

她突然改口，记者们面露意外。她自己也有点不好意思，又接着说：“至于夺冠感想，我想说，除了金牌，我非常幸运地拥有了一个更重要的男人。他让我懂得了一个道理，人生无常，不争朝夕。所以我想告诉所有媒体，没有医疗丑闻，我的物理学家男朋友是清白的，他自始至终在为了我的成功复出而默默努力着。”

听起来像是感情宣言，记者马上深挖：“你们相恋多久了？会考虑结婚吗？”

沈如磐不答，腼腆一笑便打算退场。

她快步向前行，因为急切地想见到萧与时，胸腔里的心怦怦直跳。她迈开步子往前跑，穿过长长的文字混采区，终于抵达了贵宾区出口。

她看见了自己的男朋友，脚步顿了一下，迎上去：“嗨。”

萧与时看着她，目光一软，勾了勾嘴角：“嗨，沈冠军。”

也不是第一次被他调侃了，可她还是免不了脸红，快步上前挽住他的手臂。

“你推掉了学校的安排，是不是不能像上次那样长期留在这里做实验了？”

“嗯。”

“那……我们要异地恋了？”

“当然不是。”

“啊？”

她困惑不已。而他凝眸看着她，勾了勾唇温柔地一笑，说出之前的誓言。

“见长辈，娶你为妻啊。我的世界冠军。”

人生无常，不争朝夕。

风雨如磐，与时偕行。

番外 1

又一春

黄金联赛结束后，萧与时和沈如磐的家庭成员正式见了面。

沈如磐出生在一个书香门第世家，她的曾祖父是新中国第一代桥梁设计师，长江大桥就是其最著名的集体作品；曾祖母则是地质地理专业方向的院士；祖父、祖母、叔伯也都留过学，继承衣钵先后成为桥梁和地质地理方向的专家，甚至在后来的“一带一路”项目启动时，还援助邻国建设过铁路隧道。

所以，沈如磐的父亲年纪轻轻，尚未来得及为国家基建做出贡献，就在西德进修时和颜曼谈起了恋爱，并且非常意外地有了沈如磐，此事多少让家中长辈有微词。

不过颜曼的自身条件是极好的。无论是身材、外貌还是谈吐，她在二十世纪八十年代末、九十年代初一众青春靓丽的花样滑冰女选手里是佼佼者。即便没有在国际大赛上拿到重要的金牌，沈如磐的祖母也还是相中了这个儿媳妇。

也因此，就算后来的婚姻生活发生了一系列变故，颜曼也没有完全切断和沈家的联系，依然叫沈如磐的祖母一声“妈”。

如今沈如磐重新夺得世界冠军，又交往了一个身家背景颇传奇的华裔科学家，她想要选择一个低调得体的场合向庞大的家族亲友介绍萧与时，不禁有些纠结。

亲戚那么多，又天南地北各自定居，该怎么聚集呢？

纠结来纠结去，见面地点最终选在了沈家在苏州的老宅：沈如磐祖父母的退休地。

沈如磐花了很长时间才把所有的亲戚向萧与时介绍了一遍。原以为他可能不太能适应国内“你大伯”“你大伯的二伯”“你大伯的二伯的三舅舅”这种分不清谁和谁的走亲戚过场，哪料萧与时的记忆力好，也和亲戚们颇有共同话聊，从理论天体物理到地质构造物理再到国家前沿科学发展，话题一个接一个，完全没有沈如磐插话的机会。

叔伯家的小孩子们就在客厅里跑来跑去，且缠着沈如磐一起玩捉迷藏。沈如磐在老宅一通好找，好不容易才将几个玩得不亦乐乎的机灵鬼逮住。她意识到自己干不过这群精力旺盛的小屁娃，索性问了两个问题——

“幼儿园放暑假了？”

“放了。”

“作业做了没？”

“嗯……”

意料之中，小孩们一副心虚支吾的样子，沈如磐眯了眯眼睛：“还不赶快去做？待会儿太爷爷来了，肯定要检查你们的功课。”

于是小朋友们乖乖做起了暑假功课，沈如磐也乐得轻松，坐在旁边玩手机。偏偏玩了不过一分钟，一个奶声奶气的声音就响起：“姑姑，这道题的答案选哪个？”

那是幼升小的模拟试题，考点难度超纲，和初中物理固液气三态的变化挂钩。

沈如磐试着解释答案选D，小孩们居然不信，争论不休。场面略让沈如磐头疼之际，一道清润醇和的嗓音响起，带着丝丝笑意：“听话，是选D。”

小孩们面面相觑，继而抬起圆溜溜的脑袋瞅瞅萧与时，低声讨论：“听姑父的没错，他是老师，比姑姑靠谱。”

她让了让位子，等萧与时坐下后压低声音问：“怎么不继续和叔伯们聊天了？”

“差不多了，也该陪陪你了。”

原来他是怕她无聊。沈如磐浅浅一笑，偏头靠在他的肩上。

萧与时目光暖暖地看着她，趁着无人注意，俯下头轻轻吻了一下她的嘴角，又不太满足，在她柔软的唇上流连。

稍后老爷子便来了。

沈如磐的祖父已经八十多岁，头发花白，精神矍铄，虽然已经退休，但身为几十年如一日的桥梁抗震领域方面的顶格专家，又被单位返聘了。

老爷子见到萧与时，冲他笑了笑，用德语问候了几句。

沈如磐十分惊讶：“爷爷会说德语？”

老爷子笑道："跟着你曾祖父学过。"

曾祖父出生在清末，考学留过洋，去过欧洲和美国，学识比沈老爷子还要丰富。沈如磐从小跟着颜曼练习花样滑冰，自然不知道这些古早的往事。

同萧与时聊了些旁的话题后，老爷子忽然道："我听说你的家庭成员四代都是银行家？"

萧与时颔首回应："是。"

然而事实不单单如此。从萧与时的曾祖父萧正甫开始，经过祖父、父亲、弟弟、家属亲眷四代人的共同努力，萧与时的家族不再是普通的德国华裔银行世家，而是和境内外利益群体有着深厚的交集。所以医疗事故闹得沸沸扬扬时，有些流言蜚语多少戳中了这个庞大家族的软肋。

寻常人把女儿嫁过去，难免会有些迟疑。老爷子说："你的父母长辈对你的另一半有什么要求吗？"

"没有额外要求，只希望我和如磐感情和谐，相处融洽。"

"但我们家是有要求的。"老爷子低叹，"我们家人一直都是和桥梁地质工作打交道，知道再棘手难办的地理情况，也可以总结为'水土'两个字。如磐是丫头，也是我们家最与众不同的一颗小石头，如果她跟着你驻留海外，水土不服，时不时想要回国，你打算怎么处理？"

萧与时意外了一下，回答："我的祖父于一九三六年偶然前往德国，遇到二战被迫长期滞留在异乡，不能魂归故土。我的父亲深知祖父的遗憾，遂为我和两位弟弟取名江、淮、沂，也是希望我们能不忘中国心，不永故土。所以，这儿也是我的故乡。"

萧与时说着看了一眼身旁的沈如磐，伸手拢住她的五指："其次沈如磐是国家运动员，和她交往的这些日子，我一直都把她的意愿摆在第一位。她渴望什么、追求什么、选择什么，我都予以理解、尊重，以及最大程度地配合，您请放心。"

老爷子是过来人，知道"感情"二字绕不开人和人的聚和散。恰如当年沈如磐的父亲和颜曼，感情由浓转淡也是如此。

话说到这个份上，沈如磐当然知道爷爷与萧与时对话间的深意，赶紧接茬："爷爷，我不是我妈，萧与时也不是我爸，我们不会因为一些聚散离别就感情变淡的。再说了，我的性格比妈还要硬和倔，你应该担心我会不会惹萧与时不高兴。"

沈家人都知道沈如磐的性格随颜曼。老爷子听了，脸上露出一点宠爱的笑意："丫头近期还有比赛吗？"

沈如磐摇头："新一轮赛季要到秋天才来临，我可以休息一段时间。"

"比赛会感到吃力吗？"

"会啊。"沈如磐大方地承认，"任何一个运动员，状态不会始终保持稳定，时不时会下滑。可是只要想到这场比赛也许是自己的最后一场大赛，我的内心便充满不舍，也会涌上无数坚持，想要淋漓酣畅地投入进去。"

老爷子点了点头，见她和萧与时十指相握，忍不住叹息着提醒："可你毕竟是有男朋友的人，不能总想着比赛，也要多照顾另一半。"

沈如磐哪里想到老爷子还会说出如此感性的话，张口欲回答，萧与时却平静地接过话："没关系。如磐即使有了另一半，她依然是她自己，她的追求和奋斗不应当被限制。过去她能够实现心中理想站在属于她的地方闪闪发亮，现在也一样，将来亦一样——您请放心。"

沈老爷子闻言，十分惊讶。他仔细端详萧与时，口头上未再说什么，心里却悄然生出一抹欣慰。

这个年轻人稳重成熟，值得依靠。

稍后的晚饭，厨子准备的是苏帮菜，蟹粉豆腐搭配桂花酿是本地一绝。萧与时虽然不怎么饮酒，但顺应热闹的气氛也陪沈老爷子浅酌了几杯。

吃完饭告别一大家子人，时间已经不早了。

沈如磐和萧与时今夜就住在老宅。老宅历史悠久，典型的江南园林风貌建筑，坐北朝南四路进出。

两个人挽着手行走在逶迤的回廊上，一路移步向前，亭台楼阁高低错落。傍晚的凉风拂过，飞虫轻跃，亭中池子水光潋滟。

沈如磐感受着这份放松和闲适，说："你有没有感觉到，大家都很喜欢你。"尤其是方才的饭局，叔伯妯娌相继夹菜，就连老爷子也亲自介绍菜品，还不时地和萧与时碰杯，分明就是认可了他。

萧与时却开口提醒："可是你的母亲没有来。"

"我妈不来，是因为我的祖母去世多年，她有点不好意思唤老爷子一声'爸'，索性就不露面了。其实这次来苏州老宅，她特地发消息让我照顾你，免得你应付不来那么多亲戚。"

沈如磐说完冲他一笑："哪里想到你人缘佳，上至老爷子，下至幼儿园的小朋友，通通都喜欢你。我都有点开始担心自己了。"

"担心什么？"

“我没法应付今天这种大场面啊。单是德语这一关，我见到你的父母和一大家子亲属，说不定紧张得连词性和语法都会弄错。”

萧与时笑了：“我的父母和两个弟弟都会说中文。再说我的父母一向低调，之前两个弟妹来见长辈，都是小范围的家庭内部聚一聚。”

沈如磐听了眼睛一亮：“真的？”

“真的。”

“太好了。”她长长地松了一口气。

老实说，见家长就够有压力了，尤其萧与时出生在银行世家，又有弟弟弟妹，她一直担心会被横向比较……

不过既然是小范围的家庭内部相聚，沈如磐的心情一下就轻松了许多：“你不知道，我这段时间抓紧一切时间偷偷背单词、练德语，生怕表现不好，得不到伯父伯母的喜欢。”

“别怕，他们不是裁判，不会给你扣分的。”

“可爷爷刚才问的那个问题，其实挺有先见之明的。婚后我和你聚少离多，分隔两地，就算你不介意，你的父母多多少少也会介意吧？要不你再打听打听？万一你的父母不同意，我们……”她顿了顿，小声问，“我们考虑推迟订婚？”

突如其来的转折，萧与时看了她几秒方才开口：“我觉得，我还是考虑早点把你变成我的人比较好。”

“呃，你正经点，我是认真的。”

“我一直都很正经。”萧与时沉沉地吐了一口气，“沈如磐，我刚刚见过你的家庭成员不到十分钟，你转头便不认账了？”

“没有，没有。我的意思是和你商量，如何顺利地过你的父母那一关。”

“还是先过你这一关吧。”

饶是她道歉求饶，他也还是以行动代替语言直接把她拉回了房间。

他俯身贴近，她身下是柔软的大床，身前是他。她不好意思地瞅着他，他也一眨不眨地凝视她的眼睛。

因为彼此挨得近，萧与时只要微一垂首，便能直接对上她夏季半通透的白色针织衫和烟灰色小 A 裙，那微微拱起的蝴蝶结松坠，底下便是丰盈的曲线。

他是个正常的男人，曾经在书房浅尝辄止过她的美好。脑海里自发地浮现出她战栗轻抖的模样，想要再度重温的想法便挥之不去了。

他的喉结动了动，轻声开口：“我要吻你了，可以吗？”

这话落到她的耳朵里，她脸颊的绯红又悄悄添了一层。

他有一双清隽的眼睛，不言不语安静地凝视眼前人时，一双眸子又深又亮，让人舍不得从这明亮清润的目光中抽离。

目光交织须臾，他低下头，薄唇吻上来。

他的呼吸温温热热，亲吻的方式也比平时更缠绵深刻。她稍稍羞涩了一会儿，也很快回应同等的热情。

朦胧的月光透过窗子照入，静静地洒落在床畔，映照着两个人的身影。

他温热的唇抵开她柔软的唇瓣，一路往下，落到了她的锁骨，再然后，全都落在了她的胸口。

夏季单薄的布料和布料下柔嫩的肌肤被他的吻一点点地濡湿，形同虚设的衣扣被唇舌解开，软绵绵的弧线颤颤巍巍地弹跳了一下，被修长的手握住，随之而来的触碰足以让她轻喘颤抖。

情到浓时，缠绵悱恻，蜜里调油。

回到柏林是一周后的事了。

按照计划，沈如磐和萧与时在柏林短暂地停留几日，而后再前往奥地利见他的双亲。两个人都是低调的性格，故将跳过繁复的订婚仪式，直接登记注册后举办婚礼。

而停留在柏林的这几日，便是两个人最后的“单身”时间。不过萧与时和沈如磐都不得空，萧与时要去柏林大学处理积压了好些天的学术研究选题事宜，沈如磐除了准备结婚注册用的个人材料，还得抽空前往德意志综合医院——因为新一轮椎间盘假体的临床实验再度重启了。

椎间盘假体的设计结构模型完全推倒重构，通过了更高规格的体外标本测试，面向大众重新展开人体临床实验。

沈如磐抵达医院的时候，报名工作才刚刚开始。

造假门事件记忆犹新，幸得司法判决拨乱反正，再加上基金会从不推卸责任的态度和沈如磐的力撑一切，阴霾虽在，但报名的气氛还算不错——至少还是有前来询问的患者。

一两个小时过去，沈如磐从护士手中接过申请表格数了数，落实申请意向的患者已经有好几位了。

万事开头难，见着这个势头，后续应该不错，沈如磐总算稍稍放了心。

她前去和临床实验的责任医生交谈，内容全都围绕着后续的规划和安排。

责任医生说：“这次实验亟待解决的问题，是如何保证腰椎假体在弯伸、旋转、左右侧屈运动状态时，依旧保持复杂的活动性和稳定性，即不发生崩裂。我们在体外标本测试时期提出了好几种解决方案，一度难以抉择，最后还是费恩医生写信给出了建议，我们方才妥善解决。”

沈如磐十分惊讶：“费恩？”

“对。”

“萧与时知道吗？”

“知道。教授希望我们在必要时刻尊重费恩医生的意见。”

沈如磐没评价，又把话题拉回原处：“实验启动后，方方面面的事情烦琐且复杂，你们辛苦了。”

稍后也没有什么事需要沈如磐把关了，她本该回庄园的，可她裹足不前，心中总有些东西放不下。

她决定去见见费恩。

由于费恩在最后关头的坦白，他被柏林地方法院判处三年刑罚并高额的罚金。沈如磐临时起意过来探视，原以为可能会被拒绝，没想到费恩却同意了。

和上一次探视相比，费恩的气色依旧不太好，又苍老了许多。沈如磐见到他，短暂地沉默一会儿后开口说：“您缺不缺日常用品？我可以送一些过来。”

“这边能买得到。”

“书呢？您想不想阅读医学方面的书？”费恩毕竟是医学权威，沈如磐一下子就替他想到了。

“监狱里有图书馆。”

沈如磐点点头，欲再开口之际，费恩打破了客套的谈话气氛：“我读报纸，看到你又重获世界冠军。”

“恭喜了。无论过去多么艰难坎坷，你的东山再起之路终于实现了。”费恩长叹一口气，脸上的疲惫消减了一点，语气亦如释重负，仿佛终于卸下了一点沉重的道德担子。

沈如磐目光直直地看着他，轻轻地“嗯”了一声。

“实验那边……”费恩打起精神问，“进展顺利吗？”

“还行。”

“我听说偶尔还是会有一些小问题。我想帮你们做些什么，但我现在什么都做不了。如果你们不反对，我能不能……能不能……”费恩面露惭愧之色，说话不再利落，半晌才问出一句，“我能不能继续写信给你们提优化意见？这段时间我总是断断续续想起和科尔的谈话，有许多小细节仍需注意。”

这个问题，沈如磐其实无权单方面决定。

她沉默了，气氛变得微妙起来。

费恩似乎明白了，脸色越发难看。但此时却听到沈如磐回答：“可以。实验源自科尔的理想，您又是这方面的权威，如果您愿意，随时可以写信提意见。包括将来出狱后，您还是可以以朋友的身份关注并参与实验。”

费恩一愣，继而有些激动：“真的可以吗？ Hsiao 会不会不同意？毕竟他……”

“萧与时会同意的。”沈如磐平静地接过话，“他一直尊重科尔，也尊重您，过去如此，将来也如此，您不要怀疑他的心意。”

费恩张了张口，千言万语全噎在嘴边。

他的面色更惭愧，哑声须臾，忽然眼眶发红：“对不起，我一直欠 Hsiao 一句道歉，可我不知该如何说，也觉得 Hsiao 不会原谅我……这段时间我天天梦见科尔，梦见自己仍在负责临床实验，还梦见发现了那个小小的疏忽错漏……如果……如果科尔没有去世，又或者我能更清醒理智一点，你的复起之路也会更平坦、更顺利一些。”

沈如磐看着费恩，看着这位老年丧子，又为了爱子迷途知返的医学专家，心中那些放不下的东西慢慢释怀了。

每个人都会犯错，没有关系，来日可追。

沈如磐离开监狱往回走时，衣兜里的手机蓦地振动起来。

她看了一眼来电人名后接通电话，醇醇的嗓音随即从那端传到耳畔：“还在医院？”

“刚出来。”她报上所在位置，不一会儿就看到一辆熟悉的车远远地从街对面驶来。

车停下，她三步并成两步迎上去。

上车后，沈如磐问：“学校的事处理好了吗？”

萧与时颔首，伸手替她拂了拂额前的碎发：“有一个小变化。虽然我之前在西北实验室的研究工作取得了不错的进展，但我在未来的两个月仍然不能回到实验室，要继续留在柏林。”

“为什么？”学校的负面影响早就消除了呀。

“因为……”萧与时顿了一下，“穆勒教授打算提前退休，他推荐我直接接任天体物理研究所正所长的职务头衔。”

沈如磬面露惊讶。

“如此一来，很多内部事务也将转交给我负责，诸如几位副教授和助理教授的调职安排、研究课题选择及分配等等。所以未来两个月，我必须留在柏林处理好这些事。”

“太好了！”沈如磬开心地抱住萧与时，“亲爱的，你能得到穆勒教授的认可，我真是由衷地为你感到高兴。”

萧与时也抱住她，嘴角微微勾起：“随之而来有个略麻烦的消息。因为教职工作的变动，再加上我不久前恢复了德国基础物理学突破奖的评选资格，同事们想为我庆祝。我本想推辞的，然而同事们也获悉我将订婚，所以……”

“好说，你把全体同事邀请到庄园一起吃晚餐。幸好我练习了德语，交流应该没问题。”沈如磬打趣，“我一定会好好表现，跟着管家学做几道德式大餐，让同事们觉得你的未婚妻除了会滑冰，私底下也很贤惠。”

萧与时忍俊不禁：“你什么都不做也是可以的，他们对你既欣赏又好奇。”

既然说到好奇，沈如磬就免不了联想到科尔，自然又一次想到了费恩。

她不着痕迹地问：“我今天听负责任的医生讲，你说在必要时刻不妨尊重费恩医生的建议？”

萧与时点了点头。

“你原谅费恩了？”沈如磬又问。

“嗯。”萧与时简单地应着，等到车开出去一段距离后，他转移话题，“我一直不太明白为什么费恩在最后时刻会向法庭说出实话。”萧与时看了沈如磬一眼，“是你曾经找过他吗？”

沈如磬暗暗一惊，连忙否认：“怎么可能？我那段时间在国内天天都要备赛啊。”

回答似乎没有破绽，萧与时也就不再问，单单说：“我选择原谅费恩，一是他是科尔的父亲，二是……”

“是什么？”

“费恩曾经通过律师，给实验负责任的医师提供了一些修改意见。我能感觉到费恩想要拨乱反正的意图，所以如果科尔知道我们达成了和解，一定会很欣慰。”

沈如磐这下算是彻底放心了。

此时车一直在往前开，驶上高速路，远远可见远方正在建设的摩天轮、旋转木马，还有一大片或高或低正在建设中的场馆。

这不是回庄园的路。

沈如磐觉得不对劲，刚想问萧与时，却听他说："我带你去一个地方。"

半小时后，车停在了潘科区。

两个人下车转了一下建设中的区域，萧与时忽然说："还记得收留你的老夫人吗？"

老夫人已经过世，但在去世前，也就是沈如磐参加黄金联赛之际，老太太通过在电视上看到沈如磐，辗转和萧与时取得了联系。

眼下潘科区重新规划，要建成总面积约四万平方米的大型文化体育广场。曾经的火柴盒式废弃建筑群要被推倒，老夫人的独栋专家楼也将不保。萧与时花了一些时间走完烦琐的手续才买下它，于是专家楼还在，且保持了原来的装潢，一点也没变。

沈如磐有些奇怪："无缘无故你干吗买下它？"

"因为那个四万平方米的大型文化体育广场的最顶层将被投资建设为一个大型的冰上运动中心，这是我送给你的订婚礼物。"

沈如磐错愕了。

"你短暂地停留在德国时，可以将运动中心作为训练场地。将来你退役了，也可以将运动中心作为训练场地，指导后辈选手——这样无论你在国内还是在国外，始终可以接触最喜欢的花样滑冰。"

夏天的风拂过，萧与时的声音在风中显得清润低淡。他一眨不眨地凝视着沈如磐，俊朗的眉目里流露出动人的温情："你不知道，我永远不会忘记冒着风雪来接你的心情。巷子里那些星星点点微弱的光芒，就像天上璀璨的繁星，悉数坠到我的胸口。所以，留下专家楼、留下这片地，便是守住了你我最初的交集。"

说完，他诚挚地问了一句："如磐，我会是最爱你的丈夫，也会担起你一辈子的快乐和幸福，你相信我吗？"

礼物太厚重，他的告白又太温柔，沈如磐再也按捺不住，踮起脚用双臂圈住他的脖子，紧紧地抱住他："都要订婚了，干吗又委婉地向我求婚？不管有没有礼物，也无论未来退役还是转型，我最喜欢的不仅仅是花样滑冰，更是你啊。”

萧与时笑了，吻了吻她的唇：“我知道。”

“回去吗？”

“我再带你转转。”

消磨许久的时光后，沈如磐和萧与时手牵着手往回走。

车子平稳地往前开，驶向庄园。

按照计划，她要准备晚餐，先见他的同事，紧接着飞去奥地利见他的家长，而后把家属和私交甚好的花样滑冰队的领导及队友请过来，在异国登记注册举办婚礼。

中间的过程略多，涉及的亲友和礼节也略烦琐。

紧张吗？有一点。

不过一想到她未来要走的路不再弯弯绕绕，而是通向他给她准备的家，她便感觉无比充实和幸福。

无论何时，她不再是孤单一人。

而他陪着她共同坚持的理想，不会终结，亦不会消亡。

番外 2

人归来

童欣十六岁时，作为地方省队的苗子被选入国家二队。

二队采取优胜劣汰机制，只有强者中的强者才能留下并且进入一队。童欣觉得自己足够刻苦，天天从早练到黑。然而也不知道是太紧张影响了发挥还是实力不行，在内部的升降级比赛中，她排名倒数，几乎就要被淘汰出局。

彼时的童欣备受打击，可是在教练和同队队友面前还得强装镇定。只是等到所有人都离开比赛场馆只剩下她一个人时，她再也克制不住自责和羞愧的情绪，蹲在地上抱臂埋头痛哭起来。

从失声痛哭到断续抽泣再到垂泪愣怔发呆，她在用眼泪控诉自己的无能。

也不知过了多久，有脚步声响起，清清脆脆地从外面直接传进来。她一愣，一双蒙眬的泪眼望过去，还没看清楚对方的五官容貌，便听见了一句话："嗯？比赛呢？"

语调轻扬，不疾不徐，而那带着温润意境的嗓音，听起来就像是春天的夜晚窗外零落的春雨，唤醒了沉寂在泥土里的种子，让种子有了破土萌芽的决心。

当下的童欣不知道自己为什么会心生这样一种奇怪的比喻，不过后来她知道了，那叫"听音识人，一见倾心"。

只是当下的童欣是蒙的，眼泪缩回去一半，直愣愣地看着眼前的人——陆楠。

虽然她和陆楠从未打过照面，但二队的人都知晓一队的师哥师姐，尤其陆楠当属双人滑项目的"一哥"。

他生得极好看，嘴唇上扬微微一笑时，下巴上的美人沟就会露出来。

他刚巧站在她对面，背对阳光，温暖的光线穿过他的头发，在他好看的面上镀了一层柔光。而他目光流转注意到她，继而开口说话的样子，就像一幅美好的画映入她的心底：“小师妹，比赛是未开始还是结束了？”

她花了两秒钟回神，飞快地揉揉眼睛站起来：“你是指升级赛吗？改过时间，从下午提前到了上午，早就比完了。”

他轻轻地“啊”了一声，略感遗憾：“听说新选入二队的师弟师妹有很多先天条件不错的，我想观摩一下。”接着他把声音往下一压，似是喃喃低语，“幸好如磬没空过来，我居然没有注意改了时间……”

语罢，他朝她点了点头：“我先走了，小师妹。”

她整个过程仍是愣怔的，没有答话，而是直直地站在那里。

而陆楠大抵是师兄，走两步后察觉到了一丝异常，收步回头再度看向她。

“你怎么了？”他问。

大抵是迈入国家一队的梦想难以实现，童欣此刻看着陆楠的心情，就像是站在山脚仰望喜马拉雅顶峰。她心中一涩，实话实说：“我在升级赛里排名垫底，可能会被教练清退。”

十六岁的女生心理承受能力差，心酸的话语一旦脱口而出就再也憋不住。她压根儿没想过陆楠愿不愿意听，而是径自说起满腔苦楚来。

陆楠毕竟略长她几岁，听完后对她说：“畏赛怯场是每个新手运动员都会经历的心理过程，排除自我干扰，保持训练，累积经验，便会适应许多。”

“可我已经没有机会去适应了，我的表现太差，肯定会被……”

“小师妹，你不要看低自己。虽然在这一批新选入二队的师弟师妹中有很多先天条件是不错，但未来最有发展潜力的，还是属于韧劲最强、斗志最强的人——你不要自暴自弃，加油逆袭吧。”

温言暖语鼓舞人，陆楠说完浅浅地笑了一下，下巴上的美人沟露出来，让他看起来更像知心大哥哥了。

童欣看着他，一下子没声了。

自那以后，童欣便牢牢记住陆楠的提醒：排除自我干扰，保持训练，累积经验，未来属于韧劲最强、斗志最强的人。

同队队友一天训练六场，她就豁出去训练八场。

白天练、晚上练、日日练……她的进步以肉眼可见的速度增长，教练和同队队友都说她开悟了，可只有她知道，她的领悟其实都来自陆楠。

因为她在悄悄关注陆楠。

训练和训练之间的休息时间，她经常偷偷跑到一队那边看陆楠训练。男生和女生力量悬殊，所以他单独跳跃的时候，手臂总是高高地举起，这个高难度的动作会获得额外加分。再加上他身姿修长，冰上动作如行云流水般流畅，一眼望去有着让人夺目的印象，属于强者中的强者，会让童欣打从心底里产生一种渴望。

她也想成为像他那么强的强者。

功夫不负有心人，她终于被列为国家一队女子单人滑候补选手。

可她却对教练说："我不想练单人，我想转成双人滑。"

"可是你练女单的技术条件不错，再说突然转去双人滑，一时半会儿也找不到合适的男伴。"

"没关系，我可以等。"

其实童欣并不是刻意地等待陆楠，毕竟那时陆楠和沈如磐已经夺得了世界锦标赛冠军，成了双人滑项目当之无愧的第一组合。

她只是希望自己能离陆楠所在的位置更近一些。

原以为希望永远不可能实现，但没想到仅仅一年之后，她的憧憬就变成了现实。

因为，沈如磐的腰椎出现了问题。

说起来，童欣刚被选入二队时，辅导员就提醒过大家不能早恋。到了晚上，整栋宿舍楼熄灯就寝，十六岁的花季少女们却没有睡，夜谈八卦。好巧不巧偏偏八卦到了陆楠和沈如磐，说两个人不仅是最有希望夺得世界冠军的种子选手，还有着不为人知的小秘密。

"什么小秘密？"童欣问。

"陆楠喜欢沈如磐，是那种偷偷的，没有机会表白的喜欢哦。他一直暗恋她呢。"

真的吗？童欣十分惊讶。毕竟辅导员说过，国家一队及二队的运动员注意力都必须放在比赛上，不准悄悄谈恋爱。尤其是没有赛出好成绩之前，地下恋情绝对是被禁止的。

当然，就算赛出了好成绩，也依然不鼓励内部恋爱。

陆楠是否喜欢沈如磐，童欣真的猜不准，不过她一有空就去看陆楠训练。久而久之，她注意到陆楠对沈如磐是极好的。例如沈如磐没有练好难度动作不高兴的时候，陆楠会揉揉她的脑袋打气鼓励；沈如磐很容易这里那里挫伤的时候，陆楠又是给她按摩脚踝又是给她戴护膝。更别提每每上冰前他都会帮沈如磐暖手，下冰后给沈如磐拿水杯，接着又给沈如磐跑腿去食堂打饭这种日常的琐事了。

如今总教练来找童欣，问她愿不愿意和陆楠组队搭档，童欣感到不可思议。她的第一反应是去找陆楠，却不期而遇撞见了沈如磐在和陆楠争执。

“教练决定放弃我了。你呢？你也不相信我能恢复健康，是不是？”

陆楠张嘴：“不是，我……”

“那你为什么同意换搭档？我知道自己生病后拖累了你，可我以为我们认识这么多年，你如果有想和我拆开的想法，应该主动告诉我，为什么要绕一圈让教练通知我拆队换人的事呢？”

陆楠欲言又止，显得几分语塞，末了上前拉住沈如磐：“事情不是你想的那样。我其实并不愿意，一万个不愿意。”

沈如磐却听不进去，眼中含泪推开他：“别说了，我已经很清楚你的选择，我自己去和教练谈。”

童欣永远记得那个画面。陆楠的表情十分难过，欲追沈如磐，可偏偏他的手机铃声响了，他收步，接通，第一句话是：“沈伯母……”

接下来漫长的十几分钟，陆楠都没有出声，只沉默地倾听。

他只是临到最后轻轻叹了一口气：“伯母，如磐的心情我非常能理解。如果不是因为您坚持认为退役对她来说是更好的选择，我也不会……”

他打住，过了许久才往下说：“总之我赞同您的意见，人生未必只有花样滑冰，希望您能帮我劝劝如磐。她还年轻，有大把青春时光去做其他美好又有意义的事。”

话虽如此，陆楠挂断电话后却非常难过，垂着头，整个人的气场都变得消沉。

良久，他抬起头，童欣一直静静地看着他，就这样无可避免地和他对望。

再然后，陆楠动了动唇，语气疲惫：“童欣，我不是真的打算和如磐拆开。”

童欣大吃一惊。

“如磐的身体不太好，比我们想象的都要不好。然而她太喜欢花样滑冰了，不愿放弃，所以我们只能通过教练……劝她退役。”

他的声音很低，语速很慢，而后看她一眼，轻轻叹了一口气。

“拆队换人的事你不要当真，我可能……也会退役。”

事情的转折总是出人意料，沈如磬不见了。所有人都不知道她去了哪里，包括陆楠。

那段时间队里有很多传言，有人说沈如磬改了国籍去了美国，也有人说陆楠向总教练提出退队申请，却被拒了。

传言难辨，但童欣记得很清楚，陆楠十分消沉，于是她决定去找陆楠。

她到底小陆楠几岁，不会劝人，站在陆楠的对面组织了好久的言语才开口：“陆楠哥，沈姐说不定在某个地方为了恢复健康而努力，你少操些心，继续练花样滑冰好不好？”

大抵是她的语气酸酸涩涩的，听起来像在为他打抱不平，陆楠打断她：“童欣，有些事你不懂。”

“我懂。你也是一个很喜欢花样滑冰的选手。从少年到成年，漫漫十二载拼搏路，你受的伤不比任何人少。你的右眼皮曾经被冰花挫伤过，左膝髌骨肌腱炎也发作过，还有脚踝的扭伤、背部肌肉的拉伤，数都数不清。陆楠哥，我把你视为师兄也是偶像，希望你能继续在竞技场上绽放光芒，而不是现在这样夹在中间左右为难，失去追求的方向。”

你心疼沈如磬，反过来谁又心疼你、理解你呢？

陆楠凝眸看着她，半晌才开口：“沈如磬去德国了，走之前和队里达成了一个约定：给她一年的治病时间，她保证一年后痊愈归来。”

这个转折是童欣万万没有想到的，所以她面露错愕。

“一年是三百六十五天，我不退役了，我想等如磬回来。”

陆楠说到做到，明明拆队换人已是公开的事，他偏偏坚持单人训练。哪怕双人滑有很多捻转、抛跳、双人螺旋线等必须有搭档女伴才能完成的动作，他始终都是一个人一边思考着沈如磬的回应，一边孤单地练习。

如果说心里没有不适，童欣承认那是假的。尤其后来沈如磬又和陆楠恢复了联系，并且常常聊个不停。

于是作为陆楠名义上的“候补女伴”，童欣实在是忍不了了，跑去找陆楠：“陆楠哥，你陪我一起练练托举吧？虽然你对沈姐信守承诺，但我们也是队友啊。我又一直没有男伴，水平停滞不前，你就当不吝赐教好不好？”

她知道陆楠是个心善的人，特别是她把话说得滴水不漏，并占据道德优势，所以陆楠迟疑了一会儿后终于点头同意了。

练习托举的过程很顺利，陆楠十分惊讶：“童欣，你过去一直都没有找到合适的男伴吗？你的能力突出，早点找到男伴，好早点参赛拿奖牌啊。”

她才不要。

她自始至终渴望牵手搭档的对象就在眼前，正温言细语地和她说话呢。

也许是上天听到了她的心声，沈如磐终究没有回来。

陆楠着急了，打算抛开一切去德国找沈如磐。童欣知道自己劝不住他，万幸总教练气急把陆楠给训了一通："你是顶尖运动员，国家培养你，你就这么回报国家的？你爱滑不滑，但你要想清楚，你走了，对童欣有没有交代？"

一席话喝住了陆楠。

他知道童欣一直以来都没有男搭档，又以"候补女伴"的身份等了他足足一年。无论是队友间的责任，还是身为前辈师兄的义务，他似乎都不能在黄金联赛即将开始的当口离她而去。

于是拖拖拉拉了一年的"拆队换人"终于变为现实。

正式闭关训练备战黄金联赛的那一天，童欣小心翼翼地问："陆楠哥，你对比赛结果有期望吗？"

陆楠沉默了许久，平静地说："尽量拿一枚奖牌。"

两个人是新搭档，尚未过磨合期，童欣原以为预期顶多是"保五争三"，没想到陆楠却是直奔奖牌而去。她高兴极了："好，我们先拿铜牌，往后再拿金牌！"

高强度的训练日复一日地进行，她练伤了腿，陆楠也不慎扭伤了手，但彼此都不叫苦，继续坚持下去。

童欣觉得陆楠应该已经遗忘了沈如磐，彻底回归正途了。没想到闭关训练结束的当晚，陆楠径自去找教练，软磨硬泡硬是强行请到了几天假。

童欣震惊地去找陆楠："陆楠哥，你要去哪儿？"

"柏林。"

"去柏林做什么？！黄金联赛马上要开幕了，我们还得飞到圣彼得堡去做场地适应练习。"

她很急，也很慌，差点脱口而出恳求他不要去。

原来陆楠豁出去拼命地训练，哪怕是扭伤了手也不休息，居然是想挤出时间飞去柏林见沈如磐。单单见面仍嫌不够，陆楠还把沈如磐带到了圣彼得堡。

如果说心里没有半点恼火是不可能的，所以当无意中听到陆楠亲口对沈如磐说"如磐，等我比完黄金联赛，我暂时退下来陪你养病吧"，童欣立刻知道，陆楠不是在说笑，他是认真的。

这下童欣便有些坐不住了。

明明不该去找沈如磐的，但她还是义无反顾地去找了。果不其然，那么好胜要强的沈如磐，直接放弃了双人滑，转战单人滑。

太突然，也真是太执着了。

童欣不知道沈如磐为什么会做这个决定，再加上从圣彼得堡回来后陆楠前所未有地缺席训练，她忽然有些担心，自己的作为是不是适得其反了？

她只好鼓起勇气又去找陆楠，哪料陆楠看见她，只淡淡地开口：“我再休息几天。”

她揣着明白装糊涂：“没病没灾干吗休这么久？”

话说出口的那一刻，她其实非常害怕陆楠会为了沈如磐而质问她什么，然而他没有，他只是波澜不惊地说：“我想留点时间好好回忆一下自己的过去。”

他说话的声音是那么平静低沉，完全没有了初相见的意气。童欣的心蓦地酸了。他一定很喜欢沈如磐，并且是那种偷偷的，没有机会表白的喜欢，持续了十二年。

不过童欣很快又摆脱了郁结的小情绪。

十二年算什么，未来属于韧劲最强、斗志最强的人。陆楠现在是她的搭档，将来也是如此，从这个角度想，她没有输。

后面的事不必赘述，当下又到了黄金联赛。

就在刚才，沈如磐夺得了女子单人滑项目的金牌，成为三十年来女子双项冠军得主。鲜花洒落，掌声经久不息，全场都沸腾了。

沈如磐的时代究竟有没有过去，童欣不清楚，她只知道要集中注意力，排除外界干扰，因为接下来是双人自由滑项目的比赛，她将和陆楠一起冲击宝贵的金牌。

她回头：“陆楠哥，上场吗？”

陆楠“嗯”了一声，目光却依旧停留在电视屏幕上的沈如磐的身上。须臾，他收回目光，勾唇一笑：“走吧，我们也要像如磐那样，忘记得失拼到底。”

忘记得失？如何能忘？

沈如磐是她永远绕不开的过去，也是她长久奋斗的动力。童欣腹诽了一下，也一笑：“我才不要，我要超越沈姐拼到底。”

能做到吗？

嗯……就当自己能做到吧。